KB275292

ZEU
제우 수왕자
GALALA
가라라 제독

ALLEN
알렌

HELMIOS
헤르미오스
ZEU
제우 수왕자
ALLEN
알렌
GALALA
가라라 제독

6
HAMUO 지음
하무오
일러스트
모
MO

헬 모 드
HELLMODE
~파고들기 좋아하는 게이머는
폐급 설정 이세계에서 무쌍한다~

제1회 뒤틀린 세계

"네 녀석들이 디그라그니만 찾고 외치며 웬 근본도 없는 녀석을 떠받든 탓에! 프레이야 님께서 분노하셔서 오리하르콘을 더는 제련할 수 없게 되었단 말이다!!"

핏발이 선 눈으로 알렌을 노려보며 크게 소리를 지른다. 이어서 드워프 명공 하바라크는 바닥에 털썩 엎드리더니 등을 둥글게 굽히고 부들거리며 오열하기까지 했다.

"프레이야 님, 죄송합니다. 죄송합니다, 프레이야 님……."

마치 어린아이처럼 흐느낀다. 하바라크의 이런 모습은 도저히 희소 금속 오리하르콘을 무기로 가공할 능력을 갖춘 세상에 셋밖에 없다는 명공 중 한 명으로 보이지 않았다. 더구나 다 큰 어른이 보여줄 꼴도 아니었고.

그럼에도 이 같은 처절함이 겪었던 고통과 괴로움을 잘 전해줬기에 알렌과 동료들은 차마 어떤 행동도 하지 못했다. 알렌 파티를 이곳까지 안내하며 소개를 해준 용사 헤르미오스도 하바라크의 옆에서 말없이 등을 문질러줄 뿐이었다.

이윽고 스승의 목소리를 듣고 왔는지 공방 겸 가옥의 구조로 지어진 건물로부터 제자로 짐작되는 드워프가 몇 명 나타났고, 그제야 하바라크를 달래서 부축할 수 있었다.

"오늘은 이만 물러나주십시오."

가장 처음에 응대해줬던 드워프 청년이 말을 했을 때 알렌과 동료들은 잠자코 떠나갈 수밖에 없었다.

"내일 다시 와보자. 하룻밤 지나면 선생님도 마음이 바뀔지도 모르니까."

헤르미오스의 제안에 따라 그날은 도시 안에서 숙소를 찾아 묵었고, 다음 날 다시금 하바라크의 공방을 방문했다.

공방의 문을 두드리자 전날과 마찬가지로 드워프 청년이 얼굴을 내밀었는데, 이번에는 곧장 안으로 들여보내줬다.

"가시죠. 이쪽입니다."

안내받은 객실에는 큰 탁자가 있었다. 클레나는 그곳에 고이 챙겨온 오리하르콘 덩어리를 올렸다.

"이게 맞는 걸까?"

클레나가 가만히 중얼거린 까닭은 전날 숙소에서 이 오리하르콘을 가지고 갈지 말지 상의하던 중 파티 안에서 의견이 갈라졌기 때문이었다. 숙소에 놔두고 외출할 수도 없어서 가져가기로 결론을 내렸지만, 클레나는 어느 의견에도 찬성하지 않고 쭉 망설이는 기색이었으니까.

잠시 기다리자 명공 하바라크가 나타났다. 객실에 들어오자마자 탁자 위쪽에 놓아둔 엷게 반짝이는 황금빛 덩어리를 쳐다본다.

"……저게, 너희가 디그라그니의 던전에서 발견한 오리하르콘이냐?"

하라바크의 표정은 어딘가 쓸쓸해 보였다.

"네."

대답을 한 클레나의 목소리 또한 평소보다 많이 조심스러웠다.

"그래, 확실히 오리하르콘이야……. 다만, 미안하군. 나는 더 이상 저것을 제련할 수 없다."

하바라크는 쥐어짜는 듯한 목소리로 선언한 뒤 객실의 입구에 우두커니 서서 고개를 푹 숙였다.

"……."

객실에 숨 막히는 침묵이 내려앉았다. 클레나뿐만이 아니라 알렌도 다른 사람들도 모두 번민에 빠진 명공에게 건넬 말을 떠올리지 못했다.

다만.

"……저는, 하바라크 선생님께서 만들어주신 이 검 덕분에 몇 번이나 목숨을 부지했습니다."

헤르미오스만이 평소와 다를 바 없는 말투로 말을 건넸다.

'저게 명공이 손수 제작한 오리하르콘 검이었구나. 나도 저 검 때문에 봉변을 당했었지.'

"고맙구나."

하바라크도 입을 열었다.

"그런데, 대체 왜 갑자기 제련을 못하게 되신 겁니까?"

"불의 기운이 확 사그라졌어. 아다만타이트조차 제대로 가공하지 못할 만큼."

하바라크는 씁쓸한 목소리로 답했다.

"게다가 프레이야 님의 목소리가 더는 들리지 않는다. 이제껏 대장장이 일을 하고 있을 때는 언제나 들려왔었는데 말이다……."

'명공은 불의 신의 목소리를 들을 수 있구나. 대장장이 장인보다

는 신관에 가까운 느낌이군.'

"어제 선생님은『디그라그니를 떠받드는 탓이다』라고 말씀하셨지요. 그것이 정말 원인입니까?"

"프레이야 님은 불의 신이시다. 그분의 힘이 발현되지 않는 원인으로 달리 무엇이 있겠나. 바우키스 제국 녀석들, 돈벌이가 된단 이유로 던전 마스터인지 뭔지 알지도 못할 녀석을 왜 진짜 신처럼 떠받드냔 말이다."

하바라크가 목소리에 힘을 주면서 강하게 토로한다.

'이건 우르도 말을 했었지. 그래서 가라라 제독도 바우키스 제국의 황제를 좋게 생각하지는 않는 듯했고.'

알렌은 우르에게서 들었던 바우키스 제국의 현 상황을 떠올렸다.

바우키스 제국이 지금 재정적으로 윤택한 것은 디그라그니가 만든 던전에 모여든 전 세계의 모험가가 활동하면서 발생하는 경제 효과 덕분이다. 따라서 제국은 백성들이 디그라그니를 신처럼 찬양하도록 유도하고 있다던가.

또한 마왕군과 전쟁을 벌이게 됨으로써 타국에서 마도구 수요가 높아지고 있는지라 이 전쟁이 오래도록 쭉 이어지기를 바라는 것이 아니냐는 말도 들린다.

'그래서 중앙 대륙으로 보내는 지원도 최저한으로 조절하고 있다지.'

바우키스 제국은 중앙 대륙으로 골렘을 파견하지는 않는다. 지원 부대는커녕 해상에서 거듭 마왕군을 격퇴하는 군사력을 보유했음에도 중앙 대륙의 북부에 있는 것으로 알려진「망각된 대륙」의 마왕군을 직접 타격하고자 단 한 번도 시도조차 하지 않았다.

‘전 세계의 많은 나라들이 각자의 이익을 포기하고 하나로 뭉치기가 어렵다는 것은 나도 당연히 알지. 그래도, 이런 상태로 쭉 방치하면 큰일이 날 거야.’

알렌이 전세에서 35년을 살며 쌓았던 기억이 어떤 세계든 이상적인 목표만을 위해 돌아가지는 않는다는 확신을 가져다준다.

그러나 마왕군을 상대해야 하는 이 세상의 현실이 이상적인 상황으로부터 너무나 많이 동떨어져 있음을 느낀다.

패권주의적이고 자국의 영향력 확대를 위해 동맹을 이용하고 있는 기암트 제국.

배타적이고 타국의 간섭을 거부하는 로젠헤임.

증오 때문에 세상 전체를 바라보지 못하게 된 아르바할 수왕국.

그리고 왕위 계승과 파벌 싸움에 정신이 팔린 라타쉬 왕국.

마왕군을 쓰러뜨리기 위한 「5대륙 동맹」을 이름만 남은 허수아비로 만든 원인은 돈벌이에 정신이 없어 전쟁을 장기화시키고자 꾀하는 바우키스 제국에만 있는 것이 아니다.

‘전쟁이 수십 년이나 길게 이어졌기 때문인가. 아니면⋯⋯.’

이 또한 마왕군의 책략이 아닌가 하는 생각마저 솟는다.

“바우키스 제국이 사람들의 마음을 디그라그니에게로 유도한 탓에 불의 신 프레이야 님께서 힘을 베풀어주지 않게 되었다는 겁니까?”

“애당초 메르키아 왕국의 백성이었던 녀석들조차 지금 와서는 프레이야 님의 이름을 입에 잘 올리지도 않는 마당이니까.”

“그렇습니까.”

“그렇게 된 게다. 이야기는 끝났다. 이만 돌아가주겠나.”

“…….”

알렌을 포함해서 모두가 말을 잇지 못한다.

사람들의 신앙이 약해진 탓에 오리하르콘을 제련할 수 없다는데 대체 어떻게 해야 되는가. 쉽게 답을 찾을 순 없었다.

다만.

『전혀 아니야. 그렇게 된 게 아니라고. 응. 맞아. 이래서야 그냥 넘어갈 수가 없구나. 하하.』

소피의 어깨에 올라타 있던 자그만 동물이 명공 하바라크에게 말을 건넸다.

“뭐라고?”

대뜸 자신의 말을 부정당한지라 하바라크는 목소리가 들린 방향에, 즉, 소피에게 뚜렷한 분노의 표정을 지어 보였다.

그러나 소녀의 어깨에 탄 자그만 동물을 보자마자 숨을 죽이며 입을 꽉 다물어버렸다.

신의 존재감을 느낀 것 같다고 알렌은 생각했다.

『내가 아는 프레이야 님은 결코 너희 드워프를 버리지 않아. 거친 면모가 있는 신이시기는 해도 줄곧 너희를 아껴주셨지. 다른 어떤 종족보다도 말이야.』

“뭣이?!”

“그럼 프레이야 님의 힘이 약해진 이유가 따로 있다는 말씀이군요.”

『맞아, 알렌 군. 힘을 베풀어주지 않게 된 이유는 따로 있어. 아니, 힘을 베풀어주지 못하게 된 이유이려나. 하하.』

“다만 정확하게 알지는 못하는 겁니까. 역시.”

어쨌든 간에 오리하르콘은 가공할 수 없다.

『하하. 그러니까 내가 신계에 가서 물어보고 올게. 프레이야 님이 나한테는 가르쳐주실지도 모르니까.』

정령신은 그렇게 답한 뒤 소피의 어깨에서 딱딱하게 굳더니 움직임이 아예 멎어버렸다.

"저 녀석…… 아니, 저분은?"

명공 하바라크가 동요한 채 질문하자 헤르미오스가 정령신에 대해 설명해준다.

"그런가. 신과 함께하는 전사들이었나."

하바라크는 새삼 알렌과 동료들을 둘러봤다.

"……아니, 그게 아니더라도, 엄연히 드워프의 문제였거늘. 너희의 탓이라며 원망을 했군. 정말 미안하구나."

"아뇨. 괜찮습니다."

애먼 사람을 원망할 만큼 절망했었겠지. 아마도 눈에 제대로 보이는 것이 아무것도 없지 않았을까.

객실의 분위기가 누그러진 것을 느꼈는지 드워프 청년이 차를 내왔다.

하바라크도 자리에 앉아 어딘가 후련해진 듯한 표정을 짓고 있었다.

다만 정령신이 다시 움직임을 보일 때까지 알렌과 다른 사람들은 2시간이나 더 기다려야 했다.

게다가 정령신은 고개를 푹 숙인 채 기운이 전혀 없었다.

"왜 그러세요? 정령신님."

소피가 걱정스럽게 말을 붙인다.

『응. 아. 응.』

정령신은 얼굴을 들어 소피를 빤히 바라봤다.

『……소피아로네.』

"네."

『이제부터 이야기를 하기 전에 하나만 먼저 약속할 게 있어.』

"네. 정령신님."

소피도 똑바로 정령신을 마주 바라본다.

『정령신으로서 나는 엘프를 최우선으로 두고 행동할 거야. 과거에 기원의 무녀와 맺은 맹약에 근거해서 나의 전부를 엘프를 위해 쓰겠다고 약속할게. 그러니까 걱정하지 않아도 좋아.』

"예? 어, 어째서요?"

소피가 떠듬거리는 이유는 알렌도 곧장 이해할 수 있었다. 신이 된 처지에서 이렇게까지 말을 한다는 것이 얼마나 굳은 각오인지 오히려 의아해지는 심정이다.

"……"

모두가 같이 마른침을 삼키며 지켜보는 가운데.

『상황이 생각했던 것 이상으로 많이 심각해. 이대로 가면 세계는 몇 년도 버티지 못하고 멸망할 거야. 하하.』

알렌은 정령신 로젤의 웃음소리가 무섭도록 딱딱하게 들렸다.

"세계가 멸망한다는 게 대체 무슨 말씀입니까?"

『응. 그 얘기를 하기 전에 알렌 군의 파티가 로젠헤임을 지켜주던 동안에 일어났던 사건을 먼저 설명할게.』

정령신은 사태의 경위를 차례차례 설명해주겠다고 한다.

"그때 신계에 뭔가 사건이 일어났다는 겁니까?"

『맞아. 지상에서 너희와 씨운 병력은 미끼였고, 마왕군의 주력은 신계로 침공을 했었다나 봐.』

"아, 역시. 그것들은 주력이 아니었던 건가."

'내 예상은 최악의 방향으로 맞아떨어지는구나.'

『그러게. 알렌 군이 예상했던 게 맞았어.』

"잠깐. 알렌, 어째서 미끼였다고 예상했던 거야?"

세실이 자세히 이유를 설명하라는 듯 소리 높인다.

"아니, 전쟁 중에도 잠깐 이야기는 했는데 학원에서 배운 마왕군과 실제 목격한 마왕군의 양상이 많이 다르게 느껴졌거든. 단지 마수가 무리를 지어 몰려다니기만 했잖아."

"그러고 보니 알렌 공이 비슷한 이야기를 했었군."

포르말이 고개를 끄덕거린다.

학원에서는 마왕군을 「교활하게 약한 부분을 노려 공격하는 군세」라고 가르쳤다. 그 때문에 중앙 대륙에서는 5대륙 동맹의 패전이 이어지고 있다고.

그러나 로젠헤임에 쳐들어왔던 마왕군은 보급 부대조차 거의 편성하지 않고 오로지 물량 작전으로 침공하는 부대였다. 항상 굶주린 상태였고 지휘 계통도 체계적이지 않았던 터라 마구잡이로 몰아치기만 했다.

배운 지식과 현장과의 간극에서 의문을 느낀 알렌은 휴식 중 동료들에게 이것을 주제로 몇 번인가 이야기를 했었다.

"마치 소모품 같다고 말을 했었지. 정말 소모품이었단 말이냐?"

킬도 생각이 났나보다.

『정말 단순히 시간 끌기였던 것 같아. 주력 부대가 신계를 더 수월하게 공격할 수 있도록 신들의 눈길을 지상으로 끌어내리는 작전이었던 거야.』

"작전을 위해 1천만 마리의 마수를 소모품으로 썼단 말입니까."

알렌의 말에 정령신은 말없이 고개를 끄덕거린다.

로젠헤임으로 출발하기 전에 유례없는 규모의 침공이라고 학원의 학장에게서 설명 들었다. 그리고 실제 로젠헤임에서는 상당한 수의 마수와 싸워야 했다. 물론 상대의 수가 막대했던 만큼 수월한 싸움은 아니었으나 결과적으로 끝내 승리를 거둘 수 있었다는 데서 은근히 위화감을 느끼기도 했다.

그러나 진짜 목적을 달성하기 위한 양동이었다면 전부 앞뒤가 맞는다.

'이래서는, 아니. 그랬던 건가. 마왕군은 정말 철저하게 준비를 해서 임했다는 증거인가?'

알렌의 머릿속에서 가설 하나가 휘돈다.

『신계로 쳐들어간 주력은 사룡과 고대룡, 마신과 상위 마신으로 구성된 군대였다고 해.』

'되게 강했겠는데. 고대룡이면 단순히 S랭크 마수가 아니라 아신에 가깝다는 말도 있잖아.'

마신 레젤 및 S급 던전의 계층 보스와 동등하거나 더욱 강력한 개체들이 모인 군세라는 뜻이다.

"그래서 신계는 어떻게 되었습니까?"

『물론 마왕군도 겨우 한 번의 전투로 신계를 완전히 없애버릴 수 있다고 생각하지는 않았나 봐. 표적을 프레이야 님으로 한정 지어서 신전을 공격했어.』

"……그, 그러면 프레이야 님께서는?"

명공 하바라크가 창백하게 질린 얼굴을 몸까지 같이 쭉 내민다.

『4대신의 일좌이며 더 나아가서는 조왕신이라고 불리는 프레이야 님이시잖아. 다른 아군 신들의 지원도 있던 덕분에 격퇴하는 데는 성공했어. 뭐, 피해가 아주 없지는 않았지만.』

"그, 그렇습니까."

명공 하바라크가 후유, 숨을 내쉬었다.

『다만 중요한 물건을 빼앗기고 말았어. 바로 「신기」야. 프레이야 님께서 불의 신이라는 증거이지.』

정령신이 언급한 「신기」라는 말에 알렌은 긴장감을 느꼈다.

'지금까지 신계와 관련해서 거의 아무것도 가르쳐주지 않았었는데 이것저것 말을 해주는구나.'

그만큼 사태가 절박하다는 의미인가.

"설마…… 불이 약해진 게 그것이 원인이었던 겝니까?"

『응. 신기를 빼앗긴 신은 신으로 있지 못하게 되어버리거든.』

"세, 세상에……."

명공 하바라크의 부릅뜬 눈에서 눈물이 흘러넘쳤다.

"그게 사람들이 멸망을 맞이하는 결과로 이어집니까?"

『응. 신기 없이 그동안 썼던 것처럼 불의 신으로서 힘을 발휘한다면……. 글쎄. 아마도 3년이 채 지나기도 전에 프레이야 님께서 돌이 되어버릴걸.』

'돌인가. 신이 맞이하는 죽음의 형태를 이야기하는 것 같기도 한데.'

『그렇게 되면 아다만타이트는 커녕 미스릴도 가공할 수 없어. 녹슨 방어구에 고철 무기로 싸워야 하는 처지가 될 거야.』

"세, 세상에."

"이, 이봐. 그럼 백룡 산맥의 미스릴 광산도 그림의 떡이 된다는 소리냐?"

미스릴 광맥이 묻혀있는 백룡 산맥과 인접했으며 미스릴 채굴과 매매로 영지를 꾸려 나가는 그란벨 가문의 세실과 카르넬 가문의 가주 킬은 말을 잇지 못한다.

'마왕군과 맞서 싸우기 위해 병력을 무장시키려면 던전에서 손에 넣는 무기나 방어구에만 의지하기에는 아무리 생각해도 수량이 부족하고 말이지.'

무기도 방어구도 결국 소모품이다. 대장일에 쓰이는 불의 힘이 사그라지면 새로 마련할 방법이 없으며 수리도 불가능해진다. 싸구려 무기와 방어구로 B랭크 이상의 마수와 맞서 싸워야 하는 처지로 몰리게 되는 것이다.

"그런가, 그래서 전직 제도를 도입하는 셈이군요. 이런 상황을 조금이라도 개선하기 위해서."

알렌은 이쪽 세상에서 아직껏 시행되지 않은 전직이 갑자기 추가되는 까닭이 과연 무엇일까 쭉 생각했었다.

그런데 이유는 무척 단순했다.

아무것도 하지 않으면 세상이 멸망하기 때문이다.

『그런 셈이지. 전직에 대해서도 나중에 교회를 통해 사람들에게 전달할 계획이라더라. 불의 신께서 힘을 잃었다는 이야기도 포함해서 말이지.』

나쁜 소식은 좋은 소식과 같이 전함으로써 사람들이 혼란에 빠질지언정 절망은 하지 않도록 수습하려는 심산인 듯하다.

그렇다, 아무것도 하지 않으면 사람들의 앞날에는 절망이 기다리고 있다.

마왕군은 지배하고자 침공을 개시한 것이 아니다. 마수를 부려서 사람들을 살육하기 위하여 쳐들어오고 있다.

'나한테 세상 전부를 지킬 능력은 없고 말이지.'

조악한 무기와 방어구 밖에 없다면 설령 하늘의 은혜를 아무리 많이 나누어 주더라도 사용하기 전에 살해당해버릴 것이다.

아무튼 지금 생각해야 할 문제는 이게 아니었다.

"프레이야 님은 4대신, 4속성 신으로도 불리는 신 중에서도 거친 면모가 있는 분이라고 들었습니다. 그런 신을 마왕군이 일부러 노렸다면, 이유가 있었겠지요?"

알렌은 신에게도 격이 있다는 사실을 학원의 신학 수업에서 배웠다.

모든 신들의 정점에 있는 창조신 에르메아는 물론 절대적인 힘을 보유하고 있다. 다만 그 밖에도 강대한 힘을 보유한 신은 있으며, 개중에서도 불의 신 프레이야와 대지의 신 가이아, 바람의 신 닌릴과 물의 신 아쿠아까지 넷은 「4대신」이라고 불리며 특히 더 강력한 힘을 지니는 신이었다.

아울러 불의 신 프레이야는 가이아와 아쿠아가 수비와 치유에 특화된 것처럼 공격에 특화되어 있다. 일단 분노를 터뜨리면 이 세계의 모든 산이 분화하고 대지를 모조리 불사른다고 알려져 있는 사나운 신이다.

그러한 신을 노렸다면 타당한 이유가 분명 있었을 테지. 불의 신기를 몹시 빼앗고 싶었다거나, 그게 아니라면…….

"설마……. 드워프가 디그라그니를 떠받들고 프레이야 님에게 기도를 올리지 않게 된 것까지 관계가 있는 건가?"

명공 하바라크는 알렌과 같은 생각을 떠올린 듯하다.

"아마도 그런 게 아니었을까요. 정령신님, 맞습니까?"

『하하. 알렌 군은 세계의 진리와 무척 가까운 곳에 다다랐구나. 하지만 이 부분만큼은 말로 대답해줄 수 없어.』

정령신은 눈을 꾹 감고 답변을 거부했다.

세상이 멸망할 수 있는 사태인데도 끝내 알려줄 수 없는 부분은 있는가 보다.

"충분합니다. 분명히 프레이야 님은 조금씩 힘을 잃어왔겠지요. 그래서 마왕군의 표적이 된 겁니다."

아무래도 신은 본인을 신앙하던 자가 신앙을 버리면 힘을 잃는 듯했다.

"세, 세상에. 우리 드워프 때문에 프레이야 님께서 돌이 되어버린다는 말인가."

드워프가 기도하는 행위를 중단하면 그만큼 프레이야가 힘을 잃는다는 사실을 알고 하바라크는 거의 정신이 나가버렸다.

"마왕군은 프레이야 님의 힘이 약해질 때까지 대체 얼마나 오래 기다려왔다는 거야?”

“세실도 알아차렸구나. 아마도 수십 년 전부터 세운 계획일 테고, 쭉 기회를 노려왔겠지.”

마왕군과의 전쟁은 60년 이상 이어졌다. 그동안 체결된 5대륙 동맹이 실질적으로 각자의 속셈을 이루기 위해 조각난 상태였다는 것, 분열의 이유 중 하나인 바우키스 황제의 탐욕마저도 마왕군의 작전이 아니었을까 생각이 든다.

‘그래서 마왕군은 다짜고짜 사람들을 없애겠다고 몰아치지는 않았던 건가. 그럼 빼앗은 신기로 이제부터 또 무엇을 할지가 중요해지는군.’

『마왕군은 이 세계 전부를 철저하게 멸할 작정인 것 같아. 하하.』
정령신의 말은 마치 자기 자신에게 들려주는 것 같았다.

알렌 또한 마왕군이 멸망시키고자 하는 「이 세계」에는 지상뿐 아니라 신계도 포함되어 있음을 이해하고 말았다.

그리고 고작 몇 년 뒤로 닥쳐든 파멸의 미래를 회피하고, 사람들의 생명을 지키기 위해 무엇을 할 수 있을지 생각하기 시작했다.

알렌과 동료들은 평소의 주점에 있었다. 메르르가 무척 좋아하는 술을 내주는 가게이며, 헤르미오스의 파티와 함께 식사를 하는 중이다.

“마수 외골격을 쓴 방어구는 순조롭게 제작하고 있는 것 같아.”
“그런가요.”

안도하는 소피의 옆에서 포르말이 힘차게 고개를 끄덕였다.

정령신 로젠에게서 불의 신 프레이야가 신기를 빼앗겼다는 소식을 들은 이후로 며칠이 지났다.

이 세계에서 무구를 단조할 때는 프레이야의 힘을 빌리는 것이 일반적이지만, 그 힘이 이제부터 서서히 이 세상으로부터 사라진다고 한다. 그 결과로 무구를 새로 제작하지도 수리하지도 못하게 되면 마왕군의 침공을 저지하기는 거의 불가능할 테지.

정령신은 이 사실을 아무 데서나 아무렇게나 떠들고 퍼뜨리는 행동만 하지 않는다면 누구에게 어디까지 이야기할지는 알렌의 판단에 맡기겠다고 말했다.

정령신 로젠에게 가장 소중한 것은 엘프의 안녕이니까 그것을 위해서라면 협력의 대상을 확보하는 수단으로 정보를 공개해도 괜찮다는 의미이리라.

그때 알렌이 떠올렸던 생각은 로젠헤임의 전쟁 중 입수했던 100만 마리를 넘는 마수로부터 채취한 소재를 써서 조속히 무구를 생산하자는 것이었다.

벌레 계통 마수의 외골격은 가볍고 튼튼하니 방어구로, 용 계통의 뼈와 힘줄은 활로, 이빨은 화살촉으로 가공하는 데 적합하다.

로젠헤임의 상층부에서도 귀중한 소재라는 인식은 갖고 있었지만, 우선해서 무구로 가공해야 할 필요가 생겼다.

알렌은 우선 로젠헤임의 여왕에게 정령신에게서 들은 이야기를 전했다. 로젠헤임의 재건이 아직 완전히 끝나지는 않은 상황이었으나 여왕은 사태의 중요성을 이해하고 우선적으로 생산에 착수할 것을 흔쾌히 수락해줬다.

또한 그란벨 자작에게는 사정을 전달한 뒤 갑옷 개미 소굴의 조사를 진행해달라고 연락했다.

갑옷 개미의 여왕은 다산을 하며 단기간에 대량의 갑옷 개미를 낳는다. 개미의 외골격으로도 튼튼한 방어구를 만들 수 있으니 여왕 개미를 확보하면 안정적인 공급을 기대할 수 있을 것이라고 생각했다.

그리고 용사 헤르미오스에게도 사정을 설명하고 중앙 대륙의 기암트 제국 황제와 협의할 수 있도록 의뢰를 맡겼다. 수억 명이라는 세계 최대의 인구를 보유한 기암트 제국이 국가 정책으로 대책을 마련해서 실행해준다면 굉장히 큰 변화가 일어날 것이다.

이 같은 대처에 의해 세상에 사는 사람들의 생명이 조금이나마 부지될 테지.

다만 얼마나 긴 기간을 버틸 수 있을지는 장담하지 못한다.

'단순한 연명 요법에 불과하잖아. 어서 해결책을 강구해야 돼.'

문제의 근본적인 해결책으로서 생각할 수 있는 방안은 역시 마왕군으로부터 신기를 되찾는 것이겠다.

알렌은 이제까지 문제와 맞닥뜨리면 전세의 기억, 특히 게임의 기억을 근거로 해결의 실마리를 찾아왔다. 다만 이번에는 옛 경험에만 의지해서는 쉽게 풀리지 않을지도 모르겠다.

신기의 강탈로 알게 된 사실은 상대가 몇십 년이나 이전부터 면밀하게 계획을 세워 행동해왔다는 것이다. 1천만에 달했던 마왕군의 침공도 원대한 작전의 한 단락에 불과했다.

전세의 게임처럼 마왕을 무시한 채 레벨을 올리고 장비 수집에 매진하면 이쪽의 준비는 마칠 수 있을 것이다. 다만 그동안에도 마왕군은 시시때때로 차근차근 작전을 실행할 테니까 미리 대책을 마련하지 않는다면 반드시 선수를 빼앗기고 끌려다니게 된다.

"그건 그렇고 이런 곳에서 느긋하게 쉬어도 괜찮은 거냐."

킬이 불안한 표정을 짓고 알렌을 바라본다.

'킬에게는, 아니, 그렇지 않아. 나도 포함해서 모두 가족이 있고 소중한 대상이 있어. 자꾸 불안해지는 게 당연한가.'

킬이 걱정을 떨치지 못하는 이유는 가족을 아끼는 마음 때문이다. 불의 신이 신기를 약탈당했다는 이야기를 들은 이후부터 기운이 없는 것도 세상이 멸망할지도 모른다는 말을 듣고서 카르넬 영지에 남겨둔 여동생과 고용인들의 안부를 떠올리고 있기 때문일 테지.

"확실히 빨리 처리해야 할 과제가 많아. 하지만 마음만 급해져도 뭐가 달라지겠어? 쉴 때는 쉬어줘야지. 많이 답답하면 할 일은 얼마든지 있으니까 이것저것 도와줘."

"오?! 있는 거냐? 물론이지!"

알렌이 추진하고자 하는 대책은 이제까지 알게 된 사람들에게 협력 요청을 하는 것이 전부는 아니었다.

할 일이 늘어나도 S급 던전 공략이라는 목표는 달라지지 않는다.

마신에게 고전하는 현 상황을 타파하기 위해서 동료들의 전직과 장비의 강화, 그리고 공략 성공의 보수를 획득하는 것이 S급 던전에서 활동하고 있는 목적이 아니겠는가.

"알렌 군은 굉장하구나."

알렌과 킬의 대화를 듣고 헤르미오스가 생글생글하며 말했다.

"무엇이 말인가요?"

"어린 나이에 벌써 파티를 지휘하고 있잖아."

“뭐, 평범하지 않나요. 아무튼 디그라그니와 초회 공략 보수에 대한 교섭은 어떻게 되었습니까?”

“아, 『좋아!』라며 흔쾌히 양해해주셨어.”

‘좋아!! 소문대로 제법 대범하구나.’

“보수는 무엇을 생각하고 있어?”

“세상을 위해 도움이 되는…… 것이죠, 뭐.”

“역시 알렌 군이야.”

“아뇨, 아뇨. 게다가 꼭 저희가 보수를 손에 넣는다는 법은 없으니까요.”

이곳 S급 던전 1계층의 중앙에 위치한 신전에는 던전 마스터 디그라그니가 머물면서 드워프 신관들에게 섬김을 받고 있다. 이것은 정령신 로젠을 엘프들이 시중들고 있는 구도와 비슷했다. 따라서 정령신과 마찬가지로 평범한 모험가 정도로는 디그라그니와의 대면이 허락되지 않는다.

하지만 용사라는 직함은 허울이 아니었다. 헤르미오스가 나서서 정식으로 신전에 의뢰하면 디그라그니와 면회도 할 수 있다.

따라서 알렌은 헤르미오스에게 신전에 있는 디그라그니에게 제안을 전달한 뒤 질문도 하고 와달라는 부탁을 했다.

제안의 내용은 던전을 가장 처음으로 공략한 자에게 특별 보수를 주면 좋겠다는 것이었다.

이곳 S급 던전이 전인미답이라는 이야기는 수인 우르를 비롯하여 많은 곳에서 들어왔다.

그리고 알렌에게는 전세부터 쌓은 기억에 근거하여 「던전을 처음 공략했을 때는 당연히 특별한 보수가 주어진다」라는 생각이 있었다.

또한 무엇을 받을지는 공략한 자에게 선택권을 주면 좋겠다고도 전언을 부탁했다. 조금 무리가 있는 제안 같아서 염려했었는데 돌아온 답이 「좋아!」라니. 고맙긴 하지만 던전 마스터의 위엄이 느껴지지 않는다는 생각도 든다.

"그리고 신기 관련의 이야기인데요, 신기는 디그라그니도 갖고 있다고 했죠?"

"응, 갖고 있다고 말씀하시더라. 『에르메아 님께 받아서 엄청 기쁘다. 던전 마스터로 열심히 일한 보람이 있어!』라던데."

그 말에 정령신이 미간을 찌푸리는 모습을 알렌은 목격했다.

"알렌, 그런 질문을 해서 뭘 알고 싶었던 거야."

"응? 신기가 어떤 물건인지 알지 못하면 찾고 싶어도 찾아낼 방법이 없잖아. ……그나저나, 흐음. 그런가, 그랬던 건가."

"또 이러네, 자기만 알지 말고 빨리 가르쳐줘."

세실이 불만스럽게 핀잔을 준다.

"그러게. ……예를 들어서 세실은 헤르미오스 씨를 신이라고 생각해? 적어도 제국 전토에서 사랑받는 영웅이라는 것은 분명한 사실이겠지만."

"엥? 신?"

도대체 무슨 소리냐며 세실이 의아해했다.

"헤르미오스 씨는 어떠세요? 이대로 제국 전토에서 사랑받고 숭배의 대상까지 된다면 언젠가는 신이 될 수 있을 것 같습니까?"

"아니, 그런 건 절대로 불가능하지. 알렌 군, 갑자기 무슨 소리야?"

"제가 생각을 좀 해봤는데요, 신기란 『신앙을 모아들이는 그릇』이 아닐까요."

알렌은 학원에서 소피로부터 「신앙이 신을 탄생시킨다」라는 이야기를 들은 후부터 줄곧 신앙과 신의 관계에 대해 생각했었다.

그리고 명공 하바라크의 공방에서 「디그라그니의 대두 때문에 드워프들의 신앙을 모아들이지 못하게 되어 힘이 사그라든 불의 신 프레이야가 신기를 빼앗김으로써 신으로서 죽을지도 모른다」라는 이야기를 들었다.

또한 지금 막 헤르미오스에게 「프레이야를 대신하여 드워프로부터 신앙을 모아들이고 있는 디그라그니가 에르메아에게서 신기를 받았다」라는 이야기를 들음으로써 한 가지 가설을 세울 수 있었다.

그것은 「이 세계에서 신으로서 존재하기 위해서는 신앙을 모아들이는 수단이 필요하며, 신앙을 모을 수 있는 그릇으로서 신기가 존재하는 것이 아닌가」라는 추측이다.

짐작하건대 창조신 에르메아는 신이 될만한 자격을 갖추었다고 생각되는 자에게 신기를 하사했을 것이다. 그리고 신기를 하사받은 자들은 각자의 방식으로 신앙을 모아들인다. 그렇게 일정 이상의 기간 쭉 신자를 모아들였거나 인원수를 확보했다거나 조건이 충족되는 자가 아신을 거쳐 신으로 올라서는 것이 아닌가?

프레이야와 로젠도 과거에 이런 과정을 거쳐 정령왕에서 정령신이 됐다. 디그라그니도 같은 과정을 거치는 도중일 테지. 한편 아무리 영웅으로서 떠받듦을 받고 감사와 찬양이 이어져서 신과 비슷하게 기도의 대상이 되는 헤르미오스도 창조신 에르메아로부터 신기를 받지 못했다면 신이 될 가능성은 없다.

그리고 신이 된 이후에도 신자를 늘리고 신앙을 모아야 한다. 그렇게 하지 않으면 힘을 잃기에 언젠가는 신으로서 죽음을 맞이하고 돌이 되어버린다.

요컨대 신기가 없다면 신이라는 증거를 잃을 뿐만 아니라 신으로서 존재하기 위한 힘조차 유지하지 못하는 것이 아닐까.

"일리가 있네."

헤르미오스는 알렌의 설명에 고개를 끄덕이며 곁눈질로 정령신을 본다.

정령신은 눈도 깜빡이지 않으며 장식물처럼 완전히 얼어붙은 상태였다. 게다가 온몸에서 식은땀 같은 물방울이 폭포처럼 흘러내리고 있는 모습을 보건대 지금 나눈 이야기는 절대로 입 밖에 꺼내서는 안 되는 금기에 해당하는 내용이었는지도 모르겠다.

"그런 관계로 에르메아 님에게 신기를 하사받은 디그라그니는 마왕군과 관계가 없을 것으로 짐작되는군요."

"뭐, 처음부터 나는 아니라고 생각했지만."

이번에 불의 신 프레이야가 신기를 빼앗겼던 원인 중 하나로 프레이야의 힘이 약해졌다는 배경이 있다. 또한 이 사태의 원인은 이전까지 쭉 프레이야에게 모였던 드워프들의 신앙이 디그라그니에게로 옮겨진 것으로 추측된다.

따라서 알렌은 잠시나마 디그라그니가 마왕의 부하이며 이 또한 마왕군의 작전이 아니었을까 하고 생각했었는데, 아무래도 아니었나 보다.

애당초 신들에게 이 세상은 신앙을 모아들이기 위한 곳이니 마왕군은 그 규칙을 이용하고지 치고 들어왔을 뿐이겠지.

이렇게 생각한 까닭은 신기를 굳이 빼앗고자 한 행태 때문이었다. 단지 신기를 갖고 싶었다면 다른 신들도 전부 가지고 있지 않은가. 만약 디그라그니가 마왕과 내통하는 관계였다면 디그라그니의 신기를 확보하는 것이 프레이야의 신기를 빼앗는 것보다 훨씬 수월했을 텐데.

물론 4대신, 톡히 온 세계에서 불의 힘을 유지하는 프레이야의 신기에는 마왕군이 손에 넣고 싶어 할 만큼 절대적인 힘이 있었을 테니까 그쪽으로 표적을 좁혔다고도 생각할 수 있겠지만…….

"그건 알겠는데, 결국 구체적으로 어떻게 할 생각이니?"

"아, 대책을 위한 가능성 중 하나가 슬슬 올 무렵이야."

"응? 뭐가 온다고?"

이제 세실은 알렌이 무슨 짓을 벌일지 예상할 수 없었다.

그 이유는 알렌이 지금 문제의 해결을 위해 전세에서 쌓은 경험을 총동원하고 있기 때문이다. 자세한 설명을 뒤로 미뤄버리는 버릇이 있어서 언제나 휙휙 건너뛰면서 대화를 진행하던 알렌이 오늘은 유난히 더 이것저것 건너뛰고 있다는 생각밖에 들지 않는다.

'슬슬 올 시간인데. 우르 씨가 좀 늦는걸.'

알렌이 가게의 벽에 걸린 마도구 시계를 보던 때였다.

콰아앙!!

가게의 입구에서 난폭하게 문을 열어젖히는 거센 소리가 들렸다.

너무 세차게 열면 문이 망가지잖냐, 라고 심드렁하게 생각을 하며 문 방향을 돌아봤더니 온몸의 털을 곤두세운 사자 수인이 있었다.

'뭐지. 제우 수왕자가 뚜껑이 열렸네. 화내면서 가게에 들어오는 게 요즘 유행인 건가?'

그렇게 생각을 하던 중 가게 안쪽을 둘러보던 제우 수왕자와 눈이 마주쳤다. 제우 수왕자는 예리한 이빨을 드러내더니 나지막한 목소리로 한 차례 으르렁거렸다.

"전원, 가라."

"넷!!!"

무기를 손에 든 수인들이 수왕자의 명령에 따라 일제히 가게로 밀려들었다.

제2화 사신교의 교주

알렌은 수인 우르에게 모종의 조사를 부탁했었다. 그 결과가 무엇인지는 이미 짐작할 수 있다. 막 방금 무기를 손에 든 수인들에게 이쪽 탁자를 포위하도록 명령한 뒤 천천히 다가오고 있는 제우 왕태자가 격노한 이유도. 다만 이렇게까지 화를 낼 줄은 미처 예상하지 못했다.

'어라, 어라라. 우르 씨는 실패한 건가. 조용히 잘 캐냈어야지. 그나저나 이렇게 화낼 일이었나?'

"아, 제우 수왕자 전하. 같이 드시겠습니까?"

헤르미오스가 눈 한 번도 까딱하지 않고 평소와 같은 태도로 제우 수왕자에게 말을 건넨다.

"헤르미오스, 너도 이 자리에 같이 있다는 것은, 전부 기암트 제국의 책략이었나?"

"예? 무슨 말씀입니까?"

헤르미오스는 대강 사태를 짐작하고 알렌을 쳐다본다.

"아, 아마도 저를 찾아서 오신 겁니다."

알렌은 짧게 말하고 제우 수왕자의 뒤쪽에서 면목 없다는 듯이 주뼛거리고 있는 늑대 수인 우르를 바라봤다.

"네놈이 우리 수왕국을 염탐했던 건가. 쥐새끼 주제에 배짱 한번 좋구나."

태연한 표정으로 답한 뒤 과실주를 마시고 있는 알렌에게 제우 수왕자가 살짝 감탄하며 말했다.

"염탐이라는 표현은 좀 유감스럽네요. 조사 목표는 연합국이었습니다. 아무튼 이렇게 직접 오셨다는 것은, 수왕국도 관계가 있다는 방증이겠군요."

'아하, 꽤 깊이 관계가 있구나.'

연합국이란 로젠헤임의 남쪽에 있는 개리엇이라고 불리는 대륙에서 중소 규모의 국가가 정치적, 경제적으로 뭉친 국가군을 가리키는 말이다.

"우르 씨에게 확인하고 싶은 게 있습니다만, 수왕자 전하께서 찾아와주셨으니 마침 잘됐군요. 자, 빈자리에 앉아주세요."

"뭐라고?"

제우 수왕자의 표정이 더욱 험악해졌다.

알렌의 동료 중에서 가장 겁이 많은 킬은 걱정하는 표정을 짓고 있었다. 「이봐, 진짜 괜찮겠냐?」라는 말을 꾹 눌러 삼키고 있는 듯하다.

"어라? 수왕국에서는 사자가 쥐새끼한테 겁을 먹습니까?"

'이야기가 진행되질 않으니 일단 자리에 앉아줘라.'

헤르미오스가 좀 지나치다며 알렌을 시선으로 나무랐다.

"허, 그래, 재미있구나. 아주 재미있어. 좋아. 여기까지 걸어오느라 목이 마르군. 나도 말이다, 뭔가, 마, 마실 것을 시원하게 들이켜야겠다."

너무나 화가 난 탓에 말조차 제대로 잇지 못하면서도 여유를 보이고 싶었나 보다. 제우 수왕자는 딱딱하게 굳은 얼굴로 애써 미소를 짓고 천천히 빈자리에 있았다.

부하 수인 중 한 명이 마실 것을 주문하기 위해 카운터에서 무슨 일이냐며 쳐다보고 있는 점원에게 향했다.

이윽고 에일이 담긴 커다란 잔이 제우 수왕자의 앞에 놓인다.

"그래. 어째서, 우리나라를 염탐했는지 말을 해보겠나?"

술잔의 내용물을 단숨에 들이켜고 제우 수왕자가 질문했다.

"방금 전에도 말씀드렸는데 조사 목표는 연합국이었습니다."

"그런가. 하지만 너는 우리나라도 관계가 있다고 말했었지. 실제 우리나라의 국민에게서 내부의 사정을 캐묻고자 하지 않았던가. 어째서냐, 왜 조사를 했지?"

에일을 마시고 마음을 가라앉힌 제우 수왕자는 알렌에게 아직 답례를 하지 않았다는 사실을 떠올리고 말투를 조금 정중하게 고쳤다.

하지만.

"음? 혹시 몰라서 확인하겠습니다만, 지금 대화는 정보 교환으로 인식해도 괜찮겠지요?"

"허?! 뭐라고! 네놈!"

알렌이 수인을 구해줬다는 것을 떠올리고 늦게나마 싹텄던 감사의 마음도 지금 한 발언 때문에 다시 분노로 뒤바뀐다.

그런 모습을 보고 근육을 장비한 건가, 머리카락이 갑자기 확 곤두서는구나, 라고 태평한 생각을 하며 알렌은 대꾸했다.

"당연하겠죠? 저도 수왕자 전하도 서로 정보를 원하고 있는 처지입니다. 그렇다면 이것은 거래가 되는 셈이죠. 어째서 일방적으로 정보를 얻을 수 있다고 생각을 하신 겁니까? 이 자리에는 로젠헤임의 왕녀도, 용사 헤르미오스도 동석하고 있는데 말입니다.”

“허? 하지만, 으음.”

알렌은 소피와 헤르미오스에게 시선을 보냈다. 수왕태자도 아닌 수왕자보다 소피가 왕족의 격이 더 높을뿐더러 헤르미오스의 파티는 제우 수왕자의 동료보다 더욱 강하다.

“알렌 군, 적당히 하자. ……수왕자 전하, 잠시, 아직 알렌 군이 무엇을 알고자 했는지는 저도 못 들었습니다만. 어쨌든 서로에게 유익한 정보를 나눌 기회가 되긴 할 겁니다. 아무쪼록 일단 대화를 나눠보는 것이 어떻겠습니까?”

헤르미오스가 정중하게 자기 자신을 낮추며 제우 수왕자에게 말을 건넨다.

“정말 유익한 건가?”

“물론입니다. 괜찮으시다면 저희부터 먼저 말씀을 드리도록 하지요. 또한 만약에 수왕자 전하께서 유익하지 않다는 판단을 내리신다면 대화를 바로 중단해주십시오. 이러면 안심하실 수 있겠지요?”

헤르미오스가 거듭 설득을 한다.

“대단한 자신감이군. 흠, 알겠다. 중앙 대륙의 영웅이 거듭 간청하는데 들어는 봐야겠지. ……너희도 편하게 뭐든 마시며 기다리도록 해라.”

“예엡.”

제우 수왕자가 탁자를 포위하고 있던 수인들을 해산시켰다.

“자, 알렌 군. 대화 진행은 맡길게.”

“네, 헤르미오스 씨.”

‘역시 용사라니까. 제우 수왕자의 체면도 세워주면서 결국은 원만하게 수습해주는구나.’

알렌은 헤르미오스의 빈틈없는 대응에 감탄하면서 제우 수왕자에게 오리하르콘을 찾아냈던 것부터 불의 신 프레이야가 신기를 빼앗겼다는 것, 그리고 앞으로 발생하리라고 예상되는 상황까지 아무것도 숨기지 않고 쭉 이야기했다.

설명 중 힐끔거리며 정령신을 확인했는데, 후카만을 열심히 먹을 뿐 이야기를 막거나 중간에 끼어들지도 않았다.

제우 수왕자는 몇 번인가 동요하면서도 끝까지 차분하게 이야기에 귀를 기울였다.

“오호라. 무척 기이한 이야기이기는 한데, 그랬던 건가. 한데 괜찮겠나? 나에게 이 같은 이야기를 해줘도.”

중앙 대륙은 현 정세에서 수왕국의 가상 적국이었다. 5대륙 동맹에 따라 군사적으로 연결되어 있으나 그 또한 마왕군을 상대하는 경우로 한정된다. 이면에서 수왕국은 중앙 대륙으로 침공을 개시할 만한 시기를 가늠하고 있는 와중이다. 따라서 신기를 약탈당한 결과로 마왕군과 직접 전쟁을 하는 기암트 제국이 참패를 당할수도 있다는 정보를 준 셈이었다.

“아뇨, 아니죠. 전직 제도도 곧 시작되니까요.”

“전직이라고?”

전직에 대해서도 알렌은 설명했다. 현재 조정 중이나 내년부터 시작될 것으로 예상되는 제도이며 이후 마왕군과 맞서 싸우기 위한 대항책도 있음을 알려준다.

"그게 사실이라면 역시 귀중한 정보로군. 한데 수왕국과 무슨 관계가 있지?"

신기를 빼앗겼다는 이야기도 전직의 이야기도 제우 수왕자는 아직껏 수왕국과 어떻게 연결되는지를 이해하지 못했다.

"아뇨, 방금 전에도 말씀드렸는데, 연합국입니다. 연합국의 『사신교 교주 토벌』에 수왕국이 관련되어 있다는 것이 중요합니다."

"흐음, 확실히. 그래, 알겠다. 시아를 조사했던 이유가 그것이었나?"

알렌은 지난 몇 개월 동안 우르로부터 수왕국 관련의 이야기를 여럿 들었다. 그간 들었던 내용 중에는 아르바할 수왕국의 수왕위 계승에 관한 상세한 정보도 포함된다.

누가 차기 수왕이 될지, 어떻게 하면 차기 수왕 후보를 베크 수왕태자가 아니라 다른 인물로 교체할 수 있을지 파악할 필요성을 느끼는 상황이었기 때문이다.

아르바할 수왕국에서 수왕이 되는 인물은 기본적으로 선왕의 첫 번째 자식이다. 그러나 첫 번째 자식 이후로 우수한 아이가 태어나는 경우도 드물지 않게 발생하고는 한다.

그러한 때는 둘째 이후의 자식에게 시련을 부과하고, 해당 시련을 극복한다면 첫째 자식이 아니더라도 수왕을 계승할 수 있는 자격을 준다고 한다.

제우 수왕자의 경우는 S급 던전 첫 공략이라는 시련을 받았다.

그리고 제우 수왕자만이 아니라 현 수왕의 막내이자 인격도 전투력도 훌륭한지라 전사 공주라고 불리고 있는 시아 수왕녀도 차기 수왕 후보로서 시련을 부과받았다.

그것이 연합국과 관계된 「사신교 교주 토벌」이었다.

사신교는 몇십 년이나 이전에 연합국 중 한 나라에서 탄생했다.

들자 하니 믿고 따르면 마왕군에게 침공을 받지 않는다는 소리를 떠들고 다녔다던데, 실제로는 마왕군이 연합군에 나타났던 사례는 단 한 번도 없었다.

이렇듯 느릿하게나마 착실하게 신자를 늘려 나가며 연합국의 다른 나라로도 차츰 세력을 확대했던 사신교가 마침내 바다를 건너서 아르바할 수왕국까지 진출한 것은 몇 년 전의 일이었다고 한다.

수왕국은 연합국과 교역을 하고 있기에 물품과 함께 사신교의 신자까지 들어왔다는 것 같다.

또한 사신교가 국내에서도 착실하게 퍼져 나가고 있음을 보고받은 현 수왕이 격노했다.

아르바할 수왕국은 수신(獸神) 가룸을 절대적인 유일신으로서 숭배하고 있다. 그런 나라인데 타국에서 발생한 데다가 또한 유래조차 분명하지 않은 신흥 종교가 수왕에게 허가도 청하지 않은 채 제멋대로 교리를 퍼뜨린다는 것은 도저히 용납될 수 없는 행위였다.

따라서 막내 수왕녀에게 사신교 교주 토벌을 명령했다. 이 조처에는 연합국도 협력적이었던 것으로 알렌은 들었다.

"네, 빼앗긴 불의 신의 신기가 혹시 사신교 쪽에 넘어가지 않았을까 생각하고 있습니다."

마왕군은 언제나 계획을 세우고 앞을 내다보며 움직이고 있다. 당연히 신기를 빼앗은 뒤 어떻게 활용할지 미리 결정도 마쳤을 것이

다. 그런 생각으로 알렌은 신기의 용도에 대해 며칠이나 고민해왔
다. 그러던 중 떠올린 것이 우르에게 들어본 적 있는 「사신교」였다.

알렌의 전세 때 기억으로 자칭이든 타칭이든 아무튼 간에 「사신
교」라는 괴상한 이름이 붙는 집단은 게임에서도 꼭 쓰러뜨려야 하
는 악역이었다. 당연히 이 세계에서도 사신교 교주는 반드시 안 좋
은 꿍꿍이가 있을 것이라는 편견을 가졌고, 사신교의 교주는 마왕
과 마찬가지로 토벌의 대상으로 경계하자는 생각을 하고 있었다.

그러므로 신기의 행방에 대해 고민하던 때 시아 수왕녀가 쫓고 있
다는 사신교의 교주가 신기를 손에 넣어서 신앙을 모아들인 뒤 무
엇인가 안 좋은 계획을 추진하려는 속셈이 아닐까 하는 가능성을
떠올렸던 것이다.

"그렇군, 다만 괜찮다. 걱정할 필요는 없군."

"예? 무슨 말씀입니까?"

'음? 어떻게 딱 잘라서 말할 수 있는데?'

이번에는 알렌이 놀랄 차례였다.

"바로 얼마 전 시아에게서 편지가 왔다. 사신교의 교주를 체포해
서 에르메아교의 본부에 넘겼다고 적혀있었지. 머지않아 종교 재판
을 받게 될 것이다."

"예? 아하, 이미 다 끝난 일이었군요."

'뭐야, 벌써 붙잡혔어? 재판을 하긴 하는구나. 역시 에르메아교의
본부군. 그렇다면 차기 수왕은 시아 수왕녀인가.'

에르메아교의 총본부인 에르마르 교국은 연합국을 구성하는 나라
중 한 곳이다. 에르마르 교국도 전면적으로 협력을 해준 덕분에 빠

르게 체포할 수 있었다고도 제우 수왕자는 가르쳐줬다.

'그건 그렇고 완전히 헛다리를 짚고 말았군. 「사신교」라는 말을 듣고 혹시나 싶었는데 교주가 곧장 붙잡히는 곳이라면 굳이 경계까지 할 필요도 없었던 건가. 빼앗긴 불의 신의 신기도 다른 곳에서 알아봐야겠군.'

「사신교」라는 명칭도 다른 신앙이나 종교에 관대한 세계가 아닌 까닭에 붙여졌는지도 모르겠다. 방금 막 우쭐거리는 얼굴로 주장했었는데 조금 부끄럽기까지 하다.

"재판에서 사신교의 행적도 조사가 이루어질 것이다. 뭐, 짐작하건대 소문으로 들었던 말이 사실이라면 아마 죄를 저지른 신도는 처형당할 테지."

제우 수왕자는 사신교가 상당한 악행까지 저질러왔다는 것 또한 보고를 받은 듯했다.

그 후에 몇 가지 던전의 이야기와 이후 방침의 이야기를 나눴다.

빼앗긴 신기는 언젠가 이 세상 어딘가에서 어떠한 형태든 간에 사용될 것이다. 그런 사태를 사전에 막기 위해서라도 혹시 신기로 짐작되는 물건에 대해 무엇이든 소식을 파악한다면 꼭 조사에 나서자는 인식만 마지막으로 공유한 뒤 그날은 자리를 마무리하기로 했다.

가게 앞에서 헤어질 때 제우 수왕자는 알렌에게 이렇게 말했다.

"다음부터 시아의 주변 문제를 조사할 때는 나에게 직접 찾아와서 묻도록 해라. 알겠나?"

"네, 그러겠습니다."

'뭐지. 그냥 여동생을 좋아하는 오빠였냐.'

아무래도 여동생을 걱정한 행동인 것 같다고 알렌은 생각했다.

제3화 거섬에서 성년 축하

이곳 S급 던전의 1계층은 중앙에 있는 거대한 신전보다 더 높은 위치에 거대한 등불 마도구가 장착되어 있다. 시간상 주간에는 밝게, 야간에는 적당히 어두워진다.

던전의 2계층 및 3계층에서도 밝기가 적절하게 조정되는 것은 마도구를 지배하는 디그라그니의 힘이 작용하기 때문이라고 한다.

슬슬 해가 저물 시간이 되었을 때, 알렌과 동료들은 식당에 모였다.

알렌의 파티 「폐인 게이머」와 헤르미오스의 파티 「세이크리드」, 벌이가 좋은 모험가 파티 두 곳이 공동생활을 하는 이 거점의 식사는 언제나 호화롭다. 그런데 오늘 식당에 쭉 늘어놓은 요리는 평소보다 한층 더 호화로웠다.

헤르미오스의 고용인이 더욱 실력을 발휘해주었을 테지.

그 이유는 오늘이 알렌의 생일과 함께 「폐인 게이머」 모두의 성년을 축하하는 날이기 때문이었다.

본래는 오늘, 10월 1일이 알렌의 생일이다. 덧붙여서 올해 알렌의 동료들은 포르말을 제외하고 전원이 성년을 맞이한다. 인간과 드워프의 성년 연령은 15세, 엘프는 30세, 하이 엘프는 50세다.

이 세계에서는 설령 농노일지라도 성년 축하파티를 빠뜨리지 않았다. 귀족이라면 국가의 유력자까지 초대한 뒤 저택에서 성대하게 행사를 한다. 왕족쯤 되는 인물이라면 무도회를 개최하기도 한다.

기사단과 악단을 거느리고 수도를 행진하는 나라도 있는 듯하다.

알렌은 던전을 공략하기 시작했을 무렵 슬슬 자신들이 열다섯 살이 된다는 것을 깨달았다.

그래서 동료들에게 성년 축하 자리를 마련해볼까 물었더니 「축하는 하는 게 좋다」라는 의견이 많았다. 다만 동료들의 생일마다 매번 행사를 준비하면 비효율적이니 누군가 한 명의 생일날에 다 같이 하자는 말이 나왔고, 이어서 리더인 알렌의 생일에 하는 것이 좋겠다고 의견이 모아졌던 것이다.

'이세계에 와서 오늘로 15년이 지난 건가.'

이 세상에서 어른이 될 때까지 살았다는 생각을 하니 감개무량하다.

한편 전세의 기억은 아끼는 게임에 열중했던 기억 말고는 이미 상당히 흐릿해져서 제대로 떠올릴 수 없게 되어버렸다.

"그나저나 수왕자 전하는 괜찮으신 겁니까? 모처럼 던전 축제가 열린다고 들었습니다만."

알렌은 폭신폭신한 소파에 몸을 기대고 있는 제우 수왕자에게 말을 건넸다.

"음? 상관없다."

제우 수왕자는 소파에 앉아서 몸을 쭉 젖힌 채 답했다.

오늘 아침에 제우 수왕자의 심부름꾼 수인이 찾아와서 오늘 밤 식사라도 어떻겠냐는 제안을 전달했다. 못 가는 이유를 밝혔더니 이후에 아무 소식이 없었고, 저녁때가 되어서야 아무 예고도 없이 우르와 사라를 거느린 채 수왕자 본인이 직접 커다란 술통을 어깨에 짊어지고 나타났더랬다.

‘굳이 거절할 이유가 없어서 손님으로 맞이하긴 했는데 아주 편하게 구는구나.’

“에이, 괜찮잖아, 알렌 군. 전하께서 너희의 성년을 몸소 축하해주신다는 배려의 마음을 너무 거절하면 아쉽지 않아?”

“하지만 도시는 어제도 그랬지만 축제가 열린 것 같던데요.”

“음? 걱정은 하지 마라. 점심이 지날 때까지 동포들과 함께 술을 마시다가 왔으니.”

왔을 때 이미 취한 듯 보였는데 역시 그랬다.

디그라그니를 숭상하며 지금까지 던전에서 무사히 활동할 수 있었다는 것에 감사하고 또한 앞으로도 무사하기를 기원하는 던전 축제는 아무래도 이 도시만의 특별한 행사 같았다. 10월 1일은 알렌의 고향 개척촌에서는 수확제였는데, 다른 지역에서도 비슷하게 축제가 있는가 보다. 던전 안에는 논밭이 없는지라 이런 형태로 자리 잡았을 테지.

올해는 특히 더 거하게 준비를 한 듯 큰길로부터 길 하나를 사이에 둔 이곳 거점까지 축제의 떠들썩한 소리가 들려왔다.

‘그러고 보니까 축제 이벤트에는 딱히 참가를 안 했었구나.’

알렌은 전세 때는 게임 안에서 이루어지는 계절성 행사에는 참가를 하지 않았다. 참가해봤자 아이템이나 경험치가 반드시 지급되는 것은 아니었을뿐더러 혹시 뭔가 주더라도 외형만 바뀌는 복장을 받는 정도에 불과했던지라 흥미가 생기지 않아서였다.

알렌의 격언 중에는 『효과가 없는 아바타를 입을 바에야 알몸이 낫다』가 있을 정도다.

하지만 지금 동료들과 함께 축하해주는 사람들 틈에 둘러싸여 있으니 이런 이벤트도 나쁘지는 않다는 생각이 든다.

"가라라 제독은 슬슬 복귀했으려나? 최하층 보스를 쓰러뜨리겠다고 말을 했었지."

오늘 던전 축제에 맞춰 드워프의 영웅 가라라 제독이 아침부터 던전에 들어가서 최하층 보스에게 도전하고 있는 중이었다.

그 때문에 신전 앞에는 제독의 귀환을 기다리는 드워프들이 잔뜩 몰려들었다고 한다.

해가 저물 시간이 되었는데도 복귀했다는 소식이 들리지 않는데, 최하층 보스를 쓰러뜨리는 것이 절대로 만만하지 않기 때문이겠지.

알렌의 파티가 장비 획득과 레벨 올리기에 힘쓰고, 제우 수왕자의 파티가 동료 모집에 고생하고 있는 와중에 한발 먼저 석판을 모은 뒤 파티도 충분히 강해졌다고 판단을 내린 가라라 제독은 5계층에 있다는 최하층 보스에게 도전했다.

'아쉽네, 초회 공략 특전을 받고 싶었는데. 뭐, 이게 5대륙 동맹의 강화로 이어진다면 어쩔 수 없지. 나중에 최하층 보스는 어떤 녀석이었냐고 물어봐야지.'

가라라 제독의 파티가 공략에 성공할지는 알 수 없지만, 무사히 복귀해주기를 기원하도록 하자.

"알렌. 슬슬 이 던전도 공략의 끝이 보이는구나."

"그러게. 드골라. 이렇게 가면 생각보다 꽤 빨리 공략이 끝날 것 같아."

알렌이 하던 생각을 드골라가 먼저 입 밖에 꺼낸다.

언제나 같이 다니는지라 이런 경우도 늘어났다.

헤르미오스와 제우 수왕자가 굳이 축사까지 맡아주면서 성년 축하 행사가 자연스러운 형태로 시작된다.

평소와 다를 바 없는 동료들과 함께 즐겁게 식사를 한다.

"얘, 오늘 같은 날에는 술도 좀 마셔야지."

상당히 취한 듯 눈이 멍해진 세실이 나무 술잔을 얼굴 가까이 들이댔다.

특별히 거절할 이유도 없는지라 술잔을 받아서 입에 가져갔다.

오랜만에 마시는 술은 역시 맛있지는 않았다.

이쪽 세계에 와서 처음으로 마신 술이었는데, 술맛을 알지 못하는 혓바닥은 전세 때부터 변함없다는 생각이 들어 알렌은 혼자서 키득 웃었다.

"그러고 보니, 수왕자 전하."

알렌은 술을 마시며 제우 수왕자에게 말을 건넸다.

이참에 물어보고 싶은 것이 있었다.

"음? 뭐지?"

"시아 수왕녀 전하가 사신교 교주를 토벌하는 데 성공했다는 말씀을 하셨었죠. 그런데 수왕녀 전하가 시련을 마친 지금도 수왕자 전하는 수왕국으로 복귀하지 않으시는 겁니까?"

"가지 않는다. 수왕 폐하께서 명을 내리신 S급 던전 공략은 아직 끝나지 않았으니까."

'그 공략도 최초 공략이 아니면 시련 달성 조건은 달성이 안 되는 게 아닌가?'

머지않아 가라라 제독이 초회 공략을 끝내버릴지도 모르는데…….

그런데 수왕자의 말을 듣고 있었던 우르가 중얼거린다.

"전하……. 이렇게나 인자하시다니."

게다가 눈물까지 흘리는지라 알렌은 제우 수왕자의 진짜 마음을 알 수 있었다.

형으로 둔 베크 수왕태자가 방해했던 탓에 제우 수왕자는 현재에 이를 때까지 던전 공략에 매진할 만한 인원을 다 모으지도 못한 상태다.

별 한 개짜리 재능을 보유한 인물이라면 다수 있지만, 별 세 개 이상의 재능을 보유한 인원만으로 파티를 구성하기는 거의 불가능한 상황이었다.

그러나 이 같은 처지에서도 끝내 제우 수왕자가 이곳에 남은 이유는 수인들을 위해서였다.

이전에 우르에게서 말을 듣기도 했었는데, 아르바할 수왕국의 수인들은 모두 좋아서 1년이면 도전자 중 절반이 죽는 위험한 S급 던전으로 온 것이 아니다. 베크 수왕태자가 「재능을 보유한 자는 반드시 1년간 S급 던전에 가야 한다」라고 규칙을 정한 까닭에 거부하고 반역죄로 잡혀갈 바에야 마지못해서 이곳에 온 수인도 있다.

제우 수왕자가 지위를 이용해서 수인들의 진두지휘를 맡고 있는 이유는 수인들을 한 명이라도 많이 살려서 본국으로 돌려보내고자 생각하고 있는 듯싶다.

물론 본인은 결코 말하지는 않는다만.

"그나저나 너희는 아직 어리다고 생각했었는데 올해로 성년이었다니. 로젠헤임을 구원한 영웅은 더 어린 시절부터 이렇게 철저했던 건가?”

우르의 눈물로 덜컥 숙연해졌던 분위기를 바꾸기 위함인지 제우 수왕자가 다른 이야기를 꺼낸다.

“맞아. 옛날부터 진짜 굉장했어!”

알렌의 옆에서 멍한 눈빛의 세실이 나무 술잔을 꽉 쥐고 일어섰다.

“오호?”

제우 수왕자가 흥미를 드러내는지라 세실은 비틀거리며 다가가더니 열 살 때 겪었던 사건에 대해 이야기를 하기 시작했다.

“또 시작이군.”

킬이 작은 목소리로 중얼거린다. 이 이야기는 학원에 있던 무렵부터 몇십 번이나 들어왔다. 불쾌한 것은 아닌데 같은 내용을 처음부터 끝까지 자꾸자꾸 들었던 터라 이제는 좀 지긋지긋하다.

“……그래서, 이렇게, 마더가르쉬를 단검만 갖고 쓰러뜨린 거야!”

세실은 마더가르쉬에게 물어뜯기면서도 눈알에 단검을 쑤셔 박았던 알렌을 흉내낸다.

그 움직임은 취기가 도는 탓인지 무척 휘청이는 동작이었다. 귀족이 보여야 할 기품은 티끌만큼도 느껴지지 않는다.

“마더가르쉬는 우리나라에도 있다만 만만찮은 상대지. 그런 마수를 열 살에 쓰러뜨렸다니 굉장하군.”

“맞아. 굉장해!”

세실은 이런 활약은 더 널리 퍼뜨려야 한다며 알렌을 째려봤다.

그러나 이미 취기가 돌기 시작한 알렌은 세실의 의도를 알아주지

못한 채 자신이 흥미를 가진 화제로 바꾸고자 했다.

"아뇨, 아니쇼. 이곳에는 저보다 굉장한 분이 많이 계시니까요. 드베르그 씨는 심지어 열 살에 적룡을 쓰러뜨렸잖아요."

드베르그가 남긴 용살의 일화는 라타쉬 왕국 전체에 퍼져서 오르내리고 있다. 『검성 드베르그 영웅담』이라는 그림책이 나오기도 했고. 알렌도 감정 의식 때 신관에게 들었다.

다만 당사자 드베르그는 말없이 느릿하게 술을 마시며 대화에 참가하려고 하진 않는다.

"저도 드베르그 씨 이야기를 듣고 싶어요! 적룡은 많이 강했나요?"

알렌 이상으로 용살의 이야기에 흥미를 가진 클레나가 덩달아 소리를 높여 보챈다.

마치 용의 브레스와 비슷한 콧김 앞에서 버티기는 힘들었는지 드베르그는 한 차례 한숨을 쉬더니 입을 열었다.

"……뭐, 강했었지."

과거에 드베르그가 태어나 자란 마을의 근처에 적룡이 한 마리 눌러앉았다고 한다.

그 적룡은 매년 마을에 산 제물을 바치라고 요구했다.

드베르그가 상황을 파악한 것은 친구가 산 제물로 지목되어 적룡의 둥지로 끌려간 이후였다.

어떻게든 막아보고자 했으나 어른들은 어쩔 수 없다고 말할 뿐 아무도 진지하게 말을 들어주지 않았다.

결국 드베르그는 마을의 무기 상점에서 잘 드는 검을 훔친 뒤 친구를 구하고자 적룡의 둥지로 달려갔다. 간신히 친구가 잡아먹히기

전에 도착해서 격렬한 대결의 끝에 기적적으로 적룡의 목을 날려버릴 수 있었다.

다만 똑같은 짓을 한 번 더 하라고 요구받는다면 이번에는 불가능할지도 모르겠다.

그렇게 말한 뒤 드베르그는 이야기를 마쳤다.

무척 담담하게 이야기를 풀어놓는 모습에서 알렌은 능숙함을 느꼈다. 분명 보채는 아이들에게 몇십 번이나 같은 이야기를 들려줘 왔을 것이다.

그럼에도 또 같은 이야기를 들려준 것은 어쩌면 드베르그도 축하 자리의 분위기를 깨지 않고자 신경 써줬기 때문인지도 모르겠다.

"굉장해!!"

모두 동경이 담긴 시선을 드베르그에게 보낸다.

"그런가……."

다만 드베르그는 짧게 한 마디를 했을 뿐 다시 조용히 술을 마시기 시작했다.

클레나가 더 이야기를 듣고 싶다며 몸을 쭉 내밀고자 했을 때였다.

"음, 뭐지?!"

우르가 갑자기 일어섰고, 조금 뒤늦게 알렌과 다른 사람들도 바깥의 축제 날 떠들썩했던 여러 소리가 어느덧 비명으로 바뀌었음을 깨달았다.

"무슨 일이 생긴 것 같아! 가보자!!"

먼저 알렌이 외치자 다 같이 일어서서 바깥으로 뛰쳐나간다.

알렌과 동료들은 비명이 들린 방향으로 서둘러 움직였다.

달리던 중 알렌은 풀C 소환수의 각성 스킬 「향미 야채」를 써서 전원의 취기를 날려버렸나.

곧 신전 근처로 다다랐다. 시끌벅적하게 모인 인파를 밀어 헤치고 신전으로 다가간다.

신전 앞쪽에는 상점도 도로도 없이 광장이 조성되어 있다. 그곳은 드워프들로 북적이고 있었는데, 사람들의 중심 위치에서 알렌은 낯익은 모습을 발견했다.

'가라라 제독이다.'

"페페크가 아직 던전에 있다! 보보그아도 아직 남아있단 말이다! 이 손을 놓아라!!"

주변의 떠들썩한 소리에 지지 않는 큰 목소리로 거듭 고함지르는 가라라 제독은 한쪽 팔을 잃은 데다가 두 다리도 찌부러져서 이상한 방향으로 꺾인 모습이었다.

"우리를 대피시키기 위해 후미를 막아줬던 겁니다! 이미 늦었다고요. 회복약도 없습니다. 어서 상처부터 빨리 치료해야 합니다!!"

두 명의 드워프가 각각 제독을 좌우에서 부축한 채 걱정스럽게 지켜보고 있는 수많은 드워프들을 밀어 헤치고 나아간다. 뒤쪽에 핏자국이 남았다.

드워프보다 머리 하나만큼 키가 큰 알렌은 현 상황이 무척 잘 보였다. 수납으로 하늘의 은혜를 꺼낸 뒤 망설이지 않고 사용했다.

가라라 제독의 사라졌던 팔과 찌부러진 두 다리가 원래대로 돌아오고, 중상과 경상에 관계없이 다른 드워프들도 전원이 완치됐다.

"이게 무슨 일이야?!"

아무 전조도 없이 자신들의 상처가 완치된지라 제독의 파티원들은 깜짝 놀라며 주위를 둘러봤다.

"저희가 엘프의 영약을 써서 회복시켰습니다."

알렌이 바로 나서서 대답했다.

"……어, 알렌이었구나."

이름 정도는 기억해줬나 보다.

"네."

가라라 제독은 막 회복된 다리로 알렌에게 가까이 걸어왔다.

"혹시 지금 쓴 영약이 더 남아있나?"

"제독님?!"

드워프들이 무슨 소리를 하느냐며 당황하고 있는 와중에 알렌은 제독의 의도를 알아챘다.

'흠, 그만큼 소중한 부하였다는 건가.'

"있긴 있습니다만. 무엇에 쓸 생각이십니까?"

"당연히 동료를 구하러 가기 위함이 아니겠나!!"

'동료였다고.'

상하 관계가 있는 파티로 보였었다만, 가라라 제독의 마음속에서는 부하가 아닌 동료로 인식되고 있었나 보다.

"하지만, 제독님……. 이미 메달이 없지 말임다."

동료 드워프가 고통에 찬 표정으로 말했다.

"가라라 공. 우선 장소를 바꿔서 마음을 가라앉히는 것이 어떤가?"

키가 큰지라 알렌보다 또 머리 한 개 이상은 높은 위치에서 목소리를 낸 제우 수왕자가 가라라 제독에게 제안을 한다.

"음? 제우 수왕자 공?"

이제야 마음이 좀 가라앉았는지 가라라 제독은 주위로 눈길을 줬다. 던전 축제가 열린 와중이었고 또한 이곳이 하필 던전의 신전 입구였던지라 주변 사람들의 몹시 맹렬한 시선이 온통 자신들의 파티에 집중되고 있음을 알아차린 듯하다.

"다른 파티원분들도 부디 같이 가시죠."

다시금 알렌은 가라라 제독의 파티를 거점으로 초대했다.

"……상당한 진수성찬이구나."

식당에 들어서자마자 가라라 제독이 말했다.

"그러게, 알렌 군의 파티가 마침 성년 축하를 하던 참이었거든."

"뭐라고?"

헤르미오스가 사정을 간단하게 설명해준다.

"메르르. 너도, 그리고 보니 졸업하기도 전에 전쟁에 참가했었구나."

"……응."

메르르도 상황이 상황인 만큼 씁쓸하게 고개를 끄덕거렸다.

"요리는 아직 충분히 남았으니 먹고 가시겠습니까?"

"괜찮겠나? 아침부터 쭉 도망 다녔던 탓에 말이지. 식사를 전혀 못했다. 고맙구나."

'도망을 다녔던 건가.'

드워프들이 줄줄이 식당 안으로 들어와서 곧장 요리에 손을 뻗는다.

그 모습을 바라보던 알렌은 제우 수왕자가 자기 마음대로 가라라 제독과 파티를 초대한 것도, 자신들을 위해 준비한 성년 축하용 요리에 다른 사람들이 손을 댄 것을 전혀 불쾌하게 생각하지 않았다.

제독의 파티가 매우 지쳤을 테니 조금이라도 영양을 섭취하고 휴식을 하길 바라는 마음도 있었고, 한편으로 자신과 동료들을 위함이기도 했다.

가라라 제독이 이끌었던 스무 명의 파티는 이제까지 아무도 도달하지 못했던 S급 던전 최하층 보스에게 도전한 뒤 생환한 최초의 파티가 됐다.

이 사람들이 식사를 하며 나누고 있는 이야기를 듣고 있으니 생환한 인원은 고작 열네 명이었다. 초견의 보스전이 얼마나 어려운지를 짐작할 수 있겠다.

물론 알렌은 첫 전투에 반드시 공략 방법이 발견되지는 않는다는 것을 잘 알았다. 정보를 차근차근 쌓아서 공략법을 만들어 나갈 수밖에 없지만, 현 상황에서 최하층 보스의 구체적인 정보를 보유하고 있는 인물은 가라라 제독과 같은 파티원뿐이다.

몹시 초췌해진 가라라 제독에게 이것저것 캐물을 생각은 없었다만, 언젠가 자신들이 도전할 때 동료들의 목숨이 위험에 노출되는 사태를 막기 위해서라도 공략에 유익한 정보는 꼭 확보해야만 한다.

'지금 상황으로 알아낸 것이 몇 개 있기는 한데 말이지. 일단 최하층 보스는 전투 개시 이후에도 도망칠 수 있구나. 도주가 불가능하진 않은데 어려운 것은 데스 스테이지와 비슷한 느낌인가?'

탈출이 가능하다는 사실을 안 것만으로도 상당히 유익했다고 말할 수 있겠다.

"이래서는 술이 부족하겠군. 우르, 더 넉넉히 사서 오거라."

"분부 받들겠습니다."

성년 축하를 위해 가져왔던 커다란 술통이 있는데도 가라라 제독을 포함한 열네 명의 드워프가 추가된지라 양이 부족할 지경이다. 제우 수왕자는 우르와 사라를 심부름꾼으로 보냈다.

드워프들이 요리와 술을 먹어 치우는 가운데 가라라 제독은 혼자 나무 술잔을 손에 들고서 고개 숙이고 있다. 술잔 안에서는 술이 잔잔하게 파문을 그리고 있었다.

"성년인가. 그 녀석도 막 성년이 됐던 무렵부터 함께 활동했었는데……. 겨우 나 같은 놈을 위해서 목숨을 던지다니……."

알렌은 제독에게 말을 건넨다.

"아침부터 싸웠나 봅니다."

"그래, 맞다. 던전 축제가 다 끝나기 전에 공략을 하고 싶었으니까."

"하지만 이미 저녁때군요. 한나절 이상 쭉 전투가 이어졌던 겁니까?"

"그렇다, 전투가 시작되고 곧바로 이 녀석은 못 이긴다는 것을 깨달았지만, 완전히 따돌리는 게 정말이지 쉽지 않아서 이렇게 긴 시간이 걸려버렸구나."

"비비와 크림존을 쓰러뜨린 파티였는데도 말입니까?"

2계층부터 4계층까지 S랭크 마수를 모두 쓰러뜨려왔던 가라라 제독의 파티조차도 곧장 가망이 없다는 판단을 내릴 만큼 강력한 적이었다는 것이 알렌은 신경 쓰였다.

"그래. 너희도 일단 마주치면 곧바로 같은 생각을 하게 될 거다."

제독의 말이 귀에 들어왔는지 최하층 보스와 싸우며 잃은 동료를 생각하고 눈물을 보이는 드워프들이 있다.

그런 드워프들의 옆에서 가라라 제독은 알렌에게 최하층 보스에

대해 언급했다.

그러던 중 몸도 마음도 더없이 지쳐버린 상태에서 술까지 마셔 취기를 감당하기 힘들었는지 제독은 띄엄띄엄하며 시간 순서를 무시한 채 떠오르는 대로 지난날의 이야기를 하기 시작했다.

가라라 제독은 옛날에는 모험가였다고 한다.

그러다가 전대 황제가 매우 희귀한 재능을 높이 샀기에 바우키스 제국군의 제독이 됐다.

옛 황제가 더 좋았다며 가라라 제독은 입을 움직인다.

오늘 함께 최하층 보스에게 도전했던 스무 명은 모험가였던 시절부터 함께 활동한 인원, 제독이 된 이후에 부하가 된 인원 등 다양한 경위로 파티에 들어왔다던가.

문득 깨달았을 때는 창밖이 이미 캄캄해진 뒤였다.

드워프 중 한 사람이 가라라 제독을 향해 다가왔다.

"가라라 제독님. 이제부터 어떻게 하시렵니까?"

"그래. 결정을 내려야지."

제독은 나무 술잔에 남은 술을 바라보면서 잠시 입을 다물었다.

"……."

알렌과 다른 사람들도 가라라 제독의 결단을 기다린다.

이윽고 가라라 제독은 술잔의 내용물을 쭉 들이켜더니 이렇게 말했다.

"해산한다."

"해, 해산이요?! 황제께서 내리신 S급 던전 공략의 명령은 어쩔 작정입니까?"

"엉? 당연히 무시해야지. 너희는 또 그딴 자식과 싸우고 싶냐?"

"……."

드워프들은 숨을 죽이며 입을 꾹 다물었다. 스무 명으로 도전했다가 간신히 도망쳐 빠져나와야 했던 상대를 오히려 더 적은 인원으로 쓰러뜨리는 것이 얼마나 험난할지는 누구든 알 수 있었으니까.

다만 가라라 제독은 군인이었다. 바우키스 제국 황제의 말은 반드시 수행해야 하는 처지다.

"안심들 해라. 이것은 나의 독단이다. 너희는 아무 상관이 없지. 이곳에 남든 고향으로 돌아가든 원하는 대로 하거라."

자신이 모든 책임을 지겠다고 가라라 제독은 말한다.

"제독님은 어쩌시게요?"

"뭐, 옛날로 돌아갈 뿐이다. 빈둥빈둥하며 좀 쉬어야지."

가라라 제독은 자신의 나무 술잔에 새로운 술을 부었다.

'가라라 제독은 리타이어인가. 제우 수왕자는 애당초 파티 구성을 못하고 있고.'

S급 던전 공략에 나설 파티가 결국 자신들만 남아버렸다는 것을 알렌은 절감했다.

제4화 진직, 새로운 힘

최하층 보스와의 싸움으로 동료를 다수 잃어서 파티 해산을 선언했던 가라라 제독은 다음 날부터 알렌 파티의 거점에 들어앉더니 술에 빠진 채 하루하루를 보내기 시작했다.

오늘도 식당의 소파에 앉아 술통에 담긴 술을 쏟아붓다시피 마시고 있다.

가라라 제독에게도 거점은 있다. 바우키스 제국의 영웅이자 군부의 최고 간부에게 걸맞는 건물이며, 알렌과 동료들이 쓰는 건물보다 훌륭한 곳이었으나 파티를 해산한 지금은 다른 동료들과 얼굴을 맞댈 면목이 없는지라 나와버렸다고 한다.

그 건물은 현재도 파티의 옛 구성원들이 유지하고 있다. 가라라 제독은 반년쯤 던전 생활로 벌어들였던 돈을 동료와 건물을 관리해 왔던 드워프들에게 나눠준 뒤에 해산의 뜻을 전했다만, 다들 건물을 비우는 대신에 제독이 다시 돌아오기를 기다리고 있다던가.

그들은 가끔 제독의 상태를 보러 온다. 술과 식사의 대금을 헤르미오스의 고용인에게 치러준다고 했다.

알렌 파티도 헤르미오스 파티도 이 주정뱅이 제독을 쫓아내지는 않고 가만히 지켜보는 중이다. 쭉 군인 신분이었던 만큼 동료나 부하의 죽음은 많이 보아왔을 텐데도 이런 상태에 처했다면 제독도 어지간히 굳게 마음을 먹은 것 같다고 생각했기 때문이었다.

그렇게 오늘도 소파에 몸을 푹 누이고 취한 가라라 제독을 바라보던 알렌 파티의 곁으로 정령신 로젠이 다가왔다.

『자, 오늘은 세 명이 전직을 하는구나.』

"흐음. 부탁하겠네."

제우 수왕자가 대답을 한다.

'어째서 제우 수왕자도 같이 있는 걸까. 뭐, 상관없지만.'

제우 수왕자에게는 시아 수왕녀와 사신교에 관한 정보를 교환하던 때 전직의 이야기도 했었다.

그러나 오늘 전직을 할 예정인 동료들은 드골라, 킬, 포르말까지 세 명이며 제우 수왕자가 굳이 동석을 할 필요는 없었다.

혹시나 싶어 알렌이 헤르미오스를 힐끔 쳐다봤더니 생글거리는 웃음으로 답한다.

아무래도 이번 초대도 헤르미오스가 한 행동이었나 보다.

헤르미오스 또한 기암트 제국의 공작으로서 여러모로 정치적인 입장이 있는지도 모르겠다.

정령신의 허리 흔들기 댄스가 시작됐다.

킬에게만 공격과 회복을 겸하는 팔라딘 계열이 전직의 선택지로 추가됐지만, 드골라와 포르말은 각각 하나뿐이었다.

알렌이 각자의 전직 목표를 지시한다.

또한 소피는 현재 네 번째 어린 정령을 길들이고자 애쓰고 있기 때문에 길들이는 데 걸리는 기간으로 정령신이 대략 가늠을 해준 1개월쯤 뒤까지 기다리기로 했다.

『좋아, 셋 모두 전직이 끝났어.』

“감사합니다.”

정령신에게 감사 인사를 한 뒤 알렌은 전직을 마친 세 동료의 스테이터스와 전직의 과정을 마도서에 기록했다.

【이　름】드골라
【연　령】15
【직　업】파괴왕
【레　벨】1
【체　력】1729
【마　력】857
【공격력】1988
【내구력】1235
【민첩성】1138
【지　력】695
【행　운】953
【스　킬】파괴왕 〈1〉, 혼신 〈1〉, 도끼술 〈6〉, 방패술 〈3〉
【엑스트라】전심전력
【경험치】0/10

【이　름】킬 폰 카르넬
【연　령】15
【직　업】성왕
【레　벨】1
【체　력】970
【마　력】1740
【공격력】577
【내구력】665
【민첩성】1182
【지　력】1670
【행　운】1274
【스　킬】성왕 〈1〉, 회복 〈1〉, 검술 〈3〉
【엑스트라】신의 물방울
【경험치】0/10

【이　름】포르말
【연　령】68
【직　업】궁왕
【레　벨】1
【체　력】1376
【마　력】828
【공격력】1605
【내구력】1294
【민첩성】1068
【지　력】622
【행　운】851
【스　킬】궁왕 〈1〉, 먼눈 〈1〉, 궁술 〈6〉
【엑스트라】빛의 화살
【경험치】0/10

【알렌 파티의 전직 과정 기록】

· 클레나　　　검성★★★ ― 검왕★★★★ ― 검제★★★★★

· 세실　　　　마도사★★ ― 대마도사★★★ ― 마도왕★★★★

· 드골라　　　도끼잡이★ ― 광전사★★ ― 전귀★★★ ―

　　　　　　　파괴왕★★★★

· 킬　　　　　승려★ ― 성자★★ ― 대성자★★★★ ―

　　　　　　　성왕★★★★

· 소피　　　　정령 마술사★ ― 정령 마도사★★ ― 정령사★★★

· 포르말　　　활잡이★ ― 궁호★★ ― 궁성★★★ ―

　　　　　　　궁왕★★★★

'드골라는 체력과 공격력의 계승 수치가 엄청나구나. 레벨과 스킬 레벨을 끝까지 다 올리면 두 능력치가 클레나와 거의 비슷해지지 않으려나. 그래도 전심전력은 당분간 언급하지 말자.'

드골라는 전직을 거쳐 별 네 개가 된 기쁨을 폭발시키고 있다. 그런 친구의 모습을 보고 알렌은 지난번 전직 이후로 벌써 반년이 지날 동안 아직 한 번도 발동되지 않았던 엑스트라 스킬「전심전력」에 대해 예전처럼 야유를 하는 행동은 자제하기로 마음먹었다.

이렇게까지 아예 발동이 되지 않는다면 무엇인가 특별한 다른 이유가 있는 게 아니냐는 생각마저 들었기 때문이었다.

'포르말은 공격력이 제법 괜찮게 올라갔어.'

포르말은 이제껏 공격력의 성장이 많이 모자랐던 것이 결점이었는데 세 번의 전직을 거쳐서 이 정도면 원거리에서도 A랭크 마수를 쓰러뜨릴 수 있을 것이라고 기대되는 수준까지 향상되었다.

"그렇군, 이것이 내년부터 시작된다는 전직 제도인가."

일련의 과정을 지켜봤던 제우 수왕자가 감탄하며 고개를 끄덕거리고 있다.

"그런가 봅니다. 분명 마왕과 싸우기 위한 큰 힘이 되겠지요."

헤르미오스가 제우 수왕자의 혼잣말을 놓치지 않고 대답해준다.

'전직 제도와 불의 신이 힘이 약해졌다는 이야기도 1월 1일이면 신탁으로 모든 사람에게 알려지는 건가.'

얼마 전 다시금 신계에 갔던 정령신이 추가 정보를 갖고 돌아왔다.

그것은 신기를 빼앗겼다거나 마왕군이 신계를 침공했다는 정보는 숨긴 채 전직 제도와 배경에 대해 설명할 예정이라는 소식이었다.

어디까지나 세상의 혼란을 피하기 위한 조처라고 하던데, 그것이 이유의 전부는 아니라고 알렌은 생각하는 중이다.

"검성 이상의 재능을 가진 인원으로 구성된 파티라니. 마치 우리 수왕국의 10영수 같구나."

알렌의 파티를 바라보던 제우 수왕자가 그렇게 말한 뒤 마치 반가운 지인과 마주하는 듯한 표정을 짓는다.

"10영수?"

뭔가 멋있게 들리는 말이 나오자마자 드골라가 재빨리 반응하며 제우 수왕자를 쳐다봤다.

"10영수란 수왕국에서 인정하는 열 명의 영걸을 일컫는 호칭이다."

아르바할 수왕국에서는 매년 무술 대회가 개최된다. 수왕국 전토에서 모인 강자가 열 개의 부문으로 나뉘어 실력을 겨룸으로써 각각의 부문에서 나온 우승자가 「10영수」라는 칭호를 받는다. 그들은 각각 다른 무기를 사용하는데, 전위직뿐 아니라 후위직도 있다고 한다.

알렌은 제우 수왕자의 설명을 들으며 예전에 우르가 무척 열렬하게 늘어놓았던 이야기를 떠올리고 있었다.

수왕국 무술 대회 참가자는 모험가부터 군인 등 다양한 직업을 갖고 있으며 각 부문에서 끝까지 이기고 올라가면 마지막으로 10영수, 즉, 해당 부문의 저번 회 우승자와 다시 싸우게 된다. 반대로 10영수가 된 자는 다음 연도의 우승자와 대전해서 패배를 맞이하지 않는 한 계속해서 지위를 유지할 수 있는 셈이다.

또한 올해의 10영수가 결정되면 제비뽑기에 따른 토너먼트 형식의 승자전으로 종합 우승자를 선정한다. 종합 우승자는 작년의 종합 우승자와 대전한다.

최종적으로 승리를 거둔 인물을 올해의 「수왕」으로 부른다.

수왕국의 왕도 「수왕」인지라 헷갈리는 경우도 있다지만, 수왕국에서는 평범하게 받아들여지는 관습이라고 한다.

토너먼트 형식에서는 후위직이든 전위직이든 무기든 마법이든 스킬이든 무엇이든 전부 다 가능하기에 상당히 근육 뇌 같은 규칙으로 진행되는 대회였다만, 그것이 오히려 수인답다고 생각했다.

'분명히 제우 수왕자는 10영수나 비슷한 수준의 실력자들을 바우키스 제국으로 데려오고 싶었겠지.'

물론 순수하게 던전 공략을 위함이겠지만, 이러한 의도를 알아차린 베크 수왕태자가 맹렬히 반대하며 실력자들의 도항을 제한하고 있다던가.

"영웅이라. 내가 영웅인가."

수왕국의 영웅과 비슷하게 언급이 되었을 때 감자 얼굴의 드골라가 더욱 반짝반짝 눈을 빛낸다.

드골라는 알렌의 동료 중 누구보다도 영웅을 동경하는 마음이 강하다. 그 마음은 검성을 뛰어넘는 직업을 가졌음에도 바뀌지 않는가 보다.

다만 드골라의 한껏 부풀었던 마음에 곧 찬물을 끼얹는 말이 쏟아졌다.

"헹. 영웅인지 뭔지 모르겠다만, 그딴 헛이름으로 최하층 보스는 못 쓰러뜨린다!!"

잔뜩 취해서 눈이 돌아간 가라라 제독이 악담을 늘어놓았다.

“엉? 뭐라고!! 일단 붙어봐야 아는 거 아니겠냐!!”

자신의 꿈을 조롱당했다고 생각한 걸까, 드골라가 얼굴을 새빨갛게 붉히며 소리 높여서 받아친다.

“흥! 좀 강해져서 들뜨기나 하는 녀석이면 누구든 간에 다 똑같아. 내가 본 최하층 보스는, 그래, 용사 헤르미오스가 스무 명이 있어도 쉰 명이 있어도 도저히 따라잡을 수 없단 말이지!!”

제독이 또 받아치고 결국 얼굴을 새빨갛게 붉힌 드골라가 주먹을 휘둘러 올렸을 때 모두 나서서 두 사람을 서로에게서 떼어놓은 뒤 진정하라며 달래기 시작했다.

‘흐음?「따라잡을 수 없다」는 건가.’

그런 와중에 알렌만이 다른 생각을 하고 있었다.

제5화 선구자, 미지에 도전한 자

세 동료가 전직을 마치고 다음 날의 일이다.

알렌 파티는 오늘도 아침부터 던전에 진입하고자 신전으로 향하는 줄에 서 있었다.

아침에는 특히 행렬이 길어서 제법 기다려야 하는지라 다른 인원들은 지루한 티를 내는 가운데 소피만이 이래저래 바쁜 모습이다.

"착하다, 착해."

『우후후.』

소피는 흙 속성의 어린 정령「코르보클」을 품에 안아서 달래주고 있다. 외형은 등에 커다란 잎사귀를 짊어지고 민족의상처럼 꾸민 옷을 차려입은 세 살쯤 되는 남자아이이며, 작은 손으로 소피를 꽉 부둥켜안고 있다.

"많이 얌전해졌구나."

"네. 정령신님 덕분이에요."

『…….』

알렌은 소피의 머리 위쪽을 올려다본다. 그곳에서는 하늘다람쥐를 닮은 자그만 동물이 말없이 몸을 둥글린 채 있다.

정령신 로젠은 수년 안에 세상에 멸망할 것이라는 말을 들은 뒤부터 전력으로 소피를 지원하고 나섰다.

자기가 사랑하는 종족인 엘프가 이 세상에서 사라지는 사태를 막기 위해서 앞뒤 가리지 않고 행동할 작정인 듯하다.

다만 막 현현시킨 어린 정령에게 소피의 말을 잘 들으라며 간곡하게 설득하는 것은 아무래도 좀 과하지 않냐고, 정말 용납되는 것이냐고 알렌은 의문을 느끼고 있다.

'이미 아슬아슬하게 아웃 판정에 가깝다는 생각이 드는 조언이고 말이지. 아니, 조언의 범위를 넘어갔잖아.'

그러나 어린 정령은 지력이 낮은 탓인지 성격이 너무 자유분방한 까닭인지 정령신이 아무리 간절하게 설득을 해도 고개를 갸웃거리기만 할 뿐이니, 서로 맞물리지 않는 대화와 반응은 마치 만담 같았다.

한편 드골라는 퉁명스럽게 악담을 늘어놓고 있었다.

"이봐, 알렌. 제독인지 뭔지 모르겠는데 성질머리 고약한 주정뱅이는 슬슬 내쫓는 게 좋지 않겠냐."

가라라 제독 본인의 앞에서는 애써 참았지만 이제는 한계인가 보다.

"드골라, 아직도 투덜거리는 거야?"

"맞아! 말이 너무 심했어!"

클레나도 드골라의 꿈을 조롱당했다는 것이 불만이었는지 뺨을 볼록거리고 있다.

"흐음."

그런 클레나에게 알렌은 볼살 주물주물의 벌을 내린다.

"엥?! 흐엥!!"

"반성했냐?"

"어째서. 흐에엥!!"

알렌은 클레나에게 반성을 하는 기미가 보이지 않음을 알고 더욱 지독한 형벌을 추가했다.

알렌의 손에 붙들린 채 클레나의 뺨이 늘어났다가 줄어들었다가 한다.

"이, 이봐. 지금은 좀 따져야 할 상황인가?"

킬은 그냥 당황스러운가 보다.

'망설이지 않고 따지는구나.'

"얘, 적당히 좀 하렴. 또 문지기한테 제지당할 거야?"

세실이 분명하게 이유를 들어 따져주기를 기다렸다가 클레나를 놓아줬다.

"어째서……."

가라라 제독의 잘못을 지적하는 것이 왜 나쁜 행동이냐고 클레나는 눈물을 글썽거리며 묻는다.

"그건 말이지, 이 경우에 가라라 제독은『선구자』의 입장에 있는 사람이기 때문이야. 일방적으로 비난하는 것은 안 좋은 행동이지."

"선구자?"

클레나와 드골라가 동시에 의문을 표시하며 소리 높였다.

"내 전세의 기억인데, 세상에는 선구자라고 불리는 사람이 반드시 있어."

알렌은 행렬에 서서 조금씩 나아가며 전세의 이야기를 한다. 물론 그것은 전세 때 플레이했던 게임 속 이야기였다만, 별문제는 아니니 평소처럼 생략한 채 말을 꺼낸다.

전세에서도 던전과 마수의 성 등등 다양한 곳에 강적이 있었다.

그렇게「보스」라고 불리는 강적은 먼 옛날부터 있어온 것이 아니라 새로 갑작스레 나타나는 경우도 있다. 바로 업데이트에 따른 신규 보스 출시다.

신규 보스는 아무도 알지 못하는 미지의 적이다. 어떻게 쓰러뜨리는 것이 맞는지 처음에는 아무도 알 수 없다.

그때 솔선해서 신규 보스에게 도전하며, 설령 패하더라도 정보를 갖고 돌아와주는 사람들이 나타난다. 그들이 획득하는 여러 정보들, 신규 보스가 어떤 공격을 하는지 약점은 무엇인지와 같은 내용은 곧 다른 게이머들에게 공유된다. 이어서 이상적인 파티 구성은 어떻게 해야 하는가, 필요한 장비는 무엇인가, 모두가 시행착오를 겪어가면서 신규 보스를 쓰러뜨리기 위한 최적의 답을 찾고자 매진한다.

이때 신규 보스에게 가장 먼저 도전하는 인물을 모두 「선구자」라고 불렀다.

공략 방법이 없는 적에게 도전해야 하니 위험성도 보통의 경우보다 현격하게 더 크다. 그럼에도 위험을 무릅쓰고 후발조를 위하여 길을 개척해주는 것이다.

알렌은 전세에서 학생이었던 시절은 자유로운 시간이 많았던 터라 신규 보스가 출시되면 솔선해서 「선구자」의 역할을 맡아왔지만, 취직한 다음부터는 시간 여유가 없어졌기에 선구자가 먼저 경험한 뒤 가져다주는 정보에 도움을 받는 쪽으로 넘어갔다.

그 인터넷 게임을 켄뻬라는 캐릭터 이름으로 플레이했을 때의 일이다.

얼음 성채라는 신규 던전과 얼음 여왕이라는 신규 보스가 업데이트됐다.

이 신규 보스가 황당하리만큼 강했기에 높은 레벨의 유저가 잇따라 도전했음에도 실패하고 말았다.

게임 서비스 회사가 제대로 검증을 안 하고 업데이트부터 한 탓에 평범하게 도전해봤자 도저히 공략의 가능성조차 없이 강하게 나온 것이다.

그러한 선구자들 중에는 켄삐가 자주 신세를 졌던 선배 유저도 있었다.

많은 선구자의 모범적인 행적을 따라서 선배도 얼음 여왕에게 도전했다가 압도적인 힘 앞에서 패배했다.

그 인터넷 게임은 사망 시 장비를 바닥에 떨어뜨리고, 떨어뜨린 장비는 소멸하는 규칙이 있었다. 선배도 많은 시간을 써서 맞춘 최고급 장비를 잃어버렸고, 이렇게 된 이상 은퇴할 수밖에 없다며 괴로워했던 선배를 돕고자 다른 유저들과 함께 장비를 마련한 뒤 선물하기도 했다.

이런 기억은 게임을 또 다른 인생이라고 생각하며 결코 단순한 놀이로 치부하지 않았던 알렌에게는 절대로 잊을 수 없는 것이었다.

다만 한편으로 게임은 현실이 아니라는 것 또한 이해하고 있다.

따라서 현실에서 단 하나뿐인 생명을 걸고 싸웠던 가라라 제독과 다른 동료들을 보면 어쩔 수 없이 선구자와 후발조 양쪽을 경험했던 전세와 선구자의 노고, 선구자에 대한 고마운 마음까지도 떠올리게 된다.

"가라라 제독은 모험가 시절부터 줄곧 함께했던 동료를 여섯 명이나 잃은 데다가 그 원인 중 하나가 탐욕스러운 황제의 억지스러운 명령 때문이었다면 술이라도 진탕 마셔야 버틸 수 있는 심정일 거야. 하지만 제독의 파티가 목숨을 걸고 획득해준 정보는 반드시 우리가 최하층 보스를 공략하는 데 보탬이 되는 중요한 단서가 되어줄 테지. 게다가 만약 내 생각이 맞다면 제독은 우리에게 정보를 넘겨주고자 하는 생각을 가지고 있는 것 같아. 그러니까 제독의 진짜 속마음을 알 때까지는 방금 전처럼 일방적으로 나쁜 소리를 하는 행동은 삼가해줘."

"맞는 말이군."

"알았어."

알렌은 고개를 끄덕이는 드골라와 클레나의 표정을 보니 이해해준 것 같다고 느꼈다.

이것저것 말을 나누는 사이에 바다 필드인 4계층에 도착했다.

"막 전직을 마친 세 사람은 아직 레벨 1이니까 드골라는 잠시 물러나 있고, 메르르와 클레나가 선두에 서줘."

'뭐, 이 계층에 있는 건 A랭크 마수뿐이니까 레벨도 빨리 올라가겠지.'

이동을 개시하고자 했을 때, 알렌이 없을 때도 4계층에 남아서 조사를 맡아줬던 새E 소환수로부터 숨겨진 큐브를 발견했다는 정보가 공유됐다.

각 계층의 정위치에서 움직이지 않고 계층을 이동시켜주는 통상의 큐브와 달리 숨겨진 큐브는 시간 경과에 따라서 전송을 반복하기 때문에 좀처럼 찾기 어렵다.

다만 발견만 하면 계층마다 몇 마리씩 있는 보스를 쓰러뜨려서 손에 넣어야 하는 메달과 골렘을 소환하고 강화하는 데 쓰는 석판을 교환해주거나, 메달이나 석판을 주거나, 보너스 스테이지, 데스 스테이지 등 특수한 장소로 전송해주는 등 보상은 크니 우선적으로 향하는 곳이다.

숨겨진 큐브가 있는 어느 바다 위에 뜬 잎사귀로 내려섰다.

"거대화용 석판이 나오면 좋겠네."

"응! 그럼 내 초신병이 완성될 거야!"

메르르가 가슴 앞쪽에 드리워진 마도반을 꽉 쥐고 답한다.

「초신병」이란 100미터급 골렘을 가리키는 말이다. 거대화용 석판과 초거대화용 석판을 함께 마도반에 장착함으로써 출현시킬 수 있다. 메르르는 지금 초거대화용 석판만 갖고 있기에 거대화용 석판 하나를 더 손에 넣으면 된다.

하지만.

"오늘은 내가 해볼래!!"

알렌에게 꾸중을 듣고 풀 죽었던 클레나가 잠시간 숙인 얼굴을 들고 말했다.

"……그렇게 하자."

떨떠름하게 말한 알렌의 태도를 보고 세실이 어이없다는 표정을 짓는다.

"어휴. 알렌은 벌써 5연패를 했잖니. 순순히 양보하렴."

"아니, 순순히 양보했거든?"

"순순히는 아니었는데?"

두 사람이 티격태격하는 사이에 클레나가 숨겨진 큐브에게 말을 건네고자 가까이 간 순간이었다.

부웅.

알렌 파티는 적갈색의 바위기둥이 드문드문 서 있는 건조한 대지로 이동했다.

그리고 눈앞에는 10미터를 넘는 신장의 외눈 거인이 서 있었다.

'오? 설마? ……데스 스테이지인가!'

거인이 알렌 파티를 발견하더니 손에 든 곤봉을 치켜든다.

『크르아아아아아아아!!!』

우렁찬 외침과 함께 땅을 울리며 돌진하는 거인의 좌우, 또한 알렌 파티의 배후에서도 비슷하게 외치고 땅을 울리는 소리가 이어지면서 다수의 거인이 들이닥쳤다.

"이곳은 데스 스테이지다!! 모두 그리프에게 올라타. 메르르는 시간을 끌어줘!!"

알렌은 잇따라 신속하게 지시 내렸다.

"응! 타므타므 강림!"

메르르가 마도반을 조작하자 정면의 거인들을 가로막는 위치에 미스릴의 광채를 발하는 골렘이 모습을 드러낸다. 신장은 50미터로, 외눈 거인들보다 더욱더 크다.

그 가슴의 수정으로 메르르가 빨려 들어가자 골렘은 제자리에서 빙글 선회하더니 기다란 팔로 아군을 향해 덤벼드는 다수의 거인을 한꺼번에 내리누른다. 그리고 거인들을 한 마리씩 한쪽 발로 차올려서 상공으로 날려 보내버렸다.

"변함없이 굉장하구나……."

미스릴 골렘의 압도적인 위력에 감동한 듯 후위로 물러난 뒤 전황을 지켜보던 드골라에게서 감탄이 새어 나온다.

'숨겨진 큐브에서 나왔던 초거대화용 석판은 역시 대단하군. A랭크 마수인데 전혀 상대가 안 되잖아. 누가 이런 귀중한 석판을 받아냈었더라? 뭐, 별로 중요한 문제는 아니지.'

알렌이 5연패를 거듭하기 한 번 전에 킬이 숨겨진 큐브와의 메달 교환으로 획득했던 초거대화용 석판의 효과에서 감동을 느낀다.

초거대화 이전의 미스릴 골렘은 모든 능력치가 3000이었다. 그런데 마도반에 있는 석판을 끼우기 위한 홈을 세 자리나 사용하는 초거대화용 석판을 끼워주자 세 배인 9000까지 올라갔다.

또한 추가로 공격력과 내구력을 강화해주는 석판을 써서 3000씩 증가시켰다.

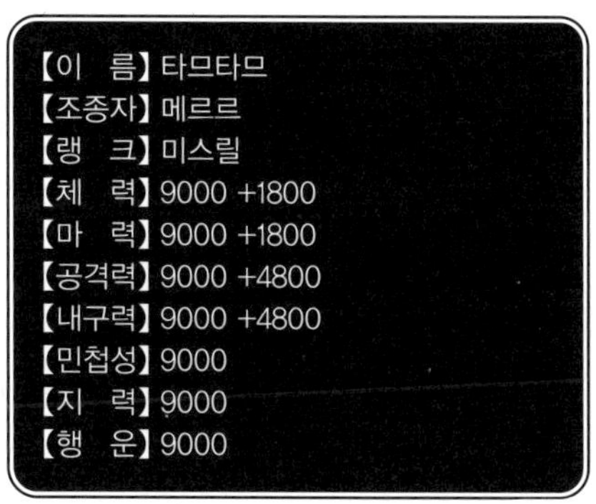

"가라아아아아아아아아! 타므타므!!"

메르르의 조종에 따라 타므타므가 A랭크 마수로 짐작되는 외눈 거인들을 가뿐하게 쓸어버리자 클레나와 다른 동료들이 날아가 쓰러진 거인들에게 재빨리 달려가서 차례차례 적의 목숨을 수확한다.

『사이클롭스를 1마리 쓰러뜨렸습니다. 경험치를 72만 획득했습니다.』

알렌의 마도서에는 막 쓰러뜨린 사이클롭스에게서 획득한 경험치의 로그가 표시됐다.

"좋아아아아아아아. 레벨이 올라갔다!!"

드골라가 한 번에 거의 40에 가까이 레벨 업을 한 뒤에 폭발적으로 상승한 능력치에 힘입어서 큰 도끼가 가볍게 느껴진다며 기쁨을 담아 외친다.

알렌 파티는 전투 개시부터 몇 분 만에 최초의 사이클롭스들을 쓰러뜨렸다.

그러나 새로운 적이 잇따라 포위하는 모양새로 출현하고 있다.

『크르아아아아아아아!!!』

사이클롭스들은 나지막하게 으르렁 소리를 내면서도 타므타므와 다른 동료들을 두려워하는 탓인지 적극적으로 덮쳐들고자 하지는 않는다.

다만 적의 숫자는 천천히 계속해서 불어났고, 이윽고 백 마리를 넘는 사이클롭스가 부근 일대를 가득 메웠을 무렵에는 이렇게 숫자 차이가 나면 괜찮을 것이라고 생각했는지 일제히 달려들었다.

"경험치가 와주고 있어. 오랜만에 온 데스 스테이지야. 모조리 사냥해주자!!"

“오냐! 맡겨줘라!!”

알렌의 호령에 레벨업을 한 드골라가 대답한다. 알렌 파티의 싸움은 쭉 이어졌다.

“곧 저녁때구나. 슬슬 복귀하자.”

알렌은 마도구 시계를 들여다보며 말했다.

이번에는 3일간 던전 안에서 잔뜩 벌어들였다.

예전 같았다면 한나절 더 있었겠지만, 불의 신의 신기가 마왕군에게 약탈당함으로써 어서 처리해야 할 사안이 늘어난지라 일정을 변경한 것이다.

다만 클레나 덕분에 데스 스테이지에 입장한 만큼 보물상자에서 무기와 방어구를 상당히 확보했으며 드골라, 킬, 포르말의 레벨이 최고 수치인 60까지 올라갔으니까 거의 역대 최고로 풍족한 수확이었다.

“그래. 이번에도 기운을 쭉 뺐어.”

드골라가 던전에 들어왔을 때는 무거워했던 큰 도끼를 가뿐하게 어깨에 짊어지고 웃는 얼굴을 보인다.

거점으로 돌아온 뒤 헤르미오스의 파티도 함께 한자리에서 식사를 했다.

“또 상당히 벌었나 보구나.”

“그러게요. 보물상자도 꽤 많이 나왔고, 클레나가 데스 스테이지를 한 방에 뽑아준 덕에 동료들 셋의 레벨도 끝까지 다 올릴 수 있었습니다.”

“으헤헤. 내가 해냈어.”

칭찬을 받은 클레나가 기뻐하며 소리 높인다.

'뭐, 노멀 모드라면 경험치 2억 5천만 정도만 쌓아도 레벨이 다 올라가니까 S급 던전에서는 쉬운 일이지.'

"데스 스테이지에서 레벨 올리기를 하는 건 너희뿐이야……."

괴도 로제타가 어이없다는 표정으로 대화에 끼어든다.

4계층의 데스 스테이지에서는 대량의 A랭크 마수가 쏟아진다. 게다가 데스 스테이지는 4계층과는 다른 공간이기 때문에 이동용 큐브 형태의 물체를 찾아내기 전까지는 탈출 자체가 불가능하다. 이런 조건에서는 헤르미오스의 파티조차 안전을 장담할 수 없겠다.

"그나저나 내일도 헤르미오스 씨의 이름을 빌려 쓰도록 하겠습니다."

"또? 뭐, 상관없지만 너무 무리한 일은 하면 안 된다?"

"괜찮습니다."

알렌이 생긋 웃으며 대답했으나 무엇이 괜찮다는 말인지 종잡을 수 없는 헤르미오스는 한 차례 작게 한숨을 내쉬었다.

다음 날, 이른 아침부터 모험가 길드로 향한다.

평소 이용하는 카운터로 향하자 담당 직원이 알아보고 이쪽으로 먼저 나와서 다가와줬다.

"잘 와주셨습니다. 알렌 님, 이쪽으로 가시죠."

알렌 파티가 거래를 할 때는 카운터에 물품이 미처 다 올라가지 못할 정도로 많아서 다른 별실로 안내해줬다.

별실에 들어선 뒤 먼저 던전에서 손에 넣었던 아이템의 처분을 진행한다. 드골라와 클레나가 옮겨준 무기, 방어구를 다 늘어놓았을 무렵에 직원이 몇 사람 다가왔다.

"이쪽에 놓아둘 테니 평소처럼 부탁드립니다."

"감사합니다. 바로 처리하지요."

가져온 아이템은 담당자가 가치를 측정한 뒤 경매에 출품할지를 판단한다.

알렌은 가장 비싸게 팔리는 방법으로 팔아준다면 뭐든 좋다며 전부 맡기고 있다.

"드골라도 클레나도 짐 옮기기 맡아줘서 고마워."

"별일도 아닌데, 뭐. 그나저나 괜찮겠냐? 끝까지 안 있어줘도."

"정말 괜찮아?"

"그래, 이제부터 얘기가 좀 길어질 거야. 다 끝나면 거점으로 돌아갈게."

두 사람이 별실에서 나가자 알렌은 마도서를 펼치고 이번에는 세실에게 지시를 했다.

"자, 평소처럼 마도서에 마석을 쭉 부어줘."

"그래. 알았어."

세실은 대답을 하고 방 안의 한족 구석에 쌓여있던 자루 중 하나를 가져와서 내용물을 알렌이 바닥에 펼친 마도서에 쏟아붓는다. 다른 동료들도 마찬가지로 분담해서 작업을 진행했다.

이 마석들은 C, D, E랭크가 각각 금화 2000닢의 분량이다. 이전에는 각각 금화 1000닢의 금액만큼 준비를 부탁했었는데 신기를 빼앗긴 상황인지라 서둘러 알렌의 소환 레벨을 8로 올리고자 거래량을 두 배로 늘렸다.

S급 던전 내부의 도시 한 곳에서는 필요한 마석을 감당할 수 없었기에 바우키스 제국의 제도에서도 공수를 진행하고 있고, 수수료가 이전의 세 배로 올라갔으나 알렌은 그럼에도 문제없다고 말했다.

이렇듯 모험가 길드의 S급 던전 지부에 매달 수수료를 금화 수천 닢이나 지불하고 있기 때문인지 알렌 파티가 방문했을 때 내주는 방은 귀족을 접대하는 곳이라고 생각이 들 만큼 널찍한 데다가 탁자에는 차와 과자, 과일이 놓여있다.

과자와 과일은 당연하게 전부 회수했다.

"실례합니다. 마석 회수가 끝났습니다."

바깥에서 기다리고 있던 길드의 담당자에게 말을 건넸다.

"……."

담당 직원은 방대한 양의 마석이 싹 사라져버린 방 안을 보고 약간의 의문을 얼굴에 드러냈으나 아무런 말도 하지 않았다.

이 세상에는 「마도구 자루」라고 불리는 값은 비쌀지언정 알렌 파티도 구비한 수납용 마도구 또한 있었다.

공간 마법도 존재하는 만큼 부자연스러운 일은 아니다.

"그리고 오늘도 헤르미오스 씨에게 자료를 받아 가져왔는데 지금 건네드려도 괜찮으실까요?"

"저, 정말입니까? 저번에도 내용이 정말 굉장했는데요."

이번에는 분명하게 놀란 표정을 짓는다.

"네. 이쪽에 있는 양피지를……."

알렌이 탁자에 놓아두었던 양피지를 건네고자 손에 들자 길드 담당자가 허둥거리기 시작했다.

"앗, 아뇨. 이번에는 지부장님이 직접 받아보시겠다는 말씀을 하셨으니 이곳에서 잠시만 기다려주십시오. 바로 소식을 전하겠습니다."

그리고 대답을 기다리지 않고 별실에서 나가버렸다.

어쩔 수 없이 잠시 기다렸더니 수염을 기른 우락부락한 드워프가 길드 담당자를 거느린 채 별실로 들어온다.

"오오, 미안하구나. 오래 기다렸나."

기다린 시간은 고작 몇 분이었으나 알렌은 소파에 앉은 채 벌써 잠들어버렸다.

"얘, 알렌, 오셨어. 빨리 일어나."

"응? 아, 죄송합니다. 직접 찾아와주셨는데."

세실이 팔꿈치로 찌르는지라 잠에 취한 눈으로 지부장에게 사과의 말을 건넨다.

"아니, 되었네. 나는 이곳의 지부장을 맡은 포포카일세. 잘 부탁하네. 그래, 오늘은 무엇을 가지고 와주셨나?"

'생김새랑 달리 이름은 꽤 귀여운데.'

알렌은 다시 양피지를 내밀었다.

"우선 이것은 S급 던전의 갱신된 정보입니다."

"오호, 대단하군."

포포카 지부장이 양피지를 펼치더니 감탄하며 소리를 낸다.

양피지에는 각 계층마다 숨겨진 큐브와 보물상자의 위치가 표시된 지도와 무엇을 획득할 수 있는지까지 깔끔하게 정리된 목록이 기록되어 있다. 게다가 목록에는 숨겨진 큐브의 종류 및 출현 확률, 보물상자에서 나오는 아이템의 출현 확률, 마수가 의태했을 확률

등 다양한 정보도 첨부되었다.

알렌은 이 같은 정보를 정리해서 매달 두 번 정도 모험가 길드에 무상으로 제공하고 있다.

"그리고 이것은 크림존이 한 번에 몇 마리의 카이저 시 서펜트를 불러내는지 조사한 보고서의 추가 자료입니다. 이 자료에 따르면 아무래도 한 번에 백 마리가 한계인 것 같습니다."

"뭐?!"

포포카 지부장은 새로 건네받은 양피지를 빼앗다시피 받아 가더니 내용을 확인했다.

어깨가 덜덜 떨리다가 다시 얼굴을 들어 올리고 차마 믿기지 않는 듯한 표정으로 알렌을 쳐다본다.

"어떠신지요?"

4계층의 계층 보스 크림존 카이저 시 서펜트는 카이저 시 서펜트라는 다른 마수를 불러내는데, 그 숫자를 정확하게 헤아린 자는 이제까지 없었던 터라 무한히 불러내는 것이 아니냐는 의견도 있었다.

그런데 알렌이 지금 막 제출한 자료에 따르면 백 마리를 쓰러뜨린 이후에는 꼬박 하루 동안 소환이 멈춘다고 한다.

보고서의 상세 항목으로서 다섯 번의 실험 횟수와 각각의 실시 일시, 그리고 카이저 시 서펜트가 다시 출현한 일시가 기재되어 있다. 즉, 최소한으로도 오백 마리의 카이저 시 서펜트를 쓰러뜨렸다는 뜻이다.

"이게 사실인가?"

"헤르미오스 씨가 조사한 결과입니다."

"용사의 힘이 이렇게까지 대단하단 말인가?"

"네. 평상시엔 그냥 친절한 청년인데 말이죠."

알렌은 유려하게 헛소리를 늘어놓는다.

이 조사는 전적으로 알렌 파티가 담당했다.

"정말인가. 저번에 받은 자료도 살펴보자니 몸이 떨렸는데 이번에도 굉장하군. 길드를 통해 모험가들에게 꼭 주지시키도록 하겠네."

'꼼꼼하게 분석이랑 검증도 해줘.'

지부장은 양피지를 담당자에게 건넸다.

"오늘 보고는 이게 마지막입니다. 작성에 시간이 꽤 많이 걸렸다더군요……."

알렌은 지도가 그려진 양피지를 건넸다.

"뭐지? 꽤 크구나. 계층의 지도는…… 아닌 듯한데."

포포카 지부장은 어느 곳의 지도인지 알아보지 못해 옆쪽에 앉은 담당자에게도 보여준다. 그러나 담당자도 본 적이 없는 지도였다.

"그것은 데스 스테이지의 전체도입니다. 데스 스테이지의 전이 위치와 관리 시스템의 위치도 기록해 놓았습니다."

"……음?"

포포카 지부장은 알렌이 한 말의 의미를 이해하지 못한 듯했다.

"뭐라고요?! 세상에……. 지부장님!! 정말, 굉장한 자료입니다!!!"

딱딱하게 굳어버린 포포카 지부장의 옆에서 담당자가 두 주먹을 꽉 쥐고 일어섰다.

"말도 안 된다. 이, 이런 지도를 대체 어떻게 만들 수 있겠나……."

포포카 지부장이 믿을 수 없다는 듯한 표정으로 알렌을 쳐다본다.

"절대 불가능한 것은 아니죠. 헤르미오스 씨가 조사를 맡아주셨으니까요. 아무튼 데스 스테이지는 계층에 따라 하나씩 있으며 구조는 모든 계층에서 동일한 것 같습니다. 다른 부분은 출현하는 마수뿐이고요. 다만 통상의 계층에서 전이를 할 때 지도에 표시한 여덟 곳 가운데 한 곳이 랜덤으로 지정되는 듯합니다. 그리고 탈출을 위한 관리 시스템의 위치는……."

알렌은 지부장과 담당자에게 담담하게 설명을 했다. 또한 알렌은 데스 스테이지의 보충 자료도 건넨다.

이 자료에는 출현하는 마수의 랭크 및 위력 따위에 대하여 세세한 정보를 정리해 놨다.

"음? 여기 1829라는 숫자는 뭔가?"

"그건 쓰러뜨린 마수의 숫자라더군요. 아울러 숫자 이상으로 마수가 쏟아지는 듯합니다. 헤르미오스 씨는 1천 마리를 쓰러뜨려도 계속 마수가 나타났다고 말씀하셨습니다. 한도가 없는 걸지도 모르겠군요."

알렌은 담담하게 숫자의 뜻을 해설해준다. 중요한 것은 신용을 획득하기 위해 얼마나 긴 시간을 할애하느냐가 아니라 신용할 만한 인물이 정보를 제공해주는 구도라는 생각을 가지고 있기 때문이다.

'신용이야 용사한테 빌려서 쓰면 그만이지.'

알렌에게 없고 헤르미오스에게 있는 것 중 하나가 이 세상에서 쌓은 신용이다.

오랜 기간을 용사로서 활동하며 수많은 적을 쓰러뜨렸고 수많은 나라와 사람들을 구해왔던 헤르미오스는 어지간한 왕족보다도 앞서는 신용을 손수 쟁취했다.

기암트 제국에서도 황제의 말에는 귀를 기울이고 싶지 않으나 헤르미오스가 하는 말이라면 일단 들어보겠다는 왕족이 상당히 많다고 한다.

"이것은 4계층에 적용되는 이야기일 테지?"

"그렇긴합니다만, 자료에는 2계층과 3계층에서도 같은 조사를 했고, 똑같이 1천 마리를 넘겼는데도 마수가 계속 쏟아졌다고 적혀있습니다."

포포카 지부장은 스스로의 기억을 되새긴다.

4계층의 데스 스테이지에서는 분명 A랭크의 마수만 나타나는 것으로 안다. 막 받아서 읽은 보충 자료에도 그렇게 쓰여 있었기도 했다.

이 같은 정보를 검증했다는 것은, 용사 헤르미오스에게는 역시 상상을 뛰어넘는 힘이 있는지도 모르겠다.

그럼에도 더 확실하게, 포포카 지부장은 사실관계를 확인해야 했다.

"이봐, 조사서는 준비해놨나?"

"네, 네엣. 여기 있습니다."

포포카 지부장은 담당자에게서 건네받은 양피지를 펼친다.

"어디 보자……. 그란벨 영지의 영주에게 출사했었고. 열 살에 마더가르쉬를 쓰러뜨렸을 가능성이 있음. 현지의 지부장이 사실을 확인하고자 직접 방문했으나 거절당했군."

"……."

알렌은 지부장이 읽는 내용을 듣고 잠깐은 놀랐으나 곧 묵묵히 귀를 기울이기로 했다.

"학원 재적 중 A급 던전 다섯 곳을 재패했나. 이런 경력은 처음 본다만……. 어떤가?"

담당자에게 묻는다.

"넷. 학원 제도가 시작된 이래로 세계 첫 사례입니다. 1000년의 역사서를 전부 훑어본다면 세 번째일까요."

지부장은 고개를 끄덕거리고 다음 내용을 읽기 시작했다.

"음? 지난 전쟁에도 참가한 것 같은데……."

"죄송합니다. 그 부분은 라타쉬 왕국와 로젠헤임에서 정보 제공을 거절한 탓에 상세한 경위는 불명입니다."

담당자가 보충 설명을 한다.

"아무튼 상당히 활약을 한 것은 틀림없겠군. ……참모라고? 로젠헤임의 참모인가. 얼마나 큰 전공을 세워야 첫 전쟁에서 대국의 중진이 될 수 있단 말인가."

그렇게 말을 꺼내다가 포포카 지부장은 문득 얼굴을 들고 알렌을 바라봤다.

"으음, 무슨 말씀을 하고 싶으신지요?"

"목적이 뭔가."

"예?"

"어째서 이런 행동을 하는 것인가. 미안하네만 진짜 이유를 짧게라도 가르쳐주면 안 되겠는가. 귀중한 정보인 것은 잘 아네. 감사하는 마음도 있어. 다만 모험가들은 아무런 의미 없이 이런 행동을 할 리가 없는 족속이란 말이지."

보통 모험가는 던전 안에서 얻은 정보를 다른 사람들에게 공개하지 않는다. 왜냐하면 모험가에게 던전이라는 곳은 돈을 벌기 위한 장소이며, 그곳에 도전하는 모험가는 기본적으로 자신들의 돈벌이밖에 생각하지 않는 인물만 있기 때문이다.

그들은 목숨을 잃지 않기 위해 어느 정도 돈벌이를 했을 때 던전에서 나온다. 그동안 자신들이 어떻게 던전에서 생존했는지, 내부에서 무엇을 보고 들었는지는 공개하지 않는다. 충분하다고 생각되는 금액을 벌기 전까지는 돈벌이 포인트의 정보를 공개하지 않는다. 정보의 확산은 자신들의 몫이 줄어드는 결과로 나타나니까.

따라서 모험가들이 다른 사람의 안부를 신경 쓴다면 그것은 어디까지나 본인의 생사와 관계되는 인물, 즉, 기껏해야 같은 파티의 동료로 한정되기 마련이었다.

그런 태도는 1년간 도전하는 모험가 전체의 5할이 죽을 만큼 세상에서 가장 위험한 곳, S급 던전에서도 달라지지 않는다. 오히려 단기간에 금화 수천 닢을 벌어들일 수 있는 던전이니 쓸 만한 정보가 파티 바깥으로 흘러나가는 경우는 더더욱 있을 수 없다.

물론 개중에는 던전 공략을 꿈꾸는 부류, 그리고 파티라는 제약을 넘어 협력해 나아가자는 부류도 있다. 그러나 전자는 던전의 난이도에 좌절한 뒤 도망치다시피 돈을 벌어서 은퇴한다. 또한 후자는 던전에서 목숨을 잃어버린다.

'그래서 주는 정보라고.'

알렌이 「용사 헤르미오스」의 이름을 빌려 전달하는 정보에는 예사롭지 않은 가치가 있다.

저번에 넘겨받았던 비비와 스칼릿, 크림존의 행동 범위, 전이 위치 같은 정보는 길드 전체를 무척이나 시끌벅적하게 만들기도 했다. S랭크 계층 보스의 이동 경로와 전이 위치에 혹여나 법칙성이 있지 않겠느냐는 것은 예측은 하더라도 정확하게 검증하는 단계까지 갈 수가 없었다.

왜냐하면 조사의 대가가 모험가들의 생명이기 때문이다. 살아서 정보를 획득한 뒤 복귀할 만한 파티 자체가 적고, 만약에 있더라도 본인들의 이익밖에 생각하지 않기 때문이다. 실력이 부족한 부류는 목숨부터 챙기는 것이 우선이었고.

그런데 지난 2, 3개월 동안에 온갖 정보가 길드에 보고되고 있다. 게다가 시간대에 따라서 S랭크 계층 보스가 어디에 나타나는지를 약 8할의 확률로 특정할 수 있게 되자 모험가의 생존율이 치솟았다. 길드 관계자로서 눈이 돌아갈 만큼 가지고 싶은 정보였다.

명목상의 보고자는 「용사 헤르미오스」로 처리되었다만, 실제 정보 제공자는 눈앞에 있는 흑발의 소년이다. 마수를 불러내는 신비한 힘을 보유한 흑발의 소년이 나타났다고 모험가들 사이에서 소문이 퍼진 것 정도는 파악하고 있었다.

그 신비한 소년이 이제까지 S급 던전에 도전했음에도 길드에 정보 제공을 한 전적이 없던 헤르미오스의 이름을 내세워서, 이제까지 아무도 분석하지 못했고 정리하지 못했던 정보까지 제공을 한 상황이다. 이 같은 행동에는 뭔가 의도가 있다는 생각이 들어 사정을 알아보고자 했던 것이다.

"이곳 S급 던전에서는 해마다 5할의 모험가가 사망한다죠. 그리고 사망 원인 중 가장 많은 비율을 차지하는 것은 S랭크 계층 보스와의 조우전, 아울러 데스 스테이지입니다.”

“맞네.”

S랭크 계층 보스는 황당하리만큼 강력하며 제때 도망치지 못하면 죽는다.

데스 스테이지는 마수가 무한히 솟아나는 터라 탈출에 실패하면 언젠가 죽는다.

특히 후자는 사망 사실을 정확하게 확인할 수 없기 때문에 던전에서 귀환하지 않고 일정 기간이 경과한 모험가는 모험가 길드 내부에서 사망으로 인정하는 것이 규칙으로 자리 잡기도 했다.

“헤르미오스 씨는 어떻게든 사망률을 1할 이하로 내리고 싶다는 말씀을 하셨습니다.”

“1할 이하라고? 허. 어째서?”

“정보 제공의 목적은 대답해드렸습니다.”

알렌은 지금 더 이상의 설명은 하지 않겠다고 태도로 드러낸다.

“…….”

지부장도 순순히 물러나지는 않고 알렌의 얼굴을 빤히 쳐다봤다.

“앞으로 2개월쯤 기다려달라고 헤르미오스 씨가 말씀을 하시더군요.”

‘새해에는 전직 관련의 신탁이 내려올 테니까. 그때 알아서 눈치 채줘라.’

불의 신 프레이야가 신기를 마왕군에게 약탈당했다는 소식을 들었을 때 알렌은 라타쉬 왕국과 로젠헤임을 비롯하여 더 나아가서는 5대륙 동맹의 소속 국가 병사들을 무장시키기 위한 무기와 방어구

확보를 위한 조처를 서둘러 추진시켰다.

다만 이렇듯 애써봤자 마왕군으로부터 나라를 지킬 수 있을지라도 마왕군을 쓰러뜨리지는 못한다.

적을 쓰러뜨리기 위해서는 병사뿐만이 아니라 모험가의 강화가 필요했다.

이것은 재능을 보유한 인원을 더욱 강화해주는 전직 제도에 의해 이루어진다. S급 던전에 도전할 만큼 실력을 쌓은 강자라면 상당히 좋은 재능을 보유하게 될 테지.

그러나 현 상황에서는 전직 후보자가 죽어 나가고 있다. 이 같은 상황을 조금이라도 개선할 방법을 모색하다가 정보 제공을 개시했다.

또한 모험가의 강화에는 최상급 무기와 방어구도 필요하다. 불의 신 프레이야가 힘을 잃어버리고 무기, 방어구를 제작할 수 없게 된다면 던전산의 무기와 방어구를 조금이라도 더 많은 모험가와 병사에게 보급할 수 있도록 손을 쓸 필요가 있다. 따라서 보물상자의 위치 따위도 전부 공개한다.

이러한 정보 제공의 대가로 얻는 것을 찾아보자면 그것은 인류의 존속이라고 알렌은 생각하고 있다.

따라서 어제는 철야로 데스 스테이지에 관한 정보를 정리했다. 자료 작성에는 동료들도 협력해주지만, 지도는 어쩔 수 없이 마도서를 쓰는 편이 더 빠르게 진척되는지라 알렌이 도맡아야 했고 부담이 집중되고 있다.

던전의 일정을 3일 반에서 3일로 줄인 이유도 이것이다.

그럼에도, 피로가 다 풀리지 않은 채 축적되고 있기는 해도 자신들의 활동 덕분에 해가 바뀔 때까지 모험가가 줄어들지 않고 전직에 성공한다면 마왕군과 싸우기 위한 힘이 확실하게 늘어날 것이다.

지금 이때를 살아남아 버텨달라는 마음으로 모험가 길드에 계속해서 정보를 제공해주고 있다.

"2개월 뒤에 무슨 일이 생기는 건가?"

"예. 2개월 뒤라고 답을 해드리면 납득할 것이라고 헤르미오스 씨도 말씀하셨습니다."

알렌은 아직 지금은 이 대답만으로 납득해주기를 바라며 포포카 지부장을 똑바로 바라본다.

아무래도 신탁이 내려오기도 전에 세계적인 조직인 모험가 길드에서 먼저 내용을 떠들어버리면 이후 활동에 큰 지장이 생길 가능성이 높기 때문이다.

"알겠네. 정보 고맙군."

지부장은 쓴웃음 짓고 고개를 끄덕거렸다. 이유는 알 수 없으나 알렌과 헤르미오스가 같은 거점에서 지내고 있다는 것을 떠올려봐도 이름을 빌리며 승낙은 잘 받았을 테고, 실제 제공받은 정보는 이를 데 없이 귀중하잖은가.

모험가의 사망률이 내려간다면 길드의 지부장으로서 더한 기쁨은 없겠다.

"그럼 또 정보가 갱신되면 가져오도록 하죠. 아, 정보 말인데요. 오늘 드렸던 내용은 던전의 구조가 바뀌어버리기 전까지만 유효하니 꼭 숙지시켜주세요."

던전 마스터 디그라그니는 아무래도 부정기적으로 던전의 구조를 바꾸고 있는 듯하다.

"그렇지, 정보를 공표할 때 유효 기간에도 주의를 기울이도록 잘 전달하겠네."

"감사합니다. 그럼 전 이만."

알렌은 대화가 끝나자마자 곧장 자리에서 일어난다.

포포카 지부장은 눈앞에 있는 지도를 다시 한번 훑어봤다.

4계층 데스 스테이지에서 안전하게 탈출할 수 있는 경로가 지도에 표시되어 있다.

이 지도 한 장이 얼마나 많은 희생을 줄여줄지 쉽게 상상할 수 있겠다.

"도저히 모르겠군. 알렌은 대체 어떤 인물인가."

포포카 지부장이 중얼거렸을 때.

"후후."

알렌을 따라 자리에서 일어난 소피가 포포카 지부장을 보고 살며시 웃었다.

"음? 뭐지?"

"알렌 님은『선구자』랍니다."

소피는 생긋 미소 짓고는 말했다.

지부장은 홀린 듯이 고개를 끄덕거렸다.

"뭐 해? 소피도 포르말도 어서 가자. 다른 녀석들이 기다리고 있어."

"네. 알렌 님."

소피는 조용히 답한 뒤 알렌의 뒤를 따라서 걸어갔다.

제6화 각 계층 보스에게 도전

알렌 파티의 거점에서는 알렌의 동료들과 헤르미오스의 동료들이 가능한 한 전원 다 모여서 아침 식사를 하는 경우가 많다. 그런데 그날, 헤르미오스만이 조금 뒤늦게 나타났다.

"조, 좋은 아침이야."

식당에 들어오는 헤르미오스의 걸음걸이는 상당히 위태위태했다. 머리가 아픈지 관자놀이를 주먹으로 꾹꾹 누르고 있다.

'잠꾸러기구나. 숙취가 꽤 심한가 본데.'

"조금 늦었군요. 이미 아침 식사는 시작했는데요."

"알렌 군, 너한테는 사람의 마음이 없니?"

알렌은 상태 회복 효과가 있는 풀C의 각성 스킬 「향미 야채」를 써 줬다.

세상에 보기 드문 용사의 숙취 사태에는 다음과 같은 이유가 있다.

알렌 파티는 S급 던전의 계층 보스 및 데스 스테이지에서 안전을 확보하는 방법부터 심지어 돈을 버는 요령까지 온갖 다양한 정보를 모험가 길드에 제공할 때 헤르미오스의 이름을 빌려 썼다. 정보의 내용, 정확도와는 별개로 출처에서 신뢰를 느낄 수 있어야 한다는 것이 중요했기 때문이었다.

당연히 모험가 길드 측에서도 같은 이유로 이 정보를 공표할 때는 헤르미오스의 이름을 사용한다.

이때 대단히 기뻐한 것이 수인과 드워프였다.

수인들은 베크 수왕태자가 부과한 「1년간 던전 공략에 종사할 것」 이라는 노역을 수행하는 한편으로 퇴역 이후의 생활을 위하여 돈을 벌어 두고자 주로 2계층에서 활동한다.

따라서 수인들이 가장 큰 피해를 받는 요인은 2계층의 계층 보스 인 「블러드 블라스트 비틀」, 통칭 비비다.

고속으로 이동을 하며 외형이 갑충처럼 생긴 이 S랭크 마수가 대 략적으로 어느 위치에 있는가, 얼마나 접근하면 상대에게 발견당하 느냐는 정보는 많은 수인을 구했다고 한다.

그 결과로 살아서 임기를 마치는 데 성공한 수인들이 헤르미오스 를 찾아와서 감사의 뜻을 전하게 됐다. 제우 수왕자의 주변에서도 헤르미오스에게 감사 인사를 하고 싶다며 말을 꺼내는 인물이 많다 고 한다.

이것은 아르바할 수왕국이 1000년 전 기암트 제국으로부터 박해 를 받았던 수인들의 나라라는 역사성, 또한 헤르미오스가 기암트 제국의 귀족 신분도 갖고 있다는 사실을 떠올리면 도저히 상식적이 지 않은 상황이었다. 그러나 목숨을 부지하고 노역을 무사히 마치 는 데 성공한 것은 엄연한 사실이며, 본국에서 벗어난 상태라는 이 유도 있어서인지 수인들 중 헤르미오스를 존경까지는 하지 않을지 언정 미워하는 부류는 없는 듯했다.

물론 제우 수왕자는 정보 제공자가 알렌이라는 사실을 알고 있었 다. 다만 헤르미오스가 이름을 써도 된다고 허락한 것 또한 알고 있 었으며 수인들에게도 마찬가지로 널리 주지시켰다. 헤르미오스도 딱히 곤란할 이유는 없었고.

여기까지는 괜찮다.

지난달에 데스 스테이지의 전체도와 피난 경로가 발표되자 드워프들 사이에서 격진이 일어났다.

왜냐하면 드워프 다수가 골렘술사이며, 골렘을 강림시키기 위한 마도반에 끼울 석판을 찾아서 적극적으로 숨겨진 큐브에 접근하기 때문이다.

숨겨진 큐브의 보수와 교환은 골렘용 석판에 편중되어 있고, 불필요한 석판을 처분할 곳은 신전뿐인 데다가 심지어 싼값에 후려치기까지 당한다. 드워프를 포함하지 않는 파티는 굳이 위험을 무릅쓰면서 접근할 필요가 없다. 반대로 드워프 파티, 아울러 드워프를 포함한 파티는 석판을 손에 넣고자 활동할 때 어쩔 수 없이 숨겨진 큐브에 의지해야 하는 처지인지라 데스 스테이지로 날아가는 경우가 많아진다.

그래서 그 지옥 같은 데스 스테이지로부터 높은 확률로 살아서 나갈 수 있는 방법이 있음을 알았을 때 드워프들은 무척이나 고마워했다. 관련 정보를 고지했던 모험가 길드 게시판의 앞에서 소리 높이며 울음을 터뜨린 드워프도 매우 많았다고 한다.

드워프가 쓰는 감사의 표현으로 『한잔 꼭 사주고 싶다』라는 관용어가 있다. 드워프는 술을 좋아하는 사람이 많은지라 술을 마시는 것은 서로에게 가장 기쁜 시간이기 때문이다.

헤르미오스는 S급 던전의 도시 안 온갖 장소에서 저 말을 듣는 처지가 됐다.

주점과 레스토랑이 다가 아니다. 거리를 걸어 다니면 거리에 인접한 주점으로부터 큼지막한 나무 술잔을 손에 든 드워프들이 우글우글 몰려나와서 「한잔 꼭 사주고 싶군」이라며 다가든다.

헤르미오스도 술은 마시지만 주당이라고 불릴 정도는 아니다. 이제까지 민첩성과 오감 전부를 활용해서 드워프들의 제안을 사양해왔다. 이렇게나 자신의 높은 능력치에 감사했던 경험은 한 번도 없었다고 한다.

다만 어젯밤은 조금 방심을 했던 까닭인지 드워프들에게 붙잡혀버렸고 주점으로 질질 끌려가는 신세를 피할 수 없었다던가. 과장 없이 쏟아붓다시피 술을 마셔야 했고, 밤이 되어서야 간신히 풀려나온 뒤 현재에 이른 것이다.

"그럼 오늘은 비비를 토벌하러 다녀오겠습니다."

울상을 짓는 헤르미오스는 무시한 채 알렌은 오늘 예정을 알려준다.

지금껏 쓰러뜨리지 못한 비비에게 드디어 도전하기로 결정한 것은 동료들이 거듭 전직을 했으며 스킬 강화도 꽤 진척이 있었기 때문이다.

소피와 메르르를 제외하고 전직조의 직업 스킬은 레벨 5의 전후라서 아직 최고 레벨은 아니고, 소피의 마지막 전직도 아직이기에 혹시 위험할 것 같다는 생각이 들면 무리하지 않고 후퇴했다가 1개월쯤 스킬 레벨 올리기에 집중할 계획이다.

신기가 무엇에 사용될지 모르는 상황인 만큼 계층 보스를 무시하는 것은 효율이 나쁘다고 판단했다.

또한 무사히 쓰러뜨린다면 마수의 특징을 분석해서 모험가 길드에 보고할 수도 있겠고, 보고가 이루어지면 지금보다 더 사망자를 줄일 수 있을지도 모른다.

"……."

식당 한쪽에서는 가라라 제독이 말없이 아침 식사용 수프를 먹고 있었다. 제독은 본인의 파티를 해산한 이후 1개월 이상 알렌 파티의 거점에서 머무르는 중이었다만, 처음 무렵과 달리 이번에는 알렌 파티를 굳이 막거나 조언을 할 기색도 없는 모습이었다.

아침 식사를 마친 뒤 신전에서 2계층으로 이동하고 새B 소환수에 올라타서 비비가 있는 곳으로 움직였다.

시간대에 따라 출현하는 장소는 8할 정도로 파악해놓았기에 미리 예측한 위치로 새E 소환수를 보내봤더니 바로 발견할 수 있었다.

비비의 상공 1킬로미터 위치에서 멈춘다. 아래에 붉은 개체가 움직이고 있는 광경이 보였다.

"자, 메르르 선생님, 잘 부탁드립니다."

"오냐, 맡겨주시게."

알렌의 농담에 메르르는 한쪽 손으로 턱수염을 만지작거리는 시늉을 해서 보여준 뒤 마도반을 치켜들고 새B 소환수의 등 아래로 뛰어내렸다.

"메르르, 출격합니다~!!"

메르르가 외치자 전장 50미터의 미스릴 골렘이 공중에 강림한다.

이러한 공중 전법도 꽤 연습했다.

한 쌍의 겹눈이 상공에서 들이닥치는 거구를 포착했을 때, 이미 타므타므는 제아무리 신속한 비비조차 회피하지 못할 위치까지 낙

하한 상태였다.

다음 순간, 무시무시한 충격음이 울려 퍼지며 바위를 포함하여 토사가 물보라처럼 날아올랐다.

확 솟구친 토사가 흩날리고 있는 와중에 거대한 크레이터가 형성되었으며, 그 중앙에서 비비를 짓밟으며 선 타므타므가 보였다.

"으랴아아아아아아아아아아!!!"

메르르가 힘차게 외치고, 타므타므가 비비를 내리누르고 있는 다리 아래로 두 손을 끼워 넣어서 비비의 몸체를 붙잡는다.

『카아앗~!! 카아앗~!!』

자신을 꽉 쥐어 으스러뜨리고자 하는 타므타므의 두 손으로부터 벗어나기 위하여 비비는 아직 자유로운 다리를 마구잡이로 버둥대고 있었다. 그러나 알렌 파티가 강하를 개시했을 때는 그 또한 옆으로 도망치고자 하는 움직임에서 세로로 밀어내고자 하는 움직임으로 바뀌었다.

한쪽 다리로 비비를 꽉 누른 채 다른 한쪽 다리를 지면에 대서 버티고 있던 타므타므의 몸체가 서서히 뒤로 기울어진다.

'음? 역시 비비의 내구력이 타므타므의 공격력보다 더 높은가. 이대로 두면 밀어내고 빠져나가겠군.'

알렌은 벌레B 소환수를 몇 마리 소환했다.

"아리퐁들아! 개미산으로 물렁하게 만들어라!!"

『끼칫끼칫.』

벌레B 소환수는 타므타므의 팔에 달라붙어 특기 「개미산」을 비비에게 쏟아부었다.

여기저기에서 하얀 연기를 뿜으며 비비의 견고한 외골격이 차츰 녹아내린다.

다만 타므타므가 꽉 쥐어서 으스러뜨릴 수 있을 만큼 외골격이 녹는 것보다 비비가 타므타므를 밀어내고 빠져나간 것이 더 빨랐다.

자유를 되찾은 비비는 지면과 아슬아슬하게 선회하며 타므타므에게 반격을 가하고자 한다. 그러나 그 전에 이번에는 클레나와 드골라가 앞을 가로막았다.

비비는 일순간 움직임을 멈췄으나 클레나와 드골라가 각각 무기를 번쩍 치켜들며 정면으로부터 돌격을 감행하자 녹아내린 딱지날개를 펼치고 진동시키며 상공으로 도망쳤다.

"클레나, 드골라, 절대 붙잡히지 마."

"응, 알고 있어!"

"오냐! 오늘은 꼭 쓰러뜨린다!!"

비비는 붙잡은 상대의 체력을 흡수해서 회복하는지라 쓰러뜨리고자 한다면 일단 무엇보다도 붙잡히지 않는 것이 가장 중요하다. 따라서 메르르에게는 타므타므로 비비의 날개를 먼저 부수도록 전달했다만, 터무니없이 견고한 외골격에 막혀서 개미산도 날개까지는 적시지 못했다.

'으음, 외골격이 좀 과하게 딱딱한데. 아직 일렀나.'

날개를 윙윙거리며 이리저리 하늘을 날아다니는 비비에 맞서 클레나와 드골라는 각각 무기를 치켜들면서 돌격하고, 한편 불현듯 비비의 공격 범위로부터 휙 뛰어 물러나는 등 일정 거리를 유지하며 견제한다.

두 사람에게는 민첩성이 3000만큼 올라가는 반지를 두 개씩 장비시켰다. 그간 파티가 세 자릿수에 달하는 수의 보물상자를 열어서 능력치 3000짜리 반지를 각 능력치마다 스무 개씩 넉넉히 수집한 덕에 골라서 장착할 수 있었다.

이번 작전에서 드골라와 클레나의 역할은 거리를 두고 비비를 견제하며 후위가 있는 곳까지 접근하지 못하도록 막는 것이기 때문이었다. 공격은 뒷전으로 미뤄도 괜찮다.

두 사람이 비비의 주의를 끌어주는 틈에 덩치가 큰 타므타므를 후방으로 물렸다. 비비가 공중으로 도망치면 소피와 포르말이 화살을 쏴서 체력을 깎아낸다. 알렌도 용B 소환수를 소환하고 원거리에서 각성 스킬「분노의 업화」로 공격을 지시했다.

그렇게 10분쯤 경과했을 때 소피에게 다음 지시를 내린다.

"꽤 체력을 깎아냈구나. 슬슬 괜찮지 않으려나."

"……네. 알렌 님."

활을 내려놓은 소피가 살짝 그늘진 표정으로 고개를 끄덕거린다.

'음? 방금 침묵은 뭐지.'

알렌은 의아해했으나 설마 소피도 메르르처럼「소피 선생님」이라고 불려보고 싶은 마음이 있었다는 것은 상상도 하지 못했다.

"샐러맨더 님, 부탁드립니다."

『아우아우!』

소피의 품에서 날아오른 불 속성의 어린 정령 샐러맨더가 소피의 마력을 써서 거대한 불덩어리로 바뀌어 간다.

그리고 알렌이 클레나와 드골라에게 후퇴 신호를 보냈던 다음 순간, 거대한 불덩어리가 비비에게 부딪쳤다가 반대편으로 뚫고 지나 갔다.

『키이익, 키익…….』

불타오르며 지면으로 낙하한 비비는 작게 울더니 천천히 소멸했다.

'역시 정령 마법과 마법은 다르군. 스킬도 분류부터 다르긴 하지.'

알렌의 머릿속에서 또 한 가지 분석이 진행된다.

『블러드 블라스트 비틀을 1마리 쓰러뜨렸습니다. 경험치를 1억 2천만 획득했습니다.』

'풉. 경험치가 1억 2천만이라고! 마신을 쓰러뜨렸을 때는 경험치가 안 들어오고 1레벨이 바로 올랐는데 마수는 경험치로 쳐주는 건가.'

마신 레젤과의 전투에서 1레벨이 올랐던 것을 떠올린다.

비비가 사라진 자리를 뒤져보니 S랭크 마석, 투구벌레와 하늘가재처럼 생긴 문양이 있는 브론즈 메달을 떨어져 있었기에 바로 챙겼다.

"좋아, 좋아. S랭크 마석은 처음인데. 큼직한걸?"

직경 30센티미터는 될 법한 거대한 마석은 아슬아슬하게 수납에 들어갔다.

"해냈구나. 난 나설 기회도 없었네."

열심히 싸운 동료들을 쭉 지켜보기만 했던 세실이 안심했다는 듯이, 혹은 불만이라는 듯이 새침하게 말했다.

"뭐, 나설 기회가 언제나 있진 않으니까."

비비는 마법 내성이 높으나 정령의 공격은 통했다. 이 같은 특성을 간파하고 약점을 노려 공격할 수 있도록 다양한 직업으로 파티를 구성하는 것이 중요하다고 생각된다.

"아무튼 소피가 큰 몫을 해줬군. 고맙다."

"네. 드골라 씨. 다행히 성공했어요."

드골라는 과거에 샐러맨더에게 여러 번 봉변을 당해 엉덩이가 불 탔던 경험이 있었지만, 이제 소피도 샐러맨더를 다루는 데 익숙해 졌기에 예전 같은 사고는 더 이상 일어나지 않는다.

"자, 다음은 스칼릿이야. 오늘은 이렇게 전부 쭉 잡아버리자."

알렌 파티는 비비를 쓰러뜨린 뒤 3계층의 계층 보스이자 S랭크 마수인 스칼릿 샌드 웜, 통칭 스칼릿에게 도전했다.

이 마수는 모든 공격에 내성이 없으며 어떤 공격이든 전부 통하는 반면에 회복력이 굉장히 좋은지라 아무리 공격을 쏟아부어도 숨통 이 끊어지지 않는다. 결국 그날은 3시간을 들이고도 쓰러뜨리지 못 한 채 단념했다.

그 후에 당분간 레벨 올리기에 집중했다가 알렌의 강화 레벨이 8 로 올랐을 때 재도전했지만 역시 쓰러뜨릴 수 없었다.

알렌이 예상한 대로 강화의 레벨이 8로 오르니 소환수의 능력치 두 개를 2000씩 증가시킬 수 있었다. 다만 강화의 레벨이 7이었을 때보다 공격력이 1000만큼 늘어나도 소환수의 공격이 스칼릿의 체 력을 감당하지는 못했다.

그날도 3시간의 격전 끝에 포기하고 나중에 다시 도전하기로 했다.

얼마 뒤, 달이 바뀌어 12월에 들어섰다.

그동안 소피도 전직을 해서 대정령사가 됐다. 메르르와 소피를 제외한 전직조도 스킬 레벨이 6으로 올랐고 능력치가 상승했다.

슬슬 가능할 듯해서 오늘은 네 번째로 스칼릿 토벌에 도전을 할 예정이다.

"오늘은 스칼릿에게 도전합니다."

"또? 대단하네."

"뭐, 스칼릿을 못 잡으면 5계층에 못 가니까요. 그나저나 헤르미오스 씨는 언제까지 S급 던전에 있을 예정입니까?"

"으음~. 황제 폐하는 아직 복귀하라는 명령을 안 내리셨거든. 아마도 알렌 군의 던전 공략을 끝까지 지켜볼 수 있을 것 같아."

알렌은 평소와 다른 예정이 생길 경우에는 헤르미오스와 정보를 교환하고 있다.

헤르미오스 파티의 목표는 S급 던전 공략은 아닌 듯하다. 게다가 이미 장비도 돈도 넉넉하게 확보한 듯한데 평소에는 2, 3개월 정도만 머무른다던 이 던전에서 아직껏 체류 중이다. 몇 달 전에 기암트 제국의 수뇌부에 불의 신 프레이야가 신기를 약탈당한 사건에 대해 연락을 보냈다만, 그것이 체류를 연장시키게 된 이유일지도 모르겠다고 생각하고 있다.

"그럼 알렌의 스킬 레벨이 오를 때까지는 계시겠네요."

세실도 대화에 참가한다.

지금 추이로 쭉 나가면 알렌은 다음 달에는 스킬 레벨이 8로 오를 것이다. 바우키스 제국의 제도에서도 마석을 매입할 수 있게 된 덕을 톡톡히 봤다.

"와~ 알렌 군의 새로운 스킬! 꼭 보고 싶은걸."

괴도 로제타가 신난 듯 말하자 모두의 시선이 알렌에게 집중된다. 아무래도 특수 직업인 소환사의 스킬에 모두 관심이 있는 듯했다.

"그러게요. 뭐, 오늘 스칼릿을 쓰러뜨리지 못하면 다음 번에는 소환 레벨을 올리고 또 도전하게 되지 않을까요."

"후후후. 그럴 일은 없어. 내 초신병이 스칼릿 따위 아작아작 때려잡을 테니까."

메르르가 팔짱을 끼고 스칼릿 토벌 성공을 선언한다.

"후후후."

클레나도 어째서인지 같이 팔짱을 끼고 다부지게 웃고 있다.

"쳇."

가라라 제독의 혀 차는 소리를 등 뒤로 들으며 알렌 파티는 신전으로 향한다.

3계층의 사막 지대로 이동한 뒤 새E 소환수가 포착한 스칼릿의 위치로 움직였다. 스칼릿은 거대한 벌레이며 사막의 모래 속을 기어서 이동하기 때문에 육안으로 형체를 확인하는 것은 불가능하다만, 새E 소환수의 「천리안」을 쓰니 무난하게 포착할 수 있었다.

"오늘은 내가 공격할게!"

스칼릿이 있는 사막의 상공에 다다르자마자 알렌의 뒤쪽에서 세실이 소리 질렀다.

물론 문제가 될 것은 없는지라 지금 다시 한번 타이밍에 대해 점검을 한다.

"킬. 저번에도 말했는데 회복이 살짝 느리니까 반응 속도에 신경을 써줘."

“그래, 알고 있다고.”

“잘 좀 부탁하자. 살짝만 어긋나도 클레나랑 드골라가 못 버티고 밀려나버리게 되니까. 이후 계층 보스와 싸울 때도 꼭 필요한 전술이야.”

“그래.”

자꾸 반복하지 않아도 알아듣는다며 킬이 불만을 조금 내비쳤다만, 그럼에도 알렌은 확실하게 못을 박았다.

“자, 세실. 가자.”

전원이 준비를 마쳤을 때 아르케론처럼 생긴 물고기B 소환수를 스칼릿의 머리 부근까지 이동시킨 뒤 제자리에서 빙글빙글 선회시킨다.

스칼릿이 물고기B 소환수를 발견하고 사냥감으로 판단한 듯 접근하더니 주위의 모래까지 통째로 덥석 집어삼킨다.

“좋아, 낚였다!!”

스칼릿이 모래에서 머리를 쑥 내밀고 수십 미터의 높이까지 솟아올라왔을 때 미리 준비하고 있었던 세실이 소리 높였다.

“소운석!!”

모래에서 수직으로 휙 치켜들었던 스칼릿의 머리로 새빨갛게 타오르는 거대한 바위 덩어리가 직격했다.

세실은 지력과 마력을 각각 3000씩 올려주는 반지를 장비했고 두 번의 전직을 거친 뒤 능력치도 한계까지 올렸다. 따라서 지금 쓴 엑스트라 스킬 「소운석」은 로젠헤임에서 겪었던 전쟁 중 사용했을 때와는 비교도 되지 않을 만큼 강력한 위력을 발휘했다. 고작 일격으로 거대한 벌레의 머리를 분쇄한 데다가 몸체 부분까지 짓눌러 뭉

개버린다.

소운석 낙하의 충격에 사막이 반구형으로 파헤쳐져서 생긴 크레이터의 안쪽에 스칼릿의 나머지 몸이 나가떨어진 광경이 보인다.

클레나와 드골라가 크레이터의 경사면을 달려 내려가서 머리가 부서진 스칼릿에게 돌진을 감행했다. 이미 몇 번이나 싸워봤기에 이 정도의 공격으로 스칼릿이 죽지 않는다는 사실은 잘 알고 있었다.

두 사람은 머리를 잃은 스칼릿의 몸체가 일어나고, 상처 부위가 빠르게 재생되는 모습을 올려다보면서 적의 몸체에 공격을 개시한다.

'딱히 급소가 없고 어디를 공격하든 다를 게 없다면 급소를 만들어주면 돼.'

모든 공격에 대해서 일절 내성이 없는 마수가 스칼릿이지만, 결정적인 약점도 없다. 대미지를 입힌 부위에 거듭거듭 피해를 누적시킬 수밖에 없다만, 그래봤자 준 대미지가 회복량을 추월할 수 없었다.

따라서 오늘은 새로운 작전을 실행한다.

"타므타므, 강림!!"

메르르가 미스릴 골렘을 소환했다.

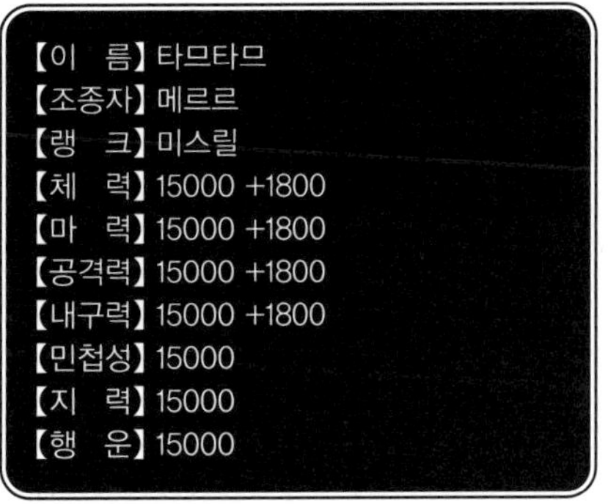

거대화용 석판을 손에 넣었고 이전부터 갖고 있었던 초거대화용 석판과 조합하자 타므타므는 「초신병」으로 변화했다. 본래 10미터였던 신장이 100미터로 커졌고 능력치도 초기 수치의 다섯 배로 불어났다. 이것은 알렌의 소환수도 포함하는 파티의 전력 중 가장 거대하며 가장 높은 능력치였다.

'박력이 엄청나구나. 결점을 굳이 찾는다면 킬이나 소환수들의 보조를 받지 못하는 것 정도인가.'

"광선검!!"

메르르는 스킬 「광선검」을 발동할 때 알렌이 붙인 기술명을 외쳤다.

타므타므의 손목에서 빛이 쏟아지더니 검의 형태로 수축되어 고정화된다.

모래에 발목까지 파묻힌 채 타므타므는 크레이터를 꽉 밟아 디뎌서 스칼릿의 몸체로 접근한 뒤 나자빠진 적의 몸에다가 빛의 검을 아래로 휘둘렀다. 대량의 체액이 분출되며 스칼릿의 몸체가 앞뒤로 쪼개진다.

"오?! 한쪽이 안 움직인다!!"

'초거대화용 석판만 있었을 때와 다른 결과가 나왔구나. 혹시 공략법 발견인가?'

쪼개진 스칼릿의 꼬리와 가까운 반쪽이 움직임을 멈춘지라 아직 슬금슬금 움직이고 있는 머리와 가까운 쪽의 몸체를 빛의 검으로 조각낸다. 더 작게 만들어서 공격을 한 지점에 집중시키자는 작전이다.

재생 능력이 쪼개진 각각의 몸을 되살려서 두 마리로 불어나는 것은 아닐까 걱정했었는데 다행히 아니었나 보다.

"아, 땅속에 숨어버리겠어."

메르르가 움직이는 몸체를 보다가 모래 속으로 들어가고자 한다는 것을 알아차렸다.

"소피. 대정령 현현을 부탁할게."

마찬가지로 스칼릿의 움직임을 주시하고 있었던 알렌이 지시 내린다.

"네! 대정령 노움 님! 모쪼록 힘을 빌려주세요."

소피가 엑스트라 스킬 「대정령 현현」을 발동하자 모래 안에서 모습을 나타낸 대정령 노움이 주변 사막의 모래를 접착시켜서 암반처럼 단단하게 경화시켜준다.

더는 땅속으로 도망치지 못하게 된 스칼릿을 메르르가 또다시 타므타므의 빛의 검으로 조각냈다.

스칼릿의 크기가 처음보다 16분의 1만큼 작아지자 클레나가 엑스트라 스킬을 발동시키고 또 몸체를 조각낸다. 알렌도 용B 소환수에게 각성 스킬 「분노의 업화」를 쓰도록 지시해서 통구이를 만들어 간다.

도망도 못 치고 반격도 못하는 스칼릿을 상대로 일방적인 공격을 퍼부은 지 20분가량 경과했을 때 알렌의 마도서에 메시지가 표시되었다.

『스칼릿 샌드 웜을 쓰러뜨렸습니다. 경험치를 2억 5천만 획득했습니다.』

스칼릿의 모습이 사라지고 S랭크 마석과 벌레 문양이 새겨진 아이언 코인이 나타난다.

"와아아! 자, 잡았다!!"

메르르가 환성을 터뜨렸다. 몇 번이나 도전해서 드디어 쓰러뜨린 것이다.

동료들 전원이 기뻐한다. 평소에 늘 무뚝뚝한 얼굴인 포르말조차 웃는 표정을 짓고 있다.

'그래, 이거야. 이래야지!'

단순히 맞서 싸우기만 해서는 감당할 수 없었던 상대의 공략법을 시행착오를 거듭한 끝에 마침내 발견했을 때의 기쁨은 알렌이 전세에서도 맛봤던 가장 즐거운 기억이다.

"이제 남은 건 크림존뿐이구나."

"그래."

드골라의 말에 고개를 끄덕여주며 알렌은 크림존을 쓰러뜨린 다음의 계획을 생각하고 있었다.

가라라 제독의 파티는 스무 명의 인원들 전부가 미스릴 골렘 초신병을 강림시켰지만, 끝내 최하층 보스를 이기지 못했다.

스킬 레벨 8이 공략의 최저 조건이 될 것이라고 알렌은 생각을 가다듬었다.

제7화 A랭크 소환수 개방

알렌 파티는 스칼릿을 쓰러뜨린 뒤 크림존 카이저 시 서펜트에게 두 번쯤 도전했으나 거듭 실패를 겪었다. 크림존은 백룡과 비슷할 만큼 강력한 카이저 시 서펜트를 최대 백 마리나 불러온다. 그런 상대와 맞서 싸우며 동료들의 엑스트라 스킬을 온존하는 방침으로 대응하려니 역시 뒷심이 모자랐던 것이다. 조금 무리를 하면 쓰러뜨릴 수 있겠다는 예감을 느끼며 결판을 낼 시기는 순간은 조금 나중으로 미뤘다.

해가 바뀌어 1월 1일이 된 날, 교회에 신탁이 내려왔다.

고지된 내용은 정령신이 말했던 대로 불의 신의 힘이 약해졌다는 것, 또한 4월에 전직 제도가 개시된다는 것이었다.

전직 제도의 상세 사항은 나중에 또 신탁이 내려올 예정이라는 소식을 전해 듣고서 혹시 방침이 완전히 결정된 것은 아닐지도 모르겠다고 알렌은 생각했다.

3일간의 던전 탐색에서 복귀한 다음 날, 알렌 파티는 모험가 길드를 방문하여 거래를 마친 뒤 서둘러 신전으로 향했다.

보통은 던전에서 돌아온 뒤 이틀은 휴일로 시간을 보낸다만, 어제 스킬 레벨이 올랐을 때 마도서에 표시된 로그가 알렌의 예정을 바꿔 놓았다. 그리고 바뀐 예정을 이야기했더니 세실을 비롯하여 파티의 동료들도 함께 가겠다는 말을 꺼냈다. 그래서 아침 식사를 마친 뒤 평소에는 알렌을 포함하여 두세 명만 움직였겠지만, 오늘은 파티 전원이 모험가 길드를 방문했던 것이다.

"조금 늦어졌구나."

서둘러 신전으로 가는 알렌은 가슴이 자꾸 두근거린다.

'이렇게 마음 설레는 게 얼마 만이지.'

조금만 더 가면 신전의 입구에 서는 줄이 보이는 곳까지 다다랐을 때 헤르미오스의 「세이크리드」 파티와 만났다.

"기다렸어. 같이 가도 괜찮을까?"

헤르미오스가 미소 짓고 있다. 오늘 아침에 외출하기 전 예정을 전달했더니 알렌 파티가 던전에서 무엇을 할지 구경하고 싶은 눈치였기에 같이 가겠냐고 짧게 한마디만 물어봤었다.

'음? 다 같이 나온 건가?'

"상관없습니다. 다만 검증에 시간이 꽤 걸릴 테니까 조금 지루해도 양해해주세요."

헤르미오스 파티를 동반해서 던전 2계층으로 이동했다.

신전으로 향하는 행렬에서 줄을 선 동안 알렌은 몇 번이나 메모 기능으로 옮겨 쓴 마도서의 로그 기록을 들여다본다. 몇 번을 살펴봐도 가슴이 두근두근 뛰는 로그다.

『합성 스킬의 경험치가 10억/10억을 달성했습니다. 합성의 레벨이 8로 올랐습니다. 소환의 레벨이 8로 올랐습니다. 마도서의 확장 기능이 레벨 7로 올랐습니다. 등가교환 스킬을 획득했습니다. 군왕화 스킬 〈봉인〉을 획득했습니다.』

어젯밤 드디어 알렌의 소환 레벨이 8로 오른 것이다.

'으흐흐, 드디어 A랭크까지 올라왔구나. 열다섯 살에 달성하게 될 줄이야.'

열다섯 살 오늘까지 오로지 스킬 레벨을 올리는 데 집중하여 마침내 A랭크 소환수의 소환 조건을 달성했다는 것이 기뻤기에 알렌은 군침이 멎지 않을 지경이었다.

【알렌의 성장 기록】

· 1세 0개월　　마도서 획득, 소환 레벨 1, 소환수H

· 1세 10개월　소환 레벨 2, 합성 스킬 획득

· 3세 0개월　　소환수G

· 5세 11개월　소환 레벨 3, 강화 스킬 획득, 소환수F

· 7세 9개월　　소환 레벨 4, 수납 스킬 획득, 소환수E

· 9세 10개월　소환 레벨 5, 공유 스킬 획득, 소환수D

· 12세 9개월　소환 레벨 6, 각성 스킬 획득, 소환수C

· 13세 11개월　소환 레벨 7, 고속 소환 스킬 획득,
　　　　　　　　지휘화 스킬 획득, 소환수B

· 15세 3개월　소환 레벨 8, 등가교환 스킬 획득,
　　　　　　　　군왕화 스킬 획득, 소환수A

마도서를 펼쳐서 지난 과정에 대한 기록을 되새겨보며 히죽히죽 웃는 알렌을 세실과 다른 동료들이 절반쯤 기막히다는 심정, 또 절

반쯤 걱정하는 마음으로 지켜보고 있다.

불의 신 프레이야가 신기를 마왕군에게 약탈당했는데, 지금 어디에 있는지도, 신기를 왜 빼앗았는지 목적조차 알 수가 없었다. 이 같은 위기적 상황에서 알렌의 스킬 레벨이 상승한 것은 얼마 안 되는 희망 중 하나라고 말할 수 있겠다. 따라서 단순한 흥미뿐 아니라 실제 어떠한 능력으로 발전했는지를 알아 둘 필요가 있다고 생각된다.

그러나 세실과 다른 동료들이 단지 사실 파악을 위해 알렌의 검증 작업에 동행한 것은 아니다.

곧 소환수의 검증을 진행할 텐데 거대한 소환수가 출현할 경우에는 거점의 앞마당에서 아주 난리가 날 것이라며 알렌은 던전 안에 들어간 뒤 검증을 할 계획임을 동료들에게 전달했다.

알렌은 특히 스킬을 검증할 때면 주위를 전혀 신경 쓰지도 않은 채 몰두한다는 것을 동료들은 모두 다 알고 있었다. 언제 어디서 마수가 출몰할지 모르는 던전 안에서도 아랑곳하지 않는지라 위험이 바짝 들이닥쳐도 깨닫지 못할 지경이다.

세실이 그 사실을 지적하자 클레나와 소피만이 아니라 드골라, 킬도 동행하겠다며 나서줬다.

얼마 뒤 신전에 들어갈 수 있었다. 2계층으로 전이한 뒤 곧장 새B 소환수에 올라타서 다른 모험가들이 없는 지점으로 이동했다.

'자, 정리도 겸해서 하나하나 검증을 하자.'

어젯밤 미리 모든 소환수의 카드화는 끝내 두었다.

소환에 필요한 A랭크 마석은 로젠헤임에서 치른 전쟁과 이곳 S급 던전에서 사냥을 거듭하며 충분한 물량을 확보했다.

'마도서의 홀더는 예상대로 칠십 장에서 열 장이 늘어나 팔십 장이 됐구나.'

소지할 수 있는 소환수 카드의 상한 숫자는 스킬 레벨이 오를 때마다 꾸준하게 열 장씩 늘어났다.

이번에도 열 장이 늘어났으니 받을 수 있는 소환수의 가호도 열 장만큼 늘어난 셈이다.

'우선은 스킬부터. 이번에 받은 스킬은 「등가교환」과 「군왕화」였지. 등가교환 스킬부터 써볼까.'

등가교환 스킬을 사용하고 랭크를 바꿔 가면서 몇 번인가 소환수를 불러내본다.

그 결과, 등가교환 스킬을 사용하면 마석 소비에 변화가 발생한다는 것을 알 수 있었다.

지금까지는 소환수를 불러낼 때 반드시 같은 랭크의 마석만 사용해야 했었다. 가령 C랭크 소환수는 C랭크 마석 없이는 불러내지 못한다.

하지만 등가교환 스킬을 쓰면 랭크와 관계없이, 또한 여러 마석을 조합해도 아무 문제가 없이 소환이 이루어진다.

구체적으로는 마석 한 개로 한 랭크 아래의 소환수를 열 마리 불러낼 수 있으며, 또한 마석 열 개로 한 랭크 위의 소환수를 한 마리 불러낼 수 있다.

그리고 마석 한 개로 한 랭크 아래의 소환수를 불러낼 때 마석에 있는 마력의 총량이 소환수의 숫자와 비교하여 남았을 경우에는 남은 몫의 마력에 해당하는 숫자만큼 마석이 소환수와 함께 생성되기도 했다.

'등가교환은 상당히 쓸만하겠어. 이제는 일부 마석이 부족해도 불편할 일이 없겠구나. 스킬 경험치 올리기도 편해질 테고.'

등가교환 스킬은 마석을 마력의 양으로써 환산하는 듯하다. 이것은 마도구 가동에 쓰이는 마석량을 계산할 때와 같은 방식이었다. D랭크 마석 한 개로 작동되는 마도구는 E랭크 마석 열 개로도 작동시킬 수 있다. 이 같은 근거가 있기 때문에 마석을 거래할 때도 예컨대 D랭크의 마석 한 개는 E랭크의 마석 열 개의 가격을 주고받도록 교환 비율이 설정되어 있다.

동료들이 쭉 지켜봐주고 있다는 것을 의식하지도 않은 채 알렌은 분석 결과를 마도서에 기록했다.

【등가교환 스킬의 효과】
· D랭크 마석 1개로 벌레E 소환수 10마리를 소환할 수 있다.
· D랭크 마석 10개로 벌레C 소환수 1마리를 소환할 수 있다.
· D랭크 마석 1개로 벌레E 소환수 1마리를 소환하고, E랭크 마석 9개를 생성할 수 있다.

'다른 스킬이 하나 남았는데, 「군왕화」는 아직 봉인되어 있나. 아니, 애당초 마신 레젤을 쓰러뜨린 이후로 레벨이 하나도 안 올랐잖아.'

로젠헤임에서 치렀던 전쟁 중 마신 레젤을 쓰러뜨렸을 때 알렌은 레벨이 76으로 올라갔다. 그러나 그때 이후로 레벨을 전혀 올리지 못했다.

레벨을 76에서 77로 올리기 위해서는 4000억의 경험치가 필요하다. 현재는 동료들의 강화와 장비 수집을 중점으로 던전 탐색을 진행하는 중이라서 경험치의 습득은 소홀히 하게 된 상황이었다.

S랭크의 계층 보스로부터 얻는 경험치가 많기는 한데 장비와 스킬이 아직 다 갖춰지지 않았고, 계층이 지나치게 넓은 이유도 있어서 절대 불가능하지는 않을지언정 효율 좋게 사냥을 진행할 만한 형편은 못 된다.

"자, 이제부터는 드디어 소환수를 꺼내볼까. 어떤 녀석인지 보고 싶거든."

생성한 카드에 표시되어 있는 그림으로 대강 이미지는 할 수 있지만, 실제 소환해보지 않는 한 크기까지는 알 수가 없다.

"어떤 소환수가 나올까?"

줄곧 곁에서 지켜보고 있던 세실이 알렌의 혼잣말에 대꾸하며 말을 건넸다.

주위를 경계 중이던 동료들도, 헤르미오스의 파티도 알렌을 돌아봤다.

알렌은 선택한 카드를 들여다본다. 카드에 그려져 있는 것은 전세에서는 신화 속 존재로 잘 알려졌던 괴물이다. 이 세상에 왔을 때부터 줄곧 이런 소환수를 불러내보고 싶었다.

"모처럼 하는 검증이니까 처음에는 큼직한 녀석부터 시작해볼까. 나와라, 오로치!"

알렌이 용A 소환수를 불러내자 산처럼 거대한 소환수가 나타났다.

『크르아아아아아아!!!!』

『크르아아아아아아!!!!』

『크르아아아아아아!!!!』

 저절로 귀를 막게 될 만큼 커다란 음량으로, 게다가 복수의 포효가 울려 퍼진다. 숲과 평원으로 구성된 2계층 곳곳에서 소형의 비행 마수가 날아올랐다.

 "와, 이 녀석 뭔데! 엄청나잖냐아!!!"

 드골라가 용A 소환수를 올려다보고 감탄하며 소리 질렀다. 확실히 놀랄 정도로 거대한 까닭에 지상에서는 소환수의 전체 모습을 파악하기조차 어렵다.

 '호크의 시야로 확인해볼까.'

 상공으로 새E 소환수를 날려 보내서 생김새를 확인했더니 용A 소환수는 히드라처럼 다섯 개로 갈라진 머리를 가지고 있고 몸길이가 100미터는 될 법한 왕뱀 소환수였다.

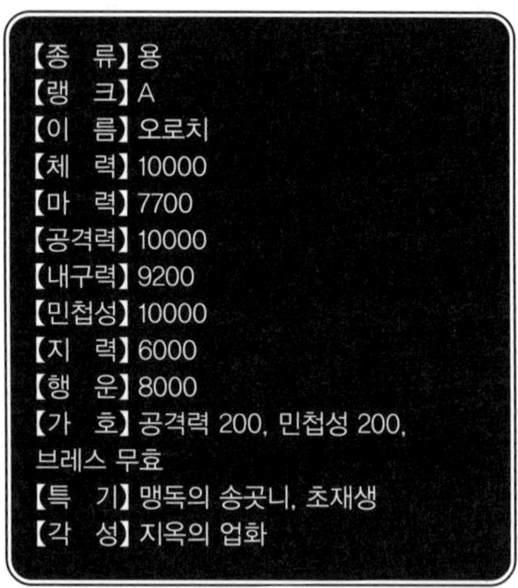

【종　류】용
【랭　크】A
【이　름】오로치
【체　력】10000
【마　력】7700
【공격력】10000
【내구력】9200
【민첩성】10000
【지　력】6000
【행　운】8000
【가　호】공격력 200, 민첩성 200,
브레스 무효
【특　기】맹독의 송곳니, 초재생
【각　성】지옥의 업화

“능력치, 아무 강화도 안 했는데 1만까지 올라온 건가. 게다가 특기가 두 개나 있어.”

알렌은 마도서에 표시된 수치를 살펴보면서 새삼 용A 소환수의 거대함을 실감한다.

저 거대한 몸체에 1만에 달한 능력치라면 A랭크 상위의 강력한 마수와도 호각으로 싸울 수 있을 것이다. 게다가 다른 소환수의 버프 스킬과 킬의 보조 마법으로 더 강화해주면 틀림없이 이제껏 경험하지 못한 강력한 전력이 되어줄 것이라고 생각된다.

그 후에 다른 소환수도 한 마리씩 불러내서 확인을 진행했다. 소환수의 특기와 각성 스킬은 사용하는 상황에 따라 유용성이 확 달라진다거나 효과를 더욱 실감할 수 있기 때문에 대략 훑어보고 넘어가기로 했다.

‘좋아, 일단은 이 정도인가. 자, 드디어 메인 디시다. 새로 추가된 계통의 소환수여서 그런지 다른 녀석들과 분위기가 좀 다르군.’

알렌의 표정이 바뀐 것을 클레나가 가장 먼저 알아차렸다. 어쩐지 조금 긴장한 듯 보인다.

“왜 그래?”

“응? 아니, 이번에 새로 추가된 소환수가 뭔가 좀 다른 것 같아서. 일단 꺼내볼게.”

뚜렷하게 언어로 표현할 수 있는 위화감은 아니다. 1년 만에 추가된 새로운 계통의 소환수인지라 마음이 너무 고양된 것 같다는 생각도 든다.

“응. 나도 기대돼.”

동료들의 시선이 모이고, 클레나도 즐거워해주고 있는 가운데 알렌은 마지막 소환수의 카드를 마도서의 홀더에서 꺼내 들었다.

"좋아, 나와라."

카드가 빛나는 거품으로 바뀌어 사라져 간 자리에서 10대 후반쯤 되는 남성의 외모를 가진 소환수가 대신해서 모습을 나타냈다. 반라의 몸, 곱슬곱슬 휘어진 머리카락. 머리 위쪽에는 빛의 고리가 떠 있고, 등에는 날개가 한 쌍 자라난 모습이다. 지면으로부터 살짝 떠 있는데, 몸집은 알렌 등 다른 사람들과 비슷한 정도였다.

'카드의 그림처럼 완전히 천사구나. 음, 카드에 천사A라고 쓰여 있기도 하고.'

천사A 소환수가 알렌을 바라봤다. 한 사람과 한 소환수가 침묵을 지키며 서로를 마주 본다.

『…….』

"……."

잠시 가만히 서로를 지켜보고 있었다만, 불현듯 천사A 소환수가 알렌으로부터 시선을 떼고 주위를 둘러봤다. 마치 자신이 어디에 있는지 모르겠다는 기색이다.

그렇게 주변을 한 차례 둘러본 뒤에 이번에는 본인의 두 손과 몸을 살펴보거나 움직이거나 했다. 마치 자신의 몸에 이변이 생겼는지, 혹은 생기지 않았는지를 확인하는 듯한 동작이었다.

행동을 마친 뒤 또다시 알렌과 이곳에 있는 동료들을 다시금 한 사람씩 바라다봤다.

'뭐지, 혼란 상태인가? 괜찮은 건가?'

알렌이 접근하고자 한 발짝 앞으로 나섰을 때 갑자기 천사A 소환 수가 소리 질렀다.

『그런가!! 에르메아 님께서 나의 청을 들어주신 것인가. 큐벨 놈. 두고 봐라! 기필코 처죽여주마!!』

기쁨을 폭발시키며 불온한 발언을 하는 천사A 소환수를 보고 생각한다.

'뭔가 기합이 가득 들어간 천사가 소환됐는데. A랭크가 되면 또 다른 법칙이 생겨나는 건가?'

소환 레벨이 8로 올라서 새롭게 소환할 수 있게 된 계통인 천사는 능력치부터가 다른 소환수와는 많이 달랐다.

마도서에 표시된 능력치를 확인한다.

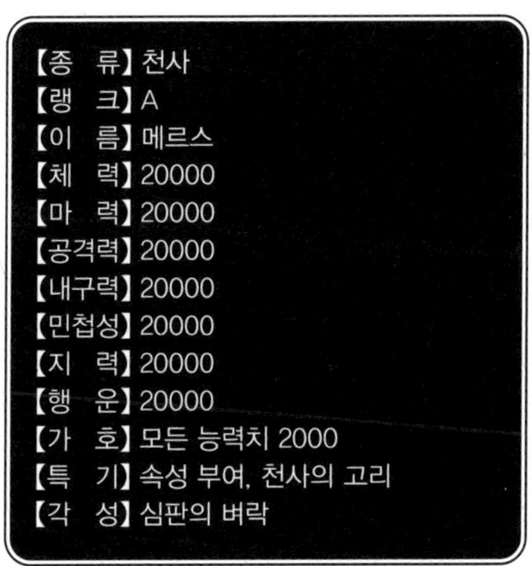

'능력치는 다른 A랭크 소환수의 최대치를 두 배나 뛰어넘었구나.

이러면 소환수의 화력 부족 문제도 해결할 수 있겠어.'

이제까지는 랭크가 같은 소환수는 능력치의 최대치도 동일했다. 그런데 천사A 소환수만은 다른 A랭크의 소환수와 비교해서 최대 수치가 두 배로 높아졌다.

로젠헤임에서 마신 레젤과 대결했을 때 소환수는 클레나와 드골라 같은 전위직보다 화력이 많이 모자랐던 까닭에 수비와 표적 분산, 회복을 전담할 수밖에 없었다. 하지만 천사A 소환수를 잘 활용한다면 클레나나 드골라와도 어깨를 나란히 하여 전위에 세울 수 있겠다.

'가호도 굉장한걸. 모든 능력치 2000이라고? 작정하고 팔십 장을 전부 천사로 채우면 내 능력치가 진짜 엄청나게 올라가지 않나? 조금 더 늘려볼까. 음? 안 되는군? 하나만 쓸 수 있는 건가? 혹시 다른 소환수도? 아닌데, 잘 늘어나는데.'

A랭크의 마석이 아직 대량으로 남아있는데도 천사A 소환수는 더 이상 생성되지 않았다. 아무래도 생성 가능한 숫자에 제한이 있는 듯했다.

한편 마도서를 들여다보며 분석에 몰두하는 알렌의 주위에서 헤르미오스 파티의 인원 중 성녀 그레타가 몹시 놀라서 숨을 죽이고 떨리는 손으로 지팡이를 떨어뜨리고 만다.

"저분께서는……!"

"음? 그레타. 왜 그렇게 놀라?"

"헤르미오스 님. 저분은, 혹시."

그와 동시에 정령신이 지정 위치인 소피의 어깨에서 지면으로 내려온 뒤 제자리에서 무릎을 꿇고 천사A 소환수를 향하여 깊이 머리를 숙이고 있다.

『소피아로네도, 어서, 인사드리렴.』

"네, 네엣."

정령신이 시키는 대로 소피도 제자리에서 무릎을 꿇고 머리 숙였다.

『그나저나…… 창조신 에르메아 님께서 놀라운 결정을 내리셨어. 어떤 의도가 있는 조치이려나. 하하.』

정령신의 웃음은 평소와 달리 딱딱했으며 무척이나 어색했다.

정령신과 로젠헤임의 왕녀가 머리 숙이는 광경을 보면 상대가 단순한 소환수가 아니라는 사실은 알렌 이외에 모두가 추측할 수 있었다.

"저, 저기요. 알렌 씨. 이분은 혹시……."

성녀 그레타가 어느 추측을 확인하고자 말을 건넸을 때 마도서와 눈싸움을 하고 있었던 알렌이 겨우 위화감의 정체를 알아차리고 불쑥 소리쳤다.

"그래! 알았다!! 이름이야! 처음부터 이름이 메르스로 쓰여 있었어!!"

"앗……. 역시나!!"

그레타의 표정이 확신으로 바뀐다.

소환수는 언제나 카드를 생성할 때 직접 이름을 붙여줬었는데 오직 천사A 소환수만은 등록을 한 기억이 없는데 이미 이름이 입력된 상태였던 것이다.

'메르스인가. 뭔가 들어본 적 있는 이름이군. 그건 그렇고, 메르스라니. 메르스는 좀 아니지 않나?'

"메르스는 메르르랑 이름이 비슷하기도 하고. 역시 다른 이름을 붙여줄까. 천사, 텐시, 텐텐이 좋겠네.”

스스로 생각해봐도 센스 좋은 이름을 떠올렸다고 생각하며 알렌은 곧장 마도서로 이름을 고쳐 쓰고자 했다.

‘텐텐, 텐텐……. 음? 어라? 뭐지. 이름이 변경되지를 않네. 메르스는 자기주장이 강한 녀석이구나.’

소환수의 이름은 분명 몇 번이든 바꿔줄 수 있는데도 무슨 이유인지 이 녀석만큼은 변경이 되지 않는다.

그때, 그레타가 말을 걸어왔다.

“저기요……. 알렌 씨? 이분은 제1천사 메르스 님이 아니신가요?”

“제1천사?”

‘어라? 맞네, 메르스라면 에르메아의……. 앗, 어째서 소피가 무릎을 꿇고 있지?’

알렌은 뒤늦게 소피와 정령신이 넙죽 엎드리고 있음을 알아차린 뒤 의아해했다.

『그러하다.』

천사A 소환수가 그레타의 말에 대답을 했다.

그 대답을 들은 그레타와 헤르미오스를 비롯하여 모두가 무릎을 꿇고 경의를 표시했지만, 알렌만은 우두커니 선 채로 학원에서 배웠던 신학 지식을 떠올리고 있었다.

‘……아하, 생각났다. 맞아, 제1천사라고 자주 언급이 됐던 메르스였군? 그런데, 왜 제1천사가 소환수로 나타난 거야?’

이 세상에서는 창조신 에르메아를 정점으로 4대신이라고 불리는 더욱 강력한 네 신과 풍요의 신, 전쟁의 신, 수인의 신 등등 수많은 신이 존재한다.

그리고 각각의 신은 신계 바깥으로 힘을 행사하기 위한 대행자로서 더 많은 천사를 거느리고 있다.

또한 이렇듯 다 헤아리기 어려울 만큼 다수가 있는 천사 중 가장 유명한 존재가 메르스라는 이름의 천사였다. 창조신 에르메아의 측근 천사이자 에르메아의 의지를 다른 신에게 전달하거나 교회에 신탁을 내리거나 에르메아의 곁에서 이것저것 시중을 들고 있다던가.

따라서 에르메아를 신앙하는 사람들은 경의와 두려움을 담아서 「제1천사」라고도 부른다. 각국의 대성당에는 반드시 창조신 에르메아를 그린 회화가 있는데, 그 안에는 메르스도 그려져 있고 신관 중에는 이름도 알지 못하는 작은 신보다 메르스가 더 높은 지위에 있다고 생각하는 부류도 있을 만큼 잘 알려졌다.

'엥? 진짜 천사가 소환수로 전직한 거야? 이름 바꾸고 싶은데.'

"엥? 왜 소환수 노릇을 하고 있어요?"

알렌은 막 떠올린 대로 꾸밈없이 메르스에게 질문했다.

『흐음. 무엇부터 설명을 해야 할지…….』

곧장 대답하는 대신에 고개를 끄덕거리고 주위를 둘러보던 메르스는 알렌의 뒤쪽에서 무릎 꿇고 있는 사람들의 가장 앞쪽에 위치하는 정령신 로젠을 발견했다.

『아, 로젠인가. 오랜만이구나. 정령신이 된 건가.』

『예. 제1천사 메르스 님, 격조하였습니다.』

『으음, 이토록 가까운 곳에 있는데도 알아차리지 못할 줄이야……. 나는 이미 제1천사가 아니게 됐단 말인가.』

메르스는 모두에게 일어서라며 손짓을 했다.

『역시 불의 신 프레이야 님을 지키기 위한 전투에서 안타깝게도 쓰러지셨다는 이야기는 사실이었나 봅니다.』

다시 일어난 소피의 어깨로 돌아간 뒤 로젠은 괴로운 표정으로 메르스에게 말을 건넨다.

『프레이야 님께서 공격받았다는 것을 너희는 이미 알고 있었구나.』

『신계에 방문했을 때 여러 신들께, 또한 천사들에게서 소식을 들었습니다. 메르스 님께서 돌아가신 뒤 루프트 님이 대행을 맡았다더군요.』

『그랬나……. 로젠이여. 내가 전사한 뒤 신계가 어떻게 되었는지 자세히 설명을 해줄 수 있겠는가?』

『예. 이후 상황을 말씀드리자면…….』

정령신은 메르스의 요청에 따라서 불의 신 프레이야가 신기를 빼앗기고 약화되었다는 것, 마왕군이 빼앗은 신기를 어떻게 쓰고자 하는지는 아직 확실하지 않다는 것, 적에게 대항하기 위해 신계가 전직 제도를 시작하기로 결정한 것, 인간들의 세계에 신탁을 내려 보냈다는 것을 설명했다.

『……그렇게 상황이 달라졌단 말인가.』

메르스는 가만히 말한 뒤 입을 다물었다.

『그나저나 제1천사님은 어째서 알렌 군의 소환수가 되신 겁니까?』

『그것은, 으음……. 내가 소환수의 구조를 고안했기 때문이다.』

메르스가 머뭇거리는 어투로, 다만 대단히 중요한 발언을 입에 담았다.

‘으핫, 제작자였구나. 그럼 손발이 달린 사과 소환수도 네 작품이었던 거냐. 취미가 제법 괜찮은 녀석인걸.’

메르스는 불의 신 프레이야가 마왕군에게 공격받고 있음을 안 뒤에 창조신의 신전에서 원군으로써 달려갔었지만, 마왕군을 지휘하는 상위 마신 큐벨에게 패배하고 말았다. 목숨을 잃기 직전인 작년 3월, 4월 시점에서 A랭크 소환수의 설정이 아직 완전히 결정되지 않았다는 것을 떠올리고 사후의 자신을 소환수로 편입시켜달라고 에르메아에게 기원했다고 한다.

‘오? 꽤 아슬아슬한 시기까지 설정을 고민하는 방식이었던 건가. 그건 그렇고 큐벨은 어쩌면 그때 꽤 타격을 받은 상태였던 건가. 싸웠다면 쓰러뜨릴 수 있었을까?’

알렌 파티는 상위 마신 큐벨과 로젠헤임의 전쟁이 종결되기 직전에 마주쳤다. 로젠헤임으로 쳐들어온 마신 레젤과 대적했을 때 나타났었는데 시기상 신계에서 메르스를 쓰러뜨린 이후였을지도 모르겠다. 가볍게 몇 마디 대화를 나누다가 휙 사라져버렸던 것은 어쩌면 큐벨도 부상을 당한 상태였기 때문이 아니었을까.

『그런가! 아무튼, 해냈구나! 결국 잔소리 많은 에르메아 님의 속박으로부터 빠져나오지 않았는가! 나는 마침내 자유를 손에 넣었노라!!』

천사 메르스가 두 팔을 번쩍 치켜들며 자기 자신이 해방되었다는 기쁨을 폭발시키는 모습을 보고 알렌은 제1천사의 위명이 마지막 한 마디 때문에 다 망가져버렸다는 생각을 했다.

　S급 던전 4계층은 바다를 연상케 하는 광대한 물의 세계이다. 곳곳에 거대한 원형의 잎사귀가 떠 있어서 모험가를 위한 발판이 되어준다.

　알렌은 지금 이렇듯 발판이 되어주는 한 장의 잎사귀 위에 올라서 있다. 동료들과 함께 던전에서 귀환한 뒤 모험가 길드에 제출할 자료를 확인하는 중이었다.

　그때 마도서가 로그를 표시한다.

　『크림존 카이저 시 서펜트를 1마리 쓰러뜨렸습니다. 경험치를 3억 4천만 획득했습니다.』

　곧이어 공중을 이동하여 천사A 소환수, 전직 제1천사 메르스가 다가온다.

　『이 정도군. 미안하네, 알렌 공. 시간을 잡아먹고 말았어.』

　"아니야, 네 덕에 편했어."

　알렌은 얼굴을 들고 주위를 둘러봤다.

　해상에는 장렬한 전투의 흔적이 남아있다. 알렌 파티가 올라서 있는 발판용 잎사귀 이외의 다른 잎사귀가 숯덩이가 되어 있었고, 그 사이에서 카이저 시 서펜트의 시체가 잔뜩 떠다니고 있다.

　소환수가 된 전직 제1천사 메르스가 자신의 힘이 어떻게 변화했는지 알고 싶다고 말을 하기에 마수와 싸울 자리를 마련해줬다.

　'크림존을 혼자서 잡았어.'

　능력치로 봤을 때 A랭크 마수도 계층 보스도 문제없겠다고 판단한 뒤 2계층부터 차례차례 S랭크 계층 보스와 싸우도록 주문을 했다.

　비록 3계층의 스칼릿은 끝내 결판이 나지 않았지만, 비비도 크림존도 단독으로 쓰러뜨려버렸다.

『그 거대한 벌레 말고는 감당할 수 있는 수준이군.』

"뭐, 역시 재생 능력이 너무 파격적이니까."

알렌은 메르스에게도 다른 소환수와 마찬가지로 편하게 대하고 있다.

메르스가 자신에게 경어는 필요하지 않다고 말했던 것이 이유였다. 알렌의 동료들에게도 편하게 이름을 불러도 무방하며 딱딱하게 예의를 차릴 필요는 없다고 말을 했었다.

이것은 딱히 친교를 위한 양보가 아니라 단지 엄격한 분위기를 싫어하는 솔직한 성격이기 때문인 듯했다.

혹은 얼마 전 「잔소리 많은 에르메아 님의 속박」이라고 언급했었던 것을 떠올리면 천사답게 날개를 펴고 자유롭게 지내고 싶어서인지도 모르겠다. 창조신 에르메아로부터 어떤 취급을 받아왔는지는 알지 못하나 제1천사는 여러모로 많이 힘들었을 테지.

『지금의 나에게는 쓰러뜨리지 못하는 마수가 있군.』

메르스는 조금 유감인 듯하다.

"소환수가 된 다음부터는 천사였던 시절과 비교했을 때 얼마나 힘을 발휘할 수 있어?"

『글쎄……. 절반 이하로 떨어진 것 같군.』

"그러면 상위 마신 큐벨은 지금의 메르스보다 두 배 이상으로 강력하다는 건가."

『그런 셈이지. 알렌 공의 파티가 보유한 힘은 잘 보았다만, 당장에 싸운다면 큐벨이 전력을 쏟아 내기도 전에 전멸을 면치 못할 것이다.』

　메르스는 알렌 파티에게 「공」을 붙여서 호칭한다. 과거에는 교황도 아무렇지도 않게 이름만 불렀다고 들었지만, 이 말투는 소환수가 되었다는 것을 본인이 분명하게 인정하는 의미가 있는 듯하다.

　"진짜냐. 지금보다 몇 배로 세져도 잡을 수 없다면 대체 어떡하라는 건데."

　자신들이 싸우고자 하는 상대의 무력을 상상하며 킬이 머리를 부여잡고 있다.

　"자, 슬슬 저녁때야. 던전에서 나가자."

　알렌의 말에 따라 거점으로 복귀하고 저녁 식사를 한 다음은 던전 안에서 모은 정보를 양피지에 정리했다.

　다음 날은 파티의 휴일이었다만, 알렌은 세실, 클레나와 함께 양피지를 챙겨서 모험가 길드로 향한다. 이 같은 흐름은 작년부터 쭉 달라지지 않았다.

　모험가 길드에서는 평소와 마찬가지로 별실에서 방대한 양의 아이템을 거래한 다음은 포포카 지부장에게 데스 스테이지의 지도를 넘겨줬다. 얼마 전 지형이 바뀌었던 터라 양피지에는 전체 지도와 도주 경로를 기록했다.

　"이것이 4계층 데스 스테이지의 새로운 지도입니다. 출현하는 마수도 달라졌더군요."

　"그런가. 고맙구나."

　"다른 계층은 확인하지 않았으니 양해해주십시오. 아마도 지형은 달라지지 않았을 것으로 짐작됩니다만, 출현하는 마수가 바뀌었을 가능성은 있습니다.”

포포카 지부장은 받아든 양피지의 내용을 확인하고 있다.

‘넘겨줄 것은 다 넘겨줬어. 이제 돌아가도 되겠지.’

“그럼 저희는 이만.”

알렌이 짤막하게 말한 뒤 자리를 뜨고자 했을 때 포포카 지부장이 입을 열었다.

“얼마 전 우리 지부에도 에르메아교회에 신탁이 내려왔다며 신관이 이야기를 하러 왔었다네. 자네가 말했던 것처럼 아주 큰일이 벌어지려는 것 같아.”

“정보 제공도 제안도 헤르미오스 씨의 관할입니다. 저는 연락을 맡고 있을 뿐이죠.”

가끔은 헤르미오스 본인에게도 말을 해달라며 알렌은 불평을 늘어놓는다.

“……그 제안 말이지, 모험가 길드 본부에서 정식으로 승인을 받았어.”

“예? 통과가 된 겁니까? 축하드립니다.”

‘잘됐네. 나도 번거로운 일거리가 줄겠어.’

지난달 알렌은 포포카 지부장에게 한 가지 제안을 했다. 그것은 모험가로부터 던전의 정보를 수집하고 세세하게 확인한 뒤 다시 모험가에게 제공하는 부서를 만들자는 내용이었다.

알렌은 제안을 하는 과정에서 이 새로운 조직, 「던전 정보부」의 구상을 정리한 제안서를 작성했다.

이제까지 모험가 길드가 모험가에게 제공했던 것은 마석과 무기,

방어구의 거래 대행이었다. 그러나「정보」는 때때로 값비싼 무기와 방어구의 가치를 뛰어넘는다. 특히 데스 스테이지처럼 위험한 곳에서는 어떤 방어구보다도 모험가의 생명을 구해주는 중요한 역할을 한다.

실제로 모험가 길드가 S급 던전의 정보를 공개하자 곧바로 해당 달의 사망률이 1할이나 떨어졌다고 한다. 이런 추이라면 해마다 5할이 죽는다는 모험가의 사망률을 2할 정도까지 떨어뜨릴 수 있겠다고 알렌은 생각하고 있다.

이후 마왕군과의 전쟁이 어떤 형태로 발발될지 알 수 없는 이상은 세상에서 태어나는 사람 중 1할에게만 발현되는 재능 보유자를 귀중한 전투 요원으로 육성할 곳이 필요하다. S급 던전을 비롯하여 세계 각지의 던전이 가능한 한 안전하게 모험가의 레벨을 올릴 수 있는 장소로 기능해주기를 바란다.

다만 알렌은 공략 후에는 이곳 S급 던전에서 떠나야 한다. 앞으로도 쭉 공략 정보의 수집과 분석을 맡아줄 수는 없는 노릇이다. 따라서 알렌이 떠난 다음에도 모험가 길드는 자립 가능한 조직, 아울러 영속 가능한 조직으로써 운영되어야 한다. 그 수단으로써 모험가로부터 유상으로 정보를 수집하고 세세하게 조사 및 확인을 거친 뒤 필요한 모험가에게 다시 유상으로 제공하는 조직의 개요와 초기 비용 따위를 제안서로 정리했다.

그것이 신탁과 함께 도래한 위기감, 또한 모험가 길드 S급 던전 지부의 실적과 어우러져서 본부의 승인으로 이어졌는지도 모르겠다.

"그나저나…… 여기『제공 포인트』에 대해서 좀 묻고 싶은데."

‘음? 할 이야기가 더 남아있나.’

빨리 돌아가고 싶어도 자신의 제안과 관련된 질문이 있다는데 거절하기는 조금 뭐하다.

“뭔가 문제라도 있는 겁니까?”

“아니, 데스 스테이지의 정보에 대한 보수가 금전이 아닌 포인트라는 것을 어떻게 설명하면 좋겠나?”

“으음~ 뭐, 돈이어도 괜찮긴 하죠. 그냥 당사자에게 선택권을 주면 괜찮지 않을까요? 다만…….”

알렌은 정보 제공자에게 줄 보수로써 포인트 제도를 제안했다. 꾸준하게 점수를 쌓아서 사용했을 때 귀족이나 상인, 타 업종의 길드를 대상으로 추천장을 써주거나 명예를 증명하는 아이템으로 바꿔주는 방식이다.

이것은 S급 던전에서 돈을 번 모험가의 장래를 위한 체계였다.

S급 던전에는 금화 1만 닢 이상을 벌어들인 시점에 은퇴하는 모험가가 전체의 절반을 넘는다. 금화가 1만 닢이나 있다면 평생 안락한 생활까지 누리지는 못할지라도 제2의 인생을 걸어가는 데 충분한 기반을 확보할 수 있다.

그리고 제2의 인생을 걸어가고자 했을 때 자금 이상으로 필요해지는 것은 직함이나 신규 사업에 참가하기 위한 추천장이다. 반대로 이런 지위를 획득하지 못하면 결국 벌었던 돈을 다 써버리고 다시 모험가로 복귀하거나 범죄 조직에 들어가거나 도시의 치안을 어지럽히는 퇴물 모험가로 전락할 가능성이 높아진다.

그래서 다른 모험가나 던전 주변에서 생활하는 사람들에게 유용한 정보를 제공한 모험가에게는 세계적인 조직인 모험가 길드가 은퇴 이후의 인생을 전면적으로 보조하는 체계를 고안했다.

모험가 길드에서 쌓은 공헌이 기록으로 남고 보증을 받을 수 있다면 귀족과 상인이 전직 모험가를 고용할 때 안심할 만한 근거가 되어준다.

게다가 S급 던전에서는 정보를 제공하지 않고도 현금은 벌어들일 수 있다. 모험가 길드가 신원을 보증해줄 때 쓰일 포인트는 모험가의 입장에서 현금 이상의 가치를 가질뿐더러 모험가 길드도 당장 현금을 소비하지 않을 수 있다. 현금 지출을 추천장의 대서 비용 정도로 억제한 채 지속적으로 활동할 수 있다.

심지어 손에 넣은 정보를 필요한 모험가에게 판매함으로써 길드는 현금 수입을 늘릴 수 있잖은가.

수입은 정보부의 인원에게 줄 급료가 되고, 정보 분석에 뛰어난 인원을 더 늘리기 위한 자금도 되어줄 할 것이다.

"맞군, 쓸만하겠어."

고개를 끄덕거리는 포포카 지부장의 옆쪽에서는 담당자가 알렌의 설명을 죽기 살기로 메모하고 있다.

몇 번이나 「잠시만 기다려주십시오」라며 쩔쩔매는지라 그때마다 메모할 시간을 줬다.

이 담당자가 추후 정보부의 부문장으로 취임할 예정이라고 한다.

"모험가 길드의 지부장이 될 수 있는 모험가의 숫자는 너무 한정적이니까요. 부디 모험가의 은퇴 후 생활을 지원하자는 목적이 포함되어 있는 체계로 생각해주시면 좋겠습니다."

"한데 체계가 정말 갖춰진다면 알렌 공은 정보 제공자 제1호가 되는 셈이지. 혹시 보수로 희망하는 것은 있는가? 세계 유일의 S급 던전 지부장으로서 가능한 한 힘을 써줄 수 있네만?"

여차하면 모험가 길드 본부와도 담판을 지어주겠다고 잘라 말하는 포포카 지부장의 눈빛에서는 어지간한 요청은 꼭 실현시키겠다는 심정이 엿보인다.

"방금 전에도 말씀드렸지만 이것은 헤르미오스 씨가 주도한 정보이고 제안입니다. 지금 이야기도 헤르미오스 씨에게 해주시면 됩니다."

"……."

똑같은 핑계로 둘러대봤자 포포카 지부장은 믿지 않는다. 지부장은 본인의 입장상 몇 번인가 헤르미오스와 만난 경험이 있다. 놀랍도록 실력이 뛰어나고 총명하며 또한 상냥한지라 그야말로 용사라고 불리기에 적합한 인물이지만, 이처럼 획기적인 발상을 할 만한 인재로 보이지는 않았다.

지부장이 입을 꽉 다무는지라 드디어 알렌은 자리에서 일어나 별실 바깥으로 나갔다.

"얘, 진짜 보답은 안 받아도 괜찮겠니?"

세실이 아깝지 않냐면서 묻는다.

"응? 뭐, 세계적인 조직에 빚을 만들어 놨잖아. 꼭 필요할 때 헤르미오스 씨를 통해서 회수할 거야."

알렌이 그렇게 말한 뒤 히죽 웃는지라 세실은 한숨을 쉰다.

"좋아, 메달도 전부 모았겠다, A랭크 소환수 분석도 끝났겠다, 드디어 5계층으로 진입할 때야."

“와아! 이제야 가는구나! 가자, 가자!!”

클레나가 주먹을 가슴 앞쪽으로 꽉 쥐고 기뻐하면서 말했다.

작년 4월부터 공략을 개시했던 S급 던전도 드디어 최하층 보스가 있는 5계층으로 향하는 때를 맞이했다.

제8화 최하층에 도전

거점에서 알렌과 헤르미오스는 아침 식사 때 각각 파티의 예정을 공유한다.

"오늘은 5계층 최하층 보스에게 도전을 해볼 계획입니다."

"아직 좀 빠르지 않으려나?"

"일단 정찰만 다녀올 겁니다. 아직 소피도 스킬 성장이 안 끝났고요."

10일쯤 들여 A랭크 소환수를 분석했다만, 특기를 아직 완벽하게 파악하지는 못한 데다가 소피의 스킬 레벨도 6을 못 채웠다. 또한 정령과의 관계도 충분히 깊어졌다고 말하기는 어렵다.

다만 5계층으로 진입하기 위한 메달을 전부 모으기도 했고, 가라라 제독의 사례를 생각하면 위험할 경우 철수도 가능할 것이라고 판단이 된다.

게다가 만에 하나 쓰러뜨리는 데 성공한다면 최하층 보스의 초회 토벌 보수를 획득할 수 있다. 평범한 토벌 보수라면 매번 받을 수 있으니까 거듭 도전을 할 만한 의미는 있다.

"흥."

알렌과 헤르미오스의 대화를 소파에 아무렇게나 몸을 푹 파묻은 채 술을 들이켜고 있던 가라라 제독이 듣고 조롱하는 것처럼 코웃음을 쳤다.

"가라라 제독님, 할 말이 있으십니까?"

"고작 너희 따위가 최하층 보스에게 도전해봤자, 흠?"

'오호, 오호.'

"엉?! 고작? 너희 따위?! 이, 이 자식!!"

드골라가 얼굴을 새빨갛게 붉히고 덤벼들고자 한다.

"이봐. 드골라."

'끓는점이 너무 낮잖아. 도발 내성이 없는 거냐.'

간신히 드골라를 진정시킨 뒤 신전에서 줄을 서고자 이동했다.

"역시 꽤 걱정하는구나."

돌이켜보면 다른 S랭크 계층 보스에게 도전하겠다고 말했을 때도 헤르미오스는 언제나 적잖이 걱정하는 기색이었다. 헤르미오스뿐 아니라 「세이크리드」의 다른 파티원들도 알렌과 「페인 게이머」를 신경 써주는 태도가 제법 뚜렷하게 전해졌었고.

그 이유는 S급 던전 최하층 보스에게는 바우키스 제국 최강의 전사를 모았던 가라라 제독의 파티조차 대항할 수 없었기 때문이겠으나 벌써 몇 개월이나 함께 생활하면서 정이 쌓였기 때문인지도 모르겠다.

"괜찮을 거야. 알렌도 무척 강해졌잖아. 아니, 좀 지나치게 강해졌는걸."

세실이 실눈을 뜨고 말한다.

"아니, 나만 전직을 못하잖아."

몇 번이나 전직을 거듭하며 기초 능력치가 현격하게 높아진 동료들과 달리 알렌은 전직에 따른 능력치 절반 계승의 혜택도 받지 못하고 레벨도 좀처럼 올라가지 않는다.

"그깟 전직이 뭔 상관이라고."

드골라가 말을 꺼내자 다른 동료들도 맞다며 고개를 끄덕거렸다.

'확실히 전직을 굳이 안 해도 될 만큼 충분한 힘을 얻기는 했지.
……아니지, 벌써 만족하면 안 되잖아?'

잠깐 만족할 뻔했으나 이것은 긴 파고들기의 중간 과정에 불과하니 다시 마음을 다잡는다.

던전에 진입한 뒤 메달을 써서 단숨에 4계층까지 나아갔다.

이 계층에서 다음 계층으로 이동하기 위한 큐브 형태의 물체에 접근하는 것은 처음이었다.

『5계층이군요. 브론즈 메달, 아이언 메달, 미스릴 메달을 각각 다섯 종류씩 제출해주십시오.』

"여기요."

S랭크 계층 보스로부터 손에 넣은 메달도 포함해서 다섯 종류씩 메달을 꺼낸 뒤 큐브 형태의 물체에게 내밀었다.

메달이 사라지고 다음 순간에 알렌 파티는 이미 이동을 한 상태였다.

"여긴 어디지?"

가장 먼저 소리를 낸 동료는 킬이었다.

알렌도 주위를 쓱 둘러본다.

지금 있는 장소는 어둑어둑하고 얼마나 넓은 곳인지 분명하지 않은 공간이었다. 바닥에는 배관이 쭉 설치되어 있으며 갖가지 부품이 이것저것 조립되어 있는 모습을 보면 거대한 마도구의 안에 있거나 기계 장치에 둘러싸여 있다는 느낌이 든다. 눈앞에는 큐브 형태의 물체가 있고 전후좌우로 멀리 불빛이 보인다. 저곳에 무엇인가 있을 듯싶다.

"조용하군. 적은 없는 건가."

드골라가 어깨에 짊어진 큰 도끼를 한쪽 손으로 고쳐서 든다. 클레나도 대검을 뽑아 기습에 대비하며 후위를 지킬 수 있는 위치에 섰다.

'A급 던전에서도 최하층 보스가 느닷없이 튀어나와서 공격을 하는 경우는 없었지.'

C급부터 A급 던전에서 보스는 「보스의 방」이라고 불리는 지정 위치에서 움직이지 않으며 어느 정도 접근했을 때부터 반응한 뒤 덮쳐들기 마련이었다.

다만 마지막 계층인 만큼 다른 던전들과 다른 방식일 수도 있겠다는 생각이 들어 잠시간 주위를 경계했으나 마수는 나타나지 않았다. 자신들 이외에 다른 존재도 감지되지 않는다.

"아무래도 마수는 없는 것 같네. 그럼 여기는 최하층 보스의 방으로 또 이동하기 위한 중간 지점인가."

"그런가 봐. 불빛이 몇 개 보이는데 어떻게 할래?"

알렌이 거듭 경계하며 말하자 세실이 대답했다.

일단 눈앞의 큐브에게 다가가본다.

『저는 최하층 탈출 전용 시스템 S501입니다. 이 계층에서 탈출하겠습니까?』

"아니요. 최하층 보스에게 도전하고 싶습니다."

『그러면 정면의 시스템을 써서 이동해주십시오.』

"네."

큐브의 설명에 따라 정면에 있는 불빛의 위치까지 이동해본다.

중간에 뭔가 허리쯤 되는 높이의 세 개의 홈이 있는 장치가 있었다.

홈의 크기는 이제껏 손에 넣었던 메달이 딱 들어갈 만한 정도다.

머지않아 네 모퉁이에 등롱 같은 마도구가 놓인 정방형 공간의 중심에서 떠 있는 큐브 형태의 물체와 마주쳤다.

『저는 최하층 보스 전이 시스템 S505입니다. 메달을 입장 장치에 끼우지 않았으므로 최하층 보스의 방에 이동할 수 없습니다.』

"뭐야, 못 들어간다는 거야?"

"장치에 메달을 끼우라는 게 무슨 말일까요?"

『그 부분은 각 메달의 방에 위치한 전이 시스템에 확인해주십시오.』

"흠. 아무래도 최하층 보스가 있는 곳으로 이동시켜주는 큐브가 맞는 것 같은데 먼저 장치에 메달을 끼워야 하나 봐. 아마도 다른 불빛이 있는 곳에서 구할 수 있을 테니까 가볼까."

일단 맨 처음에 이동했던 곳에서 오른편에 보이는 불빛이 있는 곳으로 이동해본다.

등롱 같은 마도구의 앞에 떠 있는 큐브 형태의 물체와 마주했다.

"이곳에 있는 큐브에서 각 보스를 쓰러뜨리고 메달을 구해오라는 말일까?"

"세실. 맞는 것 같아."

알렌은 큐브 형태의 물체에게 다가갔다.

『저는 청동의 방 전이 시스템 S502입니다. 청동의 방으로 이동하겠습니까?』

“아니요. 우선 질문을 받아주세요. 장치에 끼울 메달은 꼭 청동의 방에서 구할 수 있는 메달이어야 합니까?”

『그렇습니다. 브론즈 메달의 수호 골렘을 쓰러뜨리고 메달을 손에 넣어주십시오.』

다른 불빛이 있는 곳으로 가서 전부를 확인했다.

【S급 던전 최하층에 있는 각종 시스템의 배치와 명칭】
· 중앙은 최하층 탈출 전용 시스템 S501
· 오른편은 청동의 방 전이 시스템 S502
· 뒤편은 강철의 방 전이 시스템 S503
· 왼편은 미스릴의 방 전이 시스템 S505
· 정면은 최하층 보스 전이 시스템 S505
· 중앙에서 정면의 방에 메달을 끼울 수 있는 장치

알렌은 마도서에 메모했다.

예상대로 「메달의 방」 세 군데에서 수호 골렘을 쓰러뜨리고 손에 넣은 메달을 장치에 끼우면 최하층 보스에게 도전할 수 있는 구조인 듯하다.

“알렌, 어디부터 갈 거야?”

클레나가 어느 수호 골렘부터 쓰러뜨릴 것인지 물었다.

그냥 복귀한다는 선택지는 아무도 생각조차 하지 않는다.

“일단 가장 약해 보이는 청동의 방으로 이동해볼까.”

다른 계층에서도 메달을 떨어뜨리는 적은 청동부터 순서대로 차츰 강해지는 방식이었다.

『저는 청동의 방 전이 시스템 S502입니다. 청동의 방으로 이동하겠습니까?』

"네."

부웅.

큐브에게 답하자 순식간에 거대한 골렘이 있는 곳으로 이동됐다.

"여기는 전장인가. 앞쪽에 커다란 골렘이 있군."

알렌은 상황을 입 밖에 꺼내서 확인했다.

신장 100미터에 가깝게 커다란 황동으로 만들어진 골렘은 접근하지 않는 한 아무것도 하지 않으려나 보다.

"저 녀석을 쓰러뜨리면 되는 거냐?"

"그렇겠지. 일단 처음으로 싸우는 상대니까, 먼저 메르스에게 맡길게."

알렌이 천사 메르스를 소환하자 메르스는 알아서 커다란 골렘을 향해 다가간다.

아무래도 카드로 만들어서 마도서에 보관하고 있는 동안에도 다른 소환수와 똑같이 알렌의 경험과 체험이 공유되는 듯 지시를 기다리지 않고 최적의 행동을 취해준다.

메르스가 가까이 접근하자 골렘이 갑자기 움직이기 시작했다. 손을 드릴처럼 회전시키며 메르스에게 달려든다.

메르스는 곧바로 방어 자세를 취했으나 교차해서 겹친 팔뚝으로 공격을 막고도 끝내 버티지 못하고 뒤로 휙 날아가버렸다.

『크흑!』

‘아이고, 공격력이 상당한데.’

메르스의 내구력은 강화를 거쳐 22000이나 되는데 브론즈 골렘의 공격력이 더욱 높은가 보다.

알렌이 대강 가늠을 하던 순간이었다.

머리 위쪽의 고리를 은은하게 빛내며 메르스는 아무도 제대로 듣지 못할 만큼 빠르게 중얼거렸다.

『특기「천사의 고리」발동. 관리자 권한 확인. 용A 소환수 소환.』

그러자 알렌의 뒤쪽으로 용A 소환수가 소환된다.

『크르아아아아아아!!!』

천사 메르스는 막 소환된 용A 소환수를 향해 외쳤다.

『오로치여, 나의 공격에 맞춰 빈틈을 만들어라.』

『알겠네! 메르스 공!!』

용A 소환수가 다섯 머리 중 하나로 메르스의 외침에 답한 뒤 거대한 몸을 움직여서 브론즈 골렘에게 들이닥친다.

그에 맞서는 브론즈 골렘의 두 팔이 또다시 드릴처럼 회전하며 용A 소환수의 다섯 머리 중 양옆의 두 개를 좌우로부터 압박하는 듯한 모양새로 각각에 세차게 들이박혔다.

용A 소환수는 머리를 숙여 그 일격을 피하고자 했으나 회피가 늦은 머리 하나는 드릴의 회전에 휘말려서 비늘째 분쇄되고 말았다.

다만.

뿌둑뿌둑.

용A 소환수의 사라진 머리가 소리를 내며 살점과 함께 부풀더니 다시 머리를 형성하고 새로 비늘까지 멀쩡하게 생겨난다. 용A 소환수의 특기 「초재생」의 효과였다.

'이게 상당히 쓸만하지. 머리가 다섯 개 있으니까 회복되는 머리를 다른 머리로 보호하면서 공격도 할 수 있잖아.'

이제껏 지금처럼 강적을 상대할 때는 부득이하게 소환수를 소모품처럼 쓸 수밖에 없었고 마석도 대량으로 소비했었다. 용A 소환수처럼 끈질기게 버티며 싸워준다면 큰 도움이 되겠다.

용A 소환수는 기대한 대로 재생 능력을 활용해서 대미지를 받아도 위축되지 않고 브론즈 골렘에게 계속해서 공격을 가하고 있다.

'그건 그렇고 천사의 고리는 진짜 유용하구나. 관리자 권한이라는 말이 딱 맞는 성능이야.'

방금 전 천사 메르스가 쓴 스킬의 효과를 되새기며 마도서를 펼치자 천사 메르스의 다음 페이지에 새로 추가된 천사의 고리 전용 항목이 나타난다.

【천사의 고리, 권한 설정 일람】
천사의 고리에 설정할 권한 범위를 선택해주십시오
·소환   무제한
·생성   사용 불가
·합성   사용 불가
·강화   사용 가능
·각성   사용 가능
·수납   사용 가능
·공유   사용 가능

· 고속 소환   사용 가능

· 지휘화   사용 가능

· 등가교환   사용 불가

· 1일 마석 사용량   사용 불가

· 관리자와의 거리   무제한

· 채팅 입력   무제한

마도서의 내용에 따르면 알렌은 천사 메르스에게 소환 스킬의 각 사용 권한을 개별적으로 부여할 수 있었다. 예를 들어서 랭크H부터 A까지 각 단계에 따라 소환할 수 있는 범위를 선택할 수 있는데【무제한】으로 설정하면 알렌이 소환 가능한 소환수를 모두 자유롭게 사역할 수 있는 방식이다.

【1일 마석 사용량】에는 미리 수치를 입력해서 생성에 쓰는 마석의 사용량을 제한할 수 있다. 랭크에 따라 설정이 가능하며 E랭크는 한 개만, D랭크 마석은 열 개까지 쓰는 식으로 하루 사용량의 상한을 정해준다.

【관리자와의 거리】는 메르스가 「천사의 고리」를 이용해서 소환 스킬을 쓸 수 있는 범위를 설정하는 항목이다. 1킬로미터로 설정하면 메르스가 알렌으로부터 1킬로미터 이상 떨어졌을 때 권한을 잃고 소환 스킬을 이용하지 못하게 된다.

'스킬 경험치는 안 들어오는구나. 뭐, 자동 경험치까지 바라는 건 조금 과하지.'

「천사의 고리」를 사용할 때는 메르스의 마력이 소비된다. 따라서 메르스가 소환수를 생성해도 알렌에게는 스킬 경험치가 들어오지 않는다.

일단은 전투 상황에서 필요할 법한 권한을 쭉 부여해줬다.

조금 전 용A 소환수에게 지시를 내린 모습을 봤을 때 메르스는 다른 소환수보다 더 높은 지위에 있는 듯했다 천사의 고리의 권한 일람에는 표기되지 않았어도 소환수들이 메르스의 지시를 잘 따라준다.

알렌이 사고를 하는 와중에 용A 소환수와 브론즈 골렘의 싸움은 교착 상태에 빠졌다. 브론즈 골렘은 용A 소환수의 회복력을 돌파하지 못했지만, 용A 소환수도 혼자서는 브론즈 골렘에게 제대로 된 피해를 입히지 못한다.

동료들을 봤더니 전황을 주시하면서 알렌의 지시를 기다리고 있는 모습이었다.

"좋아, 저 브론즈 골렘은 상당히 강해. 드릴 펀치를 조심하자. 일격 필살에 가까운 공격이 날아든다!!"

알렌이 메르스와 용A 소환수의 싸움을 분석한 뒤 동료들에게 주의를 촉구했다.

"우리도 가자!!"

"응!!"

후방에서 상황을 보고 있었던 드골라와 클레나가 무기를 손에 들고 브론즈 골렘에게 돌격을 개시한다.

또한 메르르도 타므타므를 강림시킨 뒤 드골라와 클레나를 밟아 다치게 하지 않도록 조심하면서 브론즈 골렘에게 가까이 다가갔다.

용A 소환수와 싸우고 있던 브론즈 골렘이 타므타므의 접근을 알아차리고 고개 돌린다. 그때 타므타므가 두 손을 뻗어서 상대의 두 어깨를 붙잡았다.

"으랴아아아아아!!!"

메르르가 소리 지르고, 타므타므가 지금 선 위치에서 힘을 줘 버티며 상대의 움직임을 막고자 기를 쓴다. 하지만 브론즈 골렘이 몸을 앞으로 기울이자 한 발짝, 또 한 발짝 천천히 밀려나기 시작한다.

"끄응."

브론즈 골렘의 두 손이 회전하며 타므타므의 허리 부근에 다가들었다. 귀를 찢는 금속음이 울려 퍼지며 타므타므의 몸체가 깎여 나간다.

한편 브론즈 골렘의 발치에서는 드골라와 클레나가 다리를 노리며 공격을 거듭하고 있다.

다만 두 사람의 공격은 상대의 몸체 표면에 조금 흠집을 냈을 뿐, 대미지를 받은 흔적은 보이지 않는다.

"이 자식 엄청나게 단단하다!"

드골라는 세 번의 전직을 거쳐서 예전과는 비교도 안 될 만큼 우수한 공격력을 가지고 있음에도 불구하고 상대의 몸이 너무나 딱딱한지라 경악하며 외쳤다. 클레나 또한 사정은 비슷비슷했다.

'틀림없어. 2계층부터 4계층의 S랭크 마수보다 더 강적이야. 이런 강적은 변모했던 마신 레젤이 마지막이었던가.'

세실의 공격 마법과 소피의 정령을 매개로 한 공격도 브론즈 골렘에게는 딱히 통하지 않는 보인다. 물리 공격뿐 아니라 마법과 정령 마법에도 일정 이상의 내성이 있는가 보다.

전투는 다시금 교착 상태에 빠졌다.

"알렌, 한계돌파 쓸게?!"

속이 타는지 클레나가 능력치를 대폭 상승시켜주는 엑스트라 스킬「한계돌파」를 써도 괜찮은지 알렌에게 확인을 받고자 한다.

"아니. 아직이야. 메르스! 슬슬 준비가 끝날 때 아니야?"

『좋아, 효과가 발동됐다.』

"오?"

브론즈 골렘의 근처에서 공격을 피하며 뭔가 특기를 쓰고 있었던 메르스가 이번에는 클레나의 곁으로 이동한 뒤 무기로 손을 가져다 댔다.

『적의 약점 속성을 벼락으로 바꿨다. 아군의 속성도 벼락으로 바꿔놓도록 하지.』

곧이어 클레나의 대검 칼날이 보랏빛의 전광을 발하기 시작한다.

『다시 공격을 해보거라.』

메르스의 말에 따라서 클레나가 전광을 발출하는 대검으로 눈앞에 있는 거대한 복사뼈를 세차게 가격하자 이제껏 꿈쩍도 하지 않았던 브론즈 골렘의 다리가 안쪽으로 확 비틀리더니 애써 균형을 잡고자 휘청휘청 흔들린다.

"굉장해! 공격이 잘 통해!"

"이, 이봐. 나한테도, 빨리!!"

소리 질러서 재촉하는지라 메르스가 다음에는 드골라의 큰 도끼에, 이어서 포르말과 소피의 활과 화살에도 거듭 특기를 써준다.

천사 메르스의 특기「속성 부여」는 적과 아군 각각의 속성을 변경할 수 있다.

아군의 무기와 속성이 고정되지 않는 스킬과 마법에 특정 속성을 부여함으로써 마수에게 약점 속성을 추가한다.

마수의 랭크, 본래 가지고 있는 스킬의 내성에 따라 효과가 잘 적용되지 않는 경우도 있지만, 이 특기를 써서 메르스는 이미 단독으로 비비도 크림존도 쓰러뜨렸다.

"굉장하네! 마법이 피해를 주고 있어!!"

세실이 감격하며 소리 높인다. 마도왕으로 전직을 한 세실은 벼락 속성의 마법도 사용할 수 있게 되었다.

메르스의 특기는 공격 마법의 속성을 바꾸지는 못하는 터라 세실에게 맞춰주고자 적의 속성을 변경했다.

지력 3000 상승의 반지를 두 개 장비해서 지력이 1만을 넘긴 세실이 구사하는 벼락 마법은 브론즈 골렘을 한 발짝, 또 한 발짝 후퇴시킨다.

게다가 마도서의 수납으로 하늘의 은혜를 꺼내서 마력을 전부 회복한 메르스가 브론즈 골렘에게 접근하며 막 회복된 모든 마력을 손바닥에 집중시켰다.

『악이여, 파멸하라. 심판의 벼락!』

천사 메르스가 외치며 각성 스킬「심판의 벼락」을 날린다.

메르스의 손바닥에서 쏘아진 마력 덩어리가 보랏빛의 번개가 되어 공중을 달려 브론즈 골렘의 가슴에 푹 꽂혀 들어갔다.

이 일격을 맞은 브론즈 골렘의 몸체가 뒤쪽으로 한껏 기울어진다.

그리고 일순간 뒤에 「메달의 방」 전체를 뒤흔드는 굉음과 함께 마침내 브론즈 골렘의 커다란 몸체가 엉덩방아를 찧었다.

브론즈 골렘은 일어나고자 하고 있으나 이미 움직임이 눈에 띄게 둔해졌다.

각성 스킬 「심판의 벼락」은 추가 효과로써 적을 마비 상태로 만든다.

"척 봐도 적의 움직임이 무척 둔해졌구나."

'그나저나 아직도 끝장이 안 나는 건가.'

"끝이다!!"

클레나가 엑스트라 스킬을 발동해서 브론즈 골렘의 다리를 달려 올라간다. 세실의 벼락 마법, 소피와 포르말의 벼락 속성 화살, 그리고 드골라의 큰 도끼에서 벼락 속성의 참격이 쏟아지고 있는 와중에 브론즈 골렘이 힘겹게 세워 둔 무릎을 발판 삼아서 뛰어오른 클레나는 보랏빛 전광을 발하는 대검을 골렘의 가슴에 찔러 넣었다.

『부오오오오.』

브론즈 골렘은 한 차례 울더니 다음 순간에는 휙 사라져버렸다. 또한 브론즈 골렘이 쓰러져 있던 장소에 보물상자가 한 개 나타난다.

『브론즈 골렘을 1마리 쓰러뜨렸습니다. 경험치를 8억 6천만 획득했습니다.』

마도서에 로그가 표시된다.

"좋았어! 모두 다 정말 잘했다!!"

강적을 쓰러뜨린 기쁨으로 동료들끼리 환성을 지르고 있는 가운데 킬이 전장의 안쪽에 큐브 형태의 물체가 떠 있다는 것, 또한 큐브의 앞에 한 개 더 보물상자가 있다는 것을 알아차렸다.

“이, 이렇게 대단한 적이 상대였으니까.”

킬이 부랴부랴 보물상자를 열고자 달려간다. 브론즈 골렘의 보물 상자에는 미스릴 골렘의 본체용 석판, 그리고 큐브 형태의 물체 앞에서 나타난 보물상자에는 브론즈 골렘의 문양이 새겨진 메달이 들어 있었다.

환금 가치가 없는 아이템인지라 킬의 어깨에서 힘이 쭉 빠진다.

“킬, 실망하기에는 아직 이른데. 잘 봐. 이 보물상자는 최하층 보스의 공략 보수잖아.”

브론즈 골렘으로부터 나온 보물상자는 과거에 다양한 던전에서 몇 번이나 봤던 그리운 만듦새의 나무 상자였다. 이 상자가 C급부터 A급까지 여러 던전과 같은 규칙에 따라 출현한다면 은 상자나 금 상자도 나올 것이라고 추측할 수 있겠다.

“하지만 은 상자, 금 상자가 나올 때까지 이런 강적을 도대체 몇 마리나 더 잡아야 하는 거냐…….”

학원에 있던 무렵에 공략했던 던전에서는 은 상자는 전체 중 1할 정도, 심지어 금 상자는 단 한 번밖에 나오지 않았다.

“뭐, 이번에는 최하층 보스 공략이 목적이니까.”

‘그나저나 이런 녀석을 두 마리나 더 쓰러뜨려야 하는 건가.’

이렇게 최하층 보스는 아니어도 최하층 보스와 만나기 위한 강적을 격파했다.

알렌 파티는 브론즈 골렘을 쓰러뜨린 뒤 아이언 골렘이 있는 곳으로 짐작되는 강철의 방은 나중으로 미루고 3계층을 이틀쯤 탐색하다가 거점으로 복귀했다.

"와~ 그럼 5계층에는 계층 보스 말고도 중간 보스가 셋이나 있단 말이구나."

"아마도 그런 방식이겠죠. 중간 보스 중 가장 약한 녀석이었을 브론즈 골렘 상대로도 상당히 고전했습니다."

"얼마나?"

"으음~ 마신 레젤과 싸웠을 때보다 조금 수월했던…… 정도일까요."

알렌은 헤르미오스에게 브론즈 골렘이 낮은 내구력의 후위직이라면 일격에 즉사할 가능성이 있는 양손의 드릴 펀치를 제한 없이 연속으로 사용한다는 것, 아울러 마신 레젤처럼 대부분의 물리, 마법 공격이 통하지 않고 체력도 높은 듯하며 높은 위력의 마법과 스킬을 쏟아부어서 간신히 쓰러뜨렸다는 것을 설명한다.

마신 레젤처럼 죽어도 부활하는 힘을 가지고 있지는 않고 원거리 공격 수단도 장착하지 않았으며 거리를 벌린 채 체력을 깎으면 쓰러뜨릴 수 있기 때문에 종합적으로 따져봤을 때 마신 레젤보다 조금 약한 위치로 올려놓을 수 있겠다고 분석을 했다.

"그럼 굉장히 강한 적 아니니?"

괴도 로제타가 놀라서 눈이 휘둥그레지며 말했다. 다른 헤르미오스의 동료들도 비슷하게 놀란 표정을 짓고 있었다.

다만 이렇듯 대화 나누고 있는 식당의 구석 쪽 소파에서 가라라 제독이 또 불쑥 평소와 같이 악담을 늘어놓는다.

"쿵. 기껏해야 브론즈 골렘을 하나 쓰러뜨렸다고 벌써부터 들뜨는 거냐."

'오? 또 입이 열렸군?'

"엉?"

'이어서 어김없이 드골라가 발끈하고.'

드골라가 곧장 가라라 제독에게 소리 높이며 반응하는지라 알렌은 잘한다, 잘한다, 중얼대며 마음속으로 주먹을 불끈 쥐었다.

"허? 정말 아무것도 모르는구나. 아이언 골렘은 두 대가 같이 나타난다. 고작 브론즈 골렘 한 대에 엉엉거리며 엄살이나 부리는 너희가 과연 쓰러뜨릴 수 있겠냐. 꼬마들의 망상은 진짜 웃기는군! 푸하핫!!"

가라라 제독의 너털웃음이 넓은 식당에서 울려 퍼지는 가운데 드골라가 말없이 주먹을 꽉 쥐고 일어선다.

"……."

곧 사나이의 싸움이 시작되려는 참이었다.

"이봐. 드골라."

다만 알렌이 먼저 제지하고자 일어섰고, 킬과 포르말도 도와줬기에 셋이서 같이 드골라를 다시 자리에 앉혀 놓았다.

'역시 나머지 메달 두 개도 쉽게 구하지는 못하는 건가.'

아이언 골렘은 브론즈 골렘과 다른 방향으로 강할 것이라는 예상은 하고 있었다만, 출현하는 숫자까지는 미처 예상하지 못했다. 그런 부분을 가라라 제독이 이번에도 넌지시 지적해준 것으로 알렌은 생각하고 있다.

알렌 파티가 5계층에 가겠다고 말했을 때 가라라 제독은 「단지 강하기만 해서는 최하층 보스가 있는 곳까지 진입할 수 없다」라며 투덜거렸다. 이 대꾸는 비록 태도야 예의를 차리지 않았을지언정 실제 최하층 보스와 싸우기 위한 수순을 알게 된 지금은 조언이었음을 깨닫는다.

따라서 브론즈 골렘을 쓰러뜨리고 아이언 골렘에게 도전하겠다는 말을 꺼내면 또 제독이 무엇인가 말을 해주지 않을까 기대했었다.

가라라 제독은 성격은 조금 거칠어도 분명히 나쁜 사람은 아닐 것이다.

알렌이 그런 생각을 하던 중 눈앞에 마도서가 나타났다.

'음?'

마도서의 새까만 표지에 은색 글자로 로그가 표시된다.

『소환해줘.』

이런 행동을 할 인물은 하나뿐이었다.

알렌은 천사A 소환수 메르스를 소환했다. 메르스의 특기「천사의 고리」에는 마도서의 로그에 문자를 입력하는 기능이 있다. 다른 소환수의 소환 권한을 부여했을 때 알렌이 함께 설정해줬던 권한이다. 반면에 메르스가 자기 자신을 소환하는 것은 불가능한 듯하다.

"이러면 되나?"

『그래.』

메르스는 식당의 벽면에 몇 개 놓아둔 소파 중 하나로 이동한 뒤 벌렁 드러누웠다.

"……."

식당에 있는 전원이 메르스의 행동을 말없이 바라보고 있다. 모두가 메르스에게「창조신 에르메아를 성실하게 섬기는 제1천사」라는 이미지를 강하게 갖고 있는지라 몇 번을 봐도 익숙해지지 않는 광

경인 듯했다.

반대로 알렌은 과거에 쭉 「성실한 제1천사」였던 만큼 직책에서 해방된 지금은 더 이상 아무것도 하고 싶지 않은 것이라고 생각하는 중이다.

'마치 블랙 기업에서 오래오래 사축 생활을 한 회사원이 백수로 지내는 것 같은 느낌이구나.'

얼마 전 지금과 마찬가지로 거점 안에서 메르스를 불러냈을 때 소환수를 제작하느라 상당히 고생을 했다는 이야기를 들은 적이 있었다.

아무래도 창조신 에르메아는 가능한 한 완벽함을 추구하는 성격인 듯한데 직업 간 밸런스 조정부터 소환수의 디자인까지 타협을 용납하지 않았던지라 한 랭크에 속한 능력이며 디자인을 결정하는 데도 1년 이상 걸렸다고 한다.

'그 덕에 S랭크 소환수는 아예 백지라던가.'

심지어 메르스가 상위 마신 큐벨에게 쓰러진 시점에서도 A랭크 소환수가 전부 다 준비되지는 않은 상태였다.

자신이 소환 레벨을 9로 올렸을 때를 위해서 후임 천사가 어서 S랭크 소환수를 실사용이 가능한 단계까지 개발을 진행해주면 좋겠다.

"아주 놀자판이구나, 천사 나리께서는."

드골라가 부글거리는 불만을 어떻게든 쏟아 내고자 하는 것처럼 메르스에게 말했다.

확실히 빈둥빈둥하며 소파에 벌렁 드러누운 모습은 마왕군에게 신기를 빼앗기고 지상에서 모든 종족이 멸망당할지도 모르는 지금 사태를 우려하는 듯 보이지는 않는다. 아마도 다른 사람들 또한 마찬가지였는지 개중에 킬은 난처하면서도 섭섭하다는 표정을 짓고 있었다.

『음? 불의 신께서 신기를 빼앗긴 것은 확실히 위협이 되는 문제이다만.』

메르스는 무슨 소리를 하느냐는 듯한 표정을 짓고 대답한다.

도저히 세계의 위기에 관심이 있는 것 같지가 않은 태도였다.

"혹시 신계에서는 인간 세상에 별로 관심이 없는 건가?"

알렌은 더욱 예민할 수 있는 부분을 파고들어서 물었다. 가능하면 신계의 존재들이 인간 세상을 어떻게 생각하고 있는지 알고 싶다는 생각이었다. 번영하기를 바라는가, 멸망해도 상관없다고 생각하는가. 전력을 다해 마왕군으로부터 구하고 싶은가, 아니면 개입할 뜻은 없는가.

『나의 태도가 납득되지 않는가 보군.』

메르스는 몸을 일으켜서 다시 소파에 자리를 잡고 앉았다.

"……."

전직 천사가 무슨 이야기를 할까, 모두가 주목한다.

『당연한 반응인가. 마음에 들지 않는다면 가르쳐주도록 하지. ……신들께서는 말이다, 「조화」를 중요하게 생각하는 분들이시다.』

"그 말은, 사람들의 구제와는 다르다는 건가?"

『그렇기도 하고, 아니기도 하지. 만약 사람들을 실제로 구제한다면 그것은 사람들을 구제하는 조처가 신들께서 생각하는 「조화」를 유지하기 위하여 필요한 경우였을 테지. 본래 사람이란 스스로의 힘으로 번영을 이루는 것이 마땅한 존재이며, 신들께서는 사람들에게 가르침은 베풀지언정 삶의 형태까지 결정을 짓는 간섭은 삼가는 것이 옳다고 생각하신다.』

"정령신이나 수인의 신처럼 특정 종족을 더욱 아끼는 신도 있는 것 같은데?"

로젠헤임의 정령신 로젠, 아르바할 수왕국의 수신 가룸을 반례로 언급한다.

『그것은 신의 입장에서 일부 종족과「함께 걸어가겠다」라는 생각을 가지고 있기 때문이다.』

"그럼 조화가 유지되기만 하면 사람들은 다 죽어도 상관없다는 소리냐!"

드골라는 명백하게 불만에 찬 말투로 외친다. 메르스가 천사로서 말한 신들의 태도가 마음에 들지 않는 듯했다.

"이, 이봐. 드골라."

이렇듯 눈에 보이는 것이 없는 듯한 드골라의 태도에 겁 많은 킬이 당황한다. 킬이 보았을 때 드골라가 불만을 쏟아붓고 있는 대상은 고명한 전직 제1천사이니까.

하지만 메르스는 소파에 푹 늘어져서 앉은 채 야유가 담긴 웃음을 짓고 있었다.

『잘 아는군. 애당초 살아있는 생명은 언젠가 죽기 마련이다. 천사조차 죽었잖은가.』

"세, 세상에……."

천사답지 않은 사나운 언사에 성녀 그레타가 말을 잇지 못한다.

『지금까지 얼마나 많은 종족이 멸망을 맞이했을 것 같나. 지금 죽음에 직면한 생명이 얼마나 되는지는 알고 있는가?』

"응? 하는 말을 들어보니까 꽤 많은가 본데."

알렌이 끼어들었다.

『그렇다. 지난 수만 년 중 상당한 수가 있었다. 애당초 구제를 주창하겠다면 중앙 대륙에서 쫓겨났던 드워프족과 엘프족, 수인족을 위하여 인족부터 멸하는 것이 옳지 않겠는가? 그렇군, 알렌 공은 수인이 어째서 두 글자짜리 이름만 지어 쓰는지를 알고 있는가?』

"엉? 갑자기 무슨 소린데?"

"역시 수인의 이름에도 의미가 있었던 건가."

드골라는 별 관심을 갖지 않았으나 알렌은 대강 상상할 수 있었다.

알렌은 우르, 사라, 제우 수왕자, 시아 수왕녀, 베크 수왕태자 등 지난 1년 사이에 알게 된 수인들의 이름이 전부 두 음절이었다는 것을 떠올린다.

『과거 수인은 중앙 대륙의 인족으로부터 가축만도 못한 취급을 받았다. 가축에게 긴 이름을 붙이는 사람은 없지 않은가. 개중에는 단지 번호로 불렸던 자도 있었지. 수인들은 지금도 옛적의 증오를 잊지 않고 새기기 위해 일부러 이름을 두 글자까지만 써서 짓는다. 인족도 비슷한 처지에 있었다면 분명 똑같은 행동을 할 테지.』

"아, 아무리 그래도."

『인족이 선한 존재라고 생각하는 것인가. 그렇지 않다는 것은 인족의 역사를 보면 명백하잖은가. 본인과 주변 사람이 살아남을 수 있다면 다른 생명이 어떻게 되든 아랑곳하지 않는다. 아니, 다른 생명들 또한 본인들과 마찬가지로 살아남기 위하여 필사적이라는 사실을 알아주지도 않아. 알렌 공은 이제껏 본인이 쓰러뜨린 마수, 이를테면 보어나 갑옷 개미, 오크에게도 제각각 살아가기 위한 분투가 있었다는 것을 생각해본 적은 있는가?』

"……어디까지나 각 종족 사이의 문제이고 신들은 관여하지 않는다고. 마족도 예외는 아니라는 건가?"

『그러하다. 마족도 포함해서 하나의 세계를 이루고 있음이니. 그것이 신들께서 생각하는 조화다. 혼돈도 조화의 일부로써 보는 관점이지.』

'그때 선택지 중에 마왕도 있던 이유가 이거였나.'

알렌은 이 세계로 왔을 때 제시받았던 직업 중「마왕」이 있었던 것을 지금 와서야 간신히 납득할 수 있었다.

'평화보다 조화인가. 그래서 정령신도 급하게 굴었던 건가.'

알렌은 소피의 어깨에 앉은 정령신을 쳐다본다. 얼굴이 햴쑥하게 질린 까닭은 신들이 엘프의 존속을 특별히 신경 쓰지는 않는다는 것을 어렴풋이나마 깨달았기 때문이었을 테지. 실제로 작년에 마왕군이 로젠헤임을 침공했을 때 수백만을 넘는 엘프가 살해당했다. 따라서 신계에 의지하지 않고 스스로 엘프를 지키고자 나섰는지도 모르겠다.

알렌이 이 세상의 섭리를 넘보고자 하는 질문을 꺼내도 아예 대꾸조차 하지 않았던 것이 이러한 이유 때문이었냐는 생각이 든다.

혹은 이 세상의 섭리를 파악한 뒤 규칙을 어길 수단을 찾아낼지도 모른다고 염려를 했고, 알렌이 정말 실행했을 때 본인 또한 제재의 대상이 되는 것을 두려워했기 때문일 수도 있겠다만.

"그럼 신들은 지금 이 세상이 조화롭게 유지되고 있다고 생각하는 건가? 신기도 빼앗겼고 머지않아 마족 이외에 모든 종족이 멸망한다는데도?"

『그럴 리가. 마족은 제법 오래전부터 조화를 어지럽히는 존재로서 조정의 대상으로 올랐다. 그 때문에 조정의 신이 파견되었으나 아직껏 조정을 완수하지 못했지.』

"조정의 신?"

『이름이 나타내주는 대로 규율을 깨뜨리고 조화를 어지럽히는 자를 심판하는 신이다. 에르메아 님은 녀석에게 설령 상대가 신일지라도 심판할 권리와 힘을 부여하셨지. 하지만 이 또한 50년 이상 지나간 이야기다. 그 후에 세상에 무슨 일이 생겼는지는 알렌 공도 잘 알고 있을 것이다.』

그렇게 말한 뒤 메르스는 의미심장한 눈빛으로 알렌을 쳐다봤다.

알렌은 메르스의 눈빛에서 모종의 사실을 떠올렸다.

"설마……. 그래서 나였던 건가? 하지만, 나는 아무런 설명도 못 들었는데?"

『창조신께서는 간섭하지 않는다. 그것은 알렌 공에게도 같은 규칙으로 적용될지니……. 다만 창조신께서 행하시는 것은 모두가 조화를 유지하기 위해 필요한 조처이다.』

'그렇구나. 창조신은 이 세계를 즐기라는 말밖에 하지 않았어. 하지만…….'

"혼돈도 조화의 일부……. 맞지?"

알렌이 거듭 다짐을 받고자 말을 꺼내자 메르스의 입가에 짓궂은 웃음이 떠오른다.

『물론이다. 뒤틀린 조화를 복구하기 위해서는 뒤틀림을 바로잡기 위한 혼돈이 필요하다는 뜻이다.』

알렌도 히죽 웃는다.

알렌은 이제야 자신이 이 세계로 초대받은 이유를 깨달은 것 같다는 생각을 했다.

"그건 그렇고 5계층으로 갈 때마다 매번 S랭크 메달을 챙겨야 한다는 게 조금 귀찮구나."

평소와 같이 신전의 행렬에서 줄을 섰을 때 킬이 혼잣말치고 큰 목소리로 말했다.

"그러게. 뭐, 옛날이랑 비교하면 잡는 게 많이 편해졌지만."

최근에는 A랭크 소환수를 쓰게 된 덕분에 S랭크 계층 보스를 쓰러뜨리는 데 걸리는 시간이 처음 싸웠을 때와 비교해서 압도적으로 짧아졌다.

각 계층을 이동할 때 소비하는 메달은 기본적으로 파티가 공유하고 있는 자금을 써서 구입한다.

장비 수집, 석판 수집을 위한 탐색 중 입수한 불필요한 아이템을 매각하면 하나에 금화 수천 닢에서 수만 닢의 수익이 발생한다. 또한 능력치 3000 증가 반지는 길드의 경매에 출품하면 금화 3만 닢을 넘는 금액에 낙찰되는지라 현재 알렌 파티는 총액 50만 닢을 넘는 자금을 소유하고 있다.

그 돈을 세실의 발안에 따라서 파티 전체를 위한 자금으로 관리 중이며 거점의 집세와 식비를 비롯하여 마석의 거래 대금 따위도 파티를 위한 지출로 처리하고 있다.

5일에 한 번씩 자리를 마련하고 있는 모험가 길드 중개의 마석 거래는 얼마 전부터 B랭크 마석도 조달을 의뢰한지라 매번 금화가 1만 4천 닢 필요하지만, 그 또한 던전 탐색 중 입수한 아이템을 매각하면 쉽게 마련할 수 있다.

또한 매월 초마다 알렌도 포함해서 동료들은 용돈으로 금화 100닢을 받아서 쓴다.

용도는 각자 다양한데 클레나와 드골라는 여기저기에서 군것질을 하고, 단것을 좋아하는 알렌도 과자나 과일을 사서 먹는다. 메르르는 바우키스 제국의 제도와 가까운 해변 마을에 있다는 본가에 돈을 보내준다.

용돈을 어떻게 쓰고 있는지 대화 나누던 중 어느덧 신전에 도착했다.

5계층의 평소와 같이 어둑어둑한 방의 중앙에서 오늘은 아이언 골렘이 있는 「강철의 방」으로 이동시켜주는 큐브를 향해 걸어간다.

『저는 강철의 방 전이 시스템 S503입니다. 강철의 방으로 이동하겠습니까?』

"네."

큐브의 질문에 대답하자 다른 공간으로 이동시켜준다.

브론즈 골렘이 있었던 전장과 비슷했으나 이곳에 있는 것은 신장이 100미터에 달하는 아이언 골렘이며, 게다가 두 대나 보였다. 이 광경은 가라라 제독이 해준 조언과 딱 맞아떨어진다고 알렌은 생각했다.

아이언 골렘은 아직 충분히 거리가 멀기 때문에 움직이지 않는다. 두 골렘을 무시한 채 알렌은 주위를 살펴봤다.

천장이 어둑어둑해서 얼마나 높은 곳인지 가늠할 수 없다. 근처의 벽에는 다수의 아이언 골렘이 같이 지나다닐 수 있는 크기의 출입구가 있으며 각각 바깥쪽으로 통로가 뻗어 나가고 있는 듯했다.

'역시 이곳은 격리된 개별 공간이 아니구나.'

알렌은 청동의 방에서 겪은 전투를 나중에 분석하던 중 혹시나 하는 생각을 갖고 있었다.

그때는 공간이 어둑어둑하고, 또한 주위를 관찰할 여유가 없었던지라 다른 방이나 통로와 연결되지 않은 격리된 개별 공간이라고 착각을 하고 말았다.

그러나 가라라 제독 파티가 최하층 보스와의 전투 중 탈출했던 사건과 골렘을 쓰러뜨릴 때까지 이동용 큐브 형태의 물체가 출현하지 않았던 것을 아울러 생각하면 최하층 보스의 방에는 이동용 큐브와는 별개로 탈출용 큐브가 있거나 큐브의 위치까지 이동 가능한 통로가 설치되어 있을 것이다.

'도주용 큐브를 찾아둘까.'

최하층 보스에게는 쓰러뜨릴 때까지 몇 번이든 도전할 계획이다. 그때를 위해서라도 위험할 때 재빨리 탈출할 수 있도록 준비하는 것도 파티 리더의 책무라는 생각을 가지고 있다.

데스 스테이지에 도주용 큐브가 있는 것처럼 청동, 강철, 미스릴까지 각 전장과 최하층 보스의 방에도 탈출을 위한 큐브가 있을 것으로 가정한다.

알렌은 평소와 같이 새B 소환수를 다수 꺼냈다. ·이렇게 하면 후위직 동료들은 이동을 새B 소환수에게 맡긴 채 공격과 회복에 전념할 수 있다.

소환수 몇 마리를 탈출용 큐브 탐색을 위해 내보낸 뒤 다시금 두 대의 아이언 골렘과 마주 섰다.

"준비는 다 끝났어. 다들 움직여!"

처음으로 싸우게 된 S랭크의 적이 둘이나 있다. 알렌은 기합을 넣어주고자 힘껏 외쳤다.

메르르가 타므타므를 강림시킨다. 다른 동료들이 타므타므의 주위에서 진형을 갖춘 뒤 다 같이 천천히 아이언 골렘에게 다가갔다.

『…….』

『…….』

이윽고 거리가 200미터보다 짧게 줄어들었을 때 두 대의 아이언 골렘이 움직이기 시작했다. 두 대 중 앞으로 나온 개체의 한쪽 손이 빛을 발하더니 쭉 뻗어서 창을 만든다. 다른 한 대는 왼손에 빛의 검, 오른손에 빛의 방패를 만들었다.

'아하, 브론즈 골렘이랑 비슷하게 메르르처럼 스킬을 쓰는구나.'

"둘 다 무기를 꺼냈다!! 알렌, 어느 쪽부터 잡아야 하냐?"

드골라가 지시를 요청한다.

알렌은 적이 두 대라는 정보를 들었을 때부터 실제 전투가 시작되면 적의 외형을 보고 스킬과 전법, 약점을 분석한 뒤 임기응변으로 전법을 결정하자는 생각을 하고 있었다.

"『창』부터 잡자. 아마도『방패』는 쓰러뜨리는 데 시간이 오래 걸릴 테니까."

알렌은 동료들을 둘로 나눴다. 드골라와 메르르, 용A 소환수에게는 방패를 든 아이언 골렘의 움직임을 막도록, 또한 천사A 소환수와 나머지 동료들에게는 창을 든 아이언 골렘을 공격하도록 지시했다.

용A 소환수가 방패를 든 아이언 골렘에게 접근한다. 방패를 든 아이언 골렘은 곧장 빔 소드를 휘둘러서 베어내고자 했다. 그 공격을 용A 소환수가 일부러 맞아주면서 다섯 머리로 물고 움직임을 막는다.

'S랭크 두 대를 상대하려면 버거울 것 같았는데 아주 힘들진 않네. 이대로 쓰러뜨릴 수 있나?'

한편 창을 든 아이언 골렘은 자신보다 훨씬 자그마한 표적을 노리며 빔 랜스 같은 무기를 찔러 대고 있다. 처음에는 발치를 자꾸 공격하는 클레나를 노려서 창을 휘둘렀지만, 도무지 맞질 않아서인지 갑자기 목표를 변경했다.

거의 100미터에 가까울 만큼 기다란 빔 랜스가 아이언 골렘의 팔 길이도 거드는지라 후위까지 단숨에 날아든다.

"꺄앗?!"

후위의 인원은 급히 회피했으나 소피가 발을 접질리고 쓰러져버렸다.

"소피아로네 님!!"

"아뇨, 괜찮아요."

'아차, 생각보다 창의 사거리가 많이 길구나.'

"미안해. 소피, 명중률을 낮출게. 나와라, 타코스."

알렌은 물고기A 소환수를 불러냈다.

『부르셨습니까?』

미궁의 돌바닥과 어울리지 않는 몸높이 10미터짜리 거대한 문어, 크라켄이 출현했다.

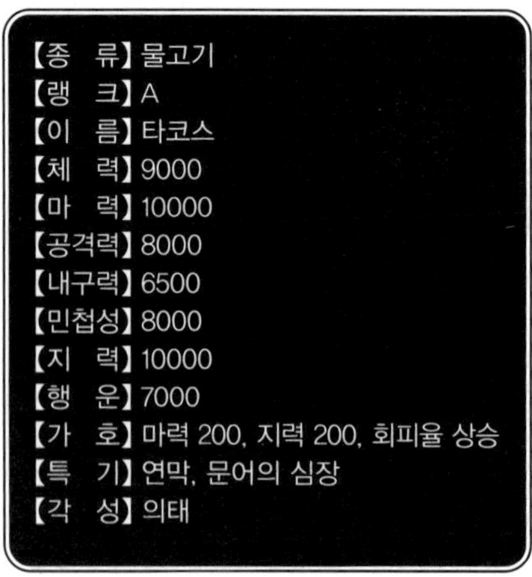

"적의 주위에 연막을 깔아줘!"

『분부에 따릅니다.』

물고기A 소환수의 입에서 검은 연기가 쏟아지더니 두 아이언 골렘의 시야를 차단한다.

'이러면 명중률이 제법 떨어지지.'

그때 메르스가 말을 걸어왔다.

『창을 든 쪽에 속성 부여를 걸었다.』

"좋아. 모두 방패보다 먼저 창을 쓰러뜨리자."

『알겠다. 심판의 벼락!』

메르스가 각성 스킬 「심판의 벼락」을 쓴다. 각성 스킬은 한 번 사용하면 대기 시간으로 하루를 꼬박 기다려야 하지만, 일단은 적의 숫자를 줄이는 것이 우선이었다.

세실도 벼락 마법으로 전환했고, 클레나가 벼락 속성의 대검으로 참격을 반복하자 몇 분 뒤에는 아이언 골렘을 쓰러뜨릴 수 있었다.

『아이언 골렘을 1마리 쓰러뜨렸습니다. 경험치를 9억 6천만 획득했습니다.』

'혼자 잡으면 경험치 12억인가. 그건 그렇고 별로 강하지 않았어. 이제 하나 남았나.'

하지만 창을 든 아이언 골렘이 쓰러지자마자 곧바로 방패를 든 아이언 골렘이 눈을 빛내며 주문을 영창했다.

『리페어 에너지.』

그러자 창을 든 아이언 골렘이 벌떡 일어섰다. 잘 살펴보면 몸체에 흠집 하나도 없이 본래의 상태로 복구되어 있다. 발치에서 주먹을 불끈 쥐며 승리의 자세를 잡고 있었던 클레나가 허둥지둥 대피했다.

"자, 잠깐만, 알렌. 다시 살아났잖니!!"

세실이 동요하며 소리 높인다. 다른 동료들도 비슷하게 차마 믿기지 않는다는 표정을 짓고 있었다.

"소생하는 적은 처음으로 보는데."

이제껏 동족을 불러서 같이 싸우던 마수는 있었다만, 소생 마법을 쓰는 마수는 처음으로 봤다.

"에잇, 왜 너만 혼자서 침착하니!!"

'등을 때리지 말아다오.'

같이 탄 새B 소환수의 뒤쪽에 있는 세실의 주먹질을 등으로 맞아주면서 알렌은 새로운 작전을 구상한 뒤 지시 내린다.

"이번에는 방패를 먼저 쓰러뜨리자! 드골라, 메르르, 창을 든 녀석을 묶어줘."

"그래!"

"응, 알았어!!"

드골라와 메르르의 타므타므가 창을 든 아이언 골렘을 막아주는 동안에 나머지 전원이 방패를 든 아이언 골렘에게 공격을 집중시켰다. 메르스의 각성 스킬은 쓰지 못하지만, 소피와 포르말의 화살 공격에도 속성 부여를 걸었기에 수십 분 만에 방패를 든 아이언 골렘을 쓰러뜨릴 수 있었다.

『아이언 골렘을 1마리 쓰러뜨렸습니다. 경험치를 9억 6천만 획득했습니다.』

그러나 마도서에 로그가 표시되자마자 또 곧바로 이번에는 창을 든 아이언 골렘이 눈을 빛내더니 주문을 영창한다.

『리페어 에너지.』

그리고 방패를 든 아이언 골렘도 부활해버렸다.

"뭐야?! 진짜로 뭐야!!"

"흠흠."

세실의 비명을 등 뒤로 들으며 알렌은 대책을 궁리한다. 전위의 클레나와 드골라는 어쨌든 간에 후위는 일격이라도 당하면 치명상을 입을지도 모르는지라 신속하게 결단을 내려야 했다.

'두 대가 모두 동료를 소생시킬 수 있구나. 으음, 이 녀석들을 가라라 제독 파티는 어떻게 쓰러뜨렸을까.'

쓰러진 뒤 소생이 끝날 때까지 시간이 너무나 짧기 때문에 설령 두 대를 동시에 쓰러뜨려도 약간의 지체로 소생이 완료될 것 같았다.

'가라라 제독의 파티는 미스릴 골렘이 스무 대나 있었지만, 그냥 힘으로 밀어붙여서 해결할 수 있는 상대는 아닌 것 같아. 그러면 소생 마법에 사용 횟수가 있는 건가? 아니면……'

거기까지 생각을 이어 나가다가 알렌은 전투가 막 개시됐을 때의 장면을 떠올렸다.

"모두 이동한다!!"

"응? 도망치게?"

클레나가 반사적으로 고개 돌리며 되묻는다.

"그래. 벽면까지 이동한 뒤 통로로 들어갈 거야! 대쉬로 달려!!"

세실이 「대쉬는 뭐니?」라고 말하며 후퇴를 시작한다. 용A 소환수와 메르르의 타므타므가 아이언 골렘들을 막아주고 있는 사이에 다른 동료들도 알렌이 지시한 통로의 입구까지 달렸다.

알렌 파티가 통로를 지나 후퇴하던 중 조금 늦게 방패를 든 아이언 골렘이, 다음은 창을 든 아이언 골렘이 뒤를 쫓아왔다.

"잠깐만, 여긴 천장이 높아서 그냥 들어와버리잖니!!"

"맞아. 아, 왔구나."

아이언 골렘의 능력치는 상당히 높은 편이며 움직임도 빠르다. 방패를 든 아이언 골렘이 드골라, 클레나를 따라잡으며 전투가 시작됐다.

"소피, 뒤쪽에 있는 아이언 골렘을 노움에게 부탁해서 못 움직이게 묶어줘!!"

"네, 네엣!"

소피가 엑스트라 스킬 「대정령 현현」을 쓰자 흙 속성의 대정령 노움이 나타났다. 창을 든 아이언 골렘의 발아래에 균열을 발생시키고, 상대가 발이 빠져서 휘청거릴 때 이번에는 바위를 생성해서 굳힌다. 그때 뒤쪽에서 쫓아온 메르르의 타므타므가 창을 든 아이언 골렘을 두 팔로 꽉 붙들었다.

"좋아, 조금 더 후퇴하자!!"

다시 통로를 이동하자 방패를 든 아이언 골렘만 쫓아온다. 두 골렘의 거리가 충분히 멀어졌다고 생각될 즈음에 방패를 든 아이언 골렘을 속성 부여와 속성 공격의 조합으로 쓰러뜨렸다.

『아이언 골렘을 1마리 쓰러뜨렸습니다. 경험치를 9억 6천만 획득했습니다.』

다만 이번에는 마도서의 로그 표시 직후에 아이언 골렘이 소멸했다. 소생 주문은 사용되지 않았다. 역시 전투가 개시되었을 때와 마찬가지로 아이언 골렘은 일정 거리에 들어오지 않은 상대를 인식하지 못한 것이다. 이 같은 특성은 적뿐 아니라 아군에게도 똑같이 적용되는 듯하다.

"흠, 소생하지 못하는군."

"괴, 굉장하네. 어떻게 쓰러뜨리는 방법을 바로 알아낸 거야?"

“알렌, 굉장해~.”

언제나 알렌이 하는 여러 행동에 놀라던 동료들도 첫 대결부터 보스 공략법을 떠올렸으며 심지어 성공까지 한 경우는 처음이었던 터라 이번에는 유난히 더 놀라는 모습이었다.

“익숙하니까. 오랜만이었지만.”

전세 때 플레이했던 게임에서는 동료를 소생시키는 적이 제법 많았다. 적의 소생 마법이나 스킬을 봉하는 것이 정석이었지만, 이번에는 지형을 고려하여 멀리 거리를 벌림으로써 막을 수 있었다.

“좋아, 이러면 다른 한 녀석도 쓰러뜨릴 수 있겠지.”

알렌 파티는 방패를 든 아이언 골렘이 소멸한 뒤 남긴 보물상자는 잠시 방치한 채 통로의 입구 부근까지 돌아갔다.

“늦어!”

메르르가 타므타므로 아이언 골렘을 꽉 붙들어서 묶은 채 기다려 주고 있었다.

‘이, 이 녀석은 아예 움직이지를 못하는데?’

대정령 노움의 힘과 메르르의 타므타므에게 붙잡혀서 아이언 골렘은 여전히 움직이지 못하고 있는 상태였다. 동료들이 꼼짝을 못하는 아이언 골렘을 일방적으로 공격하는 광경을 바라보면서 알렌은 가슴이 몹시 설레는 느낌을 받는다.

『아이언 골렘을 1마리 쓰러뜨렸습니다. 경험치를 9억 6천만 획득했습니다.』

이윽고 마도서에 로그가 표시되고, 창을 든 아이언 골렘도 소멸한다. 이후에 S랭크 마석과 보물상자가 나타났기에 다시 통로와 전장을 확인해보니 각각의 아이언 골렘을 처음 쓰러뜨렸던 장소에서도 한 개씩 S랭크 마석과 보물상자를 발견할 수 있었다. 보물상자는 전부가 나무 상자였고, 미스릴 골렘의 석판이 세 개, 능력치 3000 증가 반지가 한 개 나왔다.

그리고 대기실에 보물상자와 큐브 형태의 물체가 출현한다.

모두 첫 전투부터 무사히 공략에 성공한 것을 함께 기뻐하고 있는 와중에 알렌은 혼자 다른 생각을 하고 있었다.

"알렌, 뭐 하냐? 너는 안 기쁘냐?"

드골라가 말을 걸어왔을 때 알렌은 갑자기 얼굴을 확 들어 올리더니 「강철의 방」에 울려 퍼지도록 크게 외쳤다.

"아니, 이 녀석들은 경험치야. 드디어 찾아냈다!!"

또 무엇인가 일을 벌이려는가 보구나, 동료들 모두가 같은 생각을 했다.

제9화 고향에서 성년 축하

“이제야 겨우 그리운 광경이 보이는구나……. 살풍경하지만 신선한 느낌이야. 마음이 깨끗해지는 것 같아.”

새B 소환수의 등에서 울퉁불퉁 바위투성이의 산맥을 내려다보며 세실이 가만히 중얼거렸다.

“…….”

등 뒤에서 들려오는 말에 명백하게 자신을 향한 가시가 들어 있음을 느꼈지만, 알렌은 묵묵히 견딜 수밖에 없다.

지금 상황에는 사연이 있다.

알렌은 10일 전 「강철의 방」에 출현했던 두 대가 한 조를 이루는 아이언 골렘에게서 짭짤한 경험치 벌이의 가능성을 발견했다.

한 번에 반드시 두 대가 출현하는 아이언 골렘은 한 대를 쓰러뜨리면 10억에 가까운 경험치가 들어오는 데다가 곧바로 다른 한 대가 동료를 부활시켜주기 때문에 실질적으로 경험치의 「무한 증식」이 가능하겠다고 기대했던 것이다.

상상만 해도 가슴이 무척 설렜고 알렌은 「하루에 백 마리」라는 목표를 세웠다. 실제 시험해봤더니 첫날은 전투 중 진형이나 타깃의 할당, 아이언 골렘을 묶어놓는 방법으로 다소 시행착오를 겪었던 터라 여든두 대를 쓰러뜨리는 데 15시간이 걸렸다. 아이언 골렘을 쓰러뜨리면 출현하는 큐브 형태의 물체를 이용해서 적절하게 5계층의 대기실로 이동한 뒤 휴식도 취했다.

이것이 자신의 레벨을 올리기 위한 가장 효율적인 방법이라고 판단했던 알렌은 최종적인 목표를 이루고자 취해야 할 계획을 세워 실행했다는 생각을 가지고 있다.

다만 동료들은 달랐다. 알렌이 무엇을 하려는지 이해하는 것도, 알렌이 이처럼 기계적인 작업을 즐긴다는 것도 이해하는 데 시간이 걸렸다. 그리고 설령 이해는 했을지언정 10시간을 넘는 사냥을 같이 따라가려다가 결국 진저리를 냈다.

개중에서도 세실은 대놓고 분노를 폭발시키더니 이게 도대체 뭐 하는 짓이냐며 알렌에게 따졌다. 학원의 던전에서도 S급 던전에서도 던전 안에서 10시간 전후로 활동하는 것은 익숙해졌지만, 이동도 탐색도 하지 않고 하루 종일 똑같은 적과 싸우기만 하며 며칠씩 시간을 보내는 것은 미치광이나 할 짓이라고 소리를 높였더랬다.

세실의 태도가 너무 험악했던지라 알렌은 휴식 시간을 늘리거나 어둑어둑한 대기실을 마도구로 밝게 비추거나 5계층에 욕조를 설치하기도 했다. 그러나 던전에서 나간 뒤 제대로 숨을 돌리고 싶어 하는 동료가 점점 늘어났고 결국은 알렌 이외의 전원이 일단 던전에서 나가자는 말을 꺼냈다.

알렌은 자신 혼자서 던전을 공략하자는 생각도 했었다만, 가능하면 동료들과 함께 사냥하고 싶었다.

그래서 일단 사냥은 중단하고 숨을 돌리는 시간을 갖기로 했다. 던전에서 거점으로 복귀한 뒤 하룻밤을 쉬고 다음 날 아침, 알렌 파티의 고향인 라타쉬 왕국 그란벨 영지로 왔다.

‘츠바멩이 있는 덕분에 깜짝 귀성도 가능하다고.’

알렌의 어깨에는 새A 소환수가 한 마리 올라타 있다. 제비를 닮은 모습이라서 츠바멩이라고 이름 붙였다. 다른 소환수와 비교하면 상당히 작고 전투에는 적합하지 않지만, 보유 능력은 터무니없는 가능성을 기대할 수 있다.

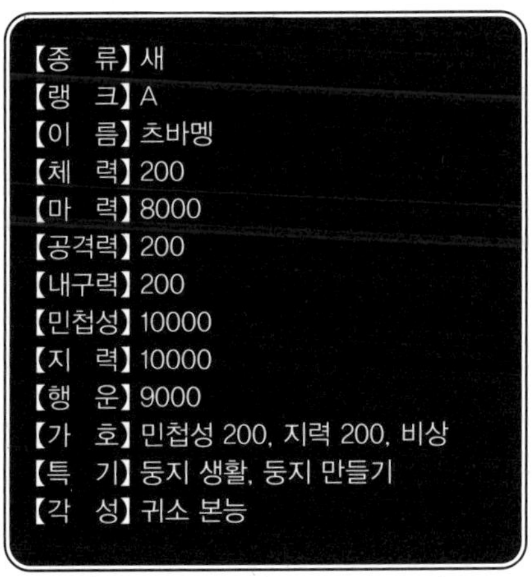

A랭크 소환수는 세 개의 가호를 받을 수 있다. 어느 소환수도 두 개가 능력치 증가이고, 다른 하나는 내성과 특수한 스킬의 부여다. 새A 소환수의 경우는 알렌에게 비행 능력을 부여하는 「비상」가 있다. 이 가호 덕분에 알렌은 이제 헤르미오스처럼 자유롭게 하늘을 날아다닐 수 있게 되었다. 또한 이동속도는 알렌 본인의 민첩성에 의존한다.

특기 「둥지 생활」은 다른 특기인 「둥지 만들기」로 만든 포인트에 알렌만 혼자 전이할 수 있는 능력이다. 이때 알렌은 전이를 위한 포인트를 특기에서 따온 「둥지」라고 이름 붙였다. 「둥지」는 아마도 카드로 만든 새A 소환수 한 마리당 한 곳만 지정할 수 있는 듯했다. 요컨대 새A 소환수를 제거하면 다른 새로운 새A 소환수로 다시 한 번 둥지 만들기를 할 필요가 있다.

그리고 각성 스킬 「귀소 본능」은 알렌을 중심으로 반경 1킬로미터 이내에 있는 동료들 중 지정한 상대까지 다 함께 「둥지 만들기」로 만든 포인트로 이동시켜준다.

이번에 알렌 파티는 미리 「귀소 본능」을 써서 라타쉬 왕국의 그란벨 영지, 알렌의 가족들이 살고 있는 로단 마을에 만들어 둔 「둥지」로 이동했다.

그동안은 통행 허가증부터 발급받은 뒤 마도선에 타서 며칠씩 시간을 들여 이동했었는데, 아무런 과장도 없이 진짜 한순간에 이동이 가능해진 것은 정말이지 터무니없는 변화다.

이제껏 알렌이 소환해서 부린 소환수는 전이가 불가능했던지라 하늘을 날아 이동할 수밖에 없었다. 학원을 졸업한 뒤 로젠헤임에서 전쟁에 참전하기도 했고, 알렌은 용사 헤르미오스를 비롯하여 각국의 여러 사람들과 알게 되었다. 다만 그 사람들과 연락을 취하기 위해 각각의 장소에 용B나 영혼B 소환수를 배치하려면 이동에만 보름 이상의 시간이 걸렸었다. 게다가 소환수는 연속해서 1개월밖에 유지가 안 되는 까닭에 1개월에 한 번씩 소환수를 다시 보내줄 필요까지 있었다.

하지만 새A 소환수를 쓰면 처음에 한 번만 보내서 「둥지」를 만들어 놓고 한순간에 목적지까지 이동이 가능하다. 그곳에서 새롭게 새A 소환수를 불러낸 뒤「둥지」를 만들면 1개월마다 신경 써줘야 하는 소환수의 교체도 매우 간단하게 끝난다.

조금 덧붙이자면 제작자 메르스는 알렌이 소환수를 쓰는 모습을 보고 부족하다고 생각된 특기, 이런 효과가 있으면 좋겠다고 생각되는 특기를 우선해서 개발해왔다고 한다. 새A 소환수에게는 알렌이 헤르미오스와 대결했을 때 용사의 날아다니는 스킬을 부러워했던 경험, 그리고 로젠헤임에서 겪은 전쟁으로 이동에 시간이 걸리는 탓에 고생했던 경험을 감안하여 이동에 관한 가호와 스킬을 선택했다는 설명이다.

또한 감정 스킬은 소환 레벨 8에서 입수해봤자 별 의미가 없다고 판단했기 때문에 A랭크의 소환수에게는 탑재되지 않았다. 감정이 반드시 필요한 대상은 S랭크의 마수와 마신인데 A랭크 소환수가 감정 스킬을 써봤자 S랭크의 마수는 감정에 실패할 테고 상위 마신은 절대로 감정이 되지 않기 때문이라던가.

아무튼 새A의「귀소 본능」덕분에 알렌 파티는 순식간에 라타쉬 왕국 그란벨 영지까지 이동할 수 있었다. 다만 이제껏 던전 안에서 쭉 이어졌던 경험치 사냥의 불만이 바로 사라지지는 않는지라 세실은 새B 소환수에 타서 이동하는 중에도 자꾸 알렌을 구박하고 있다.

등에 푹푹 박히는 비난의 말을 견디며 도착한 곳은 백룡 산맥이었다.

"앗! 저기에 있어!!"

알렌과 세실의 앞쪽을 날아가던 새B 소환수의 등에서 클레나가 소리 높였다. 기뻐하며 앞쪽을 가리키고 있는 모습과 등에는 검을 대신해서 뼈까지 붙어있는 큼지막한 고깃덩이를 멘 모습을 보면 이번에 숨 돌리기를 가장 즐거워하고 있는 사람은 바로 클레나일지도 모른다.

"진짜네. 다들 내려가자!"

강하를 마친 곳에서는 하얀색 용과 더욱 큰 용B 소환수가 기다리고 있었다.

"상당히 커다래졌는걸. 1년하고 조금 지났는데 이렇게 커지는 건가?"

"허크가 참 많이 자랐구나."

새B 소환수에서 내려선 뒤 아직 어린데도 올려다봐야 할 만큼 커다랗게 자란 백룡 허크에게 다가간다.

『크르르!!』

가까이 다가드는 무리의 선두에 선 알렌을 보고 허크가 이빨을 드러내며 작게 으르렁거렸다. 익숙지 않은 생물이 불쑥 접근하는지라 두려움을 느꼈는지도 모르겠다.

『알렌 공을 위협하지 말거라!!』

옆쪽에 있던 용B 소환수가 허크를 꾸짖는다.

『크, 크~응.』

'멍멍이처럼 우는구나.'

"뭔가 굉장히 크게 자랐네. 이런데도 아직 새끼인 거야?"

세실이 흥미진진한 모습으로 허크를 올려다본다.

"응, 굉장히 크다!"

용B 소환수가 쭉 돌봐주기도 했던 만큼 허크는 쑥쑥 자라서 1년

남짓에 몸길이 5미터까지 성장했다. 식욕이 왕성해서 용B 소환수가 사냥한 먹잇감이라면 뭐든 잘 먹는다.

하지만 용B 소환수보다 능력치도 높고 머리도 다섯 개 달린 용A 소환수가 더욱 정성껏 돌봐줄 수 있을 것이라고 알렌은 생각했다.

"오로치, 나와라."

『알겠네!』

용A 소환수가 출현하자 허크가 깜짝 놀라서 용B 소환수의 뒤로 숨었다.

이번에는 용B에서 용A로 허크의 돌봄 담당을 인계하고자 왔다. 당분간은 용B와 용A 두 마리가 같이 허크를 돌보다가 조금 시간을 두고 용A 하나로 교대할 계획이다.

용A 소환수와 대면한 뒤 불안해하며 쩔쩔매는 허크에게 클레나가 가까이 다가갔다.

"허크. 자, 고기야. 먹어."

로단 마을에서 짊어지고 온 고기를 허크에게 먹이고자 한다.

『크르으.』

그러나 용B 소환수로부터 언제나 신선한 고기를 받아먹고 있는 허크는 말린 고기 덩어리를 내밀어도 난처해하는 반응을 보였다. 주뼛주뼛하며 고기를 입에 물었으나 거의 씹지도 않고 삼켜버린다.

"잔뜩 먹고 큼지막하게 자라자."

허크를 흐뭇하게 올려다보는 클레나는 눈이 반짝반짝 빛나고 있다.

'이런 게 바로 모성인가?'

허크의 성장에 대해 이야기하자 기뻐하며 듣던 클레나의 표정을 떠올린다.

"아무튼, 허크를 길들이는 건 가능할까?"

클레나와 허크의 먹이 주기를 바라보면서 알렌은 메르스에게 물었다.

『글쎄……. 어려울지도 모르겠군.』

"하지만 이제까지 자아를 갖고 있었던 마수는 꽤 많았는데."

마왕은 모든 마수에게 영향을 끼치는 것으로 알려져 있다. 다만 알렌이 처음으로 강적이라고 느꼈던 마수 마더가르쉬는 장난치며 인간을 죽였다만, 자아를 잃은 것처럼 보이지는 않았다. 이전에 쓰러뜨렸던 백룡도 마찬가지다. 만약 마수가 전부 마왕의 영향으로 자아를 잃고 광기에 사로잡힌 상태였다면 클레나 마을은 존재하지 못했을 것이다.

『자아를 가지고 있는 까닭에 길들이는 것이 어려워진다. 마왕처럼 예속 스킬을 보유했다면 상대의 자아를 무시한 채 복종시킬 수는 있을 터이나…….』

"아하."

클레나가 알렌과 메르스의 대화를 들었는지 걱정하는 표정으로 이쪽을 돌아봤다.

얼마 뒤 새B 소환수에 타서 또 이동을 한다.

알렌은 「비상」으로 날아다닐 수 있지만, 비상 중에는 마력을 계속 소비하기 때문에 세실과 함께 새B 소환수에 타서 이동하고 있다.

"다음은 갑옷 개미의 둥지였지."

"맞아, 갑옷 개미 목장을 실험할 생각이거든."

허크가 살고 있는 동굴로부터 조금 떨어진 산기슭에 갑옷 개미의 둥지가 있다. 산 아래에 미궁처럼 얽힌 소굴을 만들고 사는 갑옷 개미들의 외골격은 비록 미스릴보다는 약해도 강철보다 단단하며 가볍다. 이 외골격을 무기로 가공하기 위한 소재로 확보하기 위하여 먹이를 주고 더 효율적으로 갑옷 개미를 번식시킬 수 있을지 실험하고자 한다.

킬이 다스리는 카르넬 영지에서는 이제야 막 미스릴 채굴이 시작된 참이었다. 불의 신 프레이야가 신기를 빼앗긴 상황에서 마왕군이 언제 어떠한 방식으로 행동할지 모르는 이상 미스릴을 대신할 장비도 미리 준비할 필요가 있다.

알렌 파티는 숨 돌리기를 겸하여 다음 목적지로 향했다.

갑옷 개미의 둥지 주변에 풀A 소환수를 심고서 새B 소환수에 올라타 로단 마을로 돌아왔다.

새A 소환수의 각성 스킬 「귀소 본능」은 하루에 한 번만 사용이 가능하니 느긋하게 하늘을 날아 이동하기로 했다.

마을에 도착하자 아래쪽에서 이리저리 분주하게 오가는 마을 주민들이 보인다. 특히 알렌의 아버지 로단이 사는 촌장의 저택 주변에 사람들이 모여 있었다.

"뭔가 무척이나 훌륭한 마을이 됐네."

S급 던전으로 향하기 전에 세실도 로단 마을에 들렀었는데 새삼 발전한 모습을 보고 놀라는 반응이다.

"다 같이 개척에 힘썼으니까."

로단 마을은 알렌의 소환수는 물론이거니와 마을을 개척하기 위하여 많은 이주자를 받아들였으며 설령 마수에게 공격을 받더라도 안전할 수 있도록 요새화 작업을 쭉 추진해왔다.

완성 목표로써 로젠헤임의 라폴카 요새급 마을로 건설하고 싶은 마음이다.

"와아아, 엄청 멋있는 마을이야."

클레나도 로단 마을의 발전된 모습을 보고 놀란다.

촌장 저택 앞쪽의 광장에 내려선 뒤 건물로 들어가자 복도 안쪽으로부터 향긋한 냄새가 흘러나오고 있다. 클레나가 냄새에 홀린 듯 곧바로 걸음을 떼자 나머지 동료들도 뒤를 따랐다.

주방에서는 알렌의 어머니 테레시아가 여러 도우미들과 함께 바쁘게 요리를 만들고 있었다.

"다녀왔어요. 어머니."

"어머? 어서 오렴. 곧 준비가 끝날 테니까 행사장에서 편하게 쉬어. 손님분들도 기다리고 계신단다."

행사장에서는 수많은 사람들이 자리해서 잡담을 나누고 있다.

"삐삐다!! 어라, 뭔가 다른데……."

여동생 뮈라가 신나서 달려왔으나 다만 알렌의 어깨에 올라타 있는 새A 소환수는 낯익은 새G 소환수 「삐삐」가 아니었던지라 깜짝 놀란다.

『삐삐!』

알렌은 새A 소환수에게 지시 내려서 어깨 위로 살짝 날아오른 뒤 울면서 뮈라의 주변을 돌게 시켰다.

"와아!! 삐삐다!!"

새A 소환수가 자기 어깨에 내려앉자 뮈라는 꺄르르거리며 기뻐했다.

"뮈라, 얌전히 있으라니까."

뮈라의 뒤편에서 알렌의 남동생 마쉬가 나타나더니 까부는 여동생을 나무란다.

"네~ 마쉬 오빠."

뮈라가 대답은 곧장 했으나 뾰로통한 표정을 봤을 때 전혀 반성하지 않음을 알 수 있겠다.

'지금 시끄러운 게 반쯤 내 탓 같기는 한데.'

"다녀왔어."

알렌은 마쉬에게도 인사를 했다.

"어서 와. 알렌 형."

또랑또랑하게 대답하는 마쉬는 올해로 열두 살이 되었다. 여동생을 잘 돌봐주기도 하고 상당히 많이 자랐다는 생각이 든다.

그때 때마침 행사장으로 들어온 아버지 로단이 사람들에게 인사를 하며 알렌을 향해 다가왔다.

"오, 잘 다녀왔냐."

"응. 어머니가 곧 준비 끝난다고 했어."

"그런가. 그나저나 오늘 행사는 너무 갑작스러워서 아빠는 정신을 못 차리겠구나. 이제부터 그란벨 자작님을 모셔야 한단 말이지."

로단은 난처한 표정을 짓고 있다.

'촌장 역할 열심히 해줘요. 다들 참가하고 싶다니까 어쩔 수 없었거든.'

지금 촌장 저택에는 로단 마을에 같이 살고 있는 클레나와 드골라의 부모뿐 아니라 킬의 여동생과 고용인들, 메르르의 부모도 와 있었다. 새A 소환수의 「귀소 본능」을 활용해서 바우키스 제국에서 데려왔다.

메르르의 부모는 평민이고 아버지가 하급 병사라고 한다. 자기 이야기를 거의 안 하는 메르르는 나라를 지키는 아버지의 등을 보면서 자랐으며 자신도 전선에 나가 활약함으로써 나라와 사람들을 지키고 싶다는 생각을 했다던가. 각각의 동료들에게 오늘 이벤트에 부모를 초대할지 확인하며 들은 이야기였다.

행사장에서 메르르를 보니 부모와 따뜻한 분위기로 대화 나누고 있었다. 킬도 여동생 니나와 오랜만에 만나서 즐거워 보인다. 두 사람이 백룡 산맥 점검 때 동행하지 않은 이유는 바로 이것이었다.

드골라의 부모도 행사장에 있기는 한데 주변에서는 정작 드골라를 찾아볼 수 없었다. 부모와 함께 있으면 부끄러운가? 혼자 열심히 사춘기를 맞이하는 중인가 보다.

'전이 스킬도 손에 들어왔으니 모두 가족과 더 자주 만날 수 있도록 신경 쓸까.'

드골라의 모습을 찾고 있던 중 로단과 똑 닮은 노령의 할아버지가 알렌에게 가까이 다가왔다.

"네가 알렌 군이더냐?"

"네. 조한 할아버지, 처음 뵙겠습니다. 마을 생활에는 익숙해지셨나요?"

조한은 로단의 아버지이자 알렌의 조부이다. 알렌 파티가 S급 던전으로 향한 뒤 본래 지내던 마을에서 은거를 하는 형태로 로단 마을에 이사 오도록 권유했다. 전이를 써서 이곳저곳을 돌아다니던 중에도 인사는 아직 안 했던지라 정중하게 인사를 했다. 알렌의 말에 조한과 옆쪽의 노파도 눈이 휘둥그레진다.

"어머, 어머. 들었던 대로 영리한 아이구나. 우리 아이가 이렇게 훌륭한 손자를……."

조한의 옆에서는 알렌의 아버지 쪽 할머니에 해당되는 제니카가 감동하며 눈물 흘리고 있었다.

"아뇨. 좋은 부모님 덕분이죠. 오늘은 많이 떠들썩할 텐데 잘 부탁드립니다."

아버지 쪽과 어머니 쪽 조부모를 모두 로단 마을로 불러왔으니 어머니 쪽 조부모에게도 인사를 해야겠다.

할머니, 할아버지가 머리를 쓰담쓰담 어루만져주고 있던 때 로단이 돌아왔다.

"이쪽입니다."

"그래."

가주 로단의 안내에 따라 별실에서 기다리고 있었던 그란벨 자작과 부인, 세실의 오빠 토마스가 행사장에 나타난다. 집사 세바스, 기사단장에 부기사단장도 함께였다.

자작과 부인을 행사장의 안쪽 자리로 안내한 뒤 로단은 다시 한번 바깥으로 나갔다. 그리고 이번에는 시그르 원수, 루키드랄 대장군, 필라멜 노인과 몇 명의 엘프를 안내하면서 들어왔다.

오늘은 조금 뒤 알렌 파티의 성년 축하 행사가 개최된다. S급 던전에서는 파티의 인원끼리 성년 축하를 했었는데 이번에는 가족과 함께하며 다시 한 번 제대로 행사를 치르기로 했다.

어째서 이런 자리를 마련했냐면 알렌이 새A의 특기를 검증하기 위해 이곳저곳에 「둥지」를 만들고 돌아다녔던 것이 원인이다.

메르스는 천사로서 죽어서 소환수가 되기 전에는 A랭크 소환수의 특기와 각성 스킬을 설정하고 있던 와중이었다. 그런데 도중에 업무를 내려놓고 말았던지라 현재 적용되어 있는 소환수가 과거 메르스의 고안에 따라 제작되었는지는 본인도 알지 못한다고 한다. 따라서 세세하게 검증을 거쳐야 했다.

새A 소환수의 경우는 한 번에 얼마나 많은 대상을, 혹은 얼마나 넓은 범위까지 함께 이동이 가능한지를 알고 싶었다.

그래서 소환 레벨이 8로 오른 이후에 소환수의 능력을 검증하는 과정에서 이곳저곳으로 전이를 반복하던 중 로단 마을에도 전이했었다. 그러자 또 불쑥 귀성한 알렌을 보고 어머니, 아버지가 의아해했기에 이제 전이도 가능하다는 사실을 간단하게 설명했더니 그러면 성년 축하를 제대로 해주고 싶다는 말이 나온 것이다.

다른 동료의 부모들도 같은 생각인지 신경 쓰여서 그란벨 자작 및 로젠헤임의 여왕에게도 물어봤더니 꼭 축하해주고 싶다는 답이 나왔다. 귀족과 왕족의 입장에서 자식의 성년 축하는 무척 소중한 행사였다.

또한 아직껏 만난 적 없었던 메르르의 부모도 성년 축하 행사에 참가를 희망했고, 킬의 여동생 니나와 다른 고용인들도 같은 대답을 한지라 최종적으로 로단 마을에서 모여서 성대하게 행사를 개최하기로 결정이 났다. 알렌 본인은 처음 목적대로 새A의 특기와 각성 스킬 「귀소 본능」의 효과를 검증할 수 있어서 만족했지만, 뜻밖에도 사태가 무척 거창해지고 말았다.

로젠헤임에서는 시그르 원수가 와줬다. 여왕이 입장상 나라를 비울 수 없는지라 원수가 대리인의 역할을 맡아주기로 했다.

그런 원수가 그란젤 자작의 오른편에 앉는다. 로단 마을은 그란벨 자작령의 일부이기 때문에 좌석 배치도 자작을 중심에 둔다.

또한 행사장에는 의자가 따로 없고 방석 비슷한 물건에 각자가 앉아 있었다.

"시그르 원수님. 이렇듯 누추한 곳에 잠시나마 숙소를 마련하게 되어 대단히 송구스럽습니다."

로단 대신에 그란벨 자작이 먼저 거처를 소재로 말을 건넨다. 그나저나 그란벨 자작도 하급 귀족이라서 대국의 중진이라고도 말할 수 있는 시그르 원수 상대로 상당히 조심하고 있는 모습이었다.

"아닐세. 우리 엘프들은 자연을 좋아하지. 이 마을은 자연에 둘러싸여 있는 곳이니 일행들도 모두 아늑하게 지낼 수 있었다네. 게다가 영웅이 태어난 곳을 꼭 보고 싶기도 했고."

자작과 원수가 대화 나누고 있는 동안에도 부모 자식끼리 방문한 마을 주민들이 다수 행사장에 들어온다. 모두 알렌 파티와 마찬가지로 성년을 맞이한 자식이 있는 가족이었다.

알렌 파티의 세대는 개척촌에서 베이비 붐이 일어났던 시기에 태어났다. 따라서 클레나와 드골라 이외에도 올해로 열다섯 살이 된 아이가 많다.

또한 개척에 종사하고자 다른 도시에서 살다가 넘어온 사람들 중에도 올해 열다섯 살이 된 아이가 있었다.

그러한 가족들이 넓은 촌장 저택에서 개최된 성년 축하 행사에 참가한 것이다. 농노 신분의 가족도 있으나 알렌이 입장시켜도 될지 물었더니 그란벨 자작은 거절하지 않았으며, 그 결과 집회소로도 쓰는 백 명은 넉넉히 들어올 수 있는 응접실이 오늘은 사람으로 가득 들어차버렸다. 여기저기 곳곳에서 「얌전히 있어야 한다」라든가 「아, 알고 있다니까」와 같은 말소리가 들려온다.

이윽고 고기 구이의 향긋한 냄새가 먼저 흘러들더니 노릇노릇하게 구워서 커다란 접시에 올린 맛있는 그레이터 보어의 고기를 든 사람들이 나타난다. 이어서 샐러드와 빵, 고기와 야채를 조린 음식 등 촌장 저택의 주방 이외에 이웃하는 집에서도 성년 축하를 위한 요리를 놓아주자 귀족, 엘프와 동석하고 있는 까닭에 잔뜩 긴장했었던 마을 주민들이 조금이나마 편하게 감탄의 소리를 냈다.

"오오오!!!"

'역시 개척촌에서는 보어 고기가 제격이지.'

새A 소환수의 특기와 각성 스킬을 사용하면 라타쉬 왕국의 왕도와 S급 던전이 있는 도시에서 더 좋은 고기를 조달할 수도 있었다. 그러나 성년 축하를 하는 장소는 이 마을이니까 마을 아이들에게는 그레이터 보어의 고기가 가장 맛있는 진수성찬일 것이라는 생각으로 어머니에게 일부러 고기 구이를 준비해달라고 부탁했다.

반대로 술은 작정하고 좋은 것을 마련했는데, S급 던전이 있는 도시에서 가장 좋은 과실주를 커다란 통으로 다섯 개쯤 가져왔다. 또한 엘프는 마수의 고기를 먹지 않기 때문에 이 주변에서 채집하는 과일과 바우키스 제국의 명물 후카만을 잔뜩 준비했다.

그렇게 큰 접시에 올려놓은 요리가 배식되자 시그르 원수가 「배려에 감사하네」라고 말하며 가볍게 인사를 했다. 한편 정령신은 뮈라의 무릎 위에서 이미 후카만을 우걱우걱 먹고 있었다.

요리가 전부 준비된 뒤 옷을 갈아입은 테레시아가 로단의 옆쪽에 앉으면서 성년 축하 행사가 시작됐다.

그란벨 자작, 시그르 원수, 로단의 순서로 성년을 맞이한 아이들에게 축사를 맡아 발언한다.

다만 로단은 익숙하지 않은 탓인지, 자작과 원수가 함께 있는 자리이기 때문인지 너무 긴장해서 혀를 막 씹은지라 무슨 소리를 하는지 알 수 없다.

"모처럼 마련한 축하 자리이니 사양하지 말고 식사를 하길 바란다고 말은 하고 싶은데 조금은 사양해주면 촌장으로서 고맙겠어. 그, 그럼 모두 즐겁게 식사를 시작하자."

로단의 말은 참가자 전원이 지른 환성에 덮여 사라진다. 이어서 사람들은 맛있는 요리를 입에 가득히 넣거나 술을 쭉 들이켰다.

착석한 뒤 옆에 앉은 어머니 테레시아에게서 「고생했어요」라고 격려를 받은 아버지 로단의 쑥스러워하는 모습이 무척 흐뭇하다는 생각을 했다.

아직 저녁때 전이지만 허크가 어떻게 지내는지 보러 다녀오거나 갑옷 개미 목장을 만들기 위한 준비를 하는 등 바빴기에 오늘 알렌 파티는 미처 제대로 된 식사를 하지 못했다. 자연스레 식사의 양이 늘어나버린다.

그중에서도 본래 먹성이 좋았던 클레나는 엄청난 기세로 음식을 입에 가져가고 있었다. 행사장의 반대편에서 클레나의 아버지 겔다가 힐끔힐끔 시선을 보내고 있는 까닭은 부디 조금만 차분하게 굴어달라는 바람 때문일 테지.

한편 겔다의 옆쪽에서도 클레나의 조부모가 생글생글하며 앉아 있다.

알렌은 던전 이야기를 조르는 남동생 마쉬에게 S급 던전에서 겪었던 여러 사건을 들려주고 있었다. 마쉬의 옆에서는 클레나의 여동생 릴리도 같이 눈을 반짝거리며 귀를 기울이고 있다.

알렌의 이야기가 일단락되었을 때 그란벨 자작이 말을 걸어왔다.

"알렌. 얼마 전 모험가 길드에서 『던전 정보부』의 이야기를 들었다. 바우키스 제국에서도 많은 활약을 하고 있나 보구나."

'어라? 「던전 정보부」의 제안자가 나라는 게 설마 공개된 건가? 지부장한테 한 방 먹었구나. 뭐, 딱히 상관없지만.'

"음? 벌써 라타쉬 왕국에도 소식이 전해졌습니까? 정보부 건은 아직 시범 단계라고 들었습니다만."

"그 시범이 학원 도시의 던전을 써서 진행될 것 같구나. 나에게도 연락이 와서 알게 되었다."

'분명 자작은 지금 왕국의 외교 부문에 적을 두고 있다고 했지.'

라타쉬 왕국과 로젠헤임이 정식으로 국교를 맺음으로써 그란벨 자작은 라타쉬 왕국의 외교 부문에서 봉직하게 되었다. 이 인사는 과거에 자작이 시종으로 거느렸던 알렌이 로젠헤임 전쟁에서 활약하고 엘프의 여왕으로부터 신뢰를 얻은 것이 이유로 알려졌다. 그 밖에도 왕국의 현 국왕이 자작을 해밀턴 백작 등 군부와 학원파로부터 멀리 떨어뜨리고자 했기 때문이라는 소문도 있다던가.

외교 부문에서 종사하니 자연스레, 아울러 다른 왕성의 귀족으로부터 갖가지 요청을 받게 된 까닭으로 자작은 지금 왕도에서 지내고 있다. 아들 토마스가 관료로서 왕성에서 근무 중이며 자작 부인도 혼자 지내기는 적적하다며 자작과 함께 왕도로 올라왔기 때문에 현재 그란벨 자작의 영지와 저택은 대관을 두고 관리하고 있다. 여담으로 그 대관에게 알렌이 시종 시절에 신세를 졌던 땡땡이치는 버릇이 있는 리켈이 몹시 시달리고 있다고 한다.

알렌이 그란벨 자작과 대화하고 있던 중 로젠헤임의 시그르 원수가 말을 걸어왔다.

"알렌 공, 이번에 거듭 귀중한 물건을 받아 대단히 감사드리는 바이네."

"예? 아, 별것 아닙니다."

시그르 원수가 말하는 것은 알렌이 풀A 소환수로 만든 「은콩」과 「금콩」이다.

【종　류】풀
【랭　크】A
【이　름】소라링
【체　력】100
【마　력】10000
【공격력】100
【내구력】100
【민첩성】100
【지　력】100
【행　운】10000
【가　호】마력 200, 행운 200, 파사
【특　기】은콩, 콩 뿌리기
【각　성】금콩

　풀A 소환수는 잠두콩에 손발이 자라난 것처럼 생겼다. 가호「파사」는 C랭크 이하의 마수가 접근하지 못하게 막는 효과가 있고, 특기「콩 뿌리기」는 사용하면 은콩과 금콩을 마수에게 집어 던진다. 금콩도 은콩도 맞히면 B랭크의 마수를 쓰러뜨릴 수 있는데, A랭크 마수여도 비록 쓰러뜨리지는 못할지언정 약화 효과를 발휘하는 듯하다.

　그리고 특기「은콩」과 각성 스킬「금콩」은 심으면 나무가 자라고, 주위 1킬로미터 이내에 마수의 접근을 막는 결계가 설치되는 효과가 있는 콩을 생성한다.

　은과 금의 차이는 효과 대상과 지속 시간인데, 은이 B랭크 이하의 마수에게 효과를 발휘하며 지속 기간은 10년, 금은 A랭크 마수에게도 효과를 발휘하며 지속 기간은 1년이라고 한다.

　이것은 메르스가 설정한 지속 기간이기에 어쩌면 변경되었을지도 모른다.

양쪽 다 하나를 만드는 데 A랭크 마석을 다섯 개 사용한다. 얼마 전 은콩과 금콩을 각각 백 개씩 만들어서 로젠헤임에 제공했다.

현재 로젠헤임은 마왕군의 침공 때문에 파괴된 도시와 요새를 재건하는 작업에 힘쓰고 있다. 이때 문제가 된 것이 로젠헤임의 곳곳에 숨어있는 마왕군의 잔당이었다.

마수들은 때때로 무리를 이루어서 들이닥치는 경우도 있지만, 기본적으로 이리저리 분산된지라 전부 다 토벌하려면 상당한 세월이 필요하다고 한다.

그런 곤란한 상황을 구해준 것이 은콩과 금콩이다. 마수의 접근을 막고 안전하게 재건 작업에 집중할 수 있다면 엘프의 피가 더 흐르는 사태를 얼마나 많이 방비할 수 있겠는가.

짐작건대 족히 만 단위의 엘프가 생명을 구원받은 셈이다.

"아무쪼록 효과의 지속 기간에는 주의를 기울여주십시오."

금콩과 은콩의 발동 효과는 메르스가 천사였을 때 설정한 기간보다 혹여나 단축되었을 우려가 있다.

"그대 덕분에 안전하게 재건 계획을 진행할 수 있게 되었네. 알렌 공께서 한 번도 아니고 두 번이나 우리나라를 구원해주신 것이라며 여왕 폐하께서도 기뻐하고 계시지. 물론 우리도 진심으로 감사의 뜻을 전하고 싶군. 고맙네."

시그르 원수가 그렇게 말한 뒤 깊숙이 고개 숙인다. 그러자 어느 틈인가 다가왔던 루키드랄 대장군, 필라멜 노인, 그리고 시중 담당의 엘프들이 원수와 마찬가지로 일제히 깊숙이 머리 숙였다.

한편 행사장에 있었던 다른 참가자들은 이 상황에 경악하며 말을 잇지 못한다.

"?!"

알렌과 로젠헤임의 엘프들을 중심으로 파문과 같은 정적이 퍼져나간다. 조금 전까지 까불거리고 있었던 막 성년을 맞이한 어느 젊은 농노는 먹으려고 손에 든 보어 고기를 떨어뜨려버렸다.

농노도 평민도 시그르 원수가 어떤 인물인지는 인사말을 듣고도 도통 알지 못했다.

다만 자신들이 알고 있는 「높은 분」, 그란벨 자작보다 고급 복장을 차려입은 데다가 익숙지 않은 기다란 귀가 두드러졌기에 외국의 귀족이겠거니 생각만 하고 있었다.

그런 인물들이 거의 바닥에 닿을 만큼 깊숙이 머리 숙이고 꼼짝도 하지 않는지라 인사를 받고 있는 상대가 누군가 싶어서 시선을 돌렸더니 놀랍게도 촌장의 아들이었기에 깜짝 놀라버린 것이다.

한편 원수와 엘프들이, 또한 알렌이 어떤 인물인지를 아는 사람들도 설마 엘프 빈객에게 이렇게나 정중하게 대접을 받는 것이냐며 다른 의미로 놀라는 반응을 보인다. 특히 알렌의 옆에 있었던 그란벨 자작은 입을 빼끔거리며 사고가 기능 정지된 것 같다. 눈빛으로 대체 무엇을 건네주었냐며 강하게 묻는지라 알렌도 나중에 알려드리겠다며 눈짓으로 대답을 했다.

"이전에도 드린 말씀이오나 로젠헤임은 알렌 공의 요청이라면 기필코 전력을 쏟아 이루어드릴 것이오. 혹여 곤란한 일이 생기거든 가장 먼저 우리 엘프에게 소식을 전해주시게."

"그렇군요. 무슨 일이 생기면 잘 부탁드리겠습니다."

즐거운 행사의 분위기를 이 이상 무겁게 만들지 말아달라고 시그르 원수에게 마음속으로 부탁을 한다.

그런 알렌의 뒷모습을 바라보는 아버지 로단은 몹시 먹먹한 기분을 느끼고 있었다.

알렌이 여덟 살이었을 때 그란벨 가문의 시종으로 끝나지는 않을 것이라고 말한 기억을 어제 일처럼 떠올릴 수 있다. 결과적으로 말한 것처럼 이루어졌지만, 다만 아들이 자신의 손에서 아예 벗어나는 곳까지 가버린 듯하니 솔직하게 기뻐할 수가 없었다.

"여보."

테레시아가 그런 표정을 지으면 안 된다며 말을 하지 않고도 달래준다.

"…이런, 미안해."

로단은 가만히 답한 뒤 아내의 손을 붙잡고 웃는 표정을 지어 보였다.

한편 로젠헤임의 엘프들로부터 풀려난 알렌은 아버지의 복잡한 마음은 전혀 알아차리지도 못한 채 남동생 마쉬와 대화 나누고 있었다.

"공부는 잘하고 있어?"

"응, 알렌 형."

4월부터 학원에 진학할 예정인 마쉬는 그란벨 자작이 파견해준 강사 덕분에 착실하게 공부에 힘쓰는 중이라고 한다.

"그러면 형이 선물을 줄게. 학원에서는 이것저것 위험한 과제를 많이 내주니까."

알렌은 마도서에서 꺼내둔 반지를 마쉬에게 전달했다. 전부 여섯 개이며 체력, 공격력과 민첩성이 5000만큼 올라가는 반지를 각각 두 개씩 챙겼다. 5계층의 은 상자에서 획득한 특별한 반지다.

알렌은 동생들의 레벨과 스킬을 육성하는 기본적인 방침으로써 어느 정도 실력이 쌓일 때까지는 설령 재능이 있더라도 레벨 올리기를 도와주지는 않기로 결정 내렸다. 만약 제대로 실력을 쌓지 못한 상황에서 레벨만 수십 배로 올렸다가는 언제든 깜빡 실수를 저질러서 사고가 발생할지도 모르기 때문이었다.

그러나 마쉬는 알렌이 생각하는 것 이상으로 많이 성장해줬나 보다. 알렌이 학원에 진학했던 직후는 쓸쓸해서인지 상당히 풀 죽은 모습을 보였으나 지금은 여동생을 꼼꼼하게 잘 돌봐주기도 하고, 장래를 위해 공부에도 힘쓰는 소년으로 성장해줬다는 생각이 든다.

그런 마쉬가 자신이 내민 반지를 빤히 쳐다만 보고 입을 다물기에 알렌은 의아하게 생각했다.

"왜 그래?"

"이 반지를 끼면 강해질 수 있어?"

"강해지지."

"그럼 괜찮아. 필요 없어. 나는 내 힘으로 강해질 거야."

'오오! 거절하는구나!!'

"그렇구나. 그런데 알고 있어? 이 마을에서 나가면 보어보다 훨씬 강한 마수가 많이 있다?"

알렌은 자기 힘으로 나아가고자 하는 기특한 동생의 성장에 자꾸 미소가 지어지려고 하는 얼굴을 열심히 다잡으면서 일단 설득을 시도했다.

"으, 응. 괜찮아, 내 힘으로 쓰러뜨릴 거야."

"형보다 더 강한 마수도 있는데?"

"뭐? 그런 게 있을 리 없잖아."

"진짜로 있어. 게다가 굉장히 많더라."

'마신이라든가.'

"그, 그렇구나……."

"내년에는 릴리도 학원에 갈 예정이지? 릴리와 함께 있을 때 쓰러뜨리지 못할 마수와 마주치면 어떻게 할래? 마수들은 전혀 착하지 않은데."

"……."

마쉬는 어떻게 대응하면 되는지, 어떻게 대답하면 되는지 알지 못하는 듯 입을 다물었다.

"그럴 때 반지를 받아야 했다는 생각이 들지 않을까."

"하지만, 나는……."

그럼에도 자기 힘으로 나아가고 싶다는 것이 마쉬의 생각인가 보다.

"그럼 이 반지는 정말 난처할 때를 위해서 주머니에 잘 넣어두자."

"주머니에?"

"자기 힘으로 도전해보고 도저히 아무 방법이 없을 때는 다른 사람에게 도움을 받아도 괜찮은 거야."

"……고마워. 알렌 형."

마쉬의 눈에서 눈물이 흘러넘친다.

"이기는 게 가장 중요해. 소중한 사람을 지켜야 할 때는 더더욱.

그때는 수단을 가리지 마, 망설이면 안 돼.”

그렇게 말한 뒤 알렌은 수납으로 주머니를 꺼내서 반지를 전부 집어넣고 마쉬에게 건넸다.

“응. 응……. 고마워.”

이번에야말로 선물을 잘 받아주었기에 머리를 쓰담쓰담해준다. 다른 사람들도 보고 있는 앞에서 머리를 쓰다듬어준다는 것이 부끄러웠는지 마쉬는 고개를 푹 수그렸다.

알렌은 일어나서 행사장을 둘러봤다. 곳곳에서 잘 아는 사람들끼리 대화 나누거나 가족의 정다운 모습이 보인다.

‘이것이 내가 지키고 싶은 광경인가.’

눈앞에 펼쳐져 있는 광경이 알렌에게는 어떤 수단을 동원해서라도 기필코 지켜야 할 모든 것이라는 생각이 든다.

불과 몇 년이면 이 세상에 멸망할지도 모른다는 것, 조화를 중시하는 신들은 멸망하는 세계와 사람들을 직접 구해줄 뜻이 아마도 없다는 것, 이런 사실을 로단을 비롯하여 평범한 사람들에게 말할 생각은 티끌만큼도 없다.

가족들이 사실을 알기 전에 자신들의 힘으로 세계의 파멸을 막아 보이겠다.

“나는 수단을 가리지 않아.”

알렌은 마쉬에게 한 말을 자신에게도 들려주며 다짐을 했다.

성년 축하 행사의 다음 날, 알렌 파티는 거점으로 복귀했다.

동료들은 오랜만에 가족과 만난 덕분인지 기운을 되찾은 듯 보인다.

알렌은 헤르미오스에게 은콩과 금콩을 건네줬다. 이것은 헤르미오스의 모국 기암트 제국에서 있을 수요를 예측했기에 한 행동이다.

로젠헤임과 마찬가지로 기암트 제국도 마왕군의 침공을 받았다. 과거에 마왕군에게 빼앗겼다가 어떻게든 되찾은 영토도 다시 또 빼앗겨버린지라 현재 적의 침공을 억제하고는 있다지만, 언제 또 공격을 받아서 물러나게 될지 모른다. 따라서 은콩과 금콩을 제공하기로 했다.

다만 마수의 접근을 막는 결계가 마수를 부리는 상대와 전쟁을 할 때 반드시 유효하다고 말할 순 없었다. 왜냐하면 마수의 접근을 막는 요새나 성채가 있더라도 만약 알렌이 마왕군의 지휘관이라면 물량 공세로 멀리서 거리를 두고 포위하거나 무시한 채 다른 곳을 침공하면 되기 때문이다.

혹은 S랭크의 고대룡처럼 강력한 개체를 투입하면 결계도 부서져버릴 것이다.

따라서 금은빛 콩은 방어 거점이 함락을 앞두었을 때 병력을 후퇴시키기 위한 시간 끌기의 목적으로 쓴다면 유효할 것이라고 전달했다. 이런 활용법이라면 마왕군이 시간을 들여 요새를 무너뜨리더라도 아군의 병력이 큰 피해를 받지 않고 태세를 재정비할 수 있으며, 상대의 병력과 시간을 소모시킬 수 있을지도 모른다.

"이것도 알렌 님께서 준비해주신 수단이었군요."

기쁨이 묻어나는 목소리로 말한 인물은 헤르미오스의 동료 중 성녀 그레타였다. 천사 메르스를 소환하게 된 이후부터 알렌에 대한 태도가 많이 달라졌다.

"그레타 씨."

"네, 네에."

"이것은 로젠헤임에서 드린 물건입니다."

"예? 하지만……."

"그레타. 적당히 하고 넘어가주자."

헤르미오스가 그레타를 타이르듯이 말했다.

헤르미오스는 알렌이 쉬는 날마다 방에 틀어박힌 채 뭔가 작업에 열중한다는 것을 파악하고 있다. 부자연스럽다는 생각은 들지언정 알렌이 지난 약 1년 동안에 모험가들을 위해 보탬이 되는 행동을 얼마나 많이 해왔는지도 잘 알고 있기에 깊이 추궁하는 행동은 피했다.

"그럼 오늘은 미스릴 골렘에게 도전하겠습니다."

알렌은 담담하게 말한 뒤 식당에서 나가고자 했다.

그러자 여느 때처럼 소파에 드러누워 술을 마시고 있던 가라라 제독이 또 악담을 쏟아 낸다.

"허! 원거리 공격 때문에 접근도 못하고 시체의 산만 늘어날 테지! 관둬라, 관둬!!"

'오호라. 다음 골렘은 원거리 공격이 특기구나.'

신전에서 이동한 5계층에는 메달을 끼우기 위한 장치가 있고, 알렌 파티는 장치의 비어있는 깊숙한 홈에 아이언 메달과 브론즈 메달을 이미 끼워 놓았다. 어차피 다른 파티는 오지 않으니까 각각의 메달을 입수한 뒤 바로 장치에 끼운 것이다. 이곳에 오늘 미스릴 골렘을 쓰러뜨린 뒤 입수할 미스릴 메달까지 끼워 넣으면 드디어 최하층 보스에게 도전할 수 있는 조건이 갖춰진다.

큐브 형태의 물체를 써서 미스릴의 방으로 이동했다.

"역시 이곳도 청동이나 강철과 방과 비슷한 느낌이구나."

천장이 높은 전장에는 미스릴로 만들어진 거대한 골렘이 한 대 서 있다.

"가자!"

알렌 파티가 새B 소환수에 올라타고, 메르르는 타므타므를 강림시켜서 탑승한다. 어느 정도까지 접근했을 때 미스릴 골렘이 움직이기 시작했다.

다만 상대의 움직임은 이제껏 싸운 적처럼 단순하게 공격을 하는 것이 아니었다. 두 다리를 접고 두 팔을 몸체로 격납해서 작은 상자 형태로 변형된다. 어깨였던 부위가 부채처럼 전개되어 날개가 됐다. 머리가 공중으로 뚝 날아오르는가 싶더니 큰 고리처럼 형태가 변화되어 본체 위에서 구동음을 울려 퍼뜨리며 고속으로 회전하고 있다.

그리고 미스릴로 된 거체가 공중으로 떠올랐다.

"날아온다. 어라, 음?"

몸체에서 알렌 파티를 향해 통 모양의 파츠가 두 개 튀어나온다. 끝부분에서 빛을 발하더니 다음 순간에는 수많은 광구가 연사되었다.

"위, 위험해!"

메르르가 타므타므를 전진시켜서 사격으로부터 동료들을 지켜주고자 앞을 막는다.

"끄응?! 끄으읏!!"

"메르르!!"

타므타므가 가슴 앞으로 포갠 두 팔뚝이 잇따라 쏘아지는 광구에 맞아 분쇄되고 있다. 광구는 다리까지 타격했고 무릎이 부서진 타므타므가 털썩 주저앉았다.

타므타므의 조종석, 가슴 쪽 수정의 안쪽에서 메르르는 마도반에 끼워둔 양팔용 석판을 예비 석판으로 교체하고자 한다.

"내가 간다!!"

큰 방패를 손에 든 드골라가 자신이 탄 새B 소환수로 공중을 나는 미스릴 골렘과 타므타므의 사이까지 비행시켜서 접근한 뒤 사격선을 가로막고자 했다.

"나도!!"

클레나도 무기를 손에 들고서 미스릴 골렘에게 접근했으나 상대는 거리를 벌리며 사격을 계속하고 있다.

새B 소환수에게 각성 스킬「하늘 질주」를 쓰도록 지시했는데 그럼에도 따라잡지 못한다. 사격은 드골라가 큰 방패로 간신히 막아주고 있으나 클레나, 그리고 천사 메르스의 근접 공격도 상대를 포착하지 못하는 탓에 전투는 교착 상태에 빠졌다.

'얼씨구, 그리프는 알겠는데 메르스의 능력치로도 못 따라잡으면 도대체 어쩌라는 거냐.'

"끅?!"

드골라가 큰 방패를 다루며 사격을 막아내고자 한다. 전직을 거듭해서 내구력이 높아진 드골라와 아다만타이트 큰 방패는 무사했지만, 드골라가 타고 있었던 새B 소환수가 광구의 사격에 맞아서 킬이 회복 마법을 써줄 겨를도 없이 빛나는 거품이 되어 사라져 간다.

"알렌! 그리프 다시 꺼내줘라!!"

알렌은 낙하하면서 외치는 드골라를 새로 불러낸 새B 소환수로 받아줬다.

킬이 회복 마법을 영창하고, 드골라가 어떻게든 태세를 다시 갖출 때까지 소피와 포르말이 화살을 날려 미스릴 골렘을 견제해줬다.

"에잇, 쫄랑쫄랑 짜증 나!"

세실이 공격 마법을 날려도 고속으로 빠르게 움직이는 상대에게는 거의 맞지 않았다. 그동안에도 미스릴 골렘은 붙지도 떨어지지도 않는 거리를 유지한 채 유리한 위치에서 공격을 거듭하고 있다.

일정하게 거리를 벌린 채 쫓아오면 도망치는 적은 이제껏 한 번도 경험하지 못했다.

'자, 처음 만나는 타입의 적이구나. 원거리 공격뿐 아니라 이동 속도와 연사 능력이 골칫거리야. 좋아, 이 녀석을 써서 대응해볼까.'

"로카넬, 나설 차례다!"

알렌은 돌A 소환수를 불러냈다.

【종　류】돌
【랭　크】A
【이　름】로카넬
【체　력】10000
【마　력】8000
【공격력】6500
【내구력】10000
【민첩성】7000
【지　력】8000
【행　운】9800
【가　호】체력 200, 내구력 200,
대미지 경감
【특　기】흡수, 사망 회피
【각　성】수렴 포격

　화황금으로 만들어진 신장 15미터 정도의 돌A 소환수는 이제껏 썼던 돌 계통의 소환수와 비교하면 상당히 아담했다. 큰 방패가 아닌 버클러라고 불리는 소형의 둥근 방패를 두 팔에 장비하고 있다.

　"흡수를 써라!"

　알렌이 특기「흡수」를 쓰도록 지시 내리자 돌A 소환수는 두 팔의 버클러에서 무수히 많은 화황금의 구체를 사출했다.

　"드골라, 클레나, 그리고 메르스! 일단 뒤로 물러나!"

　알렌의 지시대로 두 사람과 한 소환수가 후퇴를 시작하자 미스릴 골렘은 거침없이 더욱더 많은 광구를 발사한다. 무의식중에 드골라와 클레나가 방어 태세를 취했으나 두 사람에게 날아들던 사격은 전부 돌A 소환수가 띄운 금속구에 흡수되었다.

　광구를 흡수한 금속구는 처음에는 주홍빛으로 빛났는데 끊임없이 사출되는 광구를 흡수할 때마다 광채가 점점 더 밝아지더니 결국에는 하얗게 번쩍거리기 시작했다.

한편 금속구의 광채가 밝아질 때마다 돌A 소환수의 몸체에 작은 균열이 생긴다. 하나하나는 작아도 숫자가 눈 깜짝할 사이에 마구 불어나는지라 금세 산산조각이 날 것 같다는 생각이 들던 중 불현듯 시간이 되감기는 것처럼 균열이 모두 사라져버렸다.

'좋아! 「사망 회피」가 발동했다!!'

다만 미스릴 골렘의 사격은 계속 이어졌고, 금속구가 그것을 다시 흡수하자 돌A 소환수에게 새로운 균열이 늘어나고 있다.

"슬슬 괜찮으려나."

알렌이 제자리에서 두 손을 앞으로 쭉 내밀자 돌A 소환수도 제자리에서 같은 자세를 취했다. 그러자 두 손의 앞쪽으로 모든 금속구가 끌려 당기는 것처럼 모여들었다.

그 광경은 마치 소형의 태양과 같다.

'드디어 이 대사를 말할 순간이 왔나.'

줄곧 외쳐보고 싶었던 말을 지금 이 순간 입에 담을 때가 왔다고 생각하니 가슴이 두근두근 뛴다.

알렌은 크게 숨을 들이마셨다가 힘껏 외쳤다.

"쓸어버려라!!"

『…….』

돌A 소환수의 눈이 번쩍이더니 앞으로 내민 두 팔과 미스릴 골렘의 사이에 빛의 띠가 생겼다.

그것은 미스릴 골렘의 회피 동작보다 빠르게 공중을 나는 거체로 돌진했던 금속구 덩어리의 잔상이다.

돌A 소환수의 각성 스킬 「수렴 포격」이 직격하여 미스릴 골렘을 분쇄했다.

『미스릴 골렘을 1마리 쓰러뜨렸습니다. 경험치를 16억 획득했습니다.』

마도서에 로그가 표시된다.

"굉장한데! 한 방에 끝났군."

"그러게. 아마도 이번 상대는 민첩성과 공격력이 높은 대신에 내구력이 낮은 것 같아. 로카넬도 마침 『사망 회피』가 발동해줬고."

알렌은 방금 전 승리의 이유를 분석했다.

돌A 소환수의 특기 「흡수」는 원거리 공격의 대미지를 흡수해서 마력으로 전환한 뒤 흡수하는 금속구를 발사한다. 이때 흡수량에는 한계가 있으며, 한계에 다다르면 돌A 소환수는 부서져서 쓰러져버린다.

이것은 회복 마법이나 회복 아이템으로는 막을 수 없다. 수복 방법은 돌A 소환수의 또 다른 특기인 「사망 회피」뿐이다.

「사망 회피」는 발동하면 「흡수」를 쓴 돌A 소환수의 몸체가 수복되고 흡수 한계도 한 차례 리셋된다. 발동은 자동적이며 발동 확률은 열 번에 한 번이다. 발동 후 흡수가 재개되고 발동 이전에 흡수한 대미지로부터 전환된 마력은 축적량이 두 배로 불어난다.

그리고 미스릴 골렘을 쓰러뜨렸던 각성 스킬 「수렴 포격」은 마력을 흡수한 화황금의 금속구를 적에게 발사하는 스킬이다. 물리 공격과 마법 공격의 특성을 가지며 「사망 회피」를 거쳐 대미지를 흡수할 수 있다면 위력도 무시무시하게 올라간다.

‘아마도 저 미스릴 골렘은 물리 공격에 약했을 거야. 엄청나게 도망 다녔지.’

만약에 물리 공격에 내성이 있다면 굳이 도망이나 다니지는 않았을 것이다. 적이 보이는 행동에서 적의 특성을 파악할 수 있다고 알렌은 생각한다.

‘그건 그렇고 흡수와 수렴 포격은 이제부터 내가 겪을 전투에서 딱 맞는 특기와 각성 스킬이구나.’

이제까지 썼던 돌 계통의 소환수도 우수했지만, A랭크의 돌 소환수가 보유한 특기와 각성 스킬은 알렌이 쭉 바랐던 능력과 합치된다.

「흡수」는 넓은 범위에 쏟아지는 원거리 공격으로부터 동료들을 지켜줄 수 있다. 그리고 수렴 포격은 거대한 적에게 강력한 일격을 집중시켜서 날릴 수 있다. 이미 대규모 적군과 맞붙어도 불리함 없이 싸울 수 있었던 알렌에게 딱 하나 모자랐던 능력, 고화력의 일점 집중 공격의 수단이 주어진 것이다.

‘역시 마신과 대결하는 상황에 맞춘 능력이려나.’

결점을 찾아보다면 「흡수」가 S랭크 이상의 적이 구사하는 공격을 완전히 다 흡수하지는 못하는 점이겠다. 이번에 싸운 미스릴 골렘의 원거리 공격은 7할 정도를 흡수하는 것이 한계였다. 나머지 3할은 메르르의 타므타므, 소피의 요청에 따라준 정령의 힘이 아니었다면 동료들까지 위험했을 것이다.

“오?! 해냈다. 은 상자가 나왔잖아!!”

미스릴 골렘이 사라진 뒤에 출현한 은 상자를 보더니 킬이 기뻐하며 소리 높인다.

보물상자를 열자 안에서 나온 것은 반지였다.

'뭐야. 또 반지냐.'

알렌이 확인을 위해 장비해보니 공격력 5000이 올랐다.

5계층을 탐색하며 알게 된 것은 반지의 능력치 상승치는 3000이 한계는 아니었다는 사실이다.

열 번에 한 번 정도의 확률로 출현하는 은 상자에는 제법 괜찮은 확률로 능력치 5000이 오르는 반지가 들어있다. 요즘은 모든 종류가 모이고 있는 중인데, 파티 전체로 각각 스무 개 정도는 확보해두고 싶은 마음이다.

이어서 안쪽 깊숙한 곳에서 큐브 형태의 물체가 출현했다. 큐브 앞쪽에 놓인 나무 상자에는 미스릴 메달이 들어 있었다.

"드디어 다 모았구나."

세실이 말했다.

"그러게. 일단 이곳에서 나가도록 하자."

큐브 형태의 물체에게 말을 걸어서 5계층의 대기실로 돌아왔다.

"어떻게 할 거야? 미리 끼워버릴까?"

클레나가 알렌에게 확인하고자 묻는다.

"그래, 어떻게 달라지는지 분위기나 잠깐 확인해보자."

장치 중앙의 깊은 홈에 다른 메달과 마찬가지로 미스릴 메달을 끼웠다.

메달이 알렌의 손가락으로부터 홈을 향하여 빨려 들어가는 듯한 감각이 느껴지는가 싶더니 대기실에 있던 네 개의 불빛이 일제히 강하게 빛나기 시작한다.

"오오!"

'이게 메달을 다 모았다는 표시인가.'

알렌 파티는 최하층 보스에게 전이시켜주는 큐브 형태의 물체가 있는 곳으로 이동했다.

"문제없을 것 같기는 한데, 경계는 늦추지 말아줘."

현시점에서 최하층 보스에게 바로 도전할 생각은 없다. 다만 어떠한 돌발 사태가 벌어질지 모른다.

"오냐."

감자 얼굴의 드골라가 고개를 끄덕이고 두 손에 큰 도끼와 큰 방패를 쥐었다.

"실례합니다."

『네. 저는 최하층 보스 전이 시스템 S505입니다. 입장 장치에 메달이 한 개씩 삽입되어 있습니다. 한 파티만이 최하층 보스에게 도전할 수 있습니다. 도전하시겠습니까?』

'오호?'

"잠깐, 한 파티만이라는 말이 무슨 뜻이니?! 다수의 파티로 같이 최하층 보스에게 도전할 수 있다는 거야?"

세실이 큐브에게 질문했다.

『최대 네 파티, 합계 오십 명까지 도전이 가능합니다.』

"세 종류의 메달이 한 개씩이라서 한 파티만 도전이 가능하다는 건가. 그럼 네 개씩 준비하면 네 파티가 같이 참가할 수 있는 겁니까?"

『그렇습니다.』

'이래서 메달을 끼우는 홈이 묘하게 깊숙했던 건가.'

알렌은 지금 설명을 더 깊이 파고들어서 정보를 얻어야겠다고 생각했다.

"한 파티로 도전할 때와 네 파티로 도전할 때 최하층 보스의 능력이 달라집니까?"

『달라지지 않습니다.』

"최하층 보스의 토벌 보수는 동시에 도전하는 파티의 숫자에 따라 달라집니까?"

『달라지지 않습니다. 최하층 보스의 토벌 보수는 동시에 몇 파티가 도전해도 반드시 네 개입니다. 다만 현재는 아직 최하층 보스가 한 번도 토벌되지 않은 상태인지라 최초로 최하층 보스가 토벌됐을 시에는 토벌 보수는 세 개, 특별한 보수가 한 개 출현합니다. 특별한 보수의 내용은 던전 마스터 디그라그니 님과 교섭하여 결정됩니다.』

　요컨대 최하층 보스의 토벌 보수는 어떤 경우에도 네 개라는 소리였다. 초회 특전의 특별 보수도 포함해서 네 개의 토벌 보수를 네 파티로 쓰러뜨린 뒤 나눠서 가질 수 있다. 한 파티라면 전부 독점할 수 있고.

"특별 보수를 누가 수령할지 저희가 직접 결정해도 괜찮습니까?"

『보수의 분배 방식에 대해서 저희는 관여하지 않습니다. 단, 최하층 보스의 방에 입장할 때는 전이의 절차상 필요하오니 미리 리더를 지정하여 저희에게 알려주십시오.』

'각 파티가 내키는 대로 전이하거나 나가거나 하는 상황을 방지하기 위해서 리더 설정이 필요한 건가.'

알렌은 일단 동료들과 다시 시선을 마주했다.

“애들아, 잠깐 생각을 좀 하고 싶은데.”

“물론이야. 마음껏 생각하고 결정해줘라.”

킬이 그렇게 말하고 모두 고개를 끄덕이자 알렌은 큐브 형태의 물체와 또 마주하며 묵묵히 상념에 잠겨 들었다.

킬은 평소였다면 속전속결로 결정을 하는 알렌이 진지하게 고민한다는 것이 신기한가 보다.

이윽고 알렌이 얼굴을 들어 올리고 다시 동료들과 마주 섰다.

“소피.”

“네, 말씀하세요.”

“부탁하고 싶은 게 있는데…….”

“알겠습니다.”

소피가 즉답한다.

“아니, 아직 아무런 말도 안 했잖아.”

“괜찮아요, 로젠헤임을 구원해주신 알렌 님의 부탁이라면 제 힘이 허락하는 한 어떤 것이든 기필코 수행하겠습니다.”

소피는 진지한 눈빛으로 알렌을 바라보면서 말했다.

제10화 최하층 보스 공략 파티

미스릴 골렘을 쓰러뜨리고 1개월간, 알렌 파티는 아이언 골렘 사냥에 모든 시간을 쏟아부었다.

두 기가 한 조로 출현하는 아이언 골렘은 한 기가 쓰러졌을 때 다른 한 기가 근처에 있으면 쓰러진 쪽을 곧바로 부활시킨다. 이런 특성을 이용해서 아이언 골렘을 무한 부활시키고, 시간이 허락하는 한 끊임없이 사냥을 계속했다. 이 같은 방법을 써서 마지막에 전직했던 소피도 스킬 경험치를 최고 레벨까지 올렸다.

게다가 4계층에서는 좀처럼 입수할 수 없었던 귀중한 장비와 아이템도 다수 확보했다. 아이언 골렘을 쓰러뜨렸을 때 나타나는 보물상자는 9할이 나무 상자, 1할이 은 상자, 천 개에 하나가 금 상자였다.

출현율이 낮은 보물상자에서는 귀중한 아이템이 잘 나와서 지난 1개월 동안 세 개의 금 상자를 열었는데, 그중 하나에는 오리하르콘 덩어리가 들어 있었다. 이 또한 아이언 골렘의 무한 부활이라는 보통은 생각조차 하지 않을 수단을 실행한 성과였다.

오리하르콘 덩어리는 이전에 손에 넣었던 것과 마찬가지로 명공 하바라크에게 맡겨두기로 했다. 하바라크는 불의 신이 신기를 되찾으면 최우선으로 무기, 방어구를 만들어주겠다고 약속했다.

그리고 아이언 골렘을 사냥할 때는 철저하게 휴식과 숨 돌리기 시간을 배정했다. 오늘도 던전 공략을 쉬는 날이었기에 지금은 파티 전원이 장을 보러 나왔다.

모험가 길드에서 아이템 매매 거래를 마친 뒤 마석을 수령했다.

'마석은 많으면 많을수록 좋으니까.'

현재 알렌의 소환 레벨은 8이며, 이제부터 레벨을 9로 레벨을 올리려면 스킬 경험치가 400억쯤 필요하다. 이 숫자는 평소 같았다면 소지하고 있는 B랭크 마석 3백만 개와 「등가교환」 스킬을 활용해서 「마력의 씨앗」을 생성함으로써 꾸준하게 채워 나갔을 것이다.

그러나 경험치 벌이와 병행해서 진행하려면 1년 이상은 걸릴 테니까 마왕군의 다음 동향을 파악할 수 없는 현 상황에서는 온전히 사냥에만 시간을 들이기는 어려울 듯하다.

마왕군 대책으로써 풀A 소환수가 생성하는 금은빛 콩에 대량의 마석을 사용하기로 했다. 각각 A랭크의 마석 다섯 개를 필요로 하지만, 마석의 종류가 아닌 마력량으로 스킬을 발동시켜주는 「등가교환」을 활용한다면 A랭크 마석 다섯 개에 해당되는 마력량을 다른 마석으로 조달해서 해결할 수 있다.

물론 순간적으로 대량의 마석이 필요해지는 상황도 있을 테고, 하늘의 은혜와 마력의 씨앗은 아무리 많아도 부족할 지경이다. 소환 레벨을 10까지 올려야 할 필요성도 생길 것이다. 현 상황에서도 모을 수 있는 마석은 최대한 모아두는 편이 좋겠다.

그러나 「등가교환」이 있으므로 그동안 고생했던 것처럼 마석의 종류를 신경 쓰지는 않아도 됐다.

오히려 최근에는 레벨 올리기가 더 급하다는 것을 느끼고 있다.

메르스가 말하길 소환 레벨은 봉인된 스킬이 있는 상태에서는 올라가지 않는다고 했다. 그리고 알렌은 아직 「군왕화」 스킬이 봉인되어 있다. 그러고 보니 마법사 계통의 직업에는 지력과는 별개로 레벨에 따라서 습득 가능한 마법에 제한이 설정되어 있었다. 소환사도 비슷하게 적용되는 규칙이 있음을 알고 경악했으며, 무엇보다도 경험치를 어서 채우고 싶어졌다.

농노였던 무렵에는 일단 돈부터 마련해야 뭐든 할 수 있었지만, 이후에는 마석 없이는 아무것도 하지 못하는 상태가 쭉 이어지는 중이다. 열다섯 살이 된 현재는 성장 한계가 없는 것은 좋은데 필요 경험치도 천정부지로 올라갔다. 성장과 환경의 변화에 따라 필요로 하는 것도 이렇게 달라지는 법이었다.

아이언 골렘 사냥으로도 경험치는 제법 들어오지만, 로젠헤임에서 싸웠던 상위 마신 큐벨이 「조만간 마신이 놀러 갈지도 모르지」라며 늘어놓았던 말을 기억하고 있다. 따라서 지금 시점에서 가지고 있는 힘의 한계를 확인하자는 의미로도, 그리고 레벨업의 필요성 때문에라도 슬슬 마신과 싸워보고 싶다. 그런데 전혀 들이닥칠 낌새가 없는 이유는 무엇인가.

어딘가에 마신이 있진 않을까.

손님들 중에 혹시 마신은 안 계십니까.

"뭐 하니, 알렌. 장 보러 가야지?"

세실의 말소리에 현실로 되돌아왔다.

"맞아. 뭐, 일단은 술과 고기부터 넉넉히 사 오자."

정육점에 가서 만화에서나 봤던 큼지막한 뼈가 붙은 고깃덩어리를 사고, 술도 주점에서 좋은 녀석으로 세 통을 구입했다.

"겨우 셋으로 충분할까?"

드골라와 클레나, 그리고 알렌이 한 개씩 통을 짊어지는 모습을 보고 킬이 말했다.

"으음~ 조금 모자랄 것 같기는 한데. 뭐, 부족할 때 다시 사러 나오면 그만이니까. 주점은 밤에도 문을 열잖아."

거점으로 돌아와서 식당의 정리를 시작했다. 거점의 식당은 상당히 넓은 곳이라서 서른 명이어도 여유롭게 들어올 수 있지만, 오늘 이벤트에는 불필요한 가구가 있기 때문에 편하게 앉는 데 쓰는 물건들 이외에는 구석으로 쭉 밀어 놓는다. 몇몇 소파는 마당으로 꺼냈다.

"……."

식당에 남겨둔 소파에서는 변함없이 가라라 제독이 한쪽 손으로 술을 들고 드러누운 채 거의 노려보다시피 알렌 파티를 주시하고 있었다.

"뭐 하는 거야?"

괴도 로제타가 식당에 들어와서 깜짝 놀라며 묻는다. 알렌은 자신의 동료들 이외에는 오늘 무엇을 할지 이야기하지 않았다.

시간을 표시해주는 마도구를 봤더니 정리를 시작하고 꽤 시간이 흐른 뒤였다.

"아, 조금 있다가 제우 수왕자님이 올 예정이니까 같이 설명할게요."

"그랬구나, 기대되네."

어느 틈인가 와 있었던 헤르미오스가 자신의 파티 「세이크리드」

소속 동료들도 불러와서 술과 요리의 준비를 도와준다.

거의 준비가 다 끝났을 즈음에 헤르미오스의 고용인으로서 거점 관리를 맡아주고 있는 남성이 식당에 나타났다.

"제우 수왕자 전하께서 방문하셨습니다."

고용인에게 제우 수왕자를 안내해달라고 말하고 얼마 지나지 않아서 우르와 사라, 두 명의 수인을 거느리고 제우 수왕자가 들어왔다.

"오오, 오늘은 또 유달리 호화롭구나."

탁자에 쭉 놓인 요리를 둘러보면서 제우 수왕자가 말했다.

"아, 어서 오십시오. 일찍 와주셨군요. 수왕자 전하께서 앉을 자리는 저쪽입니다."

알렌은 가라라 제독이 드러누워 있는 자리와는 다른 소파로 제우 수왕자를 안내했다.

'편하게 있다가 가라.'

"그래, 일부러 나를 불러내서 무엇을 할 작정이지?"

소파에 깊숙이 몸을 기댄 채 제우 수왕자가 말했다.

알렌은 구체적인 용건도 전달하지 않고 대국의 왕족을 호출했다. 상식적으로 말도 안 되는 행동이었으나 그럼에도 이렇듯 와줬다는 데서 의리를 무척 중시하는 사람이라는 느낌을 받는다.

예정했던 참가자 전원이 모인 것을 확인하고 알렌은 모두의 손에 음료가 전달되기를 기다렸다.

"오늘은 얼마 뒤 최하층 보스에게 도전하기 전에 궐기 대회를 열고자 모셨습니다."

그리고 선언했다.

"오오오!! 드디어 도전하는 건가!!"

방금 막 몸을 푹 기대서 앉은 참이었는데 너무 흥분한 제우 수왕자가 벌떡 일어선다.

이제껏 우르를 경유해서, 혹은 직접 이곳에 방문해서 알렌 파티의 던전 공략 상황을 전해 들었던 제우 수왕자는 언제 도전을 할 예정이냐며 기다리고 있었던 것 같다.

"큼. 뭐냐. 웬 소란을 떠는가 싶었는데 결국 그거냐."

가라라 제독이 여느 때처럼 악담을 늘어놓는다.

"어려운 싸움이 되겠지만 모두 열심히 해."

목제 컵으로 술을 마시며 헤르미오스가 응원해줬다.

"그래서 헤르미오스 씨에게 부탁이 있습니다. 『세이크리드』도 최하층 보스 공략에 협력해주시면 좋겠습니다."

"응? 우리가 너희 파티에 들어오라는 말이야?"

"아니요. 사실 최하층 보스는 최대 네 파티, 오십 명의 인원으로 동시에 싸울 수 있다고 하더군요."

알렌은 5계층에서 알게 된 정보를 새삼 설명했다.

"……."

가라라 제독이 알렌을 노려보다시피 주시하고 있다.

"그런 구조였구나."

알렌의 설명을 마지막까지 들은 뒤 헤르미오스가 중얼거렸다.

"네. 최하층 보스가 있는 곳으로 입장하려면 세 종류의 메달이 필요하고, 세 종류의 한 세트가 참전하는 파티의 숫자만큼 필요합니다. 메달은 전부 저희가 준비하도록 하죠. 또한 최하층 보스를 쓰러뜨리면 처음에 한 번만 통상의 보수가 세 개, 초회 특별 보수가 한 개 나온다더군요. 저희는 초회 특별 보수를 갖고 싶으니 나머지는 여러분끼리 나눠 가지시면 됩니다."

"최하층 보스가 얼마나 강한 녀석인지 파악은 좀 됐어?"

그렇게 묻는 헤르미오스의 얼굴에 평소의 실실거리는 웃음은 없다.

'이래야지. 역시 리더구나. 동료를 위해 짚어야 할 것은 어설프게 넘어가지 않아.'

"제가 예상하기로 청동과 강철, 미스릴, 각각의 골렘보다 몇 배는 더 강하거나 어쩌면 난이도가 높을 듯싶습니다."

"뭐?! 그런 적이랑 싸우겠다는 거야?!"

괴도 로제타가 경악해서 외쳤다.

"그래서 헤르미오스 씨의 파티에도 협력을 부탁드리고자 하는 겁니다."

"정말 전력이 모자란가 봐. 아니면 알렌 군은 자기들끼리 도전했을 테니까."

헤르미오스가 고개를 끄덕였다.

"미안한데 무슨 말인지 나도 이해할 수 있도록 이야기해주면 좋겠군."

제우 수왕자의 파티는 던전에 진입할 때마다 멤버가 바뀌기에 그때그때 편성에 따라 2계층부터 4계층 사이에서 행선지를 바꾼다고 했다. 따라서 5계층의 구조도 S랭크 마수가 얼마나 강한지도 알지 못하니 상황을 파악하기가 조금 어려웠나 보다.

알렌은 2계층부터 4계층에 있는 계층 보스보다 5계층에서 잡아야 하는 세 종류의 골렘이 더욱 강하다는 것, 최하층 보스는 몇 배나 더 강하거나 혹은 높은 난이도로 예상된다는 것을 설명했다.

"데스 스테이지도 골렘의 방도 한 파티만 입장할 수 있습니다. 그런데 유독 최하층 보스의 방에는 최대 네 파티가 들어갈 수 있다는군요. 파티 하나여도 스무 명, 서른 명으로 구성되는 경우는 있으니 단순하게 계산할 수는 없습니다만, 파티의 숫자로 생각했을 때 네 배의 전력이 필요한 셈입니다."

"나는 정말이지 고된 시련을 부여받았군……."

제우 수왕자가 노여움 때문인지 서글픔 때문인지 분간되지 않는 목소리로 중얼거렸다.

"조금 더 정보를 알고 싶은데. 알렌 군은 우리가 참전하면 공략 가능성이 얼마나 될 것 같다고 생각하고 있어?"

"글쎄요, 『세이크리드』가 참가해주면 아마도 승률은 절반쯤 되지 않을까요."

"?!"

이 자리에 참석해 있던 사람들 중 헤르미오스와 가라라 제독을 제외하고 전원이 놀란 표정을 짓는다.

세계 최강이라고도 평가받는 용사 헤르미오스와 파티가 고작 여덟 명으로 최하층 보스에게 도전하고자 하는 단계까지 전진한 알렌 파티와 합류해도 이길 가능성은 고작 5할이라는 답이 나왔으니까.

"그렇구나."

"다만 위험해지면 철수는 가능합니다. 만약 물러나게 되었을 때 다시 싸울지는 또 생각해보시고 결정을 내려주셔도 괜찮습니다."

소환수를 미끼로 쓸 수 있는 알렌에게 후퇴전은 특기 분야였다.

"알았어. 나는 참전해도 괜찮겠다는 생각이 드네. 너희도 같이 싸워주겠어?"

헤르미오스는 동료들 한 사람 한 사람과 눈을 마주치며 의사를 확인한다. 전원이 고개를 끄덕이고 있는 가운데 마지막으로 괴도 로제타가 윙크를 해보였다.

"좋아. 따라가줄게."

"찬성한대."

"감사합니다."

"너희와 사이좋게 지내라고 황제한테도 거듭 당부를 들었거든."

'그냥 털어놓는구나. 뭐, 대강 짐작은 했지. 요즘 좀처럼 기암트 제국으로 돌아가질 않았으니까.'

금콩과 은콩을 건넨 이후부터는 더욱 관계를 돈독히 쌓으라고 강력하게 지시가 내려왔을지도 모르겠다.

이렇게 헤르미오스 파티는 알렌 파티와 함께 최하층 보스와 싸우기로 결정이 났다.

"중앙 대륙이 총력을 기울여서 공략에 나선다는 것인가."

헤르미오스의 파티 「세이크리드」도 최하층 보스에게 도전한다는 말을 듣고서 제우 수왕자가 감탄하며 말했다.

"아니요, 아직 끝나지 않았습니다. 가라라 제독의 파티, 『스팅어』의 협력도 받아낼 예정이니까요."

"엉? 갑자기 뭔 헛소리냐?!"

가라라 제독이 분노를 폭발시켰다.

"제독님도 다시 싸우기 위해서 지난 3개월 동안 이곳에 눌러앉아 계셨던 것이 아닙니까?"

"웬 생뚱맞은 소리냐!!"

"어라? 아닌가요? 또 예상이 어긋나버렸군요."

알렌은 담담하게 말을 잇는다.

"허? 도대체 무슨 말인지."

"아뇨. 가라라 제독님이 화를 낸 이유는 본인이 최하층 보스에게 단 하나의 파티로 도전하고자 판단했기 때문에 소중한 동료를 잃어버렸고, 이제껏 자기 자신을 책망하고 있기 때문이라고 생각했습니다. 그래서 저희 거점에 머무르면서 재도전의 기회를 기다려왔다고도 말이죠."

알렌은 작년 10월, 거점에 가라라 제독이 불쑥 눌러앉았던 이유는 황제에게 부조리한 명령을 받아 동료를 잃어버리면서 분한 마음을 주체하지 못했기 때문이라고 생각했었다. 그러나 5계층의 입장 장치에 메달을 전부 끼우고 큐브 형태의 물체로부터 최하층 보스에게 도전하는 방식을 설명 들었을 때 자신이 잘못 이해했음을 깨달았다. 최하층 보스는 네 파티까지, 오십 명까지 참전이 가능하다는 것을 가라라 제독도 당연히 들어서 알고 있었을 테니까.

"네, 네놈……."

가라라 제독의 말에서 기세가 점점 사그라든다.

"제독님, 지금이야말로 다시 도전을 할 때입니다. 저희도, 헤르미오스 씨의 파티도 함께하겠습니다."

다만 가라라 제독은 다시 거칠게 소리 높이며 반론한다.

"허?! 아주 가볍게 지껄이는구나! 이제 와서 녀석들 어떻게 다시 데려올 수 있겠나! 몇 명이 죽었는데, 무슨 염치로!!"

"그렇습니까."

"당연하잖나! 다들 동료가 죽은 건 나의 판단 때문이라고 생각할 텐데 오죽이나 원망을 할까!!"

가라라 제독은 참회하며, 혹은 후회하며 마음속에 담아 두었던 것을 모조리 토해낸다.

자신들의 힘을 과신했고 적의 강함을 잘못 판단함으로써 동료를 죽게 만들었다. 죽은 부하들을 생각하자니 차마 자책의 감정을 견딜 수 없어서 스스로를 만신창이가 될 때까지 괴롭히기를 거듭했다. 술을 퍼마시거나 알렌과 드골라에게 악담을 쏟아부었던 것도 전부 자신이 저질렀던 과오로부터 눈을 돌리고 싶었기 때문이다.

하지만.

"과연 원망하고 있을까요?"

알렌이 말을 꺼내자 쭉 복도에서 기다렸던 메르르가 2층에 미리 대기시켜 둔 손님들을 데리고 식당 안으로 들어왔다.

"제독님……."

새로 나타난 방문자는 가라라 제독의 파티, 「스팅어」의 생존자 열세 명이었다.

"어, 어째서 여기에……."

너무나 놀란 가라라 제독이 쭉 손에서 떼어 놓지 않았던 목제 술잔을 놓치고 말았다. 바닥에 굴러떨어진 술잔에서 흐른 맥주가 제독의 신발을 적시고 있는데 본인은 전혀 알아차리지 못한 듯싶다.

"메르르와 알렌 군이 불러줘서 왔슴다. 반드시 헤르미오스 씨의 파티도 힘을 빌려줄 테니까 이 던전을 공략하자고 말해줬슴다. 다 같이 앞으로 나아가려면 이 방법밖에 없다고……."

눈물 흘리며, 오열을 주체하지 못하며 동료 드워프가 말했다.

"역시나, 이런 계획이 있었던 건가."

헤르미오스가 쓴웃음을 짓는다. 자신들에게 양해를 구하지 않고 「스팅어」의 멤버에게 최하층 보스전 참가를 미리 확약한 것은 조금 곤란한 행동이었지만, 드워프들이 2층에서 대기 중임은 알았던 만큼 어떠한 의도인지도 앞서 예상할 수 있었다.

"앞으로, 나아가자고……."

"맞슴다. 저희는, 더 이상 제독님의 초라한 모습은 보기 싫슴다. 또 『던전 공략 따위 별것도 아니다!』라고 말해주시지 말임다. 돌아와주십쇼!!"

"주둥이가, 아주 잘 움직이는구나……."

가라라 제독은 가만히 중얼거린 뒤 얼굴을 들어 올려서 알렌과 헤르미오스, 그리고 두 파티의 구성원을 천천히 바라본다. 두 손으로 머리를 붙들어 잡은 채 말소리는 내지 않으며 입만 움직여서 뭔가 중얼거리고 있는데 아마 최하층 보스전에 참가할지 여부를 검토하고 있는 듯했다.

'좋아, 좋아. 리더의 사고방식이 돌아왔으려나.'

이윽고 가라라 제독의 시선이 알렌에게 딱 붙박였다.

"알렌. 최하층 보스 공략에 참가하마. 아니, 꼭 참가하고 싶군. 받아다오."

“네. 물론입니다.”

“다만, 참가의 조건을 제시하는 것은 아니다만. 딱 하나 약속을 해줄 수 있겠나.”

“예? 초회 토벌 보수는 못 드리는데요.”

“그런 게 아니다. 너희와 헤르미오스의 파티가 참가해서 승률 5할이라고 말을 했었지. 그럼 우리가 참가해도 반드시 승리를 거둘 것이라고 단언하지는 못한다. 안 그런가?”

“확실히 맞는 말씀입니다.”

“혹시나, 만에 하나의 경우에는 나의 초신병이 최후미의 역할을 맡을 테니까 너는 모두가 무사히 후퇴할 수 있도록 힘써다오.”

“그 말씀은, 정확히 무슨 뜻입니까?”

“내가 미끼가 될 테니 나머지 열셋은 전원 무사히 돌려보내달란 소리다.”

“제, 제독님…….”

“네 녀석들은 입을 다물어라!!”

“아하. 파티의 리더가 가질 책임을 말씀하시는군요.”

“그렇다.”

“오호라. 하지만 책임 소재를 따지자면 이번 최하층 보스전을 위해 여러분을 모은 사람은 접니다. 다시 말해서 리더는 저이니 모든 파티의 무사 귀환을 확인하기 위해서 마지막까지 남는 책임도 제가 맡아야 마땅하겠죠.”

가라라 제독이 알렌을 노려본다. 다만 알렌도 이번에는 양보하지 않았다.

묵묵히 서로를 쳐다보는 두 사람을 이곳에 온 전원이 지켜보고 있다.

이윽고 가라라 제독이 고개를 끄덕거렸다.

"……알겠다."

다음 순간, 「스팅어」 소속 드워프들이 환성을 질렀다.

"해냈다! 이제 우리는 앞으로 나아갈 수 있어!"

"오늘은 신나게 마십시다! 어서요, 알렌 형님!!"

드워프 중 한 사람이 알렌을 반짝반짝 빛나는 눈으로 올려다보며 나무 술잔을 손에 쥐여주고자 한다.

'누가 알렌 형님이냐. 너 같은 의동생을 받아준 기억은 없다고.'

"바우키스 제국의 최강 부대도 참전하는 건가……. 그렇다면 오늘은 던전 공략을 미리 축하하는 자리가 되는 셈이군. 나 또한 너희의 건투를 빌도록 하마."

제우 수왕자가 그렇게 말한 뒤 박수를 쳤다.

다만 이어지는 알렌의 발언에 손이 뚝 멈춰버린다.

"수왕자 전하와 동료분들의 몫도 메달을 준비해두었습니다."

"뭐라고……?"

"와아, 정말 멋진데? 수왕자 전하께서 파티와 함께 참가해주신다면 최하층 보스 토벌도 가능성이 쭉 올라가겠죠. 맞다, 초회 토벌에 성공하면 수왕자 전하와 수왕 폐하의 약속도……."

헤르미오스가 끼어들어서 맞장구를 치던 때.

"뭣이?! 웬 망발인가!! 수왕국의 왕위 계승과 관련된 사안이거늘 어찌 타국의 조력을 받을 수 있겠나!!"

제우 수왕자가 당황하며 소리 질렀다.

지금 헤르미오스가 언급한 것은 제우 수왕자와 아르바할 수왕국의 수왕 사이에서 맺어진 차기 수왕에 관한 약속이었다.

제우 수왕자는 아직 아무도 공략한 전적이 없는 S급 던전 최하층 보스를 쓰러뜨리고 사상 처음으로 공략을 완수한다면 이미 맏형인 베크가 수왕태자라는 지위에 올랐음에도 관계없이 차기 수왕이 될 수 있을지도 모른다.

따라서 헤르미오스는 「제우 수왕자와 파티가 첫 번째 최하층 보스 공략에 참가한다」라는 조건만 달성하면 다른 파티와 함께 도전하더라도 문제는 없지 않느냐고 물은 것이다.

다만 그 제안은 제우 수왕자에게 받아들여지지 않았다.

'가라라 제독도 그렇고 제우 수왕자도 그렇고 예상은 했었는데 참전 대답을 쉽게 해주지는 않는구나. 그래, 전세 때 레이드전에서도 가끔 멤버를 모으는 데 고생했던 적이 있었지.'

알렌은 전세 때 플레이했던 게임의 기억을 떠올렸다. 다수의 파티로 강력한 적이나 난관에 도전하는 레이드전은 공략 시 보수가 짭짤하고, 참가자가 많으면 많을수록 공략 가능성이 높아지기 때문에 보통은 인원 모집에 딱히 고생을 하지는 않는다.

다만 심각하게 강한 적, 혹은 새로 출시된 레이드 보스전 같은 경우에는 리스크를 두려워해서 참전을 망설이는 사람이 늘어나기도 한다. 그런 때는 자신들의 반대 성향을 가진 파티에게도 섭외 제안을 할 수밖에 없는 상황이 온다.

실제 그러한 파티에게 권유를 하려다가 상대 파티의 리더였던 암흑 기사와 거하게 싸움이 났던 기억을 떠올린다.

"타국의 조력이 아닙니다. 저희는 국가라는 틀을 넘어서 함께 싸우는 겁니다. 게다가 수왕자 전하께서 같이 싸워주지 않으신다면 승리를 장담할 수 없는 상대입니다."

알렌은 제우 수왕자를 거듭 설득하고자 했다.

"하지만, 알렌. 너 또한 알고 있지 않은가……."

대답하는 제우 수왕자의 목소리에서 힘이 빠진다.

이곳 S급 던전에는 아르바할 수왕국에서 노역을 명령받아 넘어온 재능 보유자 수인이 잔뜩 있었다. 다만 그들은 대부분이 별 한 개나 두 개짜리다.

제우 수왕자의 형인 베크 수왕태자가 동생에게 차기 수왕의 지위를 빼앗길까 봐 두려워했기 때문에 일어난 상황이었다.

"형님이 정식으로 즉위하여 수왕이 될 때까지 이 던전에 최하층 보스와 싸울 수 있는 수인이 나타날 리 없단 말이다. 하면 내가 혼자서 참전할 수밖에 없는데 그러다가 너희의 발목을 붙잡는 짓은 하기 싫구나. 더구나 나에게는 이 던전에서 노역을 수행해야 하는 아르바할 수왕국 출신 수인을 지켜야 할 의무가 있잖는가."

"……알겠습니다. 그럼 아르바할 수왕국 최강의 전사분들이 와주신다면 어떨까요?"

그렇게 말한 뒤 알렌은 식당의 문을 본다. 무슨 소리냐며 제우 수왕자가, 또한 모두가 문 방향으로 고개 돌렸다.

아무런 일도 생기지 않는다.

1분, 2분이 경과했다.

그러나 아무도 나타나지 않는다.

제우 수왕자가 의아해하며 알렌을 돌아본다.

"아, 아무도……."

의문을 표시했을 때였다.

식당의 문이 열리며 헤르미오스의 고용인이 얼굴을 내밀다. 그 얼굴은 긴장감으로 바짝 굳어져 있다.

"알렌 님과, 수왕자 전하께, 손님이 찾아오셨습니다만……."

"이곳으로 안내해주세요."

알렌이 대답하자 고용인이 허둥지둥 바깥으로 나갔다.

식당에 웅성웅성 소리가 들어찬다. 드워프들이, 헤르미오스의 동료들이 알렌과 알렌의 동료들과 식당의 문을 번갈아 쳐다보고 어떻게 된 일이냐며 말을 주고받고 있다.

그러나 누가 찾아왔는지를 알고 있는 알렌 파티는 태연한 모습이었다.

이윽고 고용인이 돌아와서 식당의 문을 복도 쪽으로 열어주자 키가 큰 집단이 안에 들어왔다.

"이, 이런, 시그르 원수!"

제우 수왕자가 놀라서 소리 높였다.

먼저 식당에 들어온 인물은 로젠헤임 군대의 최고 간부인 시그르 원수와 휘하의 부하 엘프들이었다. 제우 수왕자는 5대륙 동맹의 회의에 참가했었기에 시그르 원수의 얼굴을 알고 있었다.

"알렌 공, 전원 데려왔다네."

시그르 원수가 알렌에게 말했다.

"협력에 감사드립니다."

알렌이 감사의 말을 전하자 시그르 원수는 복도에서 기다리고 있는「동행인」들에게 식당에 들어오도록 권했다.

"오오……."

제우 수왕자가 입을 떡 벌리고 한숨 쉬었다.

곧이어 식당에 들어온 방문객은 제우 수왕자가 쭉 집결을 바랐으나 끝내 이루지 못할 것이라고 포기했던 전사들이었기 때문이다.

"10영수……! 설마, 전원이 온 것인가?!"

충격을 숨기지 못하는 제우 수왕자는 아직껏 10영수가 집결했다는 것이 반신반의인가 보다. 바우키스 제국의 S급 던전에 와서 2년쯤 지냈던지라 처음으로 보는 얼굴도 있기 때문이다.

"예, 전하. 저희 열 명은 작년도 수왕 무술 대회에서 10영수의 칭호를 허락받은 전사들입니다."

대답한 자는 고급스러운 갑옷을 몸에 걸친 곰 수인이다. 신장이 2미터 이상 되는 듯한데 거대한 망치를 등에 묶어서 달아 놓았다.

「10영수」는 수왕국 왕도에서 실시되는 「수왕 무술 대회」의 열 개 부문, 각각의 우승자에게 주어지는 명예로운 칭호다. 전년도부터 연속해서 이름을 지킨 인물도 있고, 전년도의 10영수를 쓰러뜨린 뒤 새롭게 이름을 받게 된 인물도 있다.

"오바 장군! 오랜만이군!"

제우 수왕자가 무척 기꺼워하며 소리 높였다. 아무래도 저 곰 수인과 안면이 제법 있는가 보다.

"켱! 못 해먹겠군."

여우 수인이 투덜거리며 식당의 입구 부근 탁자에 걸터앉더니 작은 나무통을 두 손으로 붙잡고 내용물을 직접 마시기 시작했다.

"레페도 온 건가."

"그래. 여자랑 재미 좀 보고 있었는데 베크 자식이 근위대까지 보내서 잡아가더라. 진짜 장난하는 것도 아니고. 아니, 애당초 엘프한테 불려서 온 곳인데 여긴 로젠헤임이 아니잖아. 도대체 뭐가 어떻게 돌아가는 거냐!"

레페라고 불린 여우 수인은 막 자신을 반겨줬던 제우 수왕자와 얼굴을 마주하지도 않은 채 술만 마시며 떠들어 댄다.

"이놈, 수왕자 전하께 무례하게 입을 놀릴 뿐 아니라 수왕태자 전하께 경칭조차 붙이지 않을 줄이야!! 게다가 탁자에 올라앉지 말거라! 버릇없는 녀석!!"

오바 장군이 격노하며 등에 달아 둔 망치의 자루로 손을 뻗었다. 갑옷을 껴입은 커다란 몸이 쿵쿵 움직이는지라 당장에라도 바닥이 꺼질 것 같았다. 난동 부리지 말아달라고 알렌은 생각했다.

"자꾸 잔소리하지 마라."

레페는 귀찮다는 듯이 중얼거리고 탁자에서 휙 내려섰다. 적색, 백색, 청색, 황색, 녹색, 갖가지 색깔의 구슬을 그물과 금속 조각으로 짜 맞춰서 만든 장신구를 목과 위팔, 손목, 허리, 발목 등 온몸에 달아 둔지라 움직이면 딸랑딸랑 소리가 난다.

'꽤 문제아 같은데. 무기는 없고. 분명 「악수사」라는 재능을 쓰는 직업이랬지.'

알렌이 우르에게 들었던 「10영수」 각각의 프로필을 떠올리고 있던 중 키가 메르루와 비슷하거나 조금 더 큰 정도의 다람쥐 수인이 쫑

쫑거리며 탁자 쪽으로 다가왔다.

"마, 맙소사. 조언자 테미 공이 아닌가. 이, 이럴 수가……."

'외모는 10대 초반인데 점성술이라는 복술로 수왕에게 조언을 하는 측근이랬지.'

「점성수사」는 보유자가 수왕국 전체에서 몇 명에 불과하다고 알려져 있는 희귀한 재능이다. 테미는 그런 재능을 보유했기 때문에 수왕의 측근으로서 국정 관련의 조언을 하는 위치에 있으며, 왕성에서 가진 지위는 다른 장군이나 대신보다도 높다고 한다.

아울러 수인의 재능은 검사가 검수사로 적용되는 등 짐승을 뜻하는 글자가 붙는 것이 일반적이라던가.

인족이 같은 재능을 보유했다면 「악술사」나 「점성술사」가 되었을 것이다.

아무튼 레페는 테미에게조차 경어를 안 쓰고 서슴없이 말을 걸었다.

"오! 테미도 마실 테냐?"

레페가 의자를 끌어주자 테미는 고맙다는 말도 없이 앉아서 헤르미오스의 고용인에게 말을 건넸다.

"과실주를 다오."

"네, 네엣. 곧 준비하겠습니다."

테미는 고용인으로부터 과실수를 받아든 뒤에 탁자의 접시에 있는 후카만을 먹기 시작했다.

"오호. 이게 꽤 맛있구나."

젊은 나이임에도 수왕의 측근으로 활약하고 있는 점성수사도 10영수라는 사실을 알고서 놀란 반응을 보였던 제우 수왕자는 다시 주위를 둘러보다가 시그르 원수에게로 목표를 고정했다.

"시그르 원수. 이게 어떻게 된 일인가. 어째서 이 자리에 10영수를 데리고 왔나."

"그 이유는, 뭐라 설명하기가 참 어렵군요."

시그르 원수는 난처한 표정을 짓고 도움을 요청하듯이 소피에게 시선을 보낸다. 그 시선을 알아차리고 제우 수왕자도 소피를 바라봤다.

"소피아로네 공은, 무엇인가 알고 계신가?"

"제우 수왕자님, 우리나라는 귀국과 함께 발전을 이루어 살아가고 싶은 마음을 가지고 있습니다. 따라서 오늘의 초대는 부디 오해하지 마시기를……."

소피는 시그르 원수를 대신하여 제우 수왕자를 납득시키고자 했으나 역시 비슷하게 무엇을 어떻게 말해야 할지 생각하다가 답을 못 찾았는지 도중에 굳어버린다.

"으음, 두 사람은 설명을 못하는 것 같으니 제가 말씀드리죠."

알렌이 드디어 때가 왔다는 생각에 입을 열자 제우 수왕자는 알렌에게로 고개 돌렸다.

"역시 네 책략인가."

'뭐가 책략이야, 누가 듣고서 오해하겠네. 실례라고.'

"아니요, 책략이라 할 정도는 아닙니다. 사실 로젠헤임에는 아직 마왕군의 잔당이 남아 있어서 재건 계획을 방해하고 있습니다. 그래서 세계 최강으로 이름 높은 『10영수』의 전사분들께 마왕군 잔당 대처를 위해 조력을 부탁드렸고, 또한 바우키스 제국에도 잠시 들러주시기를 요청드렸을 뿐입니다."

재건 계획을 방해하는 마수가 있다는 말은 사실이다만, 결계를 설치하는 등 만전의 대책을 마련했다는 이야기도 덧붙인다.

"흐음, 오호라?"

소피를 통해 시그르 원수를 아르바할 수왕국에 파견한 뒤 지금 설명한 것과 같은 내용을 수왕에게 이야기하고 도움을 요청했다고 알려주자 제우 수왕자도 애써 맞장구를 쳐주며 들어준다.

"또한 10영수의 힘을 빌리는 보답으로써 수왕국에 엘프의 영약 3천 개를 제공했습니다."

여기까지 들었을 때 제우 수왕자도 흐름을 대강 이해할 수 있었다.

아마도 로젠헤임의 시그르 원수가 직접 방문했다는 것 하나로는 수왕국도 곧장 납득하지는 않았을지도 모른다. 그러나 보답으로써 팔다리의 결손까지 치유하는 「엘프의 영약」 같은 귀중품을 3천 개나 제시한다면 아무래도 로젠헤임이 진지하게 도움을 청하는 것이라고 생각했을 테지.

"하지만, 영약을 대가로 받았다고 정말 10영수를 타국의 마수 토벌에 보낸다는 것은……."

절반인 다섯 명이라면 타국의 조력을 위해 보내는 것도 가능하겠지만, 열 명 전원을 빠짐없이 파견하는 것은 말이 안 된다는 반응이다.

10영수는 아르바할 수왕국의 가장 강력한 최종 수단이다. 자신이나 여동생 시아 수왕녀를 위해서도 파견이 되지 않았던 것은 차기 수왕의 자리를 넘겨주지 않고자 방해하는 맏형 베크의 판단으로써도 지당하다는 생각은 물론 들지만, 애당초 5대륙 동맹의 회의에서도 10영수 전원이 모이는 경우는 전혀 없었다.

그런데 명령 무시 상습범인 악수사 레페를 아무래도 군대까지 보내서 억지로 참가시킨 듯하고, 심지어 수왕의 조언자인 점성수사 테미는 뭔가 불상사가 생기면 수왕국의 미래가 바뀐다는 말까지 있을 정도이다. 따라서 설령 로젠헤임의 군대조차 감당할 수 없는 마수 토벌이 목적이더라도 가장 먼저 수왕 본인이 반대해야 했다.

"네, 사실은 이 자리에서만 드리는 말씀입니다만, 수왕태자 전하와 따로 은밀하게 모종의 약속을 한 덕을 보았습니다."

알렌의 발언에 제우 수왕자는 몹시 불길한 예감을 느꼈다. 이 자리에서만 하는 말이라는데 이곳에는 이미 오십 명에 가까운 사람들이 있지 않은가.

"너는 도대체 뭘 했지……?"

"약속을 했을 뿐입니다. 그러자 수왕태자 전하 본인이 직접 나서서 수왕 폐하를 설득까지 해주시더군요. 정말 감사하게도 말입니다."

"말해라! 형님과 대체 무엇을 약속한 것이냐!!"

"사실은 아르바할 수왕국이 만약에 중앙 대륙을 침공했을 경우에 로젠헤임은 1개월 동안 아무것도 하지 않기로 약속을 했습니다."

"뭐라?!"

제우 수왕자는 자신의 커다란 입을 떡 벌린 채 다시 다물지 못했다.

"만약에, 만에 하나 아르바할 수왕국이 5대륙 동맹의 약정을 깨뜨리고 중앙 대륙으로 쳐들어가더라도 로젠헤임은 비난 성명을 발표하지 않고 기암트 제국에 원군이나 지원 물자도 보내지 않겠다고, 뭐, 대강 이런 내용이죠. 곧바로 흔쾌히 협력해주셔서 정말 큰 도움이 됐습니다. 그렇죠? 시그르 원수님."

"……."

시그르 원수는 아무 대답도 하지 않는다. 이렇듯 국제 정치적으로 위험한 밀약에 대해 기암트 제국의 귀족도 있는 자리에서 함부로 언급할 수는 없다고 생각한 것일까, 아니면 한시라도 빨리 이 자리에서 도망치고 싶다는 마음만 있는지도 모르겠다.

한편 베크 수왕태자는 마침내 수왕의 자리에 앉는 그날에는 중앙 대륙으로 침공을 개시하겠다고 공언하기를 주저하지 않는다. 시그르 원수와 맺은 밀약을 가슴에 품고 전력으로 수왕을 설득했을 것임은 어렵지 않게 상상할 수 있었다.

하지만.

"도, 도대체 무슨 짓을……."

정작 제우 수왕자의 반응을 보면 놀라움이 공포와 절망으로 바뀌었는지 온몸을 부르르 떨다가 제자리에서 무릎을 꿇고 말았다.

"수왕자 전하!!"

오바 장군이 허둥지둥 제우 수왕자를 안아서 받쳐줬다.

무릎부터 털썩 주저앉은 제우 수왕자를 간절하게 붙잡아 일으키고자 한다.

2미터를 넘는 거대한 덩치끼리 바짝 붙어있는 것은 굉장한 광경이었기에 알렌은 흐뭇하게 바라봤다.

"아, 안 됩니다. 왕족께서 어찌 다른 사람들 앞에서 무릎을 꿇으십니까."

오바 장군은 제우 수왕자를 부축해서 소파까지 옮겨줬다.

제우 수왕자는 소파에 깊숙이 몸을 누이더니 땅이 꺼져라 한숨을 쉰 다음 얼굴을 들어 올려서 알렌을 바라봤다.

"만약에 이 같은 사실이 수왕 폐하께 발각된다면 어떻게 할 생각이지?"

"예? 발각되어도 문제는 안 생길 텐데요. 결국에 제우 수왕자 전하가 수왕으로 즉위하신다면 문제가 생길 여지도 없어지잖습니까."

어차피 베크 수왕태자는 곧 실각될 테니까 굳이 신경을 쓸 필요도 없다고 알렌은 말한다.

"그것을 정하는 분은 수왕 폐하시다. 그런데 이런 계략을 꾸몄으니 우리는 수왕 폐하까지 기만한 셈이지. 나는 더 이상 수왕국의 땅을 밟는 것조차 허락되지 않을 것이다……."

제우 수왕자의 온몸에서 절망이 새어 나오고 있다.

"예? 무슨 말씀이시죠. 어째서 그런 결과로 이어지는 겁니까?"

"모르는 건가. 수왕 폐하께서 격노하시고 토벌대를 파견하면 나는 이 세상의 끝까지 쫓겨 다니게 될 텐데."

멍한 눈빛으로 중얼거리는 제우 수왕자에게 알렌은 태연하게 답했다.

"대단히 죄송한데 무슨 말씀인지 이해할 수가 없습니다만? 아르바할 수왕국의 국가 원수 되시는 수왕 폐하가 하찮은 분풀이나 하는 소인배였습니까?"

알렌의 말에 제우 수왕자가 온몸의 털을 곤두세우더니 자신의 커다란 몸으로 소파에서 날아오르듯이 벌떡 일어섰다.

"이놈! 수왕 폐하를 모욕하는 언사는 용서하지 않는다!!"

"일단 진정해주시죠, 제우 수왕자 전하. 자세히 설명해드릴 테니까요."

격노하는 제우 수왕자와 마주하며 알렌은 달래듯이 말했다.

헤르미오스도 가라라 제독도 등에 멘 망치 자루에 손을 얹은 오바 장군도 알렌의 다음 발언을 진지하게 기다리고 있다. 알렌이 어떠한 말을 하느냐에 따라서 5대륙 동맹이 붕괴하고 로젠헤임과 아르바할 수왕국이 전쟁에 휘말리게 될지도 모를 상황이기 때문이었다.

"좋다……. 말해보거라."

"네. 그럼 설명을 시작하겠습니다. 이번 계획은 제우 수왕자 전하가 수왕 폐하께 분부받은 시련, 즉 S급 던전 공략을 위해 추진한 것입니다."

"……."

제우 수왕자는 알렌을 노려보며 묵묵히 고개를 끄덕거렸다.

"그리고 제 동료 소피를 통해서 로젠헤임을 움직였습니다. 또한 베크 수왕태자도 이용해서 10영수를 던전 공략을 위해 불러들이는 데 성공했죠. 단지 그뿐입니다."

"그러니까 어째서 이런 책략을 꾸몄냐고 묻는 것이다. 전부 네가 한 생각이잖느냐."

확실히 수왕을 기만했다는 말은 본인이 꺼냈지만, 실상은 알렌 및 로젠헤임이 얽힌 계획임이 명백했다.

"사실이야 어떻든 아무 상관 없습니다. 수왕 폐하께서 어떻게 생각하시느냐가 중요하죠. 로젠헤임이 값비싼 비약을 대량으로 제공했고, 또한 책략까지 써서 10영수를 불러들인 겁니다. 이 계획을 과연 누가 떠올리고 진행했어야 자연스럽겠습니까? 누가 누구를 끌어들여 획책했어야 그럴듯하다는 생각이 들겠습니까? 수왕 폐하가 아니더라도 떠올릴 답은 하나입니다.”

“?!”

아무도 알렌이 꾸민 계획이라고 생각하지 않을뿐더러 로젠헤임이 독단으로 몰래 움직였다는 생각은 더더욱 하지 않을 것이다.

로젠헤임은 3천 개나 되는 귀중한 비약을 시그르 원수에게 들려 보내면서까지 10영수의 도움을 받아 내고자 기만책을 구사한 셈이 잖은가.

그런 행동을 수왕은 단순하게 로젠헤임에서 저질렀다고 생각할까.

수왕이라면 S급 던전에서 우연히 마주쳤던 로젠헤임의 왕족을 이용함으로써 제우 수왕자가 꾸민 계획이라고 생각하는 것이 자연스럽다.

이곳에는 차기 로젠헤임의 여왕과 수왕에게 시련을 부과받았으나 아직 달성하지 못한 수왕자가 있다.

틀림없이 제우 수왕자가 수왕으로 즉위했을 때 모종의 보상을 기대하며 로젠헤임도 내정에 간섭한 것이라고 생각할 테지.

어쩌면 장래의 여왕과 수왕이 되는 관계성으로 모종의 밀약을 맺었다고 생각할지도 모른다.

“왕이란 어떤 수단을 사용해서라도 목적을 달성해야 하는 자리이지 않습니까. 수왕 폐하께서 이 같은 부분을 설마 이해하지 못하고 계실 리 없습니다. 오히려 책략을 구사해서라도 차기 수왕이 되고자 하는 제우 수왕자 전하를 진정 『왕의 그릇』을 가진 인재로 평가

하시지 않겠습니까?”

“왕의 그릇인가.”

“네. 이번 계획으로 수왕자 전하가 무사히 던전 공략을 완수했다고 가정해봅시다. 그때 얻는 것은 수왕의 지위가 전부는 아닙니다. 귀중한 엘프의 영약 3천 개가 전부도 아닙니다. 대국 로젠헤임과 쌓은 친밀한 관계는 수왕국의 미래에 반드시 큰 도움이 되겠죠. 그것은 온갖 수단을 동원해서 차기 수왕이 되고자 했던 수왕자 전하에게『왕의 그릇』이 있다는 것을 증명하는 셈입니다.”

목적을 위해서라면 수단을 가리지 않고 탐욕에 가깝게 자국의 국익을 추구하는 자식과 마주했을 때 왕이라는 지위에 있는 수왕이 「왕의 자질」로써 평가하는 것은 자연스럽지 않느냐고 알렌은 설파한다.

“하지만…….”

제우 수왕자는 방금 전까지 드러내던 분노는 사라졌을지언정 아직껏 의문에 찬 표정을 짓고 있었다.

“아까부터 자꾸 나를 가리켜 차기 수왕이라고 말을 하던데 시아가 있지 않은가. 사신교의 교주를 체포하여 먼저 시련을 달성한 것은 시아다.”

“하지만 만약 수왕녀 전하가 왕위를 계승하기로 이미 결정되었다면 수왕 폐하께서 무엇이든 소식을 보내 알려주시지 않았겠습니까?”

시아 수왕녀가 사신교의 교주를 체포했다고 들은 뒤 몇 개월이나 지났지만, 아직껏 새로운 수왕은 결정되지 않았다. 따라서 제우 수왕자도 아직 바우키스 제국에 남아있는 것이다.

"그, 그렇긴 한데. 하지만……."

"수왕 폐하께서 수왕자 전하와 수왕녀 전하에게 부과한 시련은 수왕을 결정하기 위한 방법이잖습니까. 즉, 왕이란 어떤 존재냐는 물음입니다."

"어떤 존재냐고? 무슨 뜻이지?"

"네. 분명히 시아 수왕녀님은 가장 먼저 사신교의 교주를 붙잡으셨죠. 에르마르 교국이 적극 협력했다던가요."

"그래. 네 말이 옳다."

"하지만 그 정도의 성과라면 장군의 그릇이라고 말할 수는 있어도 왕의 그릇은 아닙니다."

"그 정도의 성과라니 무슨 망발인가!! 시아의 활약을 폄하하려는 건가!!"

'여동생을 많이 좋아하는 오빠구나.'

"진정하고 들어주시죠. 군대를 움직여서 목적을 달성한 시아 수왕녀 전하는 분명 훌륭하게 활약하셨습니다. 그런데 수왕자 전하는 이대로 가면 가까운 장래에 무엇을 하게 되실까요?"

"내가 말이냐……?"

"네. 수왕자 전하는 목적 달성을 위해서라면 수단을 가리지 않고 수왕태자 전하마저 기만하는 책략가. 그리고 바우키스 제국이 자랑하는 가라라 제독 휘하의 최강 부대, 중앙 대륙의 용사 파티, 그리고 로젠헤임의 왕족을 끌어들여서 전인미답의 S급 던전을 공략한 영웅. 그렇게 평가받게 되실 겁니다."

알렌이 태연하게 단정지은 뒤 잠시간의 침묵 후 가장 처음 목소리를 높인 인물은 곰 수인 오바 장군이었다.

"훌륭하군! 5대륙 동맹을 선도하는 인물이야말로 새로운 수왕으로 걸맞을지니! 오호라! 오호라!!"

눈물 흘리며 제우 수왕자에게 다가가더니 느닷없이 힘차게 무릎 꿇는다. 축축하게 젖은 저 눈에는 옥좌에 앉아 세상을 움직이는 「제우 수왕」이 보이고 있는 듯했다.

"아니?! 이, 이보게, 오바 장군. 진정하게."

제우 수왕자는 오바 장군을 내려다보며 난처한 표정을 지었다만, 곧 얼굴을 들어 올리고 알렌을 본다.

"그러나 이번 계획은 전부 네놈이 꾸민 것이잖느냐……."

"아, 말씀을 아직 안 드렸습니다만, 다수의 파티로 최하층 보스의 방에 이동할 때는 전반적으로 지휘를 맡을 리더가 필요하다더군요. 그 리더의 역할을 수왕자 전하께 부탁드리고자 합니다."

알렌은 담담하게 말한 뒤 깊숙이 머리 숙였다.

제우 수왕자는 일순간 눈앞이 캄캄해지며 또 의식이 날아갈 뻔했다.

"모, 목적이 뭐냐! 실패하면 어떻게 될지 알고서 하는 짓인가!!"

눈앞에 있는 흑발의 인간은 세상을 농락하며 계획을 실행시키고자 몰아가고 있다. 만약 실패한다면 조용히 넘어갈 수는 없겠다. 자신이 수왕의 지위만 포기하고 끝날 문제가 아니다.

아르바할 수왕국은 로젠헤임을 일방적으로 적대시할 테고, 5대륙 동맹은 분열되리라. 즉, 마왕군과 맞서야 할 세력이 단박에 와해되며 세상의 파멸로 이어지는 셈이다. 그런 위험을 무릅쓰면서까지 알렌이 대체 무엇을 원하는지 도무지 종잡을 수 없었다.

“수왕자 전하와 10영수의 전사분들이 참전해주신다면 저희는 틀림없이 승리할 수 있겠지요. 그리고 제 목적은 조금 전부터 거듭 분명하게 말씀을 드렸습니다만······.”

“음?”

제우 수왕자는 이제껏 알렌이 한 발언을 상기했으나 뭔가 뚜렷한 목적이 언급되었는지 곧장 떠올리지는 못했다.

“초회 토벌 보수입니다.”

알렌은 딱 잘라서 말했다. S급 던전 공략의 영예는 넘겨주겠지만, 이것만큼은 절대 양보할 수 없다는 태도였다.

“초회 토벌 보수······. 그것 때문에 너는 세상을 주무르는 것인가. 미, 미치광이가 아닌가.”

제우 수왕자는 아연실색하며 더 이상은 할 말을 찾아내지 못했다.

“제 뜻은 이해해주셨나 봅니다. 그럼, 제우 수왕자 전하. 10영수의 리더로서 S급 던전 최하층 보스 공략에 참가해주실 것을 부탁드리겠습니다.”

알렌은 지금 다시 한번 제우 수왕자를 향해 정중하게 머리 숙였다.

“뭐? 지, 지금 대답해야 하나?”

제우 수왕자는 갑작스러운 상황에 당황하고 있다.

‘뭐야, 왜 마음의 준비를 아직 못했다는 것처럼 말을 하는데.’

“예. 시간이 별로 없으니까요.”

알렌이 얼굴만 들어 올려다보자 제우 수왕자는 시선을 움직여서 10영수를 바라봤다.

“전하, 지금이 결단을 내릴 때입니다! 저희 아르바할 수왕국의 힘을 세상에 보여줄 절호의 기회가 아니옵니까!!”

오바 장군이 식당의 창문이 떨릴 만큼 큰 목소리로 외쳤다.

레페는 손가락으로 귀를 막고 어깨를 으쓱거려 보인다.

그 옆에서 의자에 앉은 다람쥐 수인이 천천히 입을 열었다.

“제우, 나를 신경을 쓸 필요는 없다. 지금의 나는 단지 점쟁이에 불과하니까.”

“테미 공.”

제우 수왕자가 무엇인가 말을 꺼내려고 했으나 무시한 채 점성수사 테미는 의자에서 내려서더니 쫑쫑거리며 알렌의 곁으로 다가왔다.

“알렌 공이라고 했던가? 자네는 나의 점술에 나타나지 않더군. 정말이지 신기해. 다만 이것이 별들이 정한 운명이라고도 할 수 있겠지.”

그렇게 말한 뒤 아직 앞으로 몸을 구부리고 있는 알렌의 얼굴로 손을 뻗어서 두 뺨을 조물조물 만지작거리기 시작했다.

“네? 점술요? 혹시 지금 상황도 점을 쳐서 알았던 겁니까?”

“설마, 아니지. 이런 비상식적인 계획을 꾸밀 것이라고 미리 알았다면 제우에게 슬쩍 알려주지 않았겠나. 아무튼, 흠, 나의 점술이 아주 틀리지는 않았군.”

그렇게 말한 뒤 점성수사 테미는 말을 이었다.

과거에 수왕은 차기 수왕의 지위에 누가 올라설지 점을 치도록 테미에게 명했고, 테미는 제우 수왕자가 차기 수왕이 될 것이라는 결과를 얻었다고 한다.

“뭐라고! 내가, 수왕이.”

“제우, 마지막까지 말을 듣거라. 이것은 우리 수왕국의 앞날을 위해서도 몹시 중요한 이야기이니까 말이지."

"……."

제우 수왕자가 입을 다물기를 기다렸다가 테미는 계속해서 말했다.

점술의 결과를 안 수왕은 천성이 너무 상냥한 제우 수왕자가 수왕의 지위에 오른다면 아르바할 수왕국은 이후 타국과 대등하게 관계를 유지하지 못하는 것이 아닌가 염려했다.

그래서 다시 또 점을 치도록 명령했다만, 테미가 몇 번을 점쳐도 차기 수왕은 제우 수왕자라는 결과밖에 나오지 않았다.

점술은 결과밖에 알지 못하기 마련이다. 훗날의 어느 결과는 보이지만, 어째서 맞이하게 되는 결과인지는 알 수가 없다.

하지만 제우 수왕자가 차남인 이상 점술의 결과처럼 수왕의 지위에 즉위하려면 아르바할 수왕국 왕가의 관례에 따라 시련에 도전하게 될 것이다.

테미가 그렇게 진언하자 수왕은 장남인 베크 수왕태자가 방해할 것도 감안하고 제우 수왕자에게 「S급 던전의 공략」이라는 시련을 하달했다.

이어서 차기 수왕을 다시 점치게 했다. 만약 결과가 달라진다면 더는 고민을 하지 않아도 될 것이라고 수왕도 테미도 같은 생각을 했다.

그러나, 그럼에도 점술의 결과는 바뀌지 않았다. 몇 번을 점쳐도, 아무리 세월이 흘러가도 결과는 달라지지 않았다.

"나는 아르바할 수왕국의 멸망을 알게 되었다고 생각했었다."

또한 자신의 점술이 수왕을 현혹시켰다고 생각했기에 책임을 지기 위하여 측근의 지위에서 물러난 뒤 은거하자는 생각까지 했다.

그런 상황에 로젠헤임의 원수가 방문해서 뭔가 베크가 수왕태자와 밀담을 나누더니 얼마 뒤 수왕이 로젠헤임으로 10영수를 파견할 것을 결정했다.

"그, 그런 사정이……."

경악할 만한 진실을 듣고서 제우 수왕자의 목소리가 떨리고 있다.

'시아 수왕녀의 왕위 계승도 수왕이 슬쩍 막아줬던 걸까.'

"그렇다. 그때 나는 이것이야말로 제우 자네가 아르바할 수왕국의 미래를 짊어지기에 충분한 인물로 바뀌기 위한, 『왕의 그릇』에 걸맞은 인물이 되기 위한 유일한 기회라고 생각했다."

국가의 번영을 위해서라면 재능 보유자가 피를 흘리더라도 아랑곳하지 않으며 강경책을 취하는 베크 수왕태자. 그리고 사신교의 교주를 타국으로 넘어가면서까지 추적하고 붙잡은 시아 수왕녀.

이렇듯 가혹한 형, 활발한 여동생과 비교해서 제우 수왕자는 너무 상냥한지라 결단력이 부족하다는 생각을 수왕은 쭉 갖고 있었다고 한다.

'하지만 상냥한 마음이 계기가 돼서 나도 제우 수왕자와 만날 수 있었지.'

동족 우르와 사라를 아끼는 상냥한 마음이 제우 수왕자를 은인 알렌에게로 이끌었고, 두 사람의 대면이 있었기에 지금 이 상황을 맞이한 것이다.

"테미, 너는 나를 따라주겠다는 건가."

제우 수왕자는 수왕의 측근을 아직 조심스러워하는 기색이었다.

그러나 점성수사 테미는 방긋 웃고는 대답했다.

"제우, 수왕이라면 이런 상황에 쓸데없이 겸손을 떨지 않는다. 봐라, 10영수가 너를 기다리고 있지 않은가."

그 말에 제우 수왕자는 얼굴을 들어 올렸다.

그리고 묵묵히 자신을 바라보면서 결단의 말을 기다리고 있는 10영수 한 사람 한 사람과 분명하게 시선을 주고받는다.

"다들 잘 들었을 테지. 나와 함께 싸우도록 해라."

제우 수왕자의 각오가 담긴 선언에 전원이 깊숙이 고개 숙였다.

"좋습니다, 대답은 나온 셈이군요."

알렌이 기껍게 말하자 제우 수왕자는 강한 광채가 깃든 눈동자로 알렌을 보고 힘주어 고개를 끄덕거렸다.

"그래, 나와 10영수가 최하층 보스 공략 파티를 이끌어주도록 하지."

"네. 기꺼이. 그럼 술도 준비되었으니 오늘은 퀄기 대회를 즐기도록 하죠."

이렇게 알렌, 헤르미오스, 가라라 제독, 제우 수왕자까지 각각의 파티가 함께 싸우는 최하층 보스 공략이 시작되었다.

최하층 보스 공략에 참가하는 네 파티의 퀄기 대회로부터 5일간 알렌과 각 파티 리더들은 최하층 보스 공략을 위해 신중하게 작전을 가다듬었다.

각 파티의 구성원을 소집해서 작전대로 움직일 수 있도록 연습을 반복했다. 연습할 때는 각 계층의 S랭크 계층 보스를 이용했다. 특히 3계층에 있는 스칼릿은 움직임이 둔해서 다 같이 공격을 맞춰볼 수 있는 최적의 연습 상대였다. 체력 회복량이 많아서 좀처럼 쓰러지지 않는다는 것도 오히려 몇 번이나 반복해서 도전할 수 있는 장점으로 연결되었기에 이렇듯 연습을 위한 수단으로 쓰기 위한 마수라는 생각마저 들 정도였다.

그리고 드디어 최하층 보스 도전을 내일로 앞둔 밤, 결전의 전야제가 열렸다.

5일 전에도 궐기 대회가 있었지만, 이런 행사는 몇 번을 해도 좋다고 알렌은 생각한다.

10영수까지 참가하며 식당에는 미처 다 들어오지 못하게 많아진지라 전야제는 거점의 마당에서 진행됐다.

드워프들은 가라라 제독이 다시 돌아왔다는 기쁨을 기가 막히도록 술을 마심으로써 표현했다. 이 싸움의 결과가 어떻게 되든 간에 제독을 복귀시켜준 것만으로도 고맙다고 드워프들은 알렌에게 거듭 말했다.

식사를 하며 과실수가 든 컵으로 손을 뻗었는데 안이 비어 있었다.

"과실수를 더 가져다주세요."

"드시지요."

커다란 주전자를 들고 온 헤르미오스의 고용인이 컵을 채워준다. 오늘도 묵묵히 일해주고 있는 사람들에게는 그저 감사할 따름이다.

'우리의 싸움은 최하층 보스를 쓰러뜨린 다음에도 이어질 테니까.'

최하층 보스를 공략하고 나서도 알렌 파티는 아이언 골렘 사냥을 계속할 작정이다.

아직도 봉인되어 있는 군왕화 스킬을 습득할 때까지는 열심히 잡고 싶다.

알렌이 이후 예정을 생각하고 있던 때 가라라 제독이 다가왔다.

"나도 과실수를 마실 수 있겠나?"

"드시지요."

고용인에게 받아 든 나무 컵의 내용물이 과실수였기에 알렌은 놀랐다.

"좋은 술을 준비해놨는데, 안 마시는 겁니까?"

"괜찮다. 이미 충분히 마셨으니까. 내일 승리를 위해서 아껴두마."

그렇게 대꾸하는 가라라 제독의 얼굴에는 식당의 소파에 앉아 정신없이 취한 채 악담만 늘어놓던 무렵의 흔적은 이미 사라졌다. 심지어 지난 5일간 가라라 제독은 술을 한 방울도 마시지 않았다.

알렌은 다시 이성을 되찾은 가라라 제독을 믿음직하다고 생각한다.

"그럼 내일은 전승회군요."

"그래야지. ……알렌. 내일 싸움이 어떤 결과를 맞이해도 괜찮게 지금 말을 해두마. 고맙구나."

"에이, 벌써부터 낯간지러운 말은 관둡시다."

알렌이 가볍게 핀잔을 놓으며 달래준다.

"하기야, 조금 일렀구나."

그렇게 말한 뒤 가라라 제독은 환하게 밝은 표정으로 술을 마시는 드워프들의 틈에 끼어든다.

한편 마당의 한복판에서 커다란 피리를 불며 전야제의 분위기를 만드는 데 힘을 쓰고 있었던 악수사 레페는 문득 눈에 들어온 광경을 보고 천천히 피리를 입에서 떼어 내더니 술이 든 컵을 두 개 챙겨서 세실을 향해 다가간다.

"안녕. 예쁜 아가씨. 같이 마실래?"

"어머? 눈치가 빠른 사람이네. 잘 마실게."

세실은 컵을 받아 들었으나 자리에서 일어나 곧장 떠난다.

"이봐, 이봐. 섭섭하잖아."

레페가 말을 건네자 세실은 걸음을 멈추고 고개 돌렸다.

"나, 강한 남자가 아니면 관심 없어서."

생긋 웃으며 말한 뒤 세실은 더 이상 거들떠보지도 않고 떠나갔다.

레페는 떠나가는 세실의 뒷모습을 보면서 히죽 웃었다. 수인 중에는 성격이 강한 여성이 많으며, 남성들도 당찬 여성을 오히려 더 좋아한다고 한다.

레페는 컵 안의 내용물을 쭉 들이켠 다음 또 피리 연주를 시작했다.

마당에 꺼내둔 탁자에 가득 올린 요리를 걸신들린 것처럼 먹어 치우고 있는 클레나 쪽으로 알렌이 다가가자 조금 떨어진 곳에서 술을 마시고 있던 제우 수왕자도 몸을 일으키더니 이쪽으로 와서 말을 걸었다.

"어떤가, 우리는 알렌 공이 생각하는 이상적인 수준에 다다랐는가?"

"그럭저럭이라고 생각합니다. 솔직히 10영수 전사분들은 너무 특수해서 고작 5일로는 모르는 부분도 많습니다만, 서로를 도와 싸우는 데 그렇게까지 깊은 이해가 필요하지는 않다는 생각도 드는군요."

10영수 중에는 처음으로 보는 재능을 가진 인원도 있었다. 어떤 특성이 있는지는 아직 알렌도 완전히 이해하지 못했다. 만약 각각의 성격과 스킬의 상세한 정보를 완벽하게 이해하고자 목표를 설정하면 정보 공유와 검증을 위한 실험으로 넉넉히 1개월은 더 필요할 것이다.

그러나 협력해서 싸우는 데 필요한 각각의 버릇이나 동작 전 호흡 따위는 서로 파악이 끝났다고 생각된다. 게다가 네 파티가 모두 실전 경험은 충분히 갖춘 역전의 전사들이다.

그렇게 판단했기 때문에 오늘 전야제를 개최한 것이다.

"그런가. 나는 수왕 무술 대회에서 저 녀석들이 싸우던 모습을 봐왔으니까 말이지. 10영수의 지휘는 내가 잘 맡아서 전투에 임하도록 하지."

제우 수왕자의 파티명은 「제우 수왕자와 10영수」였다.

살짝 실소가 나오는 이 파티명에도 의미가 있다. 이번에는 멋있는 파티명보다 제우 수왕자가 10영수와 함께 최하층 보스 공략에 도전했다는 기록을 남기는 것이 더욱 중요했으니까.

"언젠가 수왕 무술 대회도 견학하고 싶군요."

"아무렴. 내년에는 내가 알렌 공을 초대하지."

제우 수왕자는 웃는 얼굴로 흔쾌히 장담해줬다.

"한 가지 궁금한 게 있습니다. 레페 씨는 상당히 자유로운 분 같다는 느낌을 받습니다만, 수왕자 전하의 지시에 잘 따라주겠습니까?"

"딱히 문제는 없음을 내가 보증하지. 저 녀석도 3년 연속 10영수로 선발된 강자라네. 전투 상황에서는 태도부터 달라질 걸세."

"그럼 큰 도움이 되겠군요."

알렌이 감사의 뜻을 전하자 제우 수왕자도 고개를 거듭 끄덕거렸다.

"받은 도움은 내가 더 크잖은가. 알렌 공에게 큰 빚을 지는구나."

"그래서 갑자기 저를 『알렌 공』이라고 불러주시는 겁니까?"

"흠. 뭐, 부디 시그르 원수보다는 살살 부탁하도록 하지."

제우 수왕자는 궐기 대회 이후로 알렌을 「알렌 공」이라고 부르기 시작했다.

알렌에 대한 인식이 크게 달라졌기 때문일 테지.

그러고 보니 시그르 원수는 아직 S급 던전에서 체류 중이었다. 10영수를 빌려 왔다는 명목상 아르바할 수왕국으로 돌려보낼 때까지 수행하는 것이 원수의 임무이기 때문이다.

또한 시그르 원수도 오늘 전야제에 참석했다. 지금도 포르말과 함께 소피의 곁에 있는데 알렌이 그쪽을 쳐다보자 순간 재빨리 얼굴을 돌린 것 같기도 하다. 어쩌면 뭔가 트라우마를 만들어서 떠안겼는지도 모르겠다고 알렌은 생각했다.

"아뇨, 아뇨. 제우 수왕자님께 부탁드리고 싶은 것은 지금은 아직 하나뿐입니다."

"뭐라고? 이미 생각을 해둔 것인가. 꼭 들어보고 싶군. 혹시 무엇을 바라고 있나?"

제우 수왕자는 상당히 경계하는 기색이었다만, 지금 묻지 않으면 나중에 더욱 아찔한 처지로 몰리게 될 것이라고 생각했는지 곧바로 질문을 했다.

"네. 수왕자 전하께서 이후 후계자를 얻으셨을 때 부디 세 음절짜리 이름을 붙여주시기를 바랍니다."

알렌은 수왕자에게 아내는 있어도 자식은 아직 없다고 들었다. 언제쯤 수왕국으로 복귀할 수 있느냐고 가끔 편지를 주고받는다고 했다.

"세 음절……."

"그렇습니다. 미래에 남을 이름입니다."

기암트 제국의 지배로부터 독립하여 아르바할 수왕국이 만들어진 지 1000년이나 지났지만, 그것은 기암트 제국에 대한 증오를 품은 채 이어졌던 1000년이기도 했다. 지난날의 증오를 상징하는 관습이자 계승의 증거이기도 한「두 음절의 이름」을 바꿔달라고 알렌은 말한 것이다.

"……앞을 향하여 나아갈 때가 왔다는 말이구나."

"네."

제우 수왕자가 입을 다문다. 저 멀리 어딘가를 바라보는 눈빛에는 무엇인가 깊은 각오가 깃들어 있는 것 같다는 인상을 준다.

그렇게 제우 수왕자의 얼굴을 올려다보고 있던 때 누군가가 알렌의 다리를 가볍게 두드렸다.

누군가 싶어서 내려다봤더니 지난 5일간 이래저래 알렌을 자꾸 따라다녔던 수인이 눈에 보인다.

"시작의 소환사야. 잠시 대화를 나눌 수 있겠느냐?"

"또 말인가요?"

"오냐. 어쩌면 내일 곧바로 돌아가야 할지도 모를 처지이니 말이다."

점성수사 테미는 그렇게 말한 뒤 잔을 들지 않은 알렌의 손을 붙잡고 빈 탁자로 데려갔다.

알렌이 탁자에 앉자 테미도 맞은편에 앉고 품에서 꺼낸 자루의 내용물을 탁자 위에 쏟아부었다. 탁자 위에 손톱만 한 크기의 광석 및 보석이 잔뜩 흩어져서 마치 하늘의 별들처럼 반짝반짝 빛난다. 테미는 광석과 보석이 흩어져 있는 모양새를 살펴보며 중얼중얼 혼잣말을 하고 있다.

"……역시 모르겠구나. 아니, 점술의 결과가 달라진 건가."

아무래도 이 수인 여성이 점을 치는 방법인가 보다.

'재능의 별 숫자에 따라서는 점술이 제대로 작동을 안 하는 건가?'

학원에 있던 때 헤르미오스에게 감정을 당한 기억을 떠올린다. 천사 메르스도 소환 레벨 8로는 S랭크 마수의 감정을 성공시키는 것이 쉽지 않다는 이야기를 했었다.

당장은 딱히 바라는 마음이 없으나 언젠가 자신의 미래가 어떻게 될지 알고 싶어져도 점술의 힘을 빌리기가 어려운 것은 이점일지 난점일지 머리를 부여잡고 있는 테미를 바라보며 생각해본다.

"그러고 보니까 제가 좀 찾고 있는 물건이 있거든요. 그것을 찾아주실 수는 있습니까?"

"으음? 어떤 물건이더냐?"

"정해진 형태가 있는 건 아니라고 들었습니다만, 일종의 그릇이라더군요."

겸사겸사 신기를 찾아낼 수 있을지 시험 삼아서 물어봤다.

던전 공략이 곧 끝을 맞이할 단계까지 와 있지만, 결국 신기에 관한 정보는 거의 아무것도 들어오지 않았다.

"그래서야 찾을 방도가 없겠구나."

"네, 정말 난처합니다. 꼭 찾아야 하는 물건인데 말이죠."

"흠……. 어디, 해보자."

알렌의 얼굴을 빤히 쳐다본 뒤 대꾸하더니 테미는 쏟아낸 광석과 보석을 전부 자루에 도로 집어넣었다가 또 쏟아부었다. 그리고 저쪽에 있는 보석을 손가락으로 튕기고, 이쪽에 있는 광석에 부딪치거나 또는 손가락으로 더듬어 수를 확인한 다음에 집어 들어서 자루에 다시 집어넣는다. 그러다가 어느 시점부터 끙끙거리며 침음하기 시작했다.

"이, 이런 결과가 나올 수 있는가. 찾아낼 수가 없구나. ……아니, 마찬가지야. 점술이 통하지 않는 건가."

탁자 위 광석과 보석의 배치를 바라보면서 끙끙 침음하던 중 불현듯 얼굴을 들어 올리더니 알렌을 쳐다본다.

"미안한데 모르겠구나."

신기도 별 여덟 개짜리 재능을 보유한 알렌과 비슷하게 점술로 정보를 얻는 것은 불가능한 대상인가 보다.

"유감입니다. ……혹시 드골라가 찾는 건 어떨까요."

마침 빈 접시를 손에 든 드골라가 옆을 지나가고 있었기에 점술로 다른 실마리를 알아보고자 했다.

"엉? 나 말이냐?"

"그래. 네 『전심전력』의 발동 방법을 점칠 수 있다면 좋을 테니까."

"자세하게 이야기해보거라."

테미의 재촉에 드골라가 엑스트라 스킬을 잘 발동시키지 못하고 있는 이야기를 한다.

테미는 자루의 내용물을 다시 담으며 이야기를 듣고 있다가 불쑥 드골라의 얼굴에 손을 뻗더니 잠시 뺨을 조물조물하며 만진 뒤 자루의 내용물을 세 번 쏟아 내서 점치기 시작했다.

"그런가. 그런가. 흠흠……. 알겠다. 나도 힘을 잃어버린 것은 아니었나. 응? 다만, 하지만……."

점성수사 테미의 얼굴이 그늘진다.

"아, 알아낸 거냐?"

드골라가 급하게 몸을 휙 내밀었다.

"글쎄. 이곳에서 남동쪽 방향에 뭔가 관련된 것이 있다고 나오는구나."

"남동쪽 방향이면 라타쉬 왕국이잖냐. 고향으로 돌아가면 뭔가 있는 건가?"

바우키스 제국의 옆에는 중앙 대륙이 있다. 위치상 바다 건너편 남동쪽을 가늠해보면 기암트 제국의 남쪽에 있는 라타쉬 왕국을 곧장 떠올릴 수 있겠다.

"진짜냐! 만세!!"

드골라가 큰 목소리로 외쳤다.

'으핫. 이 정보 하나만으로도 10영수를 부른 이득은 넘치도록 보는 셈이군.'

"잠깐!"

점성수사 테미가 진지한 표정으로 드골라를 바라본다.

"뭐야?"

"네가 남동쪽 방향에 있는 뭔가에 접근하면 목숨을 잃을 위험이 있다고도 점괘가 나왔다."

“뭐, 뭐어?! 진짜냐.”

“정녕 힘을 얻고 싶다면 명심하거라. 쉽게 보아서는 안 돼. 알겠느냐?”

“그, 그래.”

드골라가 『전심전력』을 자유롭게 다룰 수 있는 날을 맞이하려면 험난한 시련이 기다리고 있는 듯했다.

제11화 최하층 보스와의 전투 ①

그날, S급 던전 1계층에 있는 신전 앞 광장에 수많은 인파가 몰려들었다.

게다가 모인 부류는 모두 S급 던전에 진입할 자격을 갖춘 강건한 모험가들뿐이다.

대체로 모험가의 아침은 일찍 시작된다. 이미 해가 떠오른 지 제법 시간이 지났다. 이곳에 S급 던전에서 활약 중인 모험가가 전원 모여든 것은 물론 아니다. 그럼에도 만을 넘는 모험가가 모여 있었다.

이윽고.

"봐라, 정말 나타났군."

"진짜냐. 소문이 사실이었던 건가."

"굉장한데! 앗, 밀지 마라. 나를 민 녀석은 누구냐?!"

웅성웅성 소리가 1계층의 시가지부터 신전을 향하여 마치 파도처럼 이동하고 있다.

그 소리를 따라 사람의 바다를 헤쳐 가르는 것처럼 마흔 명 정도의 집단이 신전을 향해 나아간다. 그렇게 전진하는 모습을 이곳에 모인 모험가들이 하나같이 마른침을 삼키며 지켜보고 있다.

"소문은 사실이었던 건가. 가라라 제독님이 최하층 보스 공략을 위해서 용사 헤르미오스와 손을 잡았다는 이야기였지. 굉장하군. 진짜 굉장한 일이 벌어졌어!"

가라라 제독과 「스팅어」의 파티원들을 배웅하고자 나온 드워프 무리 중 한 사람이 반짝이는 눈으로 흥분하며 외쳤다.

그들은 가라라 제독과 같은 파티는 아니었으나 주점에서 가까운 자리에 앉았던 「스팅어」의 파티원들과 함께 술을 마신 경험이 있다는 다른 드워프로부터 모종의 소문을 들었다.

가라라 제독의 파티가 다른 파티와 함께 던전에 들어가는 모습을 며칠 전부터 많은 모험가가 목격했는데, 아무래도 그 이유는 S급 던전 공략을 위해서 다른 파티와 손을 잡았기 때문이 아니냐는 것이다. 그들은 손발을 맞추고자 연습을 거듭했고, 또한 오늘이 드디어 네 파티 합동으로 S급 던전의 최하층 보스에게 도전하는 날이라고 한다.

소리를 지른 드워프는 작년 던전 축제 때 「스팅어」의 참사를 가까운 곳에서 목격했었다.

그 절망의 기억이 눈앞에 펼쳐지는 희망의 광경으로 뒤덮여서 사라져 간다.

그러자 옆에서 드워프에게 말을 거는 인물이 있었다.

"무슨 소리냐. 공략을 위해 각국의 파티를 모은 건 용사 헤르미오스라고. 역시 우리의 영웅답군. 우리 모험가를 위해 정보를 제공해 줄 만큼 인덕이 있기 때문에 이렇게 모일 수 있었던 거다!"

끼어들어 말을 붙이는 인족은 말투로 짐작하건대 기암트 제국 출신인 듯했다.

용사 헤르미오스가 모험가 길드를 통해 귀중한 정보를 제공함으로써 많은 생명을 구했다는 것이 S급 던전에 도전하는 모험가들의 공통 인식이다.

이 같은 인식이 있기 때문에 종족이 다른 여러 파티를 모은 인물도 당연히 용사 헤르미오스임을 믿어 의심치 않는다.

드워프는 일순간 울컥했으나 상대의 옆얼굴에서 소년처럼 구김살 없는 웃음과 마주하니 화낼 마음이 사라져버린다. 그래서 자신도 같이 웃음 지으며 지나가고 있는 연합 파티를 배웅했다.

그런 두 사람의 뒤쪽에서 또 누군가가 코웃음을 친다.

"흥. 중앙 대륙의 인족들은 정말이지 아는 게 없군. 봐라, 저 용맹한 10영수들을. 네 녀석들은 진정한 수인의 힘을 알지 못한다."

키 큰 수인 남자가 두 사람의 머리 너머로 지나가고 있는 무리를 가리켰다.

"뭐라고?!"

"가운데 위치에 서서 나아가는 두 분이 보이는가? 갑옷 차림이 오바 장군님, 일기당천의 영웅이지. 한데 말이다, 그 옆에 계시는 분이야말로 미래의 수왕 폐하인 제우 수왕자 전하이시다. 우리를 이 던전에서 지휘하고 선도하셨을 뿐 아니라 이렇듯 어려운 준비까지 맡아 추진하시다니. 아르바할 수왕국을! 아니, 세상을 움직인 수완이시다!!"

S급 던전에 있는 수인들은 모두 아르바할 수왕국에서 1년의 기한으로 던전 공략에 종사하라는 노역을 명령받아 이곳에 온 처지이다.

그런 수인들이 던전에서 살아남을 수 있도록 제우 수왕자와 휘하의 측근들이 적극 나서서 조직을 구성하고 쭉 뒷바라지를 해왔다. 따라서 수인 모험가들은 다른 종족과 비교하여 견고한 연대 의식을 구축하고 있다.

이 같은 체계의 어딘가에서 제우 수왕자와 가까운 위치에 있는 수인이 수왕자와 동료들의 최근 동향을 언급하면 그 정보가 퍼지는 속도는 인간이나 드워프보다도 빠르다.

하지만 수인 모험가들도 S급 던전을 공략의 대상으로 여기지 않게 된 지 오래였다. 아니, 수인만의 이야기가 아니다. 인간도 드워프도 S급 던전의 험난함과 가혹함을 접한 모험가들은 모두 이 던전은 공략하는 곳이라는 생각을 버리게 된다.

이곳은 살아남아 버티며 돈을 벌어들이는 곳이다. 단지 목숨을 걸고 금품을 획득할지 마물에게 죽어 나갈지를 점치는 곳에 불과했다. 현실을 알면 과거에는 공략을 꿈꾼 바 있었던 모험가도 곧바로 오늘의 금품과 내일의 목숨밖에 생각을 못하게 된다.

이런 현실이 바뀌는 날이 다가온다는 소문에 마음 깊숙한 밑바닥에 담아 놓았던 모험심이라는 감정이 다시 되살아나는 듯한 감흥을 느꼈다.

따라서 현실을 바꿔줄 영웅들의 도전을 배웅하고자 모인 것이다.

그렇다.

바로 오늘이다.

오늘이야말로 S급 던전이 공략되는 날이다.

게다가 단일 종족으로 구성된 파티에 의한 성과가 아닌 드워프, 인족, 수인에 엘프까지 힘을 보태서 이 세상의 모든 종족이 하나로 뭉친 파티에 의해 곧 달성을 앞두고 있는 상황이다.

어느 종족도 다른 종족의 사정을 제대로 알지 못하니 다른 세상의 주민처럼 생각하고 있다. 그러나 이렇듯 이종족끼리 손을 맞잡고 같은 목표를 향해 나아가는 광경을 본 사람들은 분명하게 말로 표현하지는 못하더라도 확실하게 무엇인가가 바뀌었음을 느끼고 있다.

드워프, 인족, 아울러 수인의 세 모험가는 한 차례 서로의 얼굴을 마주 바라본 뒤에 각자의 얼굴에서 같은 마음을 발견한 듯 공감하고, 함께 신전으로 나아가고 있는 연합 파티를 희망을 좇는 눈빛으로 배웅했다.

한편 주변 모험가들의 시선도 알아차리지 못한 채 연합 파티의 최후미에서 걷고 있었던 드골라는 불만에 찬 모습으로 작게 중얼거렸다.

"쳇. 전부 알렌이 한 일이라고."

드골라는 던전에서 얻은 정보를 제공할 때 헤르미오스의 이름을 쓰자는 말에 혼자만 반대했었다. 자신들이 죽기 살기로 애써서 모은 정보를 전부 넘겨준다면 하다못해 알렌의 이름이 앞에 나와야 한다고 생각했던 것이다.

결국 그때는 한 명이라도 많은 생명을 살릴 수 있도록 하루라도 빨리 정보가 퍼지기를 바란다면 헤르미오스의 이름을 빌리는 것이 확실하다는 알렌의 말을 드골라도 마지못해 납득해야 했다.

다만 이번에 S급 던전 최하층 보스에게 도전할 때 파티 전체의 리더를 제우 수왕자로 대답해달라고 알렌에게 설명을 들었을 때는 드골라도 도저히 납득이 되지 않았다.

알렌은 던전 공략만이 목적이 아니라 그 결과로 제우 수왕자가 수왕위를 이어받을 수 있도록 도와야 한다고 말했다. 중앙 대륙을 침공할 것을 주장하는 베크 수왕태자가 수왕위에 오르도록 용납해서는 안 된다고.

이 조처에는 바우키스 제국을 짊어지고 있는 가라라 제독도, 중앙 대륙에서 마왕군과 싸우는 헤르미오스도, 또한 작년의 전쟁에서 심각하게 타격을 받은 로젠헤임도 같은 의견으로 찬성했다.

지금이야말로 5대륙 동맹이 진정한 의미에서 하나로 힘을 모아야 할 때다.

이번 최하층 보스 도전과 S급 던전 공략은 훗날의 중요한 미래로 이어지는 싸움이기도 하다.

……그렇게 설명을 듣고 파티원 모두가 납득하는 기색이었는데 유독 드골라는 도무지 받아들일 수가 없었다. 알렌과 자신들이 소피의 동료가 아닌 로젠헤임 왕녀의 추종자처럼 취급받는 것도 마음에 들지 않는다.

"드골라."

불현듯 말소리가 들려서 드골라는 목소리의 주인을 바라봤다.

"네, 네엡. 드베르그 씨."

조금 앞에서 걷는 검성 드베르그가 앞을 향한 채 계속 걸어가며 말을 걸어온다.

"안심하거라. 영웅이란 숨겨지지 않는 법이니."

"네, 네엡."

"언젠가 영웅을 찾는 사람들이 꼭 발견해줄 것이다."

"그런가요."

몇십 년이나 전장에서 살아온 드베르그의 말이 감자 얼굴의 드골라의 마음속에서 울려 퍼진다.

"드골라. 너도 마찬가지다."

"지, 진짜로! 나도 영웅이 될 수 있는 건가!!"

드베르그에게 칭찬을 받고 화가 나서 그늘졌던 드골라의 얼굴이 확 밝아진다.

그 모습을 옆에서 보고 있었던 킬은 쓴웃음 짓고 한숨을 쏟아냈다.

이윽고 연합 파티는 신전에 도착했다. 모두가 이쪽을 알아보고 길을 비켜주는 덕분에 유례없이 빠르게 5계층으로 이동할 수 있었다.

"이곳이 5계층입니까."

헤르미오스가 방심하지 않고 주위를 살펴보며 중얼거렸다.

"설명으로 들었던 곳이 맞구나. 이대로 쭉 나아가면 되는 것인가."

제우 수왕자가 알렌을 돌아보고서 말했다.

헤르미오스와 제우 수왕자의 파티는 5계층에 오는 것이 처음이었다.

'한 번 정도는 연습을 하는 게 좋았을까…‥. 아니, 꼭 그렇지는 않나.'

알렌은 잠깐 아쉬워하다가 곧 생각을 고쳐먹었다.

최하층 보스에게 도전하기 위해서는 참전하는 파티의 숫자만큼 브론즈, 아이언, 미스릴 메달까지 세 종류의 메달을 각각의 골렘으로부터 미리 확보해야 한다.

그것들은 네 파티의 연합이 결정되기 전에 알렌의 파티만으로 한 세트를 모았었다. 다만 정찰도 겸해서 연습을 위해 최하층 보스의 방에 진입한다면 그 한 세트가 사라지고, 다시 도전하려면 또 메달을 모으는 데 시간이 걸린다.

불의 신이 빼앗긴 신기의 행방을 알지 못하고 마왕군이 다음에 어떤 행동을 취할지 예측조차 못하고 있는 현 상황에서 너무 긴 시간을 들일 수는 없다고 네 파티의 리더끼리 함께 판단했었다.

아울러 이번 작전이 잘 풀리지 않을 경우에는 몇 번쯤 더 도전할 예정이다.

이번 계획을 처음 상담한 헤르미오스와는 첫 번째 전투에서 별 성과가 없다면 순순히 포기하자는 이야기를 함께 나눴었다. 다만 가라라 제독으로부터 최하층 보스의 이야기를 들어보고 마음이 달라졌다. 판단의 근거가 늘어났기에 다시 점검을 해야할 경우에는 앞서 한 약속도 무효라고 알렌은 제멋대로 생각하고 있다.

알렌이 혼자 생각을 하고 있는 동안에 연합 파티는 큐브 형태의 물체가 있는 곳으로 도착했다.

『안녕하십니까. 저는 최하층 보스 전이 시스템 S505입니다. 메달이 네 개씩 장치에 삽입되어 있습니다. 이곳에 있는 네 파티로 최하층 보스에게 도전하시겠습니까?』

"그래."

『그럼 네 파티의 리더는 「제우 수왕자와 10영수」의 제우 반 아르바할로 괜찮으시겠습니까?』

제우 수왕자가 이쪽을 돌아보는지라 알렌은 묵묵히 고개를 끄덕였다.

"그렇다."

『지금 바로 최하층 보스의 방으로 이동하시겠습니까?』

"그래. 보내다오."

제우 수왕자가 대답을 한 다음 순간, 연합 파티는 커다란 전장으로 이동을 마친 뒤였다.

이 전장은 그간 싸웠던 브론즈, 아이언, 미스릴까지 각 골렘의 방보다 끝없이 훨씬 더 넓었고 천장도 수백 미터로 굉장히 높았다. 또한 어딘가 먼 곳에서 무엇인가 동작음으로 짐작되는 낮고 윙윙거리는 소리가 들려온다.

그리고 연합 파티가 이동을 마친 장소로부터 100미터 이상 떨어진 곳에 다섯 대의 골렘이 쭉 늘어서 있었다. 옆으로 늘어선 양쪽 끝에는 브론즈 골렘과 미스릴 골렘, 각각의 옆에 아이언 골렘이 한 대씩 두 대가 서 있고, 그 사이에 끼어서 한층 더 커다란 주홍색의 골렘이 서 있다.

'좋아, 이야기로 들었던 광경과 같군.'

전장 100미터는 될 듯한 화황금 골렘이 바로 쓰러뜨려야 할 최하층 보스였다.

최하층 보스인 화황금의 붉은빛으로 빛나는 골렘을 보고 알렌은 한 가지 사실을 깨달았다.

'비비도 스칼릿도 크림존도 전부 붉었지.'

S랭크의 계층 보스는 모두 외형이 붉은색 계통이었다. 뭔가 의미가 있는지도 모르겠다.

알렌과 다른 사람들이 관찰하고 있는 동안에 최하층 보스와 골렘들은 움직이지 않았다. 5계층에서 싸웠던 다른 골렘과 마찬가지로 어느 정도까지 접근하지 않으면 전투 개시로 판정되지 않는 듯하다.

"굉장한데."

드골라가 놀란 심정을 그대로 입에 담았다.

"저런 녀석한테 이길 수 있겠냐?"

킬이 불안해하는 얼굴로 중얼거렸다.

"응? 뭐, 작전대로 잘 싸우면 괜찮을 거야. 그렇죠? 헤르미오스 씨."

"뭐, 디그라그니는 『이길 수 있다면 이겨봐라!』라고 말했을 뿐이니까 솔직히 좀 막막하기는 한데 말이야."

헤르미오스는 쓴웃음을 지으며 말했다.

'또 표현이 되게 애매하군. 이길 수 있는 설정이기를 기도할 뿐이다.'

S급 던전의 최하층 보스는 이제까지 한 번도 공략되지 않았다.

전세의 기억으로 게임에서는 가끔 절대로 쓰러뜨릴 수 없는 보스가 존재했다. 나중에 버전 업으로 스킬 조정이나 신규 아이템 출시 이후부터 쓰러뜨리는 것을 전제로 두고, 내성이 지나치게 높아 공격이 안 통하거나 체력이 무한으로 설정되어 있거나 일정 대미지를 가하면 갑자기 전투가 강제 종료되는 등 나중을 위해 기대감을 차츰 고조시키는 방식이다.

아무튼 이곳 최하층 보스의 경우는 제작자 디그라그니가 「절대로 쓰러뜨릴 수 없다」라고 말을 하지는 않았다니까 아예 못 잡는 설정은 아닐 것이라는 전제로 파티를 편성한 뒤 작전을 수립했다.

'자, 가라라 제독에게 들은 대로인가.'

새삼 이제부터 싸우게 될 도합 다섯 대의 골렘을 관찰한다. 아이언 골렘이 두 대, 브론드 골렘과 미스릴 골렘이 각각 한 대, 그리고 화항금 골렘이 한 대.

'가라라 제독이 곧장 가망없다고 판단을 내린 이유는 알겠어.'

지금 가라라 제독은 동료 드워프들을 격려하고자 힘껏 외치고 있다.

"이놈들아, 겁먹지 마라! 이번에야말로 기필코 이길 수 있다!!"

"예. 가라라 제독님. 제, 제대로 싸워봅시다!"

'우리 파티의 동료들은 이미 최고 레벨이고, 반지도 다 모았으니 괜찮을 거야.'

알렌은 지금 다시 한번 마도서로 동료들의 스테이터스를 확인했다.

<table>
<tr><td>

【이　름】클레나
【연　령】15
【직　업】검제
【레　벨】60
【체　력】4150 +3000
【마　력】1832 +3000
【공격력】4150 +3000
【내구력】3968 +3000
【민첩성】3510 +3000
【지　력】2250
【행　운】2688 +3200
【스　킬】검제 〈6〉, 참격 〈6〉,
봉황파 〈6〉, 쾌유검 〈6〉, 패왕검 〈6〉,
호걸 〈2〉, 검술 〈6〉
【엑스트라】한계돌파
【반지①】공격력 5000
【반지②】공격력 5000
【무　기】아다만타이트 대검 -
공격력 3500
【갑　옷】아다만타이트 갑옷 -
내구력 3000

</td><td>

【이　름】세실 그란벨
【연　령】15
【직　업】마도왕
【레　벨】60
【체　력】2470 +2400
【마　력】3974 +2400
【공격력】1640
【내구력】1686
【민첩성】3382 +2400
【지　력】4138 +2400
【행　운】2541 +2400
【스　킬】마도왕 〈6〉, 불 〈6〉,
얼음 〈6〉, 벼락 〈6〉, 빛 〈6〉,
심연 〈2〉, 격투 〈4〉
【엑스트라】소운석
【반지①】지력 5000
【반지②】지력 5000
【무　기】마도왕의 지팡이 -
마법 공격 대미지 20퍼센트 상승,
지력 4000
【갑　옷】마도왕의 로브 -
내구력 4000, 마법 내성(대)

</td></tr>
</table>

【이 름】드골라
【연 령】15
【직 업】파괴왕
【레 벨】60
【체 력】4089 +2400
【마 력】1919
【공격력】4348 +2400
【내구력】3595 +2400
【민첩성】2849 +2400
【지 력】1757
【행 운】2664 +2400
【스 킬】파괴왕 〈6〉, 혼신 〈6〉,
폭격파 〈6〉, 무쌍격 〈6〉, 살육격
〈6〉, 투혼 〈2〉, 도끼술 〈6〉, 방패
술 〈4〉
【엑스트라】전심전력
【반지①】공격력 5000
【반지②】공격력 5000
【무 기】아다만타이트 대형 도끼
ー 공격력 4000
【방 패】아다만타이트 대형 방패
ー 내구력 3000
【갑 옷】아다만타이트 갑옷 ー
내구력 3000

【이 름】킬 폰 카르넬
【연 령】15
【직 업】성왕
【레 벨】60
【체 력】2740 +2400
【마 력】4100 +2400
【공격력】1580
【내구력】1786
【민첩성】2893 +2400
【지 력】4030 +2400
【행 운】3634 +2400
【스 킬】성왕 〈6〉, 회복 〈6〉
, 파마 〈6〉, 정화 〈6〉, 성벽 〈6〉,
기원 〈2〉, 검술 〈3〉
【엑스트라】신의 물방울
【반지①】체력 5000
【반지②】지력 5000
【무 기】성왕의 지팡이 ー
회복 20퍼센트 상승,
지력 4000, 체력 3000
【갑 옷】성왕의 법의 ー
내구력 4000, 마법 내성(대),
저주 내성(대)

【이 름】소피아로네
【연 령】50
【가 호】정령신
【직 업】대정령사
【레 벨】60
【체 력】2834 +2400
【마 력】4156 +2400
【공격력】1933
【내구력】1719
【민첩성】3011 +2400
【지 력】4243 +2400
【행 운】3453 +2400
【스 킬】정령 현현 〈6〉, 물 〈6〉,
바람 〈6〉, 흙 〈6〉, 나무 〈6〉, 궁술 〈3〉
【엑스트라】대정령 현현
【반지①】마력 5000
【반지②】내구력 5000
【무 기】정령왕의 지팡이 -
마력 6000, 소비 마력 10퍼센트
경감
【갑 옷】정령의 날개옷 -
내구력 3000, 마력 2000, 브레
스 내성(중)

【이 름】포르말
【연 령】69
【직 업】궁왕
【레 벨】60
【체 력】3736 +2400
【마 력】1949
【공격력】3965 +2400
【내구력】2960 +2400
【민첩성】3428 +2400
【지 력】1566
【행 운】1972 +2400
【스 킬】궁왕 〈6〉, 먼눈 〈6〉,
화룡격 〈6〉, 강궁 〈6〉, 강탄 〈6〉,
타기 〈2〉, 궁술 〈6〉
【엑스트라】빛의 화살
【반지①】마력 5000
【반지②】공격력 5000
【무 기】아다만타이트 대궁 -
공격력 3800
【갑 옷】수석 수호자의 전투복
- 내구력 4000, 브레스 내성(중)

【이　름】메르르
【연　령】15
【직　업】마암장
【레　벨】60
【체　력】1677 +1800
【마　력】2420 +1800
【공격력】782 +1800
【내구력】1318 +1800
【민첩성】782
【지　력】2420
【행　운】1503
【스　킬】마암장 〈6〉, 비완 〈6〉,
천공권 〈6〉, 광속검 〈6〉, 수복 〈6〉,
합금 〈2〉, 창술 〈3〉, 방패술 〈3〉
【엑스트라】합체(오른팔)
【반지①】체력 5000
【반지②】마력 5000
【목걸이】마도반
【무　기】없음
【갑　옷】마도 기술사의 망토 ―
내구력 3000, 마력 2000

알렌이 확인을 마친 뒤 마도서를 덮었을 때는 동료들도 모두 전투 준비를 마쳤다. 다른 파티도 무기를 손에 들고 미리 연습했던 대로 진형을 갖추고 있다.

"그럼 작전대로 움직입시다. 우선은 조금 더 접근해서 보조 마법을 걸겠습니다."

알렌이 말하자 제우 수왕자, 가라라 제독, 그리고 용사 헤르미오스가 고개를 끄덕이고 각각의 동료들에게 지시를 내린다.

'최하층 보스와 싸울 때 제한 시간은 딱히 없다는 것 같지만, 가능

하면 1시간 안에 승부를 내고 싶어.'

이번 전투는 알렌이 소환한 물고기 계통 소환수의 특기와 각성 스킬을 사용하는 것이 대전제이다.

특기는 24시간 지속되지만, 각성 스킬은 아쉽게도 1시간밖에 효과가 없다. 마신 레젤과의 대결을 뛰어넘는 힘든 싸움이 예상되는 상황에서 보조 마법을 다시 걸 만한 여유가 과연 생길지 장담하지 못한다.

알렌이 물고기 계통 소환수의 특기와 각성 스킬을 네 파티 전체에 써주는 동안에 킬이 성벽 스킬을 쓰고 소피가 나무 정령을 현현시킨다.

"나무의 정령 드라이어드 님, 가호를 베풀어주소서."

『응, 알았어.』

나무에 손발이 달린 자라난 소녀처럼 생긴 나무의 정령 드라이어드가 연합 파티의 상공에 출현해서 나뭇잎을 흩뿌려준다. 나뭇잎은 동료들에게 내리덮으며 능력치를 상승시켰다.

그다음은 바람의 정령, 이어서 흙의 정령, 마지막은 물의 정령까지 차례차례 현현시켜서 정령 마법을 걸어달라고 부탁을 한다.

【소피의 정령 마법】
　·물의 정령 님프　마력 3000 상승
　·바람의 정령 게일　민첩성 3000 상승
　·흙의 정령 피그미　내구력 3000 상승
　·나무의 정령 드라이어드　체력 3000 상승

‘좋아, 좋아. 소피는 수비 주체로 성장했지. 이런 때 도움이 많이 되는군. 그나저나 정령 넷이 전부 다 각각 능력치를 3000씩 증가시켜준다는 게 진짜 굉장한데.’

공격 마법을 써서 적에게 직접 대미지를 주는 방향으로 성장한 마도왕 세실과는 반대로 대정령사가 된 소피는 회복 및 수비 스킬을 다수 사용할 수 있는 방향으로 성장했다. 개중에서도 나무의 정령을 현현시키는 데는 정령신의 조력이 큰 역할을 했을 것이다.

소피의 차례가 끝나자 다음은 헤르미오스의 파티에 속한 성기사가 보조 스킬을 걸어준다.

이 세계의 보조 스킬은 서로 다른 계통의 스킬끼리는 모든 효과가 중첩된다.

성기사의 보조 스킬은 정령 마법의 효과에 추가되어 능력치를 상승시켜준다.

하지만 승려와 승려의 상위직인 성자처럼 같은 계통의 재능 스킬은 반드시 상위직의 스킬 효과가 우선적으로 발동되며, 하위직의 스킬 효과는 힘을 잃어버린다. 헤르미오스의 파티에는 성녀가 두 명 있지만, 성왕인 킬의 하위 직업이기 때문에 보조 스킬을 걸어도 덮어쓰기로 사라진다.

또한 수인은 수신 가룸의 영향 때문인지 재능의 계통이 완전히 상하 관계는 아닌 듯했다. 수인들의 보조 스킬과 보조 마법도 같이 효과를 발휘한다.

성녀 두 사람과 마찬가지로 가라라 제독의 파티와 메르르도 지금은 대기 중이었다. 드워프들이 일제히 골렘을 강림시키면 최하층 보스와 골렘들의 전투 개시 영역을 곧바로 침범하는 행동이 되어버리니까.

'동료를 많이 모으기를 잘했어. 이게 다양한 종족, 다양한 직업이 동시에 참전하는 강점이지.'

"재미있군. 바깥에는 이런 적이 있었던 건가. 전투의 비트!"

악수사 레페가 희색을 띠며, 그리고 노래하듯이 외치고 두 손을 부딪쳐서 짝 소리를 낸다. 그러자 레페의 주위를 둘러싸고 통처럼 가느다랗고 세로로 긴 북이 다수 출현했고, 레페는 제자리에서 춤을 추기 시작하며 공중에 떠 있는 북을 리듬감 있게 두드렸다.

레페의 스킬 「전투의 비트」가 발동됨으로써 이곳에 있는 전원의 공격력이 24퍼센트 상승했다.

연주를 마친 뒤 북을 없애고 레페가 이번에는 탬버린처럼 얇은 원형의 타악기를 출현시킨 뒤 한쪽 손으로 두드리며 또 춤을 춘다. 이 보조 스킬의 효과는 민첩성을 24퍼센트 상승시켰다.

'아니, 진짜로 굉장한데?'

공격력을 올리는 보조 스킬과 해당 스킬을 획득할 수 있는 재능은 손에 꼽히는 몇몇밖에 없다고 한다.

반대로 가장 많은 재능이 가지고 있는 보조 스킬은 내구력의 상승이다.

승려 등 회복계 직업이 내구력을 올려준다.

알렌이 보조 스킬의 효과에 감동하며 레페의 스킬을 확인하고 있던 때 이번에는 점성수사 테미가 스킬을 쓰기 시작했다.

"별의 가호여!"

테미가 품에서 꺼낸 자루의 내용물을 손에 들더니 공중으로 집어 던진다. 휙 날아간 보석, 광석이 공중에 떠서 반짝반짝 빛나며 동료들의 사이를 날아다니자 전원에게 체력, 마력의 회복 속도가 부여됐다.

'그래, 이거야! 이래야지!! 이런 게 레이드의 묘미지!!'

알렌은 점점 흥분한다.

보통 파티의 인원수가 적으면 멤버 구성은 안정성을 중시하게 되기 마련이다. 하지만 서른 명, 쉰 명으로 숫자가 늘어나면 다양한 멤버가 서로를 보조해줄 수 있기에 일반적으로 편성에 잘 받아주지 않는 직업이 한두 사람 추가되어도 오히려 안정적인 전투가 가능해지는 것이 전세 때 플레이했던 게임의 정석이었다.

그런 재미가 다시 태어난 이 세계에서도 구현되고 있다는 것이 못 견디게 기쁘다.

보조 스킬이 전부 사용되었음을 확인했다. 드디어 때가 왔다. 알렌은 심호흡하고 흥분을 내리누른다.

"이제 갑시다."

제우 수왕자, 가라라 제독, 용사 헤르미오스가 고개를 끄덕였다. 각각의 파티가 연습한 대로 진형을 갖춰 전진을 개시한다.

그러자 대략 50미터의 거리까지 접근했을 때 화황금 골렘의 눈이 번쩍 빛났다.

『나는 시련의 탑을 지키는 파수꾼 골디노. 대결을 위해 온 것인가, 왜소한 존재들이여.』

최하층 보스가 전장에 울려 퍼지는 큰 음성으로 말했다.

'흠, 「왜소한 존재」라는 말을 듣는 날이 올 줄은 생각도 못했는데.'

확실히 거대한 골렘의 몸체와 비교하면 알렌과 동료들은 모두 왜소한 정도가 아니라 존재하지 않는 것과 다름없겠다.

'그건 그렇고 최하층 보스는 인격이 있는 건가. A급 던전 최하층 보스는 이전에 싸웠을 때의 기억을 가지고 있지 않았는데 이 녀석도 마찬가지인가 보군.'

골디노라고 이름을 밝힌 화황금 재질의 골렘을 보고 일순간 경계하며 몸을 움찔거렸던 가라라 제독과 대조적으로 상대는 가라라 제독을 신경 쓰는 기색이 없다. 아무래도 저번에 가라라 제독과 싸웠을 때의 기억은 없는 것 같다고 알렌은 생각했다.

어쩌면 최하층 보스는 대결에 임할 때마다 인격과 기억이 리셋되는지도 모른다.

이후 몇 번을 재도전해도 처음부터 아군의 작전에 대책을 마련해서 덤벼드는 경우는 없겠지.

『나에게 승리하고 싶거든 힘을 증명하라.』

골디노가 말을 마치는 순간, 나머지 네 대의 골렘이 말없이 움직이기 시작했다.

『…….』

다만 이 전개는 가라라 제독에게 이미 들었다. 작전대로 진행하면 문제없다.

알렌은 제우 수왕자, 가라라 제독, 용사 헤르미오스와 재빨리 아이 콘택트를 한 다음에 소리 높여서 호령했다.

"일단 피한다. 왼편의 통로로 대피해라!!"

네 파티의 전체 리더는 제우 수왕자다. 다만 전투 중 지휘는 레이드전에 익숙한 알렌이 맡아 수행하기로 했다. 알렌이 전황을 보고 언제 어느 적을 공격할지, 막거나 거리를 벌릴지, 철수할지를 결정하면 지시에 따라 각 파티의 리더가 동료들에게 세세하고 구체적인 지시를 내려 실행하는 형태다.

이렇듯 지휘 계통을 정리하는 것도 레이드전의 묘미라고 알렌은 생각한다.

"오오오!!"

"오오오!!"

"오오오!!"

알렌이 소리 높이자 모두가 일제히 후퇴를 시작한다. 5일간 했던 연습으로 다른 파티의 멤버들도 알렌이 상황을 분석하고 그때그때 상황에 따라 최적의 작전을 세울 수 있다는 것을 경험했기에 곧장 행동으로 옮겼다.

알렌이 소환한 새B 소환수에 올라탄 부류도 있고, 드베르그처럼 평소의 자기 방식대로 행동하는 편이 좋다고 하는 부류도 있다. 적과 비교하면 비록 압도적으로 작아도 알렌과 동료들은 입체적인 배치가 가능하다.

『아니?! 느닷없이 도망부터 친다니! 이, 이 겁쟁이 녀석들!!』

골디노가 갑자기 소리치는지라 무기질적인 골렘인데도 인간처럼 놀라는 반응도 보이는 것이냐고 알렌은 생각했다.

골렘은 움직임은 둔할지언정 보폭도 신장과 마찬가지로 인간의 몇십 배는 크기 때문에 몇 발짝만 걸어도 금세 따라잡아 버린다.

하지만 물론 이 상황은 예상했다.

후퇴하는 파티의 최후미에 위치했던 가라라 제독이 자신의 파티 「스팅어」 소속 드워프들을 향하며 외친다.

"간다! 이 녀석들아! 근성을 보여주자!!"

"와아!!"

열세 명의 드워프와 메르르가 일제히 답하더니 각각의 가슴에 있는 마도반을 굳세게 쥐었다.

마도반이 기하학적으로 빛나고 막 후퇴하던 알렌과 다른 동료들에게 바짝 다가붙은 골디노와 적들의 사이로 일순간에 거대한 벽이 출현한다.

벽의 정체는 가라라 제독도 포함하는 열다섯 대의 골렘, 전부가 신장 100미터짜리 초신병이었다.

『오호. 화황금 골렘을 보유한 자도 있었는가.』

골디노가 출현한 골렘 가운데 자신과 같은 화황금 골렘을 발견하고 말했다.

확실히 열다섯 대의 골렘들 한가운데에 한 대만 붉은빛의 골렘이 있었다. 가라라 제독의 골렘, 게라라바다.

마도반을 써서 강림시키는 골렘은 랭크에 따라 각 능력치의 기본 수치가 정해져 있다.

브론즈는 1000, 아이언은 1500, 미스릴은 3000, 그리고 화황금은 무려 5000이다.

이때 화황금 골렘을 강림시키는 데 사용한 마도반은 알렌 파티가 은 상자에서 손에 넣었다. 며칠 전 네 파티 합동 연습의 첫날에 가

라라 제독에게 넘겨줬었다.

이렇게 화황금 골렘이 된 게라라바는 초신병화까지 더해짐으로써 모든 능력치가 25000에 달하며, 또한 제독의 「마암왕」 스킬 효과까지 추가됐다.

화황금 초신병 세트를 건네줬을 때 가라라 제독의 마도반을 잠깐 구경했기에 알렌의 마도서에는 게라라바의 스테이터스가 메모되어 있다.

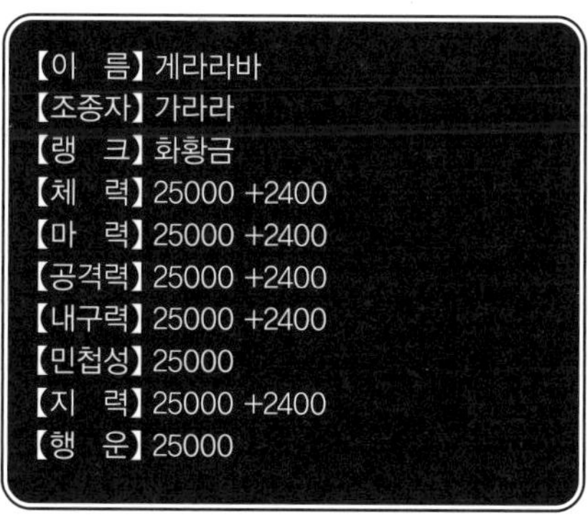

게라라바 등 골렘이 만든 벽으로 골디노와 휘하의 적 골렘들이 들이닥쳤다.

"끄아앗!!"

적 브론즈 골렘의 드릴 펀치를 방어한 미스릴 골렘의 한쪽 팔이 분쇄된다.

"베르르카, 괜찮냐!!"

"예에!"

한쪽 팔을 어깻죽지까지 분쇄당한 미스릴 골렘을 조종하는 베르르카는 수정 안 조종석에서 서둘러 미스릴 석판을 바꿔 낀다. 그러자 이미 파괴된 미스릴 골렘의 한쪽 팔이 순식간에 멀쩡한 팔로 교체됐다.

골렘술사 드워프들에게는 나무 상자에서 나오는 아이템 중에서는 「꽝」 취급을 받는 미스릴 석판을 미리 대량으로 건네줬다. 「꽝」은 천 개 이상의 물량이 확보되어 있었다.

최하층 보스전에서 무사히 승리를 거두고 끝냈을 때는 돌려받을 예정이지만, 그때까지는 얼마든지 써도 괜찮다고 말해 두었다. 설령 골렘 본체가 파괴되어서 아예 가동이 안 되는 경우에도 「수복」 스킬을 쓰면 석판은 또 활용할 수 있으니까 일부 부위가 좀 부서져도 개의치 않는다.

"제독님은 앞으로! 오로치는 모두 무사히 물러날 수 있도록 보조해라!"

"오냐!"

『알겠네! 알렌 공, 맡겨주시게! 쿠오오오오!!』

골렘의 벽 뒤편에 출현한 용A 소환수가 벽을 뚫고 닥쳐든 적 골렘을 견제한다.

그 틈에 가라라 제독의 게라라바가 앞에 나서서 적 브론즈 골렘의 공격을 받아냈다.

화황금의 몸체도 베르르카의 미스릴 골렘보다는 잘 버텨줬지만, 차츰 흠집이 늘어나고 있다.

알렌은 새B 소환수에 올라타서 거대한 전장의 공중으로부터 현재 전황을 관찰했다.

골렘이 방패 역할을 맡아주고, 알렌이 내보낸 소환수도 잘 보조해 주고 있어서 동료들은 순조롭게 후퇴 중이며 슬슬 벽면에 있는 통로의 입구로 도달할 것 같다.

다만 4계층까지는 모든 계층 보스를 완벽하게 틀어막았던 골렘의 벽이 적군의 다섯 대 골렘에게 밀리고 있는 형세였다. 아군의 많은 골렘이 베르르카의 미스릴 골렘과 마찬가지로 팔과 머리, 다리를 파괴당했다가 교체하며 어찌어찌 버텨주고는 있는데 적 골렘의 공격이 너무 강력한지라 당장에라도 돌파당할 것 같았다.

'이대로 두면 위험하겠어. 지금 써야한다.'

알렌은 곧장 판단을 마친 뒤 승부수를 두기로 했다.

지시는 전부 새F 소환수의 특기「전달」을 사용하고 있다.

반경 3킬로미터, 지금 싸우고 있는 넓은 범위의 전투 상황에서도 전체 인원에게 또렷하게 지시가 전달된다.

"모두『초합체』를 부탁합니다!!"

"엉? 괜찮겠냐? 막 싸우기 시작했는데 벌써 써버려도?!"

가라라 제독이 탄 골렘의 입에서 큰 음량으로 대답이 돌아왔다.

알렌의 지시에 가라라 제독이 되물은 것이다. 연습 중 예정에서는 조금 더 시간이 지난 다음에 쓸 계획이었으니까.

"상관없습니다! 첫 전투입니다!! 확실한 방법으로 싸웁시다!!"

알렌이 곧장 외치자 가라라 제독을 태운 게라라바가 가볍게 고개를 끄덕였다.

"좋아! 알겠다! ……간다, 이 녀석들아. 초합체다!"

"제독님, 알겠습니다!!"

제독의 호령에 열세 대의 골렘이 일제히 대답한다. 골렘의 수정 부분에 탑승한 드워프들의 몸이 아지랑이처럼 일렁이기 시작한다. 또한 골렘의 눈에 광채가 깃들었다.

"인마, 메르르! 너는 이리로 와라! 오른팔이 돼라!!"

"응, 제독!"

메르르가 대답하고 타므타므도 상대하고 있었던 적 미스릴 골렘을 밀쳐 낸 뒤에 게라라바가 있는 곳으로 향한다.

미스릴 골렘 열넷이 화황금 골렘 한 대가 있는 곳으로 모여들었다.

다음 순간, 거대한 전장을 구석구석까지 비출 만큼 눈부신 빛이 번쩍였다가 원래대로 돌아왔을 때는 초초거대 골렘 세 대가 전장에 출현해 있었다.

다섯 대의 초신병이 골렘술사의 엑스트라 스킬「합체」를 써서 하나가 된「초합체 골렘」이다.

'푸핫! 로망이 한가득이야.'

알렌은 반짝반짝 빛나는 눈으로 초합체 골렘들을 바라봤다. 전세의 기억에 있는 합체 로봇을 저절로 떠올리게 된다.

「합체」는 사이즈가 같은 골렘끼리 합체할 수 있다. 이것을 초신병끼리 실행한 것이「초합체」다.

물론 다른 엑스트라 스킬과 마찬가지로 1시간의 시간제한과 1일의 쿨타임이 설정되어 있다. 이 또한 최하층 보스와의 전투 한계를 1시간으로 정한 이유 중 하나였다.

합체 골렘은 각 골렘의 조종자가 가슴에 있는 거대한 수정으로 모이는 구조다. 지금 초합체 골렘 세 대의 가슴 수정에는 골렘술사 드워프가 각각 다섯 명씩 탑승한 상태이다.

세 대의 신장은 모두 150미터 전후였다. 합체 전 초신병 골렘의 1.5배 정도이며 능력치도 합체 전보다 1.5배 정도로 상승했을 것이다. 그 덕에 초합체에 의하여 능력치가 1만 정도 불어났다. 게다가 화황금 골렘을 포함하는 한 대는 능력치가 더 높이 상승했다.

"으랴아아아아! 이놈들, 시건방 떨지 마라아아아아!!"

가라라 제독이 고함지르고, 몸체 부분이 화황금으로 된 초합체 골렘이 가까운 곳에 있던 적 브론즈 골렘을 후려갈겼다. 상대가 비틀거릴 때 곧장 허리로 두 손을 빼내더니 적의 커다란 몸체를 두 손으로 들어 올렸다가 두 대의 아이언 중 한 대를 노려서 집어 던졌다.

『시건방을 떠는 건 너희다! 가라, 미스릴 골렘이여!!』

골디노가 지시 내리자 적 미스릴 골렘이 공중으로 떠올라서 비행 형태로 변형했다.

미스릴의 방에서 싸웠던 상대와 마찬가지로 두 개의 포대가 광구를 빗발치듯이 연사한다.

다만 이것도 예측이 끝난 공격이었다. 알렌은 돌A 소환수를 불러냈다.

"로카넬들아, 나설 차례다. 한 발도 놓치지 마라."

『…….』

돌A 소환수 다섯은 출현하자마자 「흡수」를 위한 금속구를 발사해서 적 미스릴 골렘의 광구를 막고 흡수하기 시작했다. 광구 대부분을 막아서 빨아들인지라 곧바로 두 마리가 흡수 한계에 다다랐다.

"충분해! 쓸어버려라!!"

한계에 달한 돌A 소환수 두 마리에게 각성 스킬「수렴 포격」의 사용을 명령한다. 두 마리의「수렴 포격」이 미스릴 골렘을 관통, 분쇄했다.

『미스릴 골렘을 1마리 쓰러뜨렸습니다. 경험치를 8억 획득했습니다.』

적 미스릴 골렘을 쓰러뜨리자 경험치를 습득했다는 로그가 마도서에 표시된다.

『흥. 기고만장하지 말거라. 아이언이여. 리페어 에너지를 쓰도록 해라!』

'대사 하나하나가 악역 느낌이 장난 아닌데.'

골디노의 지시에 따라 아이언 골렘이 스킬을 써서 적 미스릴 골렘을 순식간에 수복한다.

'소생 담당이 둘이나 있는 탓에 쓸데없이 난이도가 올라갔군. 아마 골디노를 쓰러뜨려도 곧바로 소생시켜버릴 거야.'

알렌이 상황을 파악하며 생각하던 때 다른 파티에게 빌려줬던 새B 소환수를 통해 작전대로 모두들 통로로 대피하는 데 성공했다는 보고가 전해졌다.

"자, 제독님의 초합체 골렘을 최후미에 두고 저희도 통로로 도망칩시다!"

알렌의 지시대로 세 대의 초합체 골렘이 한 대씩 통로로 진입한다. 통로는 제법 폭이 넉넉한데 초합체 골렘이 나란히 서서 움직일 만큼 넓지는 않다. 따라서 세 대의 초합체 골렘이 모두 쓰러지지 않는 한에는 적 골렘이 틈을 비집고 들어오거나 우회를 할 걱정은 하지 않아도 된다.

다만 천장은 상당히 높아서 비행 능력을 보유한 미스릴 골렘이 광구를 쏟아붓는지라 돌A 소환수의 「흡수」로 막아야 할 필요가 있었다.

『이런 곳으로 도망치다니 벌써 싸울 의욕을 상실한 건가? 겁먹은 녀석들을 짓눌러 해치워주면 아주 유쾌할 테지!!』

최후미의 가라라 제독에게 들이닥치는 적 브론즈 골렘의 뒤편에서 골디노가 땍땍거리며 도발한다.

게다가 더 뒤쪽에는 창을 든 아이언 골렘과 방패를 든 아이언 골렘이 따라오고 있고, 적들의 머리 위쪽으로 비행 형태의 미스릴 골렘이 떠 있다.

이 같은 대열을 알렌은 새B 소환수에 올라탄 채 공중에서 확인했다.

'흠흠, 이렇게 대열을 짜서 들어온 건가. 가능하면 아이언은 분산되기를 바랐는데. 뭐, 감당할 수 있어.'

"메르스, 부탁한다."

알렌은 이미 소환해 둔 메르스에게 지시 내렸다.

『알겠다.』

메르스가 고개를 끄덕이고 적 브론즈 골렘의 드릴 펀치를 막아내는 가라라 제독의 초합체 골렘을 머리 위로 뛰어넘어서 골디노가 있는 곳으로 향한다.

가라라 제독이 지휘하는 초합체 골렘과 적 브론즈 골렘은 일진일퇴의 공방을 거듭하고 있다. 다섯 대의 골렘이 초합체를 함으로써 간신히 힘이 비등해졌으니 적 골렘의 무력은 도대체 어느 정도인지 기막힐 따름이다.

그러나 파티의 동료들 중 공격 마법이나 화살을 사용 가능한 멤버가 원거리 공격을 구사해서 적 브론즈 골렘의 체력을 깎아주고 있다.

얼마 뒤 메르스가 돌아왔다.

"슬슬 가능하려나?"

『그래, 속성 부여와 둥지의 설정은 끝났다.』

메르스의 대답을 듣고 알렌은 먼저 통로로 진입했던 동료들에게 고개 돌렸다.

"좋아, 공격할 때다. 헤르미오스 씨 파티, 부탁합니다!『귀소 본능』!!"

『으음?』

골디노가 이변을 알아차렸으나 그때는 이미 최후미의 아이언 골렘이 공격을 받고 있었다.

"뒤를 잡았어! 이제부터가 진짜 싸움이다!!"

"그래, 우리가 나설 차례군!!"

헤르미오스의 말에 드베르그를 필두로 파티 멤버가 힘차게 대답했다.

통로의 입구 쪽으로 전이한 초합체 골렘과 헤르미오스의『세이크리드』가 적의 최후미에 있는 방패를 든 아이언 골렘을 협공한 것이다.

새A 소환수의 각성 스킬『귀소 본능』은 자신의 주위에서 반경 1킬로미터 이내에 있는 대상을 선택하여 미리 설정한『둥지』로 전이할 수 있다.

지하에 단단히 뿌리를 내린 나무나 기초가 깊이 매몰되어 있는 집, 땅속에 박힌 바윗덩이 따위는 전이가 되지 않으니 지면 및 바닥까지 넘어서 효과가 작용하지는 않는다. 이렇듯 대상 전체가 스킬의 작용 범위에 들어와야 하는 등 제약은 조금 있는 듯하나 범위 안쪽이라면 1천 명을 넘는 군대를 보급 물자까지 함께 전이시키는 것도 충분히 가능하겠다.

당연히 신장 150미터쯤 되는 초합체 고렘도 전이시킬 수 있다.

지금 막「귀소 본능」을 써서 초합체 골렘 한 대와 헤르미오스의 파티「세이크리드」전원을 통로로 유인하여 한 줄로 선 적 골렘들의 배후로 전이시켰다.

전이에 필요한「둥지」는 천사 메르스가 미리 지정했던 통로 입구로 가서 그곳에 새A 소환수를 소환하는 방법으로 설치했다. 메르스의 특기인「천사의 고리」는 알렌 대신에 다른 소환수를 소환할 수 있으며, 소환 가능한 범위에 제한이 있기는 해도 지금은 전부 풀어놓은 상태다.

단독 행동이 가능하고 이동 속도도 빠른 메르스가 자유롭게 움직이면서「둥지」를 만드는 것이 이 작전의 요체였다. 지금은 다시 적 골렘의 머리 위로 날려 보내서 헤르미오스 파티의 곁에 배치했다.

"좋아, 판짜기는 끝났다. 모두 잘 부탁드립니다!!"

새F 소환수의 특기「전달」을 활용해서 지휘를 계속한다.

헤르미오스 파티의 공격 개시에 맞춰서 통로 안쪽에 남은 이쪽도 공격을 개시했다.

"으라아아아! 가자고!!"

"응! 쓰러뜨리자!!"

드골라와 클레나가 새B 소환수에 타서 기다렸다는 듯이 적 브론즈 골렘에게 돌격했다.

두 사람에 이어서 10영수도 전선으로 나선다.

"이봐, 이봐. 나도 간다! 더, 더는 참을 수 없구나!!"

창, 모 부문의 10영수, 코뿔소 수인 라조가 우렁차게 외치고 돌진한다. 머리 위에서 내리찍히는 드릴 펀치 따위 쳐다보지도 않으며 핼버드를 들고 도약해서 적의 몸체로 격돌했다.

무시무시한 금속음이 통로에 메아리를 치고, 눈에 보일 만큼 뚜렷한 충격파가 통로의 벽을 진동시켰다.

격돌의 충격 때문에 적 브론즈 골렘이 뒤로 비틀거린다. 반대편으로 날아갔던 라조는 공중에서 자세를 가다듬고 통로에 착지했다.

그 얼굴에서는 놀라움의 감정이 묻어나고 있다. 새삼 생각하면 방금 전 자신이 몇십 미터를 도약했는지 알 수 없다. 알렌에게 빌린 반지와 마구 중첩된 스킬이 이렇게까지 엄청나게 힘을 더해주는 것이냐며 경악하는 반응이었다.

"라조는 변함없군."

"이게 뭐지? 너무 재미있잖아."

다른 10영수도 저마다 감상을 늘어놓으며 적 브론즈 골렘에게 추가 공격을 가하고 있다.

"몸이 깃털처럼 가볍구나!!"

단검, 쌍검 부문의 10영수, 표범 수인 세누가 아다만타이트 재질의 쌍검으로 적 브론즈 골렘의 발목에 잔상이 남을 만큼 신속한 참격을 때려 박는다.

'좋아, 좋아. 수인들의 공격도 통하는군. 이 세상은 내구력과 공격

력 차이가 너무 벌어지면 공격이 아예 안 먹히니까. 대미지 1이면 안 되잖아. 다행이야.'

각각 무기를 휘두르며 거대한 적과 맞서는 10영수들은 하나같이 얼굴에 생생한 기쁨의 표정을 짓고 있다. 그 모습을 조금 뒤쪽에서 바라보고 있었던 제우 수왕자가 기뻐하며 중얼거렸다.

"녀석들, 신이 났구나……."

수왕 무술 대회의 각 부문에서 최강의 전사로 선발될 때까지는 좋았다만. 이후 1년간 다음 무술 대회까지 최강의 실력을 발휘할 만한 기회가 거의 없었다. 베크 수왕태자가 바우키스 제국 S급 던전행을 막아 놓았기 때문이다. 저들을 최강이라며 받들어준 아르바할 수왕국은 한편 10영수의 활약을 막는 좁다란 감옥이기도 했다.

1년에 한 번밖에 실력 발휘를 할 기회가 없는 자국에서 단지 떠받듦만 받는 처지보다도 이렇듯 거대한 적을 상대로 거침없이 전력을 쏟아부을 수 있는 싸움이 얼마나 상쾌한지를 새삼 깨닫게 된다.

"뭐, 무서워하는 것보단 낫죠."

"동감이다. 자, 나도 다녀오도록 하마."

"예. 드릴 펀치는 주의해주십시오."

"그래, 알고 있다. 아내가 수왕국에서 기다리고 있거든."

제우 수왕자도 두 손에 낀 너클을 가볍게 맞부딪쳤다가 적 브론즈 골렘을 향해 천천히 걸어 나아갔다.

'흠, 여기까지는 연습과 작전대로 진행 중이군.'

알렌은 다시 새B 소환수로 공중에 떠올라 전체를 관찰한다.

적은 마신 레젤과 비슷하거나 더 강하다. 다만 아군도 체력과 내구력을 증가시키는 반지를 장비했고, 터무니없이 많은 보조 스킬을 걸었다. 후위여도 일격에 죽어버리는 불상사는 없을 것이다.

『갇잖구나. 앵앵거리는 벌레 같으니. 브론즈여, 짓밟아버려라!!』

골디노에게 지시를 받은 적 브론즈 골렘이 거대한 다리를 들어 올린다. 하지만.

"으라랏, 어림도 없다!!"

가라라 제독과 드워프들이 조종하는 초합체 골렘이 적 브론즈 골렘이 막 들어 올렸던 다리를 후려갈기며 공격을 쳐낸다.

『가, 갇잖은 것이!!』

골디노가 긴 팔의 끝에서 만든 빛의 창을 비틀거리는 적 브론즈 골렘의 옆쪽 틈으로 찔러 내뻗음으로써 초합체 골렘의 어깨를 공격했다.

"끄응."

초합체 골렘이 크게 후퇴한다.

'근거리, 중거리, 원거리까지 적의 공격 수단은 완벽하군. 다만 골디노는 분명히 다섯 대의 적 가운데 가장 강하기는 한데 아주 특별히 더 강하지는 않아. 다른 숨겨진 스킬이라도 가지고 있는 건가?'

선두가 드릴 펀치의 브론즈 골렘, 뒤쪽에 빔 랜스의 골디노, 더욱 뒤쪽에 원거리 공격의 미스릴 골렘. 적들도 각각 무기를 활용할 수 있도록 배치를 신경 써서 통로에 진입한 셈이다. 개중에서도 골디노만큼은 어떤 스킬이나 특징을 보유했는지 미처 파악할 수 없었다. 현 상황에서는 빔 랜스를 막는 초합체 골렘의 모습을 보고 골디노만 특별히 더 강한 공격력을 가지고 있지는 않은 것으로 판단하는 정도이다.

이윽고 오바 장군이 도약해서 휘두른 대형 망치에 가슴을 얻어맞고 적 브론즈 골렘이 나자빠졌다.

"흐음! 잡았나?!"

알렌의 마도서에도 로그가 표시된다.

『브론즈 골렘을 1마리 쓰러뜨렸습니다. 경험치를 4억 8천만 획득했습니다.』

다만 골디노가 있는 더 후방으로부터 적 아이언 골렘이 「리페어 에너지」를 쓰자 적 브론즈 골렘이 다시 일어선다.

적 미스릴 골렘도 원거리 공격을 흡수한 돌A 소환수가 「수렴 포격」으로 격추했었지만, 번번이 거의 곧바로 부활하고 있는 상황이다.

"모든 적들이 쓰러지자마자 부활하는구나."

제우 수왕자가 알렌에게 묻는다.

"전부 예정대로죠. 쓰러진 뒤 다시 부활할 때까지는 잠시나마 공격이 줄어드니까 이대로 계속 잡아주십시오. 가라라 제독님은 천천히 후퇴를 부탁드립니다."

"그래, 작전대로 말이지."

언뜻 상황은 달라진 것이 없는 듯 보이나 알렌과 동료들은 슬금슬금 통로 안쪽으로 후퇴하고 있었다.

문제는 통로를 후퇴하는 연합 파티의 후위에서 발생했다.

"회복이 못 따라간다!!"

"다들 뭉쳐줘요! 제발!"

수인 중 회복 담당 두 명이 비명을 질렀다.

두 사람은 후퇴하는 연합 파티의 중심에 위치하면서 적 브론즈 골렘의 근거리 공격, 골디노가 구사하는 중거리 공격, 아울러 돌A 소환수가 미처 막아내지 못했던 적 미스릴 골렘의 원거리 공격에 맞아 부상당한 동료를 쉴 새 없이 회복시키고 있었는데 마침내 회복 속도가 뒤처지게 된 것이다.

10영수는 전투에 특화된 집단이다. 전위가 다섯 명, 공격 마법이 한 명, 방패 담당이 한 명, 3분의 2가 공격 전문이고 나머지는 보조가 두 명에 회복 담당은 한 명뿐이다. 그것이 회복 마법 부문의 10영수, 염소 수인으로 「대성수」의 재능을 가진 후이다.

따라서 「승려수」의 재능을 가진 고양이 수인 사라를 영입했다. 후이와 비교하면 회복량은 조금 부족하더라도 레이드전은 숫자로 메우면 그만이라는 것이 알렌의 생각이다.

하지만 용사 헤르미오스의 파티가 적 후방으로 이동함으로써 회복 담당이 적어졌고, 적의 공격이 좁은 통로의 곳곳으로 날아들어서 후위도 부상을 입는 상황인지라 회복량이 한계에 달한 사라와 집단 전투 경험이 적은 후이에게 한계가 와버렸다.

그런 두 사람에게 성왕 킬이 말을 건넸다.

"그럼 내가 맡을게. 이제 괜찮으니까 후위만 잘 회복시켜줘."

그리고 미쳐 날뛰는 근육 뇌 전위직 수인들과 새B 소환수에 타서 입체적으로 움직이는 클레나와 드골라가 어떻게 움직일지를 예상하고, 몇 초 뒤에 받을 공격을 예측해서 회복 마법을 영창한다.

이것은 내구력이 높은 인물과 낮은 인물, 자꾸 공격을 받는 인물과 피하는 빈도가 높은 인물, 범위 마법의 발동 시점에서 회복 범위에 누가 있는지를 미리 예상해서 이루어지는 행동이다.

통로에 남은 알렌 파티, 제우 수왕자와 10영수, 그리고 가라라 제독 파티의 초합체 골렘 두 대의 후방에는 킬을 포함해서 세 명의 회복 담당이 있다. 그중 킬이 전체의 절반 이상 회복을 담당하고 있지만, 특히 전선에서 마구 날뛰는 수인들의 움직임에 대응하는 회복 마법 영창의 타이밍은 거의 예지라고 말해도 괜찮을 법한 영역에 도달한 상태였다.

"저, 정말 굉장하군. 너무 빠르잖나. 미래가 보이는 건가."

후이가 킬의 솜씨에 감탄한다.

"알았으니까 회복에 집중해라. 지력이 모자라서 여유가 없단 말이다. 후위까지는 손을 못 쓰니까."

이번에 다섯 대 동시에 적이 나타난다는 말을 듣고서 알렌은 동료들이 공격을 받는 빈도가 유례없이 많아질 것이라고 판단했다. 따라서 네 파티 중 특히 후위에 체력이나 내구력 어느 하나를 상승시키는 반지를 건네줬다. 반지의 효과와 거듭 중첩된 보조 스킬 덕분에 후위직이어도 일격에 치명상을 입는 불상사는 없을 터이나 킬의 경우는 지력을 상승시키는 반지를 장비하지 않은지라 상황 판단을 위한 지력이 모자라졌다며 한숨짓고 있다.

다만 실제로 보여주는 실력은 전혀 상관없지 않냐는 생각이 들 만큼 능숙했기에 전세 때 힐러를 플레이했던 경험이 없는 알렌은 후이 이상으로 무척 감탄했다.

'끝내주는데. 킬이 완전히 개화했군.'

S급 던전 공략 중 알렌의 동료들은 전직을 거듭하고, 더 좋은 장

비로 교체하고, 전법을 변화시키며 각자 성장을 이루어왔다. 개중에서 가장 두드러지게 성장하며 본인의 힘을 깨우친 것은 킬이라는 생각이 든다.

회복 마법은 영창, 발동, 회복이라는 과정을 거친다. 대체로 각 단계마다 몇 초쯤 시간이 걸리는데 지력 능력치가 높아지면 각 간격이 상대적으로 점점 짧아진다.

그리고 이 과정 중에서 「발동」과 「회복」에는 시간차가 있으며, 회복 마법은 발동 후 대상이 공격을 받을 때까지 회복 효과가 발현되기를 기다리는 상태에 들어선다는 것을 알 수 있었다. 요컨대 몇 초 동안은 「회복의 예약」이 가능하다는 것이다.

예컨대 적의 공격에 맞는 상황을 예측해서 회복 마법을 미리 발동시킨다면 연속 공격을 받아도 첫 번째 공격을 맞은 순간에 앞서 예약했던 회복의 효과가 발휘될 테니 중상의 위험성을 줄일 수 있는 셈이다.

회복 받는 입장에서는 부상에 따른 공격의 정체와 위력 감소도 방비할 수 있고, 회복 담당도 다음 전개를 예상해서 행동할 수 있다면 동작에 낭비가 사라지며 회복 마법을 걸어주는 것 말고도 임기응변으로 여러 행동을 취할 수 있다.

따라서 알렌은 이 같은 「회복의 예약」을 언제나 신경 쓰도록 킬에게 입이 닳도록 강조해왔다.

말만 하기는 간단하다.

하지만 킬은 몸소 실천하며 적의 공격과 동료의 행동을 예측하고 회복 마법 영창의 타이밍을 가늠하는 기술을 습득해왔다. 줄곧 함께 싸워왔던 동료들은 물론이거니와 철저하게 연습을 했을지언정 함께한 기간이 고작 5일에 불과한 다른 파티에게도 정확하게 회복 마법을 예약해주고 있다.

이것은 알렌이 전세 때 플레이했던 게임에서 「플레이어 스킬」이라고 불린 기술이다.

전투 상황의 여러 숙련도가 동료들 중 가장 향상된 녀석이 바로 킬이었던 것이다.

'자, 감탄이나 할 상황은 아니지. 슬슬 전황이 변화될 것 같아. 나도 내 역할을 다하도록 하자.'

최후미의 적 아이언 골렘을 용사 헤르미오스 파티가 붙잡아주고 있는 동안에 가라라 제독 파티의 초합체 골렘들이 골디노 부대를 끌어들이면서 천천히 후퇴했고, 마침내 두 대의 적 아이언 골렘 사이에 간격이 벌어지기 시작했다.

알렌은 리페어 에너지라는 부활 특기의 사거리가 얼마나 되는지를 완전히 숙지하고 있다. 이대로 가면 적 아이언 골렘 두 대의 연쇄적인 부활이 제대로 기능하지 못하게 될 것이다.

"얼마 안 남았습니다. 얼마 뒤 적의 부활 담당이 한 대로 줄어듭니다!"

알렌은 전체 파티에 외쳐서 격려하고 메르스에게 모종의 행동을 지시했다.

『끄응, 끄으응.』

상황을 파악한 골디노가 침음했다.

『으음, 어쩔 수 없구나. 일단 후퇴한다. 후퇴해라.』

골디노가 일단 공격을 멈춘 뒤 방향을 전환하도록 부하 골렘들에게 외친다.

적의 걸음이 멈추기 직전, 메르스의 보고가 들어왔다.

지체없이 알렌은 새로운 새A 소환수의 각성 스킬을 사용한다.

"어림없다!"

다음 순간, 적 아이언 골렘 두 대의 사이에서 충분히 벌어진 공간으로 초합체 골렘 한 대가 전이했다.

그리고 통로 안쪽의 적 아이언 골렘을 배후에서 공격했다.

"미스릴 석판을 마구 소비해도 상관없으니까 골디노와 적 골렘을 뒤에서 밀고 후퇴하지 못하게 막아줘!"

『네, 네놈들!! 뭐 하는 게냐. 어서 이리로 돌아오거라!!』

골디노가 두 대의 적 아이언 골렘에게 지시를 내려봐도 통로 안쪽의 적 아이언 골렘은 초합체 골렘에게 밀려나고 있고, 통로의 입구 쪽 적 아이언 골렘은 헤르미오스가 지휘하는 파티와 메르스에게 쓰러진 상태였다.

"한고비 넘겼네, 다들 수고했어."

헤르미오스가 동료들에게 격려의 말을 건넨다.

『자, 다음 적에게 이동하지.』

메르스가 다시 소환한 새A 소환수의 각성 스킬 「귀소 본능」을 써서 또 다른 적 아이언 골렘이 있는 곳으로 헤르미오스 파티를 전이시켰다.

초합체 골렘에게 공격을 당하면서도 브론즈 골렘, 미스릴 골렘을 필사적으로 부활시키고 있는 나머지 적 아이언 골렘 한 대에게 막

전이해서 나타난 헤르미오스 파티가 거듭 격렬한 공격을 가한다.

몇 분 뒤 두 번째 적 아이언 골렘을 쓰러뜨렸다. 헤르미오스 파티와 메르스의 공격이 드디어 골디노에게도 닿기 시작했다.

한편 돌A 소환수의 수렴 포격에 의해 적 미스릴 골렘도 격추된다. 공중 이동도 안전이 확보됐다고 판단한 뒤 알렌은 새B 소환수에 올라타서 골디노의 상태를 직접 확인할 수 있는 위치까지 이동했다.

'흠흠, 역시 내구력이 제법 높구나. 골디노가 적들 중에서 가장 능력치가 높은 녀석이었어. 메르스는 몰라도 헤르미오스의 파티는 별로 대단한 대미지는 줄 수 없겠군.'

역시 최하층 보스답게 상당히 강한 듯싶다.

다만 메르스와 헤르미오스 파티의 공격에 견제를 받아 적 브론즈 골렘을 원호하던 행동이 막혀버렸다.

그동안 나머지 적 브론즈 골렘에게 가라라 제독의 초합체 골렘, 그리고 알렌의 동료들과 제우 수왕자, 10영수가 총공격을 퍼붓는다.

특히 쥐 수인이자 공격 마법 부문의 10영수인 대마수사인 라토와 세실이 집중 포화를 쏟아부어서 마침내 브론즈 골렘을 완전히 파괴했다.

"좋아, 브론즈 골렘을 쓰러뜨렸다! 남은 건 골디노 하나뿐이야. 앞뒤로 몰아쳐서 쓰러뜨리자!!"

알렌의 지시에 따라 가라라 제독의 초합체 골렘과 10영수가 적 브론즈 골렘의 파편을 밟아 넘어가서 골디노에게 접근했다.

『네, 네놈들!! 나를 분노케 하는구나!!』

“잠깐만, 알렌, 뭔가 시작되려나 봐!!”
알렌의 뒤쪽에 있던 세실이 깜짝 놀란다.
골디노가 화내며 소리 높이고 눈이 번쩍 빛났다.
『모여라, 나의 파츠들아!!』
그러자 이미 쓰러진 적 골렘들 네 대가 공중으로 떠올랐다.

제12화 최하층 보스와의 전투 ②

통로의 입구 쪽에서 헤르미오스 파티가 경악하며 외친 소리가 들려오더니 곧이어 적 아이언 골렘의 몸이 허공을 미끄러지듯이 이쪽으로 다가든다.

그리고 알렌과 동료들이 쓰러뜨렸던 적 아이언 골렘과 함께 두 개의 커다란 다리로 변형딘 다음 두 팔과 다리를 격납한 골디노에게 장착된다. 또한 오른쪽 어깨에 적 브론즈 골렘, 왼쪽 어깨에는 적 미스릴 골렘이 달라붙었다. 게다가 적 미스릴 골렘은 수많은 복잡한 파편을 조합해서 복수의 거대 포신과 작은 포신이 합쳐진 팔로 변형했다.

좌우의 어깨에서 복수의 포신을 겹친 기다란 포대가 천창을 향해 튀어나오며 골디노를 중심으로 하는 초합체 골렘이 완성된다.

『힘이 솟아나는구나! 이것이 나의 진정한 모습이다. 두려워해라! 전율하며 죽음을 맞이하도록 해라! 푸하하하!!』

통로의 안을 꽉 채우며 커진 초합체 골디노가 웃자 벽면이 웅웅 떨린다. 귀를 막고 싶어지는 웃음소리에 여전히 악역 대사가 잘 어울린다고 알렌은 생각했다.

"골디노도 초합체를 했습니다! 후위는 수비 우선으로, 초합체 부대는 골디노의 움직임을 막아주십시오!!"

새B 소환수로 이리저리 날아다니며 동료들에게 지시 내린다.

『흥! 하찮은 것들이 얼마나 잔뜩 몰려오든 의미 없는 짓이다!!』

초합체 골디노가 말을 마치는 동시에 두 어깨의 다중 포신이 둘 한꺼번에 뒤쪽 방향으로 기울어져서 통로의 입구 쪽으로 사격을 개시했다. 포신 뭉치가 회전하며 사람의 머리만 한 광구가 수없이 사출되는지라 마치 두꺼운 빛의 띠처럼 보일 정도다.

메르스가 지체없이 돌A 소환수 몇 마리를 다중 포신의 사선상에 소환하고, 「흡수」용 철구가 나타나서 사격을 막고 흡수하고자 한다.

그러나 적의 탄 수가 너무나 많아서 돌A 소환수의 온몸이 곧장 흡수 한계를 표시하는 균열투성이가 되고 말았다.

'이런, 큰일 났네. 로카넬의 흡수가 버티지를 못하잖아.'

"메르스도 로카넬을 더 많이 꺼내줘. 흡수가 버티지를 못하네."

『알겠다.』

한편 통로의 안쪽을 향해 골디노가 쭉 내미는 왼손에서는 크고 작은 포신이 막 접근하고자 했던 가라라 제독 파티의 초합체 골렘을 노리며 광구가 발사되고 있다.

배후의 동료들을 지켜주고자 두 팔을 엇갈려 겹치고 사격을 막아 내면서 어찌어찌 접근한 초합체 골렘에게 이번에는 초합체 골디노의 오른팔 드릴 펀치가 들이닥친다.

"끄악!!"

가라라 제독과 드워프들이 탄 초합체 골렘이 크게 휘청거리고 파괴된 두 팔의 파편이 통로에 내리쏟아졌다. 메르르를 포함한 네 명의 드워프들이 재빨리 마도반에 새로운 석판을 다시 끼우고, 재생된 왼팔로 거듭 들이닥치는 드릴 펀치를 걷어 낸다.

그때 알렌은 돌A 소환수 두 마리를 향해 소리쳤다.

"수렴 포격! 어깨를 노려라!!"

『……』

은색의 빛이 초합체 골디노의 배후로부터 두 어깨를 꿰뚫었다. 다중 포신이 찌그러져서 통로로 낙하한다.

"지금이다! 우리가 마무리한다!!"

"네엣!!"

그 광경을 보고 초합체 골디노의 배후로부터 또 한 대의 초합체 골렘이 다가들었으나 팔을 내뻗어 가격하기보다 빨리 두 어깨의 다중 포신이 철컥철컥 소리를 내며 수복됐다.

『흥. 이 정도인가. 나약하군, 나약하구나!!』

초합체 골디노가 조롱하듯이 말하더니 다시 광구의 연사를 개시했다.

"커흑!!"

급히 광구를 방어하고자 움직인들 이미 늦었기에 초합체 골렘은 온몸으로 광구를 얻어맞는다.

하지만 이때 알렌은 초합체 골디노의 다리가 흐릿하게 빛났다는 것을 알아차렸다.

'음, 아이언 골렘의 수복 능력인가.'

지체없이 동료들에게 지시 내린다.

"모두 다리를 노려주십시오! 다리를 파괴하지 않는 한 끝없이 부위 단위로 부활합니다!!"

클레나와 드골라가 새B 소환수를 돌진시켜서 초합체 골디노의 왼팔에서 쏟아지는 포격을 유도하고자 한다. 그사이에 제우 수왕자와 10영수가 두 개의 다리로 쇄도했다.

제우 수왕자가 두 손에 낀 너클로 연속해서 다리를 가격했다. 적아이언 골렘이 변형된 초합체 골디노의 다리는 전력으로 때리면 찌그러지고 균열도 생기는지라 분명 타격은 있다. 다만 주먹에 느껴지는 단단함이 합체 전과는 비교도 되지 않았다.

"음! 조금 전보다 단단해졌군!"

"수왕자 전하, 더 사납게 몰아칩시다!!"

옆에서는 곰 수인이며 망치, 철퇴 부문의 10영수 오바 장군이 대형 망치로 적을 가격하며 계속해서 공격하자고 말한다. 다만 대형 망치의 일격에 맞아 찌그러졌던 부분도 곧장 본래대로 수복되어버리니 오바 장군의 북슬북슬한 얼굴이 분노로 일그러졌다.

알렌은 지금 상황을 보고 3계층의 S랭크 계층 보스인 스칼릿의 기막힌 초회복을 떠올리며 말을 잃었다.

'또 스칼릿 상태가 된 건가.'

알렌은 공격해서 체력을 깎는 속도보다 적이 자연 회복을 하는 속도가 더 빠를 경우에는 스칼릿 상태라는 표현을 쓰고 있다.

게다가 지금 싸우고 있는 초합체 골디노는 흉악한 다중 포신과 대포가 달린 왼손으로 원거리 공격, 드릴 펀치가 달린 오른손으로 근거리 공격을 두루 구사하는 강적이다. 스칼릿과 달리 느긋하게 체력을 깎아 나가면 이길 수 있는 상대가 아니었다. 오히려 전투 시간이 길어질수록 위험해지는 것은 아군이다.

"안 돼, 이대로 가면 끝이 안 나겠군. 전위는 엑스트라 스킬도 써서 다리를 공격합시다. 회복 수단부터 막아야 승리할 수 있습니다!!"

"응!!"

알렌의 말에 가장 먼저 대답을 하고 클레나가 행동에 나섰다. 엑스트라 스킬 「한계돌파」를 쓴 클레나의 몸이 아지랑이 안쪽에 서 있는 것처럼 일렁거리기 시작한다. 곧이어 전위에서 싸우던 10영수도 각자 엑스트라 스킬을 사용했다.

초합체 골디노의 두 다리 부근에서 엑스트라 스킬을 사용한 동료들의 잔상이 춤춘다.

다만 초합체 골디노는 두 어깨의 다중 포신과 왼손의 대포로 앞뒤에 있는 초합체 골렘을 계속해서 공격하고 있다.

알렌은 돌A 소환수의 소환과 강화를 반복하면서 다리와 두 어깨에 비슷하게 타격이 들어갈 수 있도록 조정했다.

'흠흠, 공격력이 올라가는 스킬을 가진 사람도 있지만, 일격 필살 계통의 스킬을 가진 사람이 더 많구나. 지금 상황에서는 지속적인 능력치 증가 타입이 더 쓸모 있기는 한데.'

일격 필살 계통의 엑스트라 스킬은 한 번의 공격으로 큰 대미지를 입힐 수 있지만, 강한 회복력을 보유한 상대에게는 해당 일격이 결정타가 되지 않는 한 회복 때문에 결국 의미가 없어진다.

이래저래 공방이 이어지던 중 제우 수왕자가 초합체 골디노의 거대한 다리가 옆으로 움직였을 때 미처 피하지 못하고 걷어차여서 날아가 통로 벽면에 충돌했다.

"꺼흑!!"

"전하!!!"

회복 담당의 수인 후이가 절규하고 가까이 달려가서 지체없이 회복시킨다.

순간 정신을 잃었던 제우 수왕자는 다행히 제때 회복을 받고 천천히 몸을 일으켰다. 다만 혀가 축 늘어져서 거칠게 숨을 몰아쉬고 있는 모습을 보면 피로가 상당히 축적된 듯하다.

'이래서는 공세를 유지할 수 없어.'

능력치 상승 엑스트라 스킬도 적을 완전히 쓰러뜨리기 전에 효과가 사라져버릴 것이다.

보조 담당, 회복 담당 동료들은 혹여나 회복 마법으로는 체력 유지가 어려워질 만큼 대미지를 받았을 때에 대비하고자 하늘의 은혜를 미리 나눠줬다. 다만 도구에는 결국 한계가 있다.

알렌은 동료들의 상태를 확인하고 있던 마도서를 덮었다.

'조금 위험하지만 나도 앞으로 나설까. 그래도 어려우면 철수해야겠지.'

알렌은 이번 작전에서 전황 분석과 그에 따른 유연한 작전의 변경, 지휘 이외에도 자신의 역할을 준비해 뒀다. 이것은 굳이 필요하지 않다면 쓰지 않을 생각이었는데 아무래도 지금이 바로 필요해진 상황 같다고 인식했다.

"죄송합니다. 저도 앞으로 나서겠습니다. 사라 씨. 골디노의 공격이 더욱 거세질 겁니다. 회복이 힘들어지면 망설이지 말고 엘프의 영약을 써서……."

알렌은 사라에게 지시를 남긴 뒤 전선으로 나가고자 했다.

다만 알렌의 앞길을 너클을 낀 팔이 가로막았다.

"……되었다. 이것은 나의 시련이기도 하다."

제우 수왕자가 조용한 목소리로 말했다.

"하지만, 패배하면 아무 의미 없습니다. 소중한 분이 수왕국에서 기다리고 계시잖습니까."

제우 수왕자는 아르바할 수왕국에 소중한 아내를 두고 왔다고 말을 들었다.

싸울 의욕을 잃지 않은 제우 수왕자와 마주하며 더 이상 무슨 수단이 있느냐고 알렌은 생각했다.

그리고 온몸을 아지랑이처럼 일렁거리기 시작한 제우 수왕자가 그러고 보니 엑스트라 스킬을 아직 발동하지 않았다는 사실에 생각이 미친다.

『아르바할 수왕가의 후예 제우가 수신 가룸께 청합니다! 부디 저에게 힘을 빌려주소서!! 비스트 모드!! 카르르……. 크르아아아아아아!!!』

제우 수왕자가 작게 기원의 말을 중얼거리고 머리를 젖힌 뒤 위쪽을 향해 커다랗게 부르짖었다.

그 부르짖음이 초합체 골디언의 목소리와 비슷할 만큼 큰 음량으로 통로의 벽을 진동시키는가 싶더니 온몸의 털을 곤두세운 제우 수왕자가 순식간에 커다랗게 몸을 부풀린다.

2미터를 넘는 거구가 전체적으로 더욱 거대화된다. 갑옷의 고정구가 소리를 내며 터져서 날아가고, 가슴 보호대가 앞뒤로 분해되어 통로로 떨어졌을 때 그곳에는 3미터를 넘는 이족 보행의 야수가 서 있었다.

"으엥?!"

알렌은 너무나 큰 변화에 경악했다.

『오호, 「수왕화」인가. 수신 가룸 님도 무척이나 분투하셨구나.』

메르스가 감탄하는 말투로 중얼거렸다.

'수왕화가 뭔데?'

"메르스, 어떻게 된 거야? 수인들은 따로 특별한 스킬을 갖고 있는 건가?"

알렌은 빠른 말투로 메르스에게 물었다.

『이것도 엑스트라 스킬이다.』

"엑스트라 스킬이라고? 수인들은 뭔가 특별한 엑스트라 스킬이 있어?"

『그렇다. 수신 가룸께서 내려주신 힘이지.』

알렌은 감탄하면서 이족 보행의 거대한 사자로 변화된 제우 수왕자를 바라봤다.

제우 수왕자는 다부진 두 손을 머리 위쪽으로 높이 치켜들고 다시 큰 목소리로 외치고 있는 참이었다.

『수인들이여. 나를 따르거라. 크르아아아아아!!!』

그리고 두 손으로 통로 바닥을 세차게 내리친다.

일순간 알렌의 발이 바닥에서 떨어질 만큼 공간이 위아래로 흔들리더니 제우 수왕자의 두 주먹과 부딪힌 자리에서 방사형으로 균열이 쭉 달려 나간다. 그리고 갈라진 틈을 쫓아가는 모양새로 황금빛 선이 뻗어서 이리저리 서로 구부러지고 겹치고, 기하학적인 문양을 그려서 마법진을 만들어 낸다.

"오오오! 제우 수왕자님이 수신 가룸 님께 힘을 하사받으셨다! 힘이, 으하하, 터무니없는 힘이! 크르르르!!"

후이 다음으로 제우 수왕자와 가까운 곳에 있었던 오바 장군이 감동하며 소리 높였다. 마법진이 계속 퍼져서 발밑까지 다다랐을 때 신체가 제우 수왕자와 마찬가지로 부풀어 올라 3미터를 넘는 거대한 곰으로 변화한다. 두 손으로 꽉 쥐고 있었던 대형 망치를 한 손으로 바꿔서 들자 굉장히 커다랗다는 인상을 주던 망치가 무척이나 작아 보였다.

거대화는 제우 수왕자와 오바 장군에게만 효과가 있지는 않았다. 제우 수왕자로부터 퍼져 나갔던 마법진이 발밑에 다다른 순서대로 10영수는 거대화하며 더욱 짐승다운 모습으로 변화한다.

"이, 이게 뭐냐?! 어떻게 된 거야!!"

지금 상황을 새B 소환수에 타서 내려다보던 드골라가 놀라 소리를 쳤다.

"아니, 아마도 문제없을 거야. 제우 수왕자님이 비장의 수단을 써 주셨거든. 싸움은 이제부터가 진짜 시작이라는 뜻이지."

알렌은 지금 상황에서 승기를 찾아내고자 한다.

『간다! 나를 따르거라. 승리를 거머쥐어라! 쿠오오오!!』

"크르오오오오오오오오오오오!!"

제우 수왕자의 우렁찬 외침에 거대화함으로써 더욱 짐승다운 모습이 된 10영수들이 함께 외친다.

그리고 주군과 부하가 한 덩어리의 집단을 형성하여 초합체 골디노에게 돌진을 개시했다.

"커응!!"

제우 수왕자가 일순간 몸을 움츠렸던 다음 순간에 곧장 대각선으로 휙 도약하더니 황금빛 화살처럼 초합체 골디노의 무릎에 박혀들어갔다. 너클을 장비한 주먹이 깊숙이 박혀버렸다. 거대화하며 완력이 더욱 강해졌나 보다.

그것은 다른 10영수도 마찬가지였기에 미쳐 날뛰는 거대한 짐승들의 공격은 초합체 골디노에게 짧은 시간 중 이전보다 많은 대미지를 주고 있는 듯했다.

다만 그만큼 회피는 할지언정 방어는 거의 의식조차 안 하는 움직임이었다. 알렌과 메르스는 수인들의 보조에 집중하면서 대화를 이어 나갔다.

『저 힘은 수신 가룸 님이 수인들의 독립을 위해 수왕가의 수인에게 하사한 힘이다. 그때는 가룸 님께서 에르메아 님의 신전에 불쑥 들이닥친 바람에 보통 소동이 아니었지.』

메르스는 과거에 뭔가 굉장히 큰일이 있었다는 듯이 이야기를 한다. 아마도 수인들이 기암트 제국으로부터 독립을 한 이면에는 이런저런 사건이 많이 숨겨져 있는 듯하다.

"하사했다? 즉, 엑스트라 스킬은 후천적으로도 손에 넣을 수 있다는 말인가."

'그러고 보니 엑스트라 스킬은 최대 세 개까지 보유할 수 있다고 했지.'

이지 모드를 선택하면 엑스트라 스킬을 세 개 랜덤으로 받을 수 있다는 문장을 봤던 기억이 났다. 알렌이 메르스에게 확인하니 엑스트라 스킬에는 장착 제한과 슬롯 같은 개념이 있으며 최대 세 개까지 보유할 수 있다고 한다.

『그런 뜻이다.』

메르스와 마주하며 알렌은 시선이 겹쳐지지 않도록 각각 다른 방향을 향하고 있다. 압도적인 지력을 활용해서 소환수의 소환을 반복하는 한편으로 연합 파티 전체에 공헌할 수 있도록 전황을 끊임없이 확인하고 있다.

'엑스트라 스킬은 태어날 때 한 개, 최대 세 개까지 보유할 수 있단 말이군. 추가 엑스트라 스킬 입수 방법은 뭐지. 신을 만나서 부탁하면 되나?'

알렌은 전세 때 플레이했던 게임에서 스킬을 어떻게 습득했었는지 떠올리고자 했다.

게임에서는 레벨업으로 자연스럽게 입수하거나 보스를 쓰러뜨리거나 보물상자로 입수하는 등등 몇 가지 패턴이 있었다.

그렇다면 이 세계에서는 어떠한가. 기본은 직업 스킬의 스킬 레벨 성장이다. 스킬 레벨을 올림으로써 본래 가지고 있던 스킬을 성장시키거나 새로운 스킬을 익힌다.

이것이 알렌이 15년 동안 경험했던 스킬 입수 방법인데 신에게 하사받는 방법이 더 있음을 알게 되었다.

'남은 건 입수 방법을 알아내는 게 문제인데……. 수신이 직접 수인들에게 특별한 스킬을 하사했단 말이지?'

"혹시 『수왕』한테도 같은 엑스트라 스킬이 있는 건가?"

알렌이 묻자 메르스는 고개를 크게 끄덕거렸다.

『그래, 짐작한 대로 현 수황에게도 같은 엑스트라 스킬이 있는 것으로 안다.』

'오호, 오호. 그래서 용사가 수왕한테 졌던 건가. 힌트는 예전에 이미 용사한테 받았었구나. 내 분석이 부족했어.'

용사 헤르미오스는 과거에 5대륙 동맹의 각국 왕족들 앞에서 수왕과 대결한 뒤 패배했다. 이 결과는 수왕 본인이 대인 전투에 뛰어난 능력을 갖고 있었던 까닭이 아니라 단지 수신에게 하사받은 특별한 엑스트라 스킬 때문에 용사가 이기지 못했다고 해석해야 될 것이다.

수신 가룸은 과거에 고통받는 수인들을 구하기 위해 창조신 에르메아와 직접 담판을 지었다.

그 후에도 줄곧 지금에 이르기까지 수인들을 지키기 위해 막대한 가호를 베풀었던 것 같다.

그러한 사실을 잘 알고 있기에 수왕은 더더욱 수신 가룸의 존재를 업신여기는 사신교의 전파에 격분했을 테지.

『크르르르!!』

짐승화된 제우 수왕자와 10영수는 초합체 골디노의 다리에 거의 달라붙다시피 접근한 채 계속해서 공격을 가하고 있다. 아무래도 짐승화는 금방 해제되지는 않는 듯 초합체 골디노의 다리가 점점 부서지고 있다.

'별이 한 개 올라간 정도의 힘인가.'

『이, 이놈들이!!』

초합체 골디노의 목소리에서 조바심이 묻어난다. 보조 스킬을 다수 걸어준 데다가 거대화까지 한 수인들의 공격이 초합체 골디노의 수복 속도를 압도하고 있는 것이다.

'좋아, 좋아. 다리만 부수면 회복을 못하게 될 테니 그다음은 손바닥 위다.'

알렌이 승리를 확신했던 다음 순간, 거대한 힘에 휩쓸려서 흔들리는가 싶더니 급격한 부유감과 함께 온몸이 강하게 조여든다.

"음?"

눈앞에 초합체 골디노의 얼굴이 있었다.

아무래도 알렌은 초합체 골디노의 거대한 손에 붙잡혀버린 것 같다.

"아, 알렌?!"

세실이 초합체 골디노를 겨눠서 날리고자 했던 공격 마법을 허둥지둥 캔슬한다.

알렌은 자신을 붙잡고 있는 손이 드릴 형태를 해제한 초합체 골디노의 오른손임을 깨달았다. 붙잡힌 사람은 자신뿐이고 아무래도 메르스는 「귀소 본능」을 써서 회피한 듯싶다.

새A 소환수의 가호 「비상」을 쓰던 중이었기에 지금은 세실과 별개 행동을 하고 있었다. 그 덕에 세실이 무사하다는 것을 확인한다.

'메르스 녀석, 도망쳤군. 아, 맞아. 메르스의 천사의 고리로 나를 강제 이동시킬 순 없었지. 권한 범위 밖인가.'

알렌의 소환과 같은 능력을 쓰게 해주는 메르스의 특기 「천사의 고리」에는 몇 가지 제약이 있다. 알렌의 허가 없이 소환수를 쓸 수 있도록 제약 일부를 해제했었다만, 집단 이동이 가능한 새A 소환수의 각성 스킬 「귀소 본능」의 전이 대상으로 알렌도 선택이 가능하도록 미리 조정해두지 않았다.

『네놈이 이 파티의 리더군.』

초합체 골디노가 화황금 얼굴은 여전히 무표정한 채 목소리만 히죽히죽 웃음을 띠며 말했다.

"네? 아닌데요. 아래쪽에서 방금 짐승이 된 사람입니다. 봐요, 저기 사자처럼 생긴 분이 리더죠. 저는 변변찮은 보조 담당입니다."

알렌은 사람을 잘못 짚었다고 둘러대서 빠져나가고자 했다.

그동안에도 거대화한 제우 수왕자는 초합체 골디노의 다리를 계속 공격하고 있었다만, 골디노는 알렌을 뚫어져라 쳐다볼 뿐 움직이지 않는다.

'이대로 쭉 체력을 깎을 수 있다면 좋겠네.'

알렌은 거대한 손에 붙잡힌 채 뒤쪽 방향을 돌아보며 100미터 이상 아래쪽에 있는 세실에게 문제없다고 새F의 특기「전달」로 말했다. 새F의 특기「전달」은 넓은 범위로 연락이 가능한데, 적들은 내용을 들을 수 없다.

한편 세실은 어린 시절을 떠올리고 있었다. 과거에 지금 상황과 마찬가지로 알렌이 거대한 마물에게 붙잡힌 채 끌려 올라갔었다. 단 당시와 다른 부분은 지금 알렌을 붙들고 있는 초합체 골디노의 손이 과거의 마더가르쉬보다 수십 배는 더 거대하다는 것이다.

『네놈이 아까부터 이상하게 생긴 것들을 휙휙 꺼내놓던 짓거리가 굉장히 눈에 거슬렸다.』

초합체 골디노는 아무래도 알렌의 여러 활약이며 파티 전체에서 맡은 역할에 대해 잘 이해하고 있는 기색이었다.

『결국 이렇게 붙잡았으니 보답을 해주도록 하마!!』

초합체 골디노는 신나서 말한 뒤 오른손을 꽉 힘줘서 움켜잡았다.

알렌의 어깨부터 위쪽이 거대한 주먹 안으로 사라지자 아래에 있던 동료들의 시야에서 알렌이 전혀 보이지 않게 되어버린다.

"아, 알렌!! 킬 씨! 알렌 님을 회복시켜주세요!!"

소피가 활을 떨어뜨리며 비명에 가까운 목소리로 킬에게 외쳤다.

『푸하하! 이제 끝이다! 네놈들의 리더는 죽었다!!』

초합체 골디노는 너털웃음을 지으며 단단히 움켜잡은 오른손을 휘둘렀다.

동료들은 초합체 골디노의 오른손에서 튀어나온 그림자가 무시무시한 속도로 바닥과 충돌하는 광경을 봤다.

지면이 움푹해지고 돌바닥의 파편이 흩날린다. 그곳으로 초합체 골렘의 길이만 20미터는 될 법한 거대한 다리가 내리찍혔다. 게다가 쓱 들어 올린 다리를 다시 내리찍는다.

망치로 말뚝을 박아넣는 것처럼 다리를 움직여서 바닥을 때렸다. 파쇄음이 통로의 벽에 반향되어 크레이터 형태로 구덩이가 만들어지고 있다.

이 상황에서 네 파티는 각각이 다른 반응을 보였다.

제우 수왕자와 10영수는 알렌이 바닥으로 충돌했을 때 잠깐 공격을 멈췄지만 곧장 초합체 골디노의 다리로 다시 공세를 퍼부었다.

가라라 제독의 파티가 조종하는 세 대의 초합체 골렘은 초합체 골디노의 포격에 견제를 받아 접근하지 못한다.

용사 헤르미오스의 동료들은 리더의 지시를 기다리고 있다. 하지만 헤르미오스는 팔짱을 끼고 상황을 지켜보고 있을 뿐이다.

알렌의 동료들은 초합체 골디노에게 공격을 개시했다. 달리 아무 것도 생각할 수 없었다. 소피와 포르말의 화살이, 클레나의 검과 드골라의 도끼가 초합체 골디노를 가격했으나 상대는 짓밟는 동작을 멈추려고 하지 않는다.

하지만…….

『음? 뭐지?』

거듭 바닥을 밟던 초합체 골디노의 다리가 멈췄다.

그리고 쥐 죽은 듯이 조용해진 통로에 그레이터의 형태로 파인 곳으로부터 큰 목소리가 울려 퍼진다.

"전원! 공격을 계속해줘! 힘들게 깎은 체력이 회복되겠어!"

그것은 알렌의 목소리였다.

『마, 말도 안 된다! 시체가, 대체 어떻게!!』

초합체 골디노의 목소리에서 두려움이 배어 나왔다. 상체를 앞으로 기울여서 바닥을 밟은 다리에 더욱 중량을 싣는다.

하지만.

"으음!!"

쿠웅!!

무거운 물체끼리 맞부딪치는 묵직한 소리가 나고, 초합체 골디노가 내리찍은 다리는 위로 튕겨서 올라갔다.

균형을 잃고 제자리에서 헛발을 디뎌 후퇴한 초합체 골디노는 지금까지 본인이 거듭 짓밟았던 크레이터를 들여다봤다.

그곳에서는, 방어구의 잔해를 흔들어 떨어뜨리며 힘 있는 걸음걸이로 천천히 크레이터 바깥으로 걸어 나오는 알렌이 눈에 들어온다. 또한 손에는 아다만타이트 검을 단단하게 쥐고 있었다.

알렌은 S급 던전에 도전하고 지난 1년 가까운 기간 중 수많은 A 랭크 이상의 마수를 사냥하며 레벨을 81까지 올려왔다.

비록 「군왕화」는 여전히 봉인되어 있는 상태이지만, 소환 레벨을 8로 올림으로써 소환수의 가호도 한층 강화됐다. 게다가 5계층에 있는 강철의 방에서 아이언 골렘 무한 사냥을 반복함으로써 검술이 4로 올랐다.

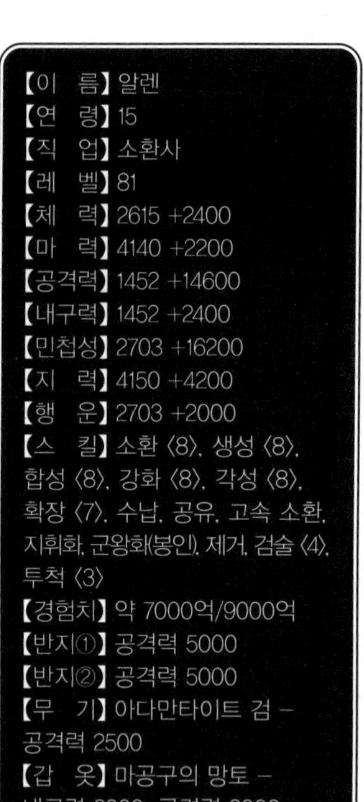

　게다가 현재 알렌은 소환수의 가호와 공격력을 5000씩 올려주는 반지의 효과에 더하여 다른 동료들과 마찬가지로 강대한 버프 효과를 받고 있다.

【현재 중첩된 보조 스킬과 마법】
　· 대정령사 소피의 정령에 의한 능력치 상승
　· 성왕 킬의 내구력 24% 상승
　· 대성수 후이의 내구력 18% 상승
　· 성기사의 내구력 12% 상승
　· 점성수사 테미의 마력 18% 상승
　· 점성수사 테미의 행운 18% 상승
　· 악수사 레페의 공격력 24% 상승
　· 악수사 레페의 민첩성 24% 상승

　이렇듯 다중 중첩된 가호와 버프 덕분에 초합체 골디노의 공격을 견뎠고, 반지의 효과까지 더한 공격력으로 검술을 구사해서 자신을 짓밟고자 하는 다리를 막은 뒤 오히려 밀어낸 것이다.
　"아니?! 괴, 괴물인가."
　무의식중에 비명 지르는 오바 장군의 눈이 알렌과 마주친다.
　오바 장군은 충격과 공포가 너무나 심해 무의식중에 대형 망치를 알렌에게 겨누고 말았다.
　"왜 그러시죠? 계속 공격합시다. 얼마 안 남았습니다."
　알렌은 자신을 향한 채 굳어버린 오바 장군에게 말을 건넨다.

한편 오바 장군은 스스로가 짐승화했다는 것을 잊어버릴 만큼 큰 공포를 느낀 참이었기에 흑발의 인간에게 대뜸 무기를 겨누는 자신의 행동도 한마디 말을 듣고 나서야 간신히 깨달은 뒤 허둥지둥 다시 적과 마주했다.

장군의 시야에서 알렌이 힘차게 달려 나간다. 무시무시한 속도로 초합체 골디노에게 접근한 뒤 방금 전까지 자기 자신을 짓밟고자 했던 다리에 아다만타이트 검을 세차게 휘둘렀다.

충격음이 통로에 울려 퍼지고 초합체 골디노의 몸이 옆으로 쓰러진다.

『끄응!』

한쪽 손을 통로의 벽에 짚으며 어떻게든 버텼으나 방금 전 알렌의 반격도 포함해서 상당한 대미지를 받은 듯했다.

'능력치 이상의 대미지가 들어가고 있는 것 같은데. 동료들의 보조 스킬 덕분에 거의 대부분의 공격이 크리티컬로 박히는 건가.'

소환수의 가호에 더하여 동료들의 보조 스킬과 소환수의 특기, 각성 스킬의 효과가 알렌의 온몸을 강화해주고 있다. 특히 악수사 레페와 소환수의 스킬이 크리티컬 확률을 상승시켜주기에 공격을 할 때마다 거의 100퍼센트의 확률로 크리티컬 공격이 터지고 있다.

알렌은 초합체 골디노의 다리로 검을 쾅쾅 때려 박는다.

"저거 봐라, 또 시작됐어."

킬이 아연실색하며 중얼거렸다. 알렌의 동료들은 지난 1개월 동안 강철의 방에서 아이언 골렘 사냥을 반복하며 자주 본 광경이었다. 알렌은 조금이라도 더 빨리 레벨을 올리고 싶은 마음으로 한 대라도 더 많은 아이언 골렘을 쓰러뜨리고자 저렇게 마구 공격을 퍼부었더랬다. .

『시, 시건방 떨지 마라!!』

초합체 골디노가 오른손의 드릴 펀치로 알렌을 가격하고자 했다. 자기 다리에도 맞을 것 같았지만, 알렌을 쓰러뜨리는 것을 우선하고자 하는 움직임이다.

알렌은 오른손을 검을 쥔 손과는 반대쪽 손을 들어 고속 회전하며 들이닥치는 거대한 막아 내고자 한다.

그 손은 드릴 펀치와 맞닿은 순간 싹 날아가버렸다.

하지만 적의 펀치도 알렌의 팔을 손목까지 파괴했을 뿐 보이지 않는 벽에 부딪친 것처럼 더 이상은 나아가지 못한다.

이것은 물고기B 소환수의 특기와 각성 스킬, 아울러 영혼A 소환수의 가호가 주는 효과였다.

· 물고기B 소환수의 특기 「터틀 실드」
· 물고기B 소환수의 각성 스킬 「터틀 배리어」
· 영혼A 소환수의 가호 「물리 내성(강)」

'역시 드릴 펀치에는 상당히 대미지를 받는구나. 「물리 내성(강)」은 조금 더 열심히 일해라. 뭐, 죽을 정도는 아닌가. 엄청 아프지만, 용서 못해!'

알렌의 부서졌던 손도 곧바로 재생된다. 킬의 회복 마법이 발동 중이기 때문이다.

성왕이 된 킬의 회복 마법은 사지 결손조차 거뜬히 회복시킬 만큼 효과가 좋아졌다.

손가락까지 회복을 받은 뒤 공격을 재개한다.

이 또한 강철의 방에서 아이언 골렘 상대로 반복 사냥을 하며 익히게 된 전법이었다.

소환 레벨이 8로 오르고 능력치가 대폭 강화되었기에 전위로 나서 싸워도 괜찮을 것이라고 판단한 뒤 알렌도 무기를 손에 들고 싸우기 시작했다.

괜히 공격을 피하려고 애쓸 바에야 자신이 당하기 전에 적부터 먼저 쓰러뜨릴 수 있냐는 기준으로 전위에 설지 말지를 결정하는 알렌은 회피 및 방어를 처음부터 포기한 채 앞으로 나가서 싸운다.

그때마다 회복 마법으로 지원해주는 것이 킬의 역할이었다. 이것이 킬이 공격을 받는 타이밍을 먼저 읽어서 더 빠르게 회복 마법을 걸어주는 기술을 습득하기 위한 연습이 되었음은 말할 것도 없겠다.

"메르스, 너도 공격에 참가해라."

'이번에는 도망치지 마라.'

『그래, 알겠다. 알렌 공.』

메르스도 알렌이 노리는 같은 다리에 공격을 쏟아붓는다. 메르스도 보조 스킬이 잔뜩 중첩된 상태이기에 상당히 능력치가 높아졌다. 골디노의 드릴 펀치를 맞아도 즉사는 하지 않을 것이다.

"모두 들거라, 우리도 알렌 공의 뒤를 따른다!!"

제우 수왕자는 초합체 골디노가 알렌에게 주의가 쏠려있는 지금이야말로 승리를 거둘 기회라며 10영수에게 소리 높여서 명령 내린다. 다른 한쪽 다리로 몰려들어서 알렌과 메르스에게 지지 않는 기세로 공격을 개시했다.

한편 초합체 골디노는 오른손의 근접 공격을 알렌에게 집중시키며 어깨의 다중 포신과 왼손의 크고 작은 포신으로 변함없이 주위에, 특히 앞뒤의 초합체 골렘에게 계속해서 포격을 퍼붓고 있다.

저 포격 때문에 동료들이 많이 고전하고 있는 듯한데 초합체 골렘은 아직 골디노에게 접근하지 못했다.

알렌이 직접 공격을 시작함으로써 포격을 흡수, 방어해줬던 소환수가 사라졌고 보조도 사라졌기 때문에 수비력이 약해진 상태였다.

이 같은 상황을 새B와 새A 소환수의 시야를 공유해서 확인한 알렌은 한쪽 손으로 든 검을 때려 박는 속도를 더욱 높였다.

'서둘러, 서둘러라.'

그렇게 마침내 알렌의 검이 초합체 골디노의 오른쪽 다리를 거의 절반까지 베어냈다. 이 정도 타격을 준 이상 초합체 골디노는 스스로의 중량 때문에 나머지 부분까지 저절로 파괴될 것이다. 거의 동시에 왼쪽 다리도 제우 수왕자와 10영수에 의하여 파괴됐다.

초합체 골디노의 몸이 천천히 앞으로 기울어지다가 일순간의 간격을 두고 굉음이 통로를 뒤흔들었다. 초합체 골렘을 제외한 다른 동료들의 몸이 모두 바닥에서 떠올랐다가 다시 착지했을 때는 전원이 바닥에 두 손을 짚은 초합체 골디노를 목격할 수 있었다.

『가, 감히 이것들이!!』

분노로 가득 찬 목소리를 등 뒤로 들으며 알렌은 제우 수왕자와 수인들과 함께 초합체 골디노의 몸 주변에서 달려 나갔다.

“좋아, 세실. 마무리를 짓자!!”

알렌의 외침을 듣고 세실이 고개를 끄덕인다. 결정적인 순간을 위해서 줄곧 아꼈던 엑스트라 스킬「소운석」을 쓴다.

“끝이야!!”

다만 세실이 스킬을 쓰기 직전에 옆에서 가느다란 지팡이가 튀어나와 세실의 움직임을 막았다.

“잠깐.”

“뭐, 뭔데!”

세실은 자신을 막은 쥐 수인 라토의 몸이 아지랑이처럼 일렁이고 있는 모습을 봤다.

“마력의 샘!!”

라토의 엑스트라 스킬이 발동되며 지면에 거대한 마법진이 생겨난다.

“으음, 이게 뭐야?”

“힘이 넘쳐날 테지? 이렇게 하면 두 배 위력의 마법이 나갈 것이다.”

라토가 히죽 웃더니 대답했다. 아무래도 세실에게 또 특별히 버프를 걸어준 듯하다.

“어머, 이래도 정말 괜찮은 거야? 좋아, 진짜 끝이네! 소운석!!”

입 밖에 꺼내는 말의 내용과 달리 의욕이 가득 찬 표정으로 세실은 모든 마력을 엑스트라 스킬에 쏟아부었다.

그런데 정작 엑스트라 스킬이 발동되었을 때 세실의 표정은 바짝 굳어버린다.

통로의 천장에서 떨어지는 것이 직경 100미터를 넘어 새빨갛게 타오르는 초거대 암석이었기 때문이다.

"으헉?! 큭!『귀소 본능』!!"

통로 벽까지 분쇄하며 떨어지는 소운석을 본 알렌은 허둥지둥 동료들을 전이시켰다.

전이를 마친 곳에서 뒤돌아보니 무릎을 꿇고 선 초합체 골디노가 막 소운석에 얻어맞고 있는 참이었다.

『끄하아아악! 네, 네놈들! 감히!!』

죽기 살기로 버텨내고자 초합체 골디노가 발악한다. 그러나 어깨의 다중 포신이 부러지고, 두 손이 찌부러지고, 몸 전체가 바닥에 매몰되고 있다.

이윽고 골디노의 부르짖음이 멎었다. 이제 소운석의 고열이 바닥을 녹이는 지글지글 소리만 들려온다.

"해치운 걸까?"

세실이 중얼거렸다.

"아니, 아직이야."

알렌은 마도서를 확인했으나 로그가 표시되지 않았다.

경계를 늦추지 않고 조심스레 다가가본다.

거대한 질량체의 낙하와 고열에 의해 소운석이 떨어진 자리에는 큼지막한 크레이터가 형성됐다. 다가갈수록 점점 기온이 상승하니 땀이 날 정도였다.

"이, 이봐. 보라고. 저렇게 엄청 큰 바윗덩이에 제대로 뭉개졌잖아. 설마 살아있지는 않을걸."

크레이터의 가장자리에서 절구 형태의 중심부에 떡하니 자리하고 있는 커다란 바윗덩어리를 쳐다보고 킬이 말한다.

그토록 커다랬던 초합체 골디노의 몸이 이제는 바닥에 깊이 박힌 채 고열로 녹은 크레이터의 경사면과 동화되어 있는 모양새였다.

"아니, 제대로 마무리를 하자. 모두 공격 태세를……."

알렌이 말을 한 때였다.

『흥!!』

커다란 바윗덩이가 부서지며 골디노가 일어섰다.

다만 크기는 초합체 이전의 100미터로 돌아간 상태이다. 네 대의 다른 골렘들은 거의 원형조차 남지 않았다. 잔해와 다를 바 없이 골디노에게 붙어있을 뿐이다.

골디노가 크레이터에서 나오고자 한 발짝을 내디딘다. 그러나 디딘 다리가 휘청이며 크레이터의 경사면으로 털써덕 자빠졌다. 온몸에 균열이 생겨서 당장에라도 허물어질 것 같았다.

"아직 안 죽었단 말인가!!"

제우 수왕자가 경악한다.

'혹시 일정 이상의 대미지를 받으면.'

"아마도, 이건……."

알렌이 그렇게 말을 꺼내려고 했을 때.

『끝끝내 나를 진심으로 분노케 하는구나. 후회해도 이미 늦었다.』

골디노가 의기양양한 목소리로 말했다.

다음 순간, 골디노의 표면에서 몸이 부스러지고 안쪽에서 더 작은 멀쩡한 상태의 골디노가 나타났다. 후드득 떨어졌던 골디노의 신체 일부가 등 쪽에서 회전하는 고리와 같은 물체를 형성한다.

"이봐, 또 뭔가 튀어나왔다! 아직도 끝이 아니라는 거냐!!"

킬이 당황하며 크게 소리쳤다.

"뭔가 작아졌는데. 좀 쉽게 쓰러뜨릴 수 있지 않겠냐?"

드골라가 솔직한 감상을 입 밖에 꺼낸다.

확실히 처음 싸웠던 골디노와 비교하면 거의 3분의 1도 안 되는 크기로 작아졌다. 몸체는 가느다래서 압박감이 없고, 머리 위쪽에는 적 미스릴 골렘과 비슷하게 고리 모양의 물체를 띄워 놓았다.

단 하나, 처음과 달라지지 않은 얼굴이 알렌과 연합 파티원들을 매섭게 노려보고 있다.

『나는 진정한 골디노일지니. 이 힘을 맛보거라. 홋!!』

진 골디노의 두 눈이 번쩍이더니 파티 모두에게 눈부신 빛이 쏟아졌다.

"뭐야?!"

통증은 없으나 위화감이 느껴진다. 온몸의 힘이 녹아내리는 듯한 감각이다.

'으음, 혹시 그 패턴인가. 보스가 쓰는 더러운 기술의 정석이잖아.'

『어떠냐? 이제 너희를 지켜주는 수호의 힘은 사라졌다. 두려워해라. 절망을 깨달아라!!』

그리고 진 골디노의 머리 위 고리가 회전을 시작하며 몸을 공중으로 띄워 올렸다.

알렌은 다급하게 마도서를 펼쳐서 동료들의 스테이터스를 보고 확인된 변화에 경악한다.

"보조 효과가 전부 지워졌습니다! 보조 마법과 스킬을 다시 걸어주십시오! 내구력 상승 마법과 스킬을 최우선으로!!"

알렌은 동료들에게 버럭 외치고 자신도 물고기 계통 소환수를 불러내서 특기와 각성 스킬을 다시 쭉 발동했다.

『푸하하하! 나의 이 모습을 보여준 것은 네놈들이 처음이다! 분에 넘치는 영광이라 생각하면서…… 죽어라!!』

진 골디노는 소리 높여 웃고는 좌우의 손에 각각 빛의 방패와 빛의 검을 만들어 공중을 미끄러지듯이 움직여서 연합 파티원들에게 들이닥쳤다.

동료들도 보조 스킬과 마법을 다시 걸고자 했으나 진 골디노의 움직임이 더욱 빠르다.

"우오오오오오오!!"

초합체 골렘 한 대가 진 골디노의 앞을 가로막고 나섰다.

하지만.

『흥! 귀찮게 굴지 마라!!』

진 골디노가 빛의 검을 휘두르자 초합체 골렘의 팔이 잘려서 떨어져버린다. 진 골디노는 돌진의 기세를 누그러뜨리지 않고 초합체 골렘과 충돌해서 본인보다 넉넉히 다섯 배는 큰 상대를 날려 보냈다.

"커흑!!"

초합체 골렘에 탄 드워프들이 비명 지른다.

『아무리 잔재주를 부려봤자 똑같다!!』

진 골디노의 눈에서 빛이 쏟아지자 또다시 동료들의 보조 효과가 지워졌다.

'순식간에 보조 효과를 없애버리고 적용 범위도 넓어. 최악의 상

황이군. 그럼 대응할 방법은 하나밖에 없지.'

전투를 속행하거나 철수하거나……. 알렌은 순식간에 판단을 내렸다.

"츠바멩들아!!"

『삐삐!』

알렌은 새A 소환수를 다수 불러내서 목적한 위치로 보냈다.

그리고 새A 소환수의 가호「비상」을 써서 공중에 떠오른다.

"이제부터 여러분을 세 파티로 나누겠습니다. 각각 보조를 다시 걸어주십시오!『귀소 본능』!!"

알렌은 3연속으로「귀소 본능」을 써서 동료들을 통로와 조금 떨어져 있는 곳으로 이동시켰다. 순식간에 시야가 전환되며 알렌을 중심으로 하는 삼각형의 각 꼭짓점마다 세 파티가 분산되어 출현한다.

3연속으로 전이를 시킨 이유는 이동 중 파티를 셋으로 나누고 서로 떨어져 있는 위치에 배치하면서 각 파티를 임의의 조합으로 재편성하기 위함이다.

즉, 지금 조합은 파티를 서로 섞어서 전위, 후위, 중위의 비중을 적절하게 조절한 결과이다. 각각 파티에 포함된 회복 담당은 킬은 혼자이고 또한 헤르미오스 파티의 두 성녀와 10영수의 후이 및 수인 사라를 짝으로 붙여줬다. 성녀와 수인 회복 담당은 사용할 수 있는 보조 능력이 다르니까 효과를 중첩시킬 수 있기 때문이다.

진 골디노는 연합 파티원들을 잠시 시야에서 놓쳤다.

이 짧은 시간을 이용해서 알렌은 동료들에게 거듭 외친다.

"이렇게 하면 골디노의 보조 무효 공격을 분산시킬 수 있습니다!

다시 한번 보조를 다시 걸어주십시오.”

모두가 고개를 끄덕이고 보조를 다시 걸기 시작했을 때 진 골디노가 아군의 위치를 찾아낸다.

“적은 더 이상 회복할 수 없습니다. 체력을 끝까지 깎아내면 우리의 승리입니다!!”

알렌은 새F 소환수를 써서 소리치고 공중에 떠오른 채 진 골디노에게 돌진한다.

『무슨 짓을 하든 소용없다!』

서로 엇갈리는 순간 진 골디노가 알렌에게 칼을 휘두른다. 빛의 검이 알렌의 왼팔을 태워서 절단했다.

“큭!!”

“알렌 군!!”

헤르미오스가 앞으로 나서고자 했지만.

“문제없습니다! 이 틈에 어서 보조를 걸어주십시오!!”

알렌은 하늘의 은혜를 써서 왼팔을 수복하고, 진 골디노의 주위를 선회하며 적의 주의를 끌고자 한다. 메르스에게는 물고기 계통 소환수를 불러내서 동료들에게 특기와 각성 스킬을 써주는 역할을 맡겼다.

진 골디노는 그 의도를 알아차리고 알렌을 무시한 채 이동하고자 했다. 하지만 이번에는 알렌이 자꾸 쫓아오는지라 다른 곳을 노리지 못했다. 어쩔 수 없이 알렌을 공격해봐도 칼을 휘두르면 곧장 내빼고, 간신히 다리를 베어 날리면 또 금세 회복해버린다.

‘일격에 체력이 절반 이상 날아간다. 여유 좀 생기면, 킬 씨, 보조

를 걸어주세요. 이러다가 진짜 죽어요.'

다만 알렌이 또 하늘의 은혜를 쓰던 때 진 골디노는 더욱 가까운 곳에 있었던 연합 파티를 향해서 낙하했다. 그 파티에는 드골라가 있었다.

"덤벼라, 으라아아앗!!"

드골라는 새B 소환수에 올라탄 채 접근하는 진 골디노를 요격하고자 했다.

하지만.

『흥! 잡것 주제에!!』

"끄헉!"

대형 도끼는 빛의 방패에 막히고, 큰 방패는 빛의 검에 밀려나버린다.

드골라를 밀어낸 진 골디노는 그대로 기세를 실어 파티에게 덮쳐들었다.

다른 전위가 요격을 시도했으나 수비력을 우선해서 보조를 거는 중이었기에 공격력이 충분하지 않아서 진 골디노의 손에 들린 빛의 방패를 돌파하지 못한다. 화살과 공격 마법을 쓰는 원거리 공격도 적 미스릴 골렘처럼 공중을 무시무시한 기세로 이동하는 진 골디노를 제대로 포착하지도 못하는 상황이다.

다만 각 파티에는 보조 수단을 일절 필요로 하지 않는 초합체 골렘이 있었다. 그들이 후위를 지켜주며 진 골디노를 견제하는 덕분에 적도 접근해서 유린할 엄두는 내지 못하고 있다. 그곳으로 알렌이 쫓아와서 진 골디노와 싸우고 적을 파티로부터 몰아냈다.

상황이 교착된다. 진 골디노가 한 파티를 공격하면 맞서서 버티고 있는 동안에 알렌이 접근하고, 진 골디노가 다른 파티를 향해 이동한다……. 이 같은 공방이 거듭 반복되고 있을 뿐이다.

그동안 각 파티가 저마다 판단을 내려 갖가지 공격을 시도했지만, 진 골디노의 체력은 거의 깎이지 않았다. 거대화를 한 10영수도 다른 동료들도 근거리 공격으로는 거의 대미지를 입히지 못하는 데다가 돌B 소환수의 반사 공격도 다른 원거리 공격과 마찬가지로 전부 회피해버린다.

이윽고 진 골디노의 공격을 가장 많이 받았던 각 파티의 초합체 골렘이 예비 석판을 전부 소모하고 말았다. 초합체의 제한 시간도 머지않았다. 방벽 역할을 맡은 초합체 골렘이 사라진다면 결국 중위, 후위가 진 골디노의 공격에 직접 노출될 것이다.

'자, 슬슬 결단의 때가 왔구나.'

이미 5계층의 입구로 물러나기 위한「둥지」는 설치를 마쳤다. 만에 하나의 경우에는 후퇴할 수도 있고, 동료들만 대피시킬 수도 있다.

'몇 분만 더 지나면 초합체가 해제된다. 정령왕의 축복은 아직 안 썼으니까 일단 시도라도 해볼까? 아니, 그러다가 사망자가 발생할 거야.'

전원의 능력치를 3할이나 높여주고 엑스트라 스킬을 다시 한번 쓰게 해주는「정령왕의 축복」이 아직 남아있다만, 지금 축복을 받아봤자 오히려 철수 시점을 그르치는 실수로 이어질지도 모른다.

사망자가 발생할 위험을 무릅쓰느니 이번 싸움에서 알게 된 문제점을 개선하고 다시 도전하는 편이 좋겠다.

알렌이 생각을 정리한 때였다.

"어휴, 답답해라. 본업에 지장이 생기니까 다른 사람들 앞에서는 별로 보여주고 싶지 않았는데 어쩔 수 없겠어. 내가 엑스트라 스킬로 해결해볼 테니까 뒷수습은 알아서 끝내줘."

괴도 로제타가 불쑥 꺼내는 말이 저 파티에서 쓰게 빌려준 새B 소환수의 귀에 들려왔다.

'응?'

"어라, 로제타는 보물을 훔치는 게 엑스트라 스킬 아니었어?"

로제타와 함께 싸우고 있던 헤르미오스가 묻는다. 다른 동료들도 진 골디노를 상대로 대체 무엇을 할 작정이냐며 로제타를 주목한다.

"뭐, 구경이나 하렴. 헤르미오스, 이 빚은 비싸게 받아 낼거야. 알렌! 내가 저 덩치의 힘을 빼앗을 테니까 그 틈에 끝장내버려!!"

거듭 접근하는 진 골디노를 요격할 수 있는 위치로 나선 괴도 로제타의 몸이 아지랑이에 감싸인 것처럼 일렁거리기 시작했다.

『하하하! 도적 따위가 무엇을 할 수 있단 말인가! 좋다, 무엇을 하든 모조리 지워서 없애주마!!』

"그래? 네가 자랑하는 스킬, 나한테 잠깐 빌려주지 않을래? 강탈^{로버}의 손^{핸즈}!!"

괴도 로제타가 그렇게 말하며 접근하는 진 골디노를 향하여 손을 내뻗고 공중에서 무엇인가를 붙잡는 시늉을 했다.

그리고 팔을 회수했을 때 손에는 반짝반짝 빛나는 무엇인가가 쥐여 있었다.

"후유. 이게 뭐야? 너 굉장히 멋진 물건을 갖고 있었구나? 이제

눈 번쩍번쩍은 못쓰게 됐는데 어떡한담~. 후후."

"앗?!"

알렌, 그리고 헤르미오스를 비롯한 연합 파티의 동료들이 경악한다.

'스킬을 빼앗았다고?! 진짜냐!!'

『아니?! 네, 네년. 그것은!! 나, 나의 스킬을 빼앗았구나!! 용서 못한다!!』

진 골디노도 로제타가 엑스트라 스킬로 무슨 짓을 했는지 곧장 알아차렸나 보다. 급하게 속도를 올려서 로제타를 향해 쏜살처럼 들이닥친다.

"이, 이게 에르메아 님께서 말씀하셨던 로제타가 붙잡는 미래인가……."

헤르미오스가 어떤 기억을 떠올리는 것처럼 중얼거렸다.

"자, 잠깐! 헤르미오스, 감탄만 하지 말고! 빨리 나 도와줘!!"

괴도 로제타가 헤르미오스에게 불평을 하며 회피하고자 움직였을 때 미리 로제타의 뒤편에 은밀하게 다가와 있었던 다른 인물이 로제타의 머리 위를 뛰어넘어서 진 골디노에게 검을 휘둘렀다.

가드 브레이크
"파갑검!!"

그 인물은 로제타와는 분명히 다른 파티로 편성했던 검성 드베르그였다.

그는 알렌도 알아차리지 못한 사이에 로제타에게 접근했었다. 어쩌면 로제타가 진 골디노에게 엑스트라 스킬을 사용하고자 나선 광경을 보고 만에 하나 실패했을 때 보호해주고자 기회를 살피고 있었는지도 모르겠다.

직진하던 진 골디노는 완전히 허를 찔려서 회피 행동조차 취하지 못했다. 급하게 빛의 방패를 들어 올렸으나 드베르그의 대검이 방패째 팔을 절단한다.

『끄억!!』

균형이 무너져서 진 골디노가 로제타의 왼편 바닥에 격돌한다. 바닥을 깎아내면서 수십 미터짜리 깊숙한 도랑을 만들고 이동한 다음에야 간신히 정지했다.

'스킬을 빼앗겨서 수비도 무너졌다! 절호의 기회가 왔다!!'

알렌은 곧바로 다음 전개를 떠올린다.

"『귀소 본능』! 모두 보조를 걸어주십시오! 소피는 정령왕의 축복을 써!!"

전이시켜서 한곳에 모인 세 파티의 동료들이 일제히 보조 스킬을 걸어준다. 동시에 소피가 모든 마력을 써서 엑스트라 스킬 「대정령 현현」을 사용했다.

"네! 알렌 님. 정령신 로젠 님, 부탁드립니다."

『하하. 대결도 이제 막바지구나.』

소피의 어깨에서 위로 떠오른 하늘다람쥐처럼 생긴 정령신이 공중에서 허리를 흔들기 시작하자 반짝반짝 빛나는 빗방울 같은 무엇인가가 한곳에 모인 동료들에게 내리쏟아진다.

"엑스트라 스킬을 다시 한번 사용할 수 있습니다! 빨리, 보조를!"

「정령왕의 축복」에 있는 효과는 동료들 전원에게 미리 설명했다. 저마다 지금이야말로 최후의 기회임을 알고 또다시 엑스트라 스킬을 쓰기 시작한다.

『같잖은 짓거리를! 그딴 준비를 할 틈을 허락할까 보냐!!』

진 골디노가 다시 공중에 떠올라서 파티에게 들이닥치고자 한다.

하지만 그 앞을 두 대의 초합체 골렘이 가로막고 나섰다.

"저희가 시간을 끌겠습니다!"

이미 만신창이가 된 상태이나 지금 상황에서 물러날 순 없다며 자기 자신을 다그치고 진 골디노에게 맞서 나아간다.

"너희에게만 맡기지는 않는다! 메르르, 이빨 꽉 깨물어라!!"

"응!!"

가라라 제독과 메르르가 탄 초합체 골렘도 다른 두 대의 뒤를 따랐다.

『시건방 떨지 마라아아아아!!』

진 골디노가 세 대의 초합체 골렘을 노리고 닥쳐들었다.

두 팔이 없는 한 대가 몸체로 진 골디노를 막아 세우고자 했으나 복부를 관통당하며 제자리에서 균형을 잃고 말았다.

그다음 한 대가 남아 있었던 왼팔로 진 골디노를 몰아내고자 했으나 빛의 검에 맞아서 손가락부터 어깨까지 절단당하고 역시 제자리에 털썩 허물어졌다.

각각 골렘의 가슴 쪽 수정으로부터 탑승해 있던 드워프들이 우르르 탈출한다.

그들을 지켜주고자 가라라 제독과 메르르가 탄 초합체 골렘이 힘껏 전진했다. 그 위치로 진 골디노가 흉악한 빛의 검을 내리찍는다.

최후의 초합체 골렘은 한쪽 팔을 파괴당하고 뒤로 기울어졌다. 그러나 가슴 부위의 수정 안에서 메르르가 나머지 오른팔을 조작하며 카운터 일격을 날리고자 한다.

"메가톤 퍼어어어어언치!!"

거대한 주먹이 진 골디노가 내뻗은 빛의 검에 직격했다.

필사적인 표정을 지은 메르르는 1초라도 더 길게 동료들이 보조 수단을 쓸 시간을 끌어주고자 아득바득 버틴다.

그 순간 양측의 힘이 대치를 이루었으나 곧 빛의 검이 세차게 그어지고 초합체 골렘은 뒤로 밀려났다.

그렇게 통로에 엉덩방아를 찧었을 때 초합체의 한계를 맞이했다.

붕괴하는 초합체 골렘의 가슴 쪽 수정으로부터 가라라 제독과 메르르, 다른 드워프들이 쏟아져 나온다.

『흥, 고철 덩어리들이 발악을. 끝이다! 음?』

진 골디노의 시야에서 드워프들의 뒷모습이 사라졌다. 알렌이 「귀소 본능」을 써서 후방으로 이동시킨 것이다.

"아니, 이제 충분해. 모두 고마워요."

알렌이 감사의 말을 꺼내며 아다만타이트 검을 겨눴다.

"그러게. 충분하지. 준비는 다 끝났으니까."

헤르미오스도 애검을 겨누며 여유로운 표정으로 말했다.

『슬슬 시작하지. 피가 끓는구나! 크르르!!』

거대화한 제우 수왕자가 너클을 찌그러뜨릴 기세로 힘을 넣어서 꽉 쥐고 언제든 달려 나갈 수 있도록 몸을 구부리고 있다.

세 사람은 지금 눈부신 빛에 감싸여 있다. 동료들의 모든 보조 능력이 집중된 모습이었다.

"소피. 적의 움직임을 봉해줘."

알렌의 말에 소피가 고개를 크게 끄덕거렸다.

"네. 알렌 님. 바람의 정령 게일 님, 힘을 빌려주소서."

『응. 알았어. 엄마.』

소피의 눈앞에 소년처럼 생긴 바람의 정령이 현현한다. 어째서인지 소피를 「엄마」라고 부르는 정령이 소피의 손을 잡는다. 마력을 5000이나 높여주는 반지를 두 개 착용했고 정령왕의 가호를 받은 데다가 각종 보조 스킬까지 중첩된 소피의 모든 마력이 빨려 들어간다.

고개를 돌린 바람의 정령이 진 골디노를 향해 길게 숨을 내뱉었다. 쏟아지는 바람은 공중에서 반투명의 하얀 밧줄로 바뀌더니 진 골디노의 몸체에 휘감기기 시작했다.

『아니?! 이, 이딴 수작쯤이야.』

진 골디노는 바람의 밧줄을 뜯어내고자 움직였다. 적을 구속하는 바람의 밧줄이 빛의 검에 닿자 쭉 늘어나면서 당장에라도 끊어져 버릴 것 같다. 모든 마력을 쏟아부었는데도 몇 초간 움직임을 막는 것이 고작인가 보다.

그러나 짧은 한순간으로도 충분했다.

움직임을 멈춘 진 골디노에게 전위 멤버들 전원이 일제히 공격을 개시했다.

가장 먼저 공격을 가한 인물은 비상한 뒤 고속으로 접근한 알렌이었다.

아다만타이트 검을 진 골디노의 안면에 재빨리 연거푸 때려 박는다.

우두둑!!

정령왕의 가호를 받아 화황금 신체의 내구력조차 거뜬히 돌파해 버린 공격력이 진 골디노의 두 눈을 파괴했다.

『크아아아!!』

"이제 더 이상 눈으로 빛을 낼 수도 없겠군."

곧이어 거대화한 수인들, 아울러 검성 드베르그와 드골라가 덮쳐 들었다.

보유한 모든 수단으로 진 골디노의 온몸에 잇따라 근접 공격을 때려 박는다.

그리고.

홀리 소드
"신절검!"

"나도 갈게. 패왕검!"

엑스트라 스킬을 발동한 헤르미오스와 엑스트라 스킬로 한계돌파를 한 클레나가 진 골디노의 가슴 높이까지 뛰어오른 뒤 좌우에서 각각의 검을 박아 넣었다.

『크흑!! 내가…… 겨우 이따위 상대에게…….』

진 골디노가 멍한 말투로 중얼거렸을 때 두 자루의 검이 뽑혔다.

쿠우우우우우웅!!

힘을 잃은 진 골디노가 통로에 쓰러진다.

『골디노 1마리를 쓰러뜨렸습니다. 경험치를 40억 획득했습니다.』

알렌의 마도서에 로그가 표시됐다.

'뭔가 마지막 순간까지 악역 느낌이 가득 넘치는 녀석이었네.'

마도서를 들여다보던 얼굴을 들어 올리고 알렌은 동료들을 향해 이렇게 말했다.

“이번에는 진짜 쓰러뜨렸습니다.”

“오오오! 이겼다!!”

동료들이 환희하며 소리 높인다.

드디어 연합 파티가 최하층 보스를 쓰러뜨린 순간이었다.

제13화 최하층 보스 토벌 보수

알렌은 움직이지 않는 골디노에게 새삼 다가가봤다. 아다만타이트 검으로 마구 찔렀던지라 만신창이가 된 얼굴을 바라본다.

'아니, 너무 강하잖아. 꽤 위험했어. 뭔가 신나서 만들다가 폭주하게 된 성능의 보스 같았지. 아무튼, 뭐, 재밌었어.'

아슬아슬한 싸움이었으나 제우 수왕자와 수인들의 거대화, 괴도 로제타가 마지막에 써준 비장의 스킬에 큰 도움을 받았다.

이쪽 세계에 전생한 뒤 처음 경험한 레이드전의 승리가 그리움을 불러일으킨다.

조금 떨어져 있는 곳에서는 본래 모습으로 돌아온 제우 수왕자가 무릎을 꿇고 서서 어깨를 부들거리고 있었다.

"……아버님. 제우는, 해냈습니다."

평소 왕자답게 딱딱한 표현을 쓰고 아버지를 「수왕 폐하」라고 불렀었는데 어린 시절의 말투로 돌아가버렸다. 점성수사 테미로부터 도저히 극복하지 못할 것을 전제로 주어진 시련이라는 말을 들었었다만, 끝내 달성하는 데 성공했으니 감격하고 있는가 보다.

수왕자의 주위에는 10영수가 쭉 모여서 기쁨의 말을 건네고 있다. 심지어 오바 장군은 제우 수왕자보다 더욱 호들갑스럽게 온몸으로 울음을 터뜨린다.

가라라 제독의 주위에도 메르르를 비롯한 골렘술사 동료들이 모여 있었다.

"……이놈들아, 해냈다. 조만간 너희 무덤에도 술을 가져가주마."

가라라 제독의 말에 전원이 눈을 꾹 감고 잃어버린 동료들의 기억을 떠올리고 있다. 그들이 목숨을 걸고 자신들을 지켜서 대피시켜줬던 것을 생각하면 이번에는 자신들도 똑같이 할 차례라는 각오를 다지며 골렘술사들은 목숨을 걸고 싸웠다. 만약 골렘술사 중 한 명이라도 자기 목숨을 아까워했다면 초합체 골렘의 움직임이 흐트러져서 적잖은 수의 사망자가 발생했을 것이다.

이윽고 골디노의 몸이 사라져 간다. 남은 것은 S랭크의 마석뿐이었다.

세실이 알렌에게 다가왔다.

"응? 왜 그래? 불만이 있는 눈치네."

"나, 마무리 역할 못 맡았어."

"아니, 사람들 다 밀집한 상황에서는 못 쓰잖아."

저번에도 한 번 겪었던 일인데, 정령왕의 축복을 받고 지력이 터무니없이 올라간 세실이 100미터급 소운석을 떨어뜨리면 터무니없는 위력을 발휘하는지라 알렌은 기막힐 따름이다.

세실의 엑스트라 스킬은 집단전에서는 쓰기 적절치 못한 상황이 제법 많았다.

"뭐, 그렇긴 한데……. 어머?"

세실은 알렌의 어깨 너머로 최근 막 성년을 맞이한 감자 얼굴의 남자가 혼자 우두커니 고개 숙인 채 서 있는 모습을 발견했다.

"드골라, 기가 죽었네."

알렌의 곁에 다가온 클레나가 슬픈 얼굴로 말했다.

이번에도 드골라는 전투 중 자신의 역할에 만족할 수 없었나 보다.

"드골라, 제대로 활약하지 못했으니까."

"뭐?! 아니, 너……."

알렌은 드골라에게 말했다.

"안심해라. 포르말도 별로 활약은 못했거든."

"이봐. 뭐, 틀린 말은 아니군."

포르말이 슬쩍 끼어들어서 받아쳤다.

활과 화살을 써서 싸우는 데 특화된 포르말은 골렘처럼 물리 공격이 잘 통하지 않는 상대와 싸울 때는 활약하기 많이 어렵다. 다만 포르말 본인은 전혀 신경조차 쓰지 않는다. 애당초 소피를 지키는 것 이외에는 평소부터 다른 생각을 안 하는 듯싶다.

'직업에 따라 상황에 유불리가 있는 건 어쩔 수 없나. 게다가 엑스트라 스킬을 발동시키지 못하는 처지이니 한계도 뚜렷하고. 하지만, 뭐, 활약을 제대로 못했다는 건 말이 지나치지.'

드골라는 이번 전투에서 틀림없이 큰 도움이 됐다. 세 번의 전직을 거치고 장비도 훌륭하게 맞춰서 갖춘 압도적인 공격력은 10영수에게도 헤르미오스의 파티원에게도 전혀 뒤처지지 않는다.

또한 학원에 있던 무렵부터 「폐인 게이머」의 동료로 함께 싸웠던 만큼 어떠한 타이밍에 앞으로 나서야 하고, 어떠한 상황에서 물러나야 하는지 자연스럽게 최적의 움직임을 취할 수 있다. 같은 전위인 클레나와는 서로의 호흡을 잘 알고 있는 데다가 회복 담당인 킬의 타이밍도 의식조차 안 하고 파악할 수 있기에 숙련도가 다르다.

'그래도 너는 잘 싸웠다는 말을 듣고 싶은 건 아니지? 드골라.'

납득하지 못한 채 얼굴에 불만을 가득 드러내고 있는 드골라를 알렌은 더욱 몰아붙인다.

"너 설마, 다른 사람이 만들어준 업적에 슬쩍 끼어서 영웅이 될 생각은 아니겠지?"

다른 사람이 모은 파티의 힘을 빌려서 다른 사람이 세운 작전에 따라 승리했을 뿐인데 본인이 「영웅」이라고 불리기 위해 이용할 생각이냐고 지적을 한다. 동시에 아직 갈 길이 멀지 않냐는 의미를 담아서 한 말이었다.

"뭐?! 무슨 헛소리냐!!"

드골라가 숨을 죽였다가 눈을 부릅뜬다. 서로의 눈과 눈을 마주치며 자기 힘으로 엑스트라 스킬의 문제를 해결한 뒤 진짜 「영웅」이 되라고 알렌은 말없이 다그친다.

"보수를 받아야겠어. 대기실로 돌아가자."

알렌은 그렇게 말한 뒤 드골라에게서 등을 돌리고 다른 파티에게 이동을 요청했다.

드골라는 눈에 힘주고 알렌의 뒷모습을 보면서 「그래, 두고 봐라」라고 중얼거렸다.

통로에 남은 커다란 S랭크 마석을 회수한 뒤 연합 파티는 대기실로 돌아왔다. 5계층 입구로 전이시켜주는 큐브 형태의 물체는 사실 통로의 안쪽에 위치했지만, 보스를 쓰러뜨렸을 경우의 보수와 직접 1계층으로 전이시켜주는 큐브는 대기실에서 출현을 한다.

최하층 보스의 토벌 보수를 수령하고자 새A 소환수를 써서 단숨에 이동했다.

대기실에는 큐브 형태의 물체와 함께 이제껏 못 봤던 상자가 나타나 있는 상태였다.

『최하층 보스 공략을 축하…….』

알렌과 동료들이 다가가자 큐브 형태의 물체가 말을 시작했다만.

"오오오오!! 뭔가 엄청난 게 나왔군! 번쩍번쩍 빛나잖아!! 으햐하!!"

킬이 소리 지르며 말을 차단해버린다.

『…….』

"변함없이 돈의 성왕이네."

세실이 어이없어하는데 놀란 사람은 킬뿐이 아니었다.

"오오!!"

다른 동료들도 처음 본 최하층 보스의 토벌 보수 앞에서 새삼 자신들이 이룬 업적을 실감하니 기쁨을 감추지 못하는 기색이었다.

상자는 전부 세 개 있었다. 은 상자, 금 상자, 그리고 무지갯빛으로 반짝이는 무지개 상자다.

본래는 네 개를 받을 수 있다고 설명 들었었는데, 한 개가 줄어든 까닭은 초회 토벌 보수를 던전 마스터 디그라그니에게 직접 요청해서 받을 수 있기 때문이겠다.

오호. 최하층 보수는 은 상자부터 시작인 건가? 그건 그렇고 무지개 상자가 나오기도 하는구나.'

알렌 파티가 가장 많이 쓰러뜨린 적은 아이언 골렘이다. 그때 나왔던 것은 나무 상자, 은 상자, 금 상자인데 은 상자의 출현 확률은 대략 1할쯤이었다. 그런데 최하층 보스쯤 되는 강적을 잡으니까 세

개가 모두 은 이상의 상자다. 그만큼 특별한 보수라는 느낌이 든다.

"이것은……."

제우 수왕자가 세 개의 보물상자를 뚫어져라 바라본다.

"아무래도 보물상자는 은, 금, 무지개의 순서로 더 값비싼 물건이 들어 있는 것 같습니다. 이것들을 어떻게 분배할지는 수왕자 전하, 가라라 제독님, 헤르미오스 씨까지 세 분이 상의해서 결정해주시겠습니까?"

"오호라. 그런 건가."

제우 수왕자는 납득한 듯했다.

"일단 내용물을 살펴볼까요."

헤르미오스가 말을 꺼내자 세 사람이 같이 보물상자를 열어본다.

· 은에서는 아이템 수납 마도구(특대)

· 금에서는 아다만타이트 본체용 석판(다리)

· 무지개에서는 공격력 3000 상승 펜던트

"전부 다 굉장한 보물이네!"

헤르미오스의 어깨 너머로 괴도 로제타가 눈을 반짝이며 몸을 쓱 내민다.

'진짜냐. 펜던트로 공격력을 올릴 수 있다면 반지를 장비한 상태에서 능력치가 더 잔뜩 올라간다는 말이잖아? 좋아, 계속 돌아서 싹 맞춰야겠다.'

무기 및 방어구와 달리 액세서리의 효과는 스킬의 영향을 받아 증가하는 능력치가 변화한다. 한 번에 장비 가능한 액세서리가 늘어나면 그만큼 능력치를 보강할 수 있음을 의미했다.

"자, 이곳에 있는 네 파티의 리더는 나이니 내가 처음으로 결정을 해도 될 테지? 나는 무지개 상자를 가지고자 한다."

"잠깐?!"

괴도 로제타가 무의식중에 소리 높였다. 설마하니 제우 수왕자가 이런 주장을 할 줄은 예상하지 못했나 보다.

그러나 로제타 이외에 반대하는 인원은 없었다.

"딱히 상관은 없군. 그러면 나는 금 상자를 받아야겠다."

가라라 제독은 아다만타이트 본체용 석판을 갖고 싶다고 말한다.

"아, 알았어. 이 마도구 하나로 참아줄게."

로제타는 급하게 말한 뒤 수납용 마도구(특대)로 손을 뻗어서 강탈하다시피 품에 끌어안았다. 골렘용 석판은 어차피 쓰지 못하는 데다가 신전에 가져가서 팔아도 싼값에 후려치기를 당한다고 생각했을 것이다.

헤르미오스가 어쩔 수 없다는 듯이 쓴웃음을 지었다.

알렌이 수납 마도구는 굉장히 비싼 물건이며 구입하려면 기암트 제국 제도의 1등급 지구에 저택을 세울 수 있는 큰돈이 필요하다는 것을 안 때는 더 나중의 훗날이었다. 이번에는 수납 가능한 크기가 특대라는 이유도 있어 판매하면 저택 한 채조차 훌쩍 뛰어넘는 가치가 있을 것 같았다.

'쟁탈전이 벌어질 수도 있었을 텐데 이 세계는 평화롭구나.'

레이드전에 참가해서 열심히 싸운 전원이 꼭 보수를 받을 수 있는 것은 아니다. 알렌은 전세 때 오십 명 규모의 레이드전에 참가했는데도 보수가 한두 개밖에 주어지지 않아서 결국 획득하지 못한 경우도 많았다.

보수를 두고 배틀 로열로 치닫는 상황도 적지 않았을 정도다.

그런 생각을 떠올리고 있던 때 제우 수왕자가 알렌에게 손을 내밀었다.

"……사라와 우르를 구해준 보답이다."

그 손에는 방금 무지개 상자에서 꺼낸 펜던트가 놓여있다. 말투에서 뭔가 연기를 하는 듯 어색함이 느껴지는 이유는 어쩌면 할 말을 미리 정해 두었기 때문이려나.

"예? 괜찮으시겠습니까?"

"나는 목적을 달성했다. 이런 물건은 필요하지 않아."

아무래도 제우 수왕자는 처음부터 알렌에게 넘겨주기 위해서 무지개 상자에 든 펜던트를 가지겠다고 말한 듯했다.

알렌은 제우 수왕자의 뒤편에 서 있는 10영수들을 바라본다. 이것은 전원이 같은 뜻으로 결정을 내린 행동인가 보다.

"아다만타이트 석판도 달랑 한 장이면 의미가 없지. 메르르나 챙겨주도록 해라."

그렇게 말한 뒤 가라라 제독도 알렌에게 석판을 내밀었다.

"앗? 진짜?"

"고맙다. 너희 덕분에 동료들의 원수를 갚았지. 또 다 같이 앞으로 나아갈 수 있겠군."

가라라 제독이 히죽 웃었다.

아무래도 가라라 제독도 보수는 알렌 파티에게 넘겨주자고 미리 결정을 마쳤었나 보다.

"잠깐?! 뭔데. 나는 안 넘겨줄 거야!!"

수납 마도구를 품에 끌어안은 채 괴도 로제타가 안절부절하며 외쳤다.

알렌 파티는 거의 4천에 가까운 아이언 골렘을 쓰러뜨리고 많은 아이템을 손에 넣었다. 개중에는 화황금 석판, 아다만타이트 재질의 무기와 방어구, 수납용 마도구도 있었다.

'「특대」가 아니라 「대」였지만 말이지.'

심지어 세 개의 금 상자에서는 오리하르콘 덩어리를 한 개, 아다만타이트 골렘의 본체용 석판을 두 개 손에 넣었다. 가라라 제독에게 받은 아다만타이트 본체용 석판은 다리였으니까 부위가 겹치지도 않는다.

'좋아, 좋아. 메르르의 타므타므가 한 발짝 더 아다만타이트 골렘에 가까워졌군.'

『축하드립니다.』

보수 분배의 과정을 끝까지 기다려준 뒤 큐브 형태의 물체가 다시 한번 말을 걸어왔다.

『여러분이 첫 번째 S급 던전 「시련의 탑」 공략자입니다. 증명서를 발행하오니 수령해주시기 바랍니다.』

알렌, 헤르미오스, 가라라 제독, 제우 수왕자의 앞쪽에 명함 크기의 카드가 나타난다. 새까만 카드의 앞면에는 『S급 던전 「시련의 탑」 공략 증명서』, 뒷면에는 참가자의 이름이 각각 금빛의 글자로 쓰여 있었다.

"수왕자 전하, 이렇게 됐으니 완벽하게 증명이 되겠군요."

"그래, 음, 든든하구나."

제우 수왕자는 카드의 앞뒤를 확인하며 고개를 끄덕거렸다.

『다음으로 초회 토벌 보수입니다. 디그라그니 님께서 직접 건네주실 예정입니다.』

"오! 잘 부탁드립니다!"

알렌이 환희에 찬 목소리로 대답하자 큐브 형태의 물체 후방 상공에서 거대한 마법진이 나타났다.

쿠우우우우웅!!

마법진에서 느닷없이 칠흑빛으로 빛나는 거대한 물체가 강림한다.

그것은 신장 10미터의 아다만타이트 골렘이었다.

"앗?!"

알렌 이외의 동료들이 경악하며 웅성거렸다.

'드디어 나타나셨군!'

『이런! 미안하구나! 많이 놀랐느냐. 내가 디그라그니다!!』

던전 마스터 디그라그니가 쾌활하게 인사를 한다.

"처음 뵙겠습니다. 알렌이라고 합니다. 저희 연합 파티의 전체 리더는 이쪽에 있는 제우 수왕자 전하입니다만, 초회 토벌 보수를 받는 파티는 저희로 이미 상의를 마쳤습니다. 제가 파티의 리더이니……."

『말이 많다!』

디그라그니가 불쑥 타박을 놓는다.

"대단히 죄송합니다."

『아니, 나도 미안하다. 조금 바빠서 말이다. 다음 달까지 던전을 하나 만들어 놓으라잖나. 에르메아 님께 마구마구 부려 먹히는 중이다.』

"아, 전직용 던전 말씀이군요. 순조롭습니까?"

『오냐, 기대해줘라.』

디그라그니는 골렘의 몸으로 두 손의 집게손가락을 움직여서 알렌과 동료들을 가리키며 포즈를 잡는다.

정령신에게 들은 이야기에 따르면 1개월 후 4월부터 라타쉬 왕국의 학원 도시에 공략 시 전직을 시켜주는 던전이 생긴다고 한다. A급 던전 한 곳을 수리해서 개장한다던가.

'방금 전까지 학원 도시에 있었던 걸까. 다른 대륙인데도 순식간에 이동할 수 있다고 생각하면 되나.'

디그라그니는 이제까지는 S급 던전에 있었다. 알렌 파티는 한 번도 목격하지 못했으나 가끔 1계층의 도시에도 나타난다고 했다. 그런데 최근 들어서는 전직용 던전의 설정 및 조정을 위해 외출하는 경우가 많아졌나 보다.

『너는 변함없구나. 디그라그니.』

정령신 로젠이 입을 열었다.

『오?! 로젠 아니냐. 오랜만이군!』

『호칭에 주의해라. 너와 다르게 나는 신이 되었으니까. 하하.』

미간을 주름지게 찌푸리고 답하는 정령신을 바라보면서 알렌은 정령신이 후카만을 먹으며 해준 이야기를 떠올렸다. 디그라그니와 정령신은 둘 다 오천 살쯤이며 창조신으로부터 신기를 받은 시기도 완전히 같다고 했다.

'별로 사이가 안 좋다고 했지.'

『뭐야. 그렇게 생긴 녀석이 딱딱한 소리 늘어놓지 마라.』

『흥. 애써 모아들인 기원과 소망을 이런 모형 정원 따위에 쓰다니. 에르메아 님께서도 기막혀하신다.』

『엉? 이 양식의 아름다움을 몰라보다니 에르메아 님께서도 아직 안목이 모자라시군.』

『네, 네놈! 나뿐 아니라 감히 에르메아 님께도 함부로 입을 놀리는 건가!!』

하늘다람쥐를 닮은 모습의 정령신이 작게 주먹을 쥐며 화내는 모습을 보고 디그라그니는 시끄럽다는 듯이 고개를 홱 돌린다.

'창조신한테 받은 신앙의 그릇으로 모아들인 기원을 써서 던전을 만들거나 토벌 보수와 보물을 준비한다거나 이래저래 활용한다는 건가?'

이전에 창조신에게서 신기를 가진 존재가 사람들의 기원을 모으고, 그 힘으로 아신이 되고 신이 된다는 말을 들었다. 디그라그니는 모아들인 기원의 힘으로 본인이 즐기기 위한 S급 던전을 만들고 확장시켜왔던 것 같다.

그러면 하늘에도 닿을 듯한 탑이나 매년 확대되고 있다는 1계층의 도시뿐 아니라 골디노를 비롯해서 터무니없이 강력한 S랭크 계층 보스까지도 사람들이 보내주는 기원의 힘으로 만들어진 것일까.

계속 생각을 이어 나가다가 알렌은 본래 목적을 떠올렸다.

"아무튼 초회 토벌 보수 말입니다만."

『오냐! 말해보거라. 무엇을 받고 싶으냐?』

디그라그니가 다시 알렌을 쳐다보면서 몸을 구부리고 물었다.

"그럼 동료들 전원을 헬 모드로 변경해주십시오."

『뭐?! 가능할 리 없잖냐!! 갑자기 무슨 헛소리냐?!』

디그라그니는 굉장히 어이없어하며 즉답했다.

"엑스트라 모드도 안 됩니까?"

『당연하지!!』

엘프로부터 분명 상당한 기원을 모아들였을 정령신도 불가능하다고 말했던 것이 엑스트라 모드 해방이다. 던전의 증개축에 기원을 쓰고 있는 디그라그니의 처지에서는 어려울 것이라고 생각했었다.

"그럼 두 번째 엑스트라 스킬을 주십시오."

제우 수왕자 덕분에 메르스에게 들었던 엑스트라 스킬은 최대 세 개라는 정보를 근거로 모드 해방이 어렵다면 추가 스킬을 요구하자는 생각을 하고 있었다.

『역시 무리다. 아까부터 네가 원하는 것은 나로서는 도저히 어려운 요구뿐이군. 그나저나 말이다, 옆에 진짜 신이 있잖냐. 그 녀석한테 부탁을 해라!』

『이봐!』

알렌은 잠시 생각에 잠겼다.

"그러면…… 전직은 혹시 가능합니까?"

『엉? 전직 정도는 아마 가능할 것 같은데……. 한 번 전직을 마친 녀석이나 별이 많은 재능을 가진 녀석을 또 시켜주지는 못한다.』

조건은 있는가 보다.

"대강 별 개수는 몇 개까지 가능합니까?"

『세 개쯤이면 되려나.』

'전직해서 별 세 개인가. 상당히 적군. 뭐, 정령신도 클레나를 별 다섯 개로 올려준 것은 신이 된 이후였지. 그나저나 던전 마스터는 상당히 입이 가벼운데. 에르메아한테 제재를 받는 건 아닐까.'

헬 모드나 별의 개수 이야기는 알렌에게는 상식이지만, 과거에 이와 관련된 이야기를 꺼냈을 때 정령신이 보였던 태도 등으로 짐작하건대 다른 사람들에게는 되도록 알려지지 않아야 좋은 부분인 것 같았다. 그럼에도 별로 신경을 안 쓰고 내키는 대로 행동하는 디그라그니의 거침없는 언사는 어쩌면 「전직 던전 제작」이라는 페널티를 받게 된 이유인지도 모르겠다는 생각이 든다.

"분명히 다음 달 생기는 전직용 던전에서는 전직 가능한 횟수는 한 번뿐, 게다가 최대 별 네 개까지라는 제한이 있다고 했죠. 그냥 가능하게 될 전직을 보수로 받아도 별로 이득이 되지는 않겠습니다."

알렌은 상대가 정령신이라면 로젠헤임으로 냅다 도망쳤을 집요함으로 질문했다.

『그런 셈이지. 자, 어떡할 테냐. 마도구라면 제법 괜찮은 물건을 만들 수 있다만.』

디그라그니가 아마도 본인의 특기 분야로 짐작되는 마도구 제작을 제안한다.

'그럼 역시 요구할 것은 하나뿐인가.'

모드 변경도 전직도 어렵다는 답이 나오는 상황은 어느 정도 예상했었다.

알렌은 조금 떨어진 곳에 있는 메르르를 불렀다.

"메르르. 잠깐 마도반을 빌려줘."

"응."

메르르는 알렌에게 다가와서 목에 걸어 놓았던 마도반을 건넨다.

받아 든 마도반을 확인했다. 앞면에는 미스릴 석판이 열 개 장착되어 있지만, 뒷면은 반들반들해서 아무것도 장착할 수 없다. 애당초 뒷면에는 석판을 끼울 공간조차 없다.

"이 마도반의 뒷면에도 석판을 끼울 자리를 만들어주실 수 있겠습니까? 앞면과 동일하게 열 개, 전부 더해서 스무 개의 석판을 장착할 수 있도록 고쳐주시면 좋겠습니다."

알렌은 미리 떠올렸던 초회 토벌 보수를 디그라그니에게 전달했다.

알렌은 S급 던전에 도전하는 과정에서 한 가지 사실을 깨달았었다.

그것은 이 던전에서는 다른 곳과 비교하여 대량의 마도구를 손에 넣을 수 있다는 사실이다.

아무래도 디그라그니는 마도구를 만드는 것이 특기인 듯하다. 따라서 어느 정도 자유롭게 선택할 수 있는 초회 토벌 보수로 마도구의 제작이나 개량을 부탁하면 파티의 강화에 가장 큰 기여가 될 것이라는 생각을 했다.

오리하르콘 무기와 방어구도 매력적이기는 한데 오리하르콘 덩어리를 이미 입수했으니 언젠가 하바라크에게 제작을 의뢰하면 그만이었다. 편리한 마도구도 모험에 필요한 것은 어느 정도 구비되어 있다.

따라서 전세 때 열심히 게임을 파고들었던 기억과 마도반을 연결시켰다.

마도반에는 열 개까지 석판을 끼울 수 있다. 반대로 말하면 더 많이 끼우지는 못한다.

골렘술사는 열 개라는 제한 안에서 골렘을 운용한다.

이런 방식은 자신들이 쓰는 장비도 마찬가지였다.

능력치 증가 반지는 좌우의 손에 단 한 개만 장비가 가능하다. 그이상은 효과가 적용되지 않기 때문이다. 즉, 반지의 슬롯은 팔 하나에 한 개라는 제한을 받는 셈이다.

그리고 이런 제한은 전세에서는 「퀘스트」라고 불리는 과제를 클리어함으로써 풀어낼 수 있었다.

'이번 전투는 마도반 슬롯의 확장 퀘스트였던 거야.'

알렌은 최종적으로 동료들을 전직시키는 데 성공했었기에 로젠헤임에서 치른 전쟁을 「전직 퀘스트」라고 생각하기로 했다. 이벤트를 거칠 때마다 아군이 점점 성장할 수 있으니 반대로 성장을 위해 이벤트가 발생한다는 관점을 채택했던 것이다.

그렇다면 이곳 「S급 던전 공략」이라는 이벤트는 과연 무엇을 위한 퀘스트였겠는가.

「마도반에 석판을 끼울 공간을 늘려달라고?」

"혹시 불가능합니까?"

알렌은 마도반을 디그라그니에게 내밀었다.

다음 순간, 마도반이 알렌의 손에서 사라지고 디그라그니의 얼굴 앞으로 전이된다. 그리고 천천히 회전하기 시작했다.

디그라그니는 마도반을 들여다보며 입을 다물고 있다. 뭔가 생각을 하는 기색이라서 알렌도 입을 다물고 기다렸다.

「흐음……. 오호라, 이번에는 가능하겠군. 너는 꽤 재미있는 생각을 떠올리는 녀석이구나!』

디그라그니가 신나서 말을 꺼내자 마도반의 회전 속도가 갑자기 빨라졌다. 너무 빨라서 평평한 마도반이 구체로 보이기까지 한다. 게다가 반짝반짝 빛나기 시작했다.

『옛다!!』

빛나는 구체가 알렌의 눈앞으로 다시 돌아왔다. 점점 회전 속도가 느려지다가 이윽고 정지했을 때는 양면에 홈이 생긴 상태였다. 손으로 잡아 확인해보니 한쪽 면에 열 개씩 합쳐서 스무 개의 홈이 있다.

그리고 본래 뒷면이었던 방향을 앞뒤로 기울이면 타므타므의 스테이터스가 홀로그램처럼 떠올랐다. 상당히 공을 들여서 만들어줬나 보다.

"혹시 이전과 기능에서 가능, 불가능의 범위가 달라졌을까요?"

『엉? 글쎄다, 거대화와 초거대화는 잔뜩 끼워도 하나밖에 효과가 없을 것이다. 나머지는, 글쎄. 알아서 잘 시험해봐라.』

"네. 알겠습니다."

알렌은 디그라그니에게 감사의 뜻을 표시한 뒤 옆쪽에 서서 지켜보고 있었던 메르르와 다시 마주하며 마도반을 내밀었다.

"이건 메르르의 물건이야. 골디노와 싸울 때 대활약을 해줬으니까."

메르르는 떨리는 손으로 마도반을 받아 들었다. 눈에서 눈물방울이 뚝뚝 떨어진다.

"고, 고마워."

"메르르, 잘됐다!"

클레나가 자그만 몸을 더욱 자그맣게 움츠린 채 오열하는 메르르를 뒤에서 살포시 끌어안았다.

『좋아! 이제 용건은 끝이구나!!』

디그라그니가 커다란 목소리로 돌아가라고 말한다.

"아, 실례합니다."

'아직 돌아가면 안 되거든요.'

『엉? 뭔데?』

"A급 던전을 공략했을 때 관리 시스템에게 들었습니다만, S급 던전 최하층 보스를 쓰러뜨리면 디그라그니 님께 도전할 수 있다더군요."

알렌의 말에 디그라그니는 일순간 입을 다물었다가.

『……그래, 맞다. 아무도 여기까지 못 와서 완전히 잊고 있었군. 다만 지금은 참아줘라. 지금 시기에 놀았다가는 에르메아 님께 꾸중을 들을 테니까.』

맞다고 대답해줬다.

"알겠습니다. 아직은 힘이 많이 부족한지라 언젠가 다시 찾아뵙고 도전하겠습니다."

물론 알렌도 당장 도전할 생각은 아니었다. 메르스에게 현재 파티의 역량으로는 승리할 수 없다는 말을 들었기 때문이다. 헤르미오스, 가라라 제독, 제우 수왕자의 파티가 함께 싸워주더라도. 심지어 만전의 상태여도 많은 사망자만 발생하고 패배할 것이라는 말도 들었다.

그럼 얼마나 강한 것이냐 물어봤더니 디그라그니는 전투에 몹시 능숙하며 비록 아신의 경지에 오르지는 못했으나 상위 마신과 비슷한 수준의 무력을 보유했다고 한다. 조금 전 간신히 쓰러뜨렸던 최하층 보스조차 상위 마신과 비할 바는 못 되겠지.

'더 많이 강해져야 하니까.'

"아직 확인하고 싶은 것이 있습니다만 괜찮겠습니까?"

『짧게 끝내줘라!』

"디그라그니 님께 승리하면 초회 토벌 보수 이상의 포상을 받을 수 있는 것으로 알고 있어도 괜찮으실까요?"

그 말에 가라라 제독 등 드워프들이 경악한다. 만약 승리를 거두거든 원하는 대로 어떠한 보수든 줄 것을 약속하라고 지금 알렌은 디그라그니에게 다짐을 놓은 셈이다.

『오?! 재미있구나! 너 진짜 재미있구나! 좋다, 내 능력이 닿는 한 이루어주마. 물론 나에게 먼저 이겨야겠지만 말이다!!』

"감사합니다. 더 힘껏 정진하겠습니다."

알렌은 깊숙이 머리 숙이며 웃음을 꾹 참느라 고생했다.

'이기면 디그라그니를 받아가도록 하자. 으흐흐.'

알렌은 디그라그니를 처음 나타났을 때부터 사냥감으로 포착하고 있었다.

아다만타이트 골렘의 모습으로 나타난 디그라그니의 가슴에 조종석, 즉, 수정이 박혀 있음을 목격했기 때문이다.

어쩐지 알렌이 또 음흉한 생각을 하는 것 같다고 알아차린 세실이 한숨 쉬었다.

『오냐. 언제든 덤비거라. 증명서를 가져오면 아무 시스템이든 통해서 나와 연결될 수 있도록 처리해두마.』

"그래주시면 감사하죠. 이번에는 정말 큰 신세를 졌습니다."

알렌은 다시 한번 깊숙이 머리 숙였다.

『오냐. 그래, 이왕에 배웅도 해주도록 하지. 으라차!!』

"엥?!"

알렌이 얼굴을 다시 들었을 때 이미 그곳은 던전 내부가 아니었다. 그곳은 S급 던전 1계층에 있는 신전 앞 광장이었다.

멍하니 서 있는 알렌과 동료들을 수많은 모험가가 비슷하게 멍하니 바라보고 있다.

『들어라! 이 녀석들아! 마침내 나의 S급 던전이 공략되었다!!』

알렌과 연합 파티의 머리 위에서 디그라그니의 목소리가 들린다. 고개 돌리자 디그라그니도 근처에서 신기한 포즈를 하고 있었다.

알렌이 전세 때 어린 시절에 봤던 텔레비전 속 전대 히어로의 포즈와 비슷하게 「빠바밤~!」이라는 효과음이 잘 어울릴 법한 포즈다.

'이게 디그라그니의 「멋있는 포즈」인가.'

디그라그니는 다른 사람들 앞에서는 꼭 「멋있는 포즈」를 취해야 하는 성격이라고 들었다.

알렌과 마찬가지로 멍하니 서 있던 동료들 중 메르르가 갑자기 「흐읍!」 외치고 「멋있는 포즈」를 따라 하기 시작했다. 그 모습을 보고 동료 드워프들도 「멋있는 포즈」를 취했으며, 게다가 광장에 있던 모험가들 중에서도 「멋있는 포즈」를 따라 하는 인물이 잇따라 나타난다.

그 광경을 지켜보고 있었던 가라라 제독은 숙연했던 마음이 맑게 개는 것을 느끼며 무심코 웃는 표정을 짓는다.

『그럼 다음 도전도 기다리고 있겠다!!』

힘차게 말한 뒤 다음 순간에 디그라그니는 온데간데없이 사라졌다. 전직용 던전을 제작하러 돌아갔나 보다.

이제 이곳에는 알렌과 다른 동료들, 또한 연합 파티의 S급 던전을 축하하고자 박수를 치는 사람들만 남았다. 모두 방금 전 디그라그니의 공략 선언을 듣고 있었던 것이다.

"아앗?! 인마, 이 녀석들아, 갑자기 무슨 짓이냐!!"

박수를 치는 사람들 안쪽에서 가라라 제독을 향해 드워프들이 우르르 몰려들었다. 가라라 제독을 들어 올리더니 헹가래를 치기 시작한다. 개중에는 얼굴을 온통 눈물로 구겨뜨린 채 웃음을 짓는 메르르도 있었다.

"이 녀석들아, 길을 비켜라! 가라라 제독님의 행차시다!! 아침까지 마실 테니까 따라오고 싶은 녀석은 같이 따라와라!"

아무래도 단골 주점에서 축하 연회를 열 생각인가 보다.

가마에 탄 것처럼 들려서 끌려가는 가라라 제독을 바라보던 알렌은 처음 가라라 제독과 만났을 때로 저렇게 동료들에게 들린 채 움직이는 모습이었다는 생각을 했다.

그 후 S급 던전이 처음으로 공략된 것을 축하하며 1계층의 도시는 축제 분위기로 흥분에 휩싸였다.

제14화 모험가 길드의 제안

S급 던전을 공략하고 10일이 지난 날의 일이다.

알렌은 동료들과 함께 던전에서 나왔다. 3일간 던전 생활을 끝내고 이제부터 2일간 휴식에 들어간다.

던전을 공략했음에도 변함없는 나날이 이어지고 있다.

"기분이 좋아 보이네."

알렌의 걸음걸이에서 경쾌한 리듬을 느낀 세실이 물었다.

"응? 그런가? 으흐흐."

"으흐흐는 또 뭐니."

알렌의 대답은 대답이 아니었으나 세실을 비롯하여 동료들은 단지 일상처럼 흘려 넘겼다.

지난 3일간 5계층에서 부지런히 아이언 골렘을 사냥하던 중 오랜만에 알렌의 레벨이 올랐던 것이다.

알렌은 레벨이 올라가면 최소 1주일은 내내 기분이 좋다. 특히 소환 레벨이 올랐을 때는 마도서를 들여다보며 매일 해쭉해쭉 웃는다.

'후후~ 역시 메르르야. 마도반의 홈을 스무 개로 늘려준 게 정답이었군. 제우 수왕자의 공격력 증가 목걸이도 은근히 효과가 좋고 말이지. 흐흥흥.'

S급 던전을 완전 공략한 이후부터 아이언 골렘 사냥의 효율이 대폭 높아졌다. 초회 토벌 보수를 받아 메르르의 마도반을 개량한 덕

에 골렘을 강림시키기 위한 석판을 더 많이 끼울 수 있게 되었기 때문이다. 강화용 석판을 열 개 장착하니 미스릴 골렘의 능력치가 확 상승했다.

공격력이 3000만큼 늘어나는 목걸이도 클레나에게 장비시킴으로써 단단한 아이언 골렘을 사냥하는 데 상당한 도움을 받고 있다. 제우 수왕자에게 감사할 따름이다.

이대로 레벨을 계속 올려서 알렌의 「군왕화」 스킬이 해방되면 최하층 보스 「골디노」를 반복 토벌하자고 계획을 세워 놓았다.

"그러고 보니 로젠헤임의 최북단 요새 주변에 남아 있었던 마수의 섬멸이 슬슬 끝날 것 같다더라."

거리를 걸어가다가 떠오른 소식을 소피에게 전해줬다.

"어머?! 어머나, 정말 반가운 소식이에요!!"

소피가 고향의 좋은 소식을 듣고 기쁨을 숨기지 못한다.

알렌은 소환 레벨이 8로 오르고 새A 소환수를 활용하게 된 다음부터는 대륙 곳곳에 「둥지」를 배치하고 가끔 전이를 사용해서 돌아다니고 있다.

그리고 엘프 여왕으로부터 요새의 복구 및 난민이 된 엘프들을 받아들이기 위한 도시의 재건 문제로 고생하고 있다는 이야기를 들었다.

로젠헤임은 작년 초 마왕군으로부터 대규모 침공을 받았던 탓에 3분의 2를 넘는 영토를 유린당했고 수많은 도시와 요새가 파괴되었다. 그리고 알렌 파티가 마왕군을 물리쳤고, 이제 간신히 도시와 요새의 재건을 시작하는 단계까지 뒷수습이 된 참이다. 다만 마왕군이 철수할 때 여기저기 흩어져서 아직 로젠헤임 곳곳에 잠복하고 있는 마수들이 수백 마리부터 수천 마리의 규모로 뭉쳐 다니며 복구, 재건을 방해하는 것이 현 상황이었다.

그런 상황을 타개하기 위해 알렌은 협력을 제안한 뒤 용A와 벌레A 소환수를 도합 육십 마리를 소환해서 밤낮을 가리지 않고 마왕군 잔당을 수색, 섬멸하는 작업에 매진했었다.

최하층 보스전에 필요한 가호를 조정하기 위해 벌레A 소환수는 잠깐 제거했었지만, 최하층 보스를 쓰러뜨린 지금은 다시 소환 중이다. 로젠헤임의 최북단 요새를 복구하고자 주변의 마왕군 잔당에게 다시 대처를 시작했는데, 최근 드디어 엘프 병사들이 요새에 복귀하기 시작했다고 한다.

이 이야기를 거점으로 돌아가는 길에 소피에게 알려준 것이다.

거점으로 돌아오니 헤르미오스의 고용인이 알렌에게 손님이 왔음을 알렸다.

"엥? 벌써 마중 나온 겁니까?"

알렌은 손님이라는 말에 바우키스 제국의 황제인 푸푼 3세의 사절이냐는 생각을 했다.

며칠 전 알렌과 헤르미오스를 만나고자 이 거점으로 황제의 사절이 찾아왔다.

사절은 바우키스 황가의 문장이 있는 친서를 두 파티에게 각각 가져왔었다. 우선 내용을 확인하고, 며칠 후 마중을 올 테니까 함께 바우키스 제국의 제도로 출발할 수 있도록 미리 준비해달라는 요청이었다.

헤르미오스와 함께 친서의 봉인을 뜯고 확인했더니.

『황제가 몸소 사상 최초로 S급 던전을 공략한 네 파티를 축복하는 행사를 개최한다.』

이와 같은 내용이 쓰여 있었다.

본래 푸푼 3세는 가라라 제독에게 S급 던전 공략을 명령한 바 있었다. 그 분부가 마침내 달성되었다는 소식을 이미 마도구의 힘으로 바우키스 제국 전토에 퍼뜨렸다.

게다가 가라라 제독과 함께 싸웠던 용사 헤르미오스와 동료들, 제우 수왕자와 10영수, 아울러 로젠헤임의 왕녀 소피아로네와 동료들의 이름도 함께 소개되었다.

이것은 자국을 포함한 네 곳의 나라가 총력을 결집하여 힘겨운 위업을 달성했다는 인상을 각인하려는 의도로 한 조처인 듯싶다.

그리고 행사 자리에 가라라 제독 파티 이외의 다른 세 파티도 초대해서 바우키스 제국의 백성과 연합 파티의 각 출신국에도 황제가 축복하는 장면을 보도하고 싶다고 한다.

아마 기암트 제국, 아르바할 수왕국, 그리고 로젠헤임에 대하여 자국의 영웅이 주도해서 S급 던전을 공략했다고 인식시키고 싶은 정치적인 노림수도 포함되어 있을 것이다.

그런 사정도 있어서인지 정식 친서를 보내왔다.

이렇게까지 공을 들이는데 대뜸 거절하면 체면 문제가 된다.

그러나 레벨 올리기를 급선무로 생각하고 있는 알렌은 보여주기식 의전에 시간을 빼앗기고 싶지 않은 것 또한 사실이다.

그날이 벌써 오늘이냐며 잠깐은 질색했으나 알렌은 곧 차분한 표정을 지을 수 있도록 애쓰면서 손님이 기다리고 있다는 식당으로 들어갔다.

"어라, 무슨 일이세요?"

그곳에서는 한 명의 드워프가 기다리고 있었다. 다만 바우키스 제국의 사절은 아니다.

"오셨습니까, 알렌 님. 기다리고 있습니다."

손님이란 S급 던전의 모험가 길드 직원이었다.

"어라? 지금까지 기다리고 계셨어요? 전갈만 남겨주셔도 괜찮았을 텐데요."

알렌은 길드의 담당자 앞에 놓인 찻잔과 과자의 양을 보고서 이 사람이 꽤 오래 기다렸음을 짐작했다.

알렌 파티는 던전에서 3일을 활동하다가 나온 뒤 2일을 쉬는 일정을 반복하고 있다. 오늘은 마침 던전에서 나오는 사흘째 되는 날이었다만, 알렌이 아이언 골렘 사냥에 너무 열중했던 까닭에 이미 밤이 되었다.

언제부터 기다렸냐는 생각을 하던 중 헤르미오스가 말을 걸어왔다.

"아무래도 중요한 용건이 있는 것 같아."

"그랬군요."

알렌과 동료들은 길드 직원과 같은 탁자에 앉았다.

또한 이 식당의 소파를 오래도록 점거했었던 가라라 제독은 이제 사라졌다. 지금은 자기 거점으로 복귀해서 동료들과 즐겁게 지내고 있는 듯하다.

전원이 자리에 앉기를 기다렸다가 길드 직원이 입을 열었다.

"사실은 기암트 제국에서 마카란 본부장님이 와 있습니다. 알렌

님과 동료분들을 만나고 싶어 합니다. 혹시 특별히 급한 일정이 있는 게 아니라면 내일이어도 괜찮으니 방문해주실 수 있겠습니까?"

"으음, 용건은 무엇입니까?"

알렌은 그렇게 말하며 힐끔 헤르미오스를 쳐다봤다.

생긋 미소를 짓는 헤르미오스의 반응을 보건대 아무래도 같이 본 부장에게 호출받았나 보다.

"대단히 죄송합니다. 그 부분까지는 저도 듣지 못했습니다만 필요하시면 확인해보겠습니다."

"아니요, 원래 내일은 길드에 방문할 예정이었으니까요."

다음 날은 오늘까지 3일간 아이언 골렘을 사냥하며 입수한 아이템을 팔러 갈 생각이었다. 이 또한 던전에서 활동하는 일정의 하나로써 반복하고 있다.

그러니 다음 날 알렌 파티가 모험가 길드에 방문하는 것은 길드의 직원이라면 모두가 알고 있는 사실이다. 그럼에도 오늘 이렇게 찾아와서 미리 요청을 하는 이유는 다음 날 길드에 갔을 때 갑작스러운 대면이 되지 않도록 배려하고자 한 행동일 테지.

특별히 거절할 이유는 없었다. 이곳 S급 던전을 공략하며 모험가 길드에는 꽤 신세를 졌다.

학원 도시에서 활동하던 때도 마석 수급에 도움을 받았었지만, S급 던전 지부가 진지하고 정중하게 대응을 해준 덕분도 있어서 쾌적한 던전 라이프를 즐길 수 있었다.

'도대체 무슨 볼일일까……. 아마 S급 던전 공략 관련이겠지만.'

"찾아뵙겠습니다."

알렌은 대답했고.

"허락에 감사드립니다."

길드 직원은 기대했던 대답을 받았다는 것에 만족하고 자리에서 일어나고자 한다.

그때 헤르미오스의 고용인이 나타나서 저녁 식사가 준비되었음을 알렸다.

알렌 파티가 던전 안에서 3일간 활동하다가 돌아오면 바로 저녁 식사를 할 수 있도록 헤르미오스의 고용인들이 준비를 해주는지라 두 파티가 함께 저녁 식사를 하는 것도 이제는 매번 반복되는 일상이었다.

"이왕 오셨는데 함께 저녁 식사를 하시는 게 어떨까요?"

헤르미오스가 제안하자 길드 담당자가 고개를 끄덕이고 다시 자리에 앉았다.

다음 날, 알렌 파티는 3일간의 사냥으로 입수한 전리품 중 필요하지 않은 아이템과 무기, 방어구를 챙겨서 모험가 길드로 향했다.

언제나와 같이 고급스럽고 특별한 방으로 안내받은 뒤 거래를 진행한다.

아이언 골렘 사냥을 시작한 이후부터 알렌 파티의 소지금은 자꾸 늘어난 끝에 지금은 금화 100만 닢을 넘어섰다.

마수 쫓는 결계를 만들어주는 금은빛 콩에 써야 하기에 A급 마석을 한계까지 사들이는데도 금화는 계속해서 쌓이고 있다.

분명 그란벨 자작이 남작이었을 무렵에 1년간 라타쉬 왕국에 바친 세금이 총액으로 금화 2만 닢에서 3만 닢쯤 됐으니까 지금 알렌 파티는 당시의 라타쉬 왕국에 약 40년에서 50년 몫의 세금을 한 번에 납입할 수 있는 재력을 갖춘 셈이다.

거래가 끝난 뒤 안내받아 최상층의 지부장실로 향했다. S급 던전 지부의 지부장과는 거래가 끝나면 언제나 같은 방에서 던전 공략 정보를 제공해왔다.

방에 들어가자 이쪽을 돌아보는 헤르미오스의 얼굴이 보였다.

"죄송합니다. 헤르미오스 씨. 오래 기다리셨……."

말을 꺼내던 중 가라라 제독, 제우 수왕자의 모습도 눈에 들어왔다. 각각 골렘술사 동료들과 10영수와 함께 동반했다.

10영수가 이곳 S급 던전에 아직껏 남아있는 이유는 S급 던전을 공략한 전원의 이름이 공표됨으로써 아르바할 수왕국에도 소식이 전해졌기 때문이다. 물론 제우 수왕자도 시련을 달성하는 과정에서 10영수의 힘을 빌렸다고 얼마 전 수왕에게 보고했다.

"오랜만이구나, 알렌 공."

"수왕자 전하, 가라라 제독님, 두 분의 파티도 초대를 받으셨군요."

이리 오라며 손짓하는 가라라 제독의 옆에 앉는다. 동료들도 각각 빈자리를 찾아 앉았다.

"오는군."

가라라 제독이 말을 꺼내기에 안쪽의 문을 쳐다본다.

문을 지나서 들어온 인물은 무척 나이가 많은 노인이었다.

모험가 길드 본부장은 방에 들어오자마자 이곳에 모인 전원을 쭉 둘러봤다.

안광이 무척 예리하니 평범한 사람은 아님이 느껴진다.

‘저 노인장이 모험가 길드의 수장인가. 기암트 제국에서 일부러 왔다는 것 같은데 무슨 볼일이려나.’

모험가 길드는 몇 군데 종교 단체나 마도구 길드와 마찬가지로 세계적인 규모를 가진 커다란 조직 중 하나다. 개중에서도 에르메아 교회와 나란히 전 세계에 절대적인 영향력을 보유하고 있다.

본부는 기암트 제국에 있는데 각국의 수도에 총괄부, 대도시에 지부, 아울러 마을 등 작은 지역에는 출장소를 설치한다. 로젠헤임처럼 배타적인 국가나 에르메아교회가 없는 지역에서도 활동하고 있다.

모험가 길드가 이렇게까지 많은 지역에서 받아들여지고 있는 이유는 이 세상 각지에서 문제의 원인이 되는 마수를 토벌하기 위한 노하우를 오랜 세월에 걸쳐 축적했기 때문이다. 모험가 길드가 철수한 탓에 마수를 감당하지 못하고 쇠퇴해버린 국가의 이야기는 이 세계의 역사에 많은 사례가 있다.

따라서 역대 모험가 길드 본부장은 일국의 국왕보다도 높은 지위로 대우받기도 한다. 1000년 전 공포제라고 불렸던 당시 기암트 황제조차 모험가 길드를 억압하지는 못했다.

당시 중앙 대륙의 통일을 목표로 했던 기암트 제국은 마수 토벌의 노하우를 얻기 위하여 모험가 길드를 제국의 일부로써 흡수하고자 했다. 그리고 모험가 길드는 그 수작을 거부하는 방법으로써 본부를 기암트 제국 바깥으로 이동시켰다. 그 이후 본부가 현재 위치로 다시 복귀할 때까지 이후 수백 년의 시간이 걸렸다고 한다.

기암트 제국이 겪었던 몇 차례의 분열과 마왕군의 침공을 거쳐 모험가 길드와의 관계는 현재의 형태로 정착되었다던가.

또한 모험가 길드와 같은 시기에 에르메아교회의 본부도 기암트 제국을 떠나갔다. 이쪽은 기암트 제국으로 돌아오지 않고 남동쪽 대륙에 에르마르 교국을 건국했다. 지금 기암트 제국에는 교회의 지부가 있을 뿐이다.

"어라? 카를로바 선생님이야."

클레나가 꺼내는 말을 듣고서 알렌도 같이 시선을 따라가며 고개 돌린다.

본부장의 뒤쪽, 안쪽의 문이 열린 입구에 포포카 지부장과 함께 학원에 다니던 때 담임이었던 카를로바 선생이 서 있었다.

"전원 다 모였나 보군."

노인이 입을 열었다.

"갑자기 호출하게 되어 미안하네. 본인은 모험가 길드의 본부장을 맡은 마카란이라는 사람일세."

이곳에 모인 전원의 얼굴을 천천히 둘러보며 이야기하는 마카란 본부장의 모습을 보고 알렌은 학원에서 받은 수업을 떠올렸다.

"오랜만입니다, 마카란 본부장님. 오늘은 어떤 용건이 있어 와주셨습니까?"

헤르미오스가 생글생글 웃으며 말했다.

'역시 용사다. 본부장도 아는 사이인가.'

"헤르미오스, 무척 오랜만이구나. 자네들이 S급 던전을 공략했다는 소식을 듣고 말이지. 모험가 길드로서도 서둘러 대응해야겠다는 생각을 한 것일세."

마카란 본부장은 헤르미오스와는 대조적으로 웃는 시늉조차 안

하고 담담하게 답한다.

'어라? 공략 이후로 10일밖에 안 지났는데 대응이 꽤 빠르구나. 혹시 이곳에 올 계획을 미리 세워 놓았던 건가?'

기암트 제국에서 바우키스 제국까지는 고속 마도선을 타도 며칠이나 걸린다. S급 던전 지부의 보고가 마도구를 써서 당일에 본부로 전해졌더라도 이후 출국을 위한 준비에 필요한 시간을 생각하면 2, 3일 안에 방문을 결정했음을 짐작할 수 있겠다.

"어디 보자……. 제우 수왕자 전하. 귀하가 이곳 S급 던전 공략의 리더였다고 들었는데 맞소이까?"

마카란 본부장이 이번에는 제우 수왕자에게 말을 건넨다.

"잘 아는군. 리더는 나요. 뭔가 묻고 싶으신 게 있는가?"

"흠. 그럼 귀하는 조만간 S랭크 모험가로 인증받게 될 것이오."

이곳에 모인 네 파티 전원이 경악하며 외쳤다.

"S랭크!"

모두의 놀란 목소리가 호화로운 방에 퍼진다.

'그건가? 지금 S랭크 모험가는 몇 명도 안 된다고 했지? 용사도 분명 A랭크였던 것 같은데.'

모험가 길드에 등록한 모험가는 능력과 공적에 따라 랭크를 인증받는다. 랭크 중 최고위는 일반적으로 A인데, 극히 드물게 「S랭크」로 인증받는 경우가 있다. 다만 그것은 기적에 가까운 경우이다. 전 세계를 위협하는 마왕군과 맞서 싸우며 인류에게 희망을 준 용사 헤르미오스조차도 모험가 랭크는 A였다.

"그렇소. 모험가 길드는 이번 S급 던전 공략에서 지휘를 맡은 인

물이야말로 S랭크 모험가로 인증받을 자격이 있는 모험가라고 판단
했지. 그래서 본인이 몸소 온 게요. S랭크 모험가 인증은 본부장에
게만 권한이 있으니까."

세상에 몇 명밖에 없는 S랭크 모험가를 인증하기 위해서라면 마
카란 본부장이 일부러 바다를 건너 바우키스 제국까지 온 것도 당
연하겠다.

하지만.

"그런 이유라면 인증을 받을 사람은 내가 아니군."

제우 수왕자는 단호하게 잘라 말했다.

"나는 네 파티가 모일 수 있는 명분이었을 뿐이니. 실제 전투에서
지휘를 맡았던 인물, S랭크의 자격을 갖춘 인물은 따로 있다네."

"오호? 그 인물이 누구신가?"

마카란 본부장은 일행을 쭉 둘러보며 말했다.

"알렌 공이네."

"알렌 공? 저 흑발의 소년 말이군?"

마카란 본부장은 알렌을 바라봤다. 아무래도 알렌이 누구인지를
알고 있었나 보다.

"얼마 전 성년맞이 행사를 치른 참이지."

제우 수왕자는 알렌을 어린아이 취급하지 말라고 못을 박았다.

"오호라. 방금 발언은, 이곳에 모여주신 다른 분들도 동의하시는
가? 이번 S급 던전 공략의 최대 공로자는 다른 누구도 아닌 알렌
군이라는 것을."

"그렇소."

전원이 거의 동시에 긍정했다.

마카란 본부장은 고개를 끄덕이고 예리한 눈빛으로 알렌을 빤히 바라본다.

"……오호라. 포포카 지부장, 분명 자네는 알렌 군이 모험가를 위한 정보 제공 체계를 제안해줬다고 보고를 올렸었지?"

"예. 그게 전부가 아닙니다. 지난 반년쯤 되는 기간 중 S급 던전 『시련의 탑』에서 발생했던 갖가지 사건의 중심에 있던 인물이 바로 알렌 공입니다."

본부장에게 하는 발언이기 때문인지, 포포카 지부장의 말투가 무척 정중하다.

"아뇨, 정보 제공은 헤르미오스 씨가 맡아주셨습니다. 저희는 어디까지나 협력을 했을 뿐이고요."

알렌은 고개를 흔들고 말했다.

"헤르미오스, 알렌 군은 이렇게 말을 하는군. 사실인가?"

"아니요. 저는 이름을 빌려줬을 뿐입니다."

헤르미오스가 생글생글 미소 지으며 말했다.

'음, 음음. 이러면 내가 S랭크 모험가가 되는 흐름인가. 아니, 카를로바 선생님을 데려왔다는 게 애당초 나를 노렸다는 증거잖아.'

알렌은 이 자리에 과거의 담임이었던 카를로바 선생이 함께 있다는 사실에서 마카란 본부장이 처음부터 자신을 S랭크 모험가로 만들고자 의도했다는 것을 깨닫는다.

"그럼 확실하군. 알렌 군은 진정 S랭크 모험가가 될 자격을 가지고 있어. 가라라 제독은 어떻게 생각하시는가?"

"모두가 이 녀석 덕분에 살아남았소."

가라라 제독은 짧게 대답했다.

그 답을 듣고서 드골라가 혼자 고개를 끄덕이고 있었다.

"……그런가. 이런 뜻이었구나."

10일 전 최하층 보스 공략을 위해 도전하는 네 파티를 구경하고자 모였던 사람들은 헤르미오스, 가라라 제독, 제우 수왕자에게만 주목할 뿐 아무도 알렌을 의식하지 않았었다.

그런 상황에서 강한 분노를 느꼈던 드골라에게 드베르그가 아래와 같이 말해주었다.

『언젠가 영웅을 찾는 사람들이 꼭 발견해줄 것이다.』

정말 그대로 이루어졌다고 드골라가 납득한 순간이었다.

"저기, S랭크 모험가 인증은 거절할 수 있습니까?"

"뭐?!"

천만뜻밖의 발언에 모두 일제히 놀라야 했다.

"오호, S랭크 모험가가 되고 싶지 않다고? 무슨 이유인가?"

S랭크 모험가로 인증받는 것은 기적에 가까운 경우이다. 그런데 그 자격을 거절하겠다니 마카란 본부장이 이유를 묻는다. 다만 말투로 짐작하건대 특별히 놀란 기색은 아니었다.

"단순하게 관심이 없습니다. 쓸데없는 직책 때문에 주목받는 게 달갑지도 않고요."

'마왕군이랑 신나게 전쟁 중인 시대에서 용사 헤르미오스도 못 받은 S랭크 모험가 인증을 받는다는 건 미치광이나 할 짓이 아닌가?'

알렌에게는 S랭크 모험가가 될 이점이 느껴지지 않았다.

"흠. 알렌 군은 젊구나. 직책에는 물론 책임도 따르기 마련이지만, 허울뿐이며 쓸모없다고 하기에는 조금 성급하지 않겠는가?"

"예? 무슨 뜻입니까?"

"자네 이전에 S랭크 모험가를 인증한 것은 20년 전이네만, 그때도 처음에는 흥미 없다는 말을 했었지. 다만 설명하니 결국은 납득해줬다네."

아무래도 마카란 본부장은 알렌이 거절하는 상황도 이미 예상했었나 보다.

"S랭크 모험가라는 직책에 뭔가 특별한 의미가 있단 말씀입니까?"

"그러하다네. 우선 S랭크 모험가가 어떤 존재인지부터 설명하도록 할까."

마카란 본부장은 운을 떼더니 이야기하기 시작했다.

"『S랭크』는 일반적으로 A랭크를 뛰어넘는 실력과 공적을 기리기 위한 직책일세. 따라서 실제로 인증받는 사례는 극단적으로 적지. 수십 년마다 겨우 한 명이 나오는 정도이니."

'내 경우는 S급 던전 공략이 실력이고 모험가 길드에 정보 제공을 했던 게 공적으로 평가된 건가. 그건 그렇고 수십 년에 한 명이면 제도로써 기능하는 게 맞나?'

"그럼 숫자가 상당히 적겠군요. 그렇다면 지금까지 전부 몇 명이나 있었습니까?"

"아마도 두 명쯤 되나. 알렌 군이 S랭크 인증을 받아들이면 세 명일세."

인원수에 벌써 알렌을 집어넣는다.

“아마도?”

“S랭크 모험가는 다들 내키는 대로 살아가는 탓이지. 20년 전에 S랭크 인증을 받은 바스크라는 인물은 10년쯤 얼굴도 못 봤구나.”

또 다른 S랭크 모험가는 또 수십 년은 더 이전에 인증이 이루어졌기 때문에 살아있는지조차 확실하지 않다고 한다.

“바스크 씨요?”

‘모험가 길드도 현재 위치를 파악하지 못한다……? 아니, 그만큼 자유로운 활동을 보장해주는 건가? 그나저나 바스크가 누구지. S랭크 모험가라는데 이렇게 마왕군 때문에 멸망할 수도 있는 시대에서 이름도 못 들어봤군.’

지금 온 세상이 마왕군의 침공을 받고 있다. S랭크 모험가가 정말 눈부신 공적과 실력이 두루 뒷받침되는 인재라면 지금이야말로 힘을 발휘해서 더욱 큰 공적을 추가해야 할 때다.

20년 전이면 헤르미오스도 아직 활약하지 못한 시기였다. 헤르미오스 이외에도 마왕군과의 전투 중 활약했던 장군이며 영웅의 이름이 학원에서 배운 마왕사 수업 중 다수 언급됐었는데, 「바스크」라는 이름은 한 번도 들어본 적 없다.

“와아. 헤르미오스는 마왕군과 싸워서 인류의 구원자로 인정을 받았는데도 S랭크의 공적에는 해당이 안 된다는 말이구나.”

“그래, 잘 짚었구나.”

괴도 로제타의 말에 마카란 본부장이 고개를 끄덕거리며 대답했다.

“그래도 다행이야. 헤르미오스가 휙 떠나서 10년이나 자취를 감췄다면 지금쯤 세상은 싹 망해버렸을걸?”

로제타가 너스레를 떨며 말하자 모두가 웃음을 터뜨렸다. 알렌의 사퇴 선언으로 은근히 긴장감이 감돌던 분위기가 차츰 누그러진다.

마카란 본부장이 웃음을 그치기를 기다렸다가 다시 이야기를 시작했다.

“다음은 S랭크 모험가의 권한에 대해 설명해주마.”

“권한요? 모험가에게 권한도 있습니까?”

모험가는 비록 모험가 길드라는 배경이 있을지언정 기본적으로는 정치, 종교와는 거리를 두는 자유업이기에 「권한」이라는 표현과 어우러질 수 없다고 생각했던 만큼 알렌에게 확 와닿는 이야기는 아니었다.

실력 좋은 모험가가 자기 나라에서 활동해주면 도움이 된다는 이유로 로젠헤임 등 일부 국가를 제외하고 입국 절차에 완화 조치를 해주는 것은 권한이라기보다 이점이라는 단어를 써야할 테지.

“아무렴. S랭크 모험가는 길드의 부본부장과 동등한 권한을 행사할 수 있단다.”

“앗?!”

이번에는 모두가 놀라서 소리를 낸다. 여기저기에서 서로 얼굴을 마주 바라보고 「부본부장이라고?!」라면서 말을 주고받고 있다.

‘부본부장과 동등하면 총괄 부장보다도 지위가 높다는 건가. 그럼 꽤 대단한 권한이네.’

모험가 길드는 마카란 본부장을 정점에 두고 피라미드 형태의 조직으로 구성되어 있다.

【모험가 길드의 조직에 대해】

· 본부장   모험가 길드의 대표. 현재는 마카란 본부장이 이 지위를 맡고 있다.

· 부본부장   본부장을 보좌한다. 여러 명이 존재.

· 총괄 부장   각국의 모험가 길드를 총괄하는 총괄부의 책임자. 대국에도 한 명만 두는 직책이다. 부본부장 1명마다 몇 명씩 묶어서 배치하고 있다.

· 총괄 부부장   총괄 부장을 보좌한다. 총괄 부장은 1명이나 부부장은 다수가 있다.

· 지부장   영도, 대도시, 던전 도시에 설치된 모험가 길드 지부의 대표. 포포카 지부장, 카를로바 교사가 이 직책을 담당하고 있다.

· 소장   모험가 길드 출장소의 운영인. 지부를 설치하기에는 작은 마을에 한 명씩 배치한다.

'이렇게 생각하면 카를로바 선생님은 근육 뇌지만 꽤 높은 사람이구나.'

전 담임에게 실례되는 생각을 했다.

"S랭크 모험가가 된다면 알렌 군은 필요할 경우 각국의 총괄 부장, 지부장 등의 인원들에게 지도 권한을 행사할 수 있단다. 너무 단순한 비교가 돼버리니 장담은 못하겠으나 국교를 맺은 나라의 숫자 자체가 적은 로젠헤임의 참모보다 외국에 대한 영향력은 더욱 클 게다."

마카란 본부장은 당연하다는 듯이 알렌의 지금 입장을 파악하고 있었다.

'뭐, 알고 있기는 했지. 「참모」라는 직책이 영향력을 갖는 대상은 국교를 맺은 나라와 로젠헤임을 정당하게 대우해주는 대국뿐일 거야.'

로젠헤임은 라타쉬 왕국을 비롯하여 국교를 맺은 나라가 몇 곳밖에 안 된다.

즉, 로젠헤임의 「참모」라는 직책은 국교를 맺지 않은 나라에서는 무용지물이다.

'원래 라타쉬 왕국에서 멋대로 나한테 작위를 주고 이용하겠다고 수작부리는 것에 대한 예방책으로 여왕한테 뭐든 상관없으니 작위를 부탁해서 받은 직책이잖아. 어딘가에 써먹을 생각을 딱히 하지는 않았어.'

"요컨대 이후 세계의 이곳저곳에서 자유롭게 활동하고 싶다면 S랭크 모험가라는 지위가 유용해진다는 말씀이군요?"

"그런 셈이지. 어떤 의미로 지금 세상에서 가장 자유롭게 활동할 수 있는 방편이기도 하고."

마카란 본부장은 그렇게 말한 뒤 알렌을 빤히 바라봤다.

'으음, 나쁜 제안은 아닌가. 맞아, 나처럼 모험을 하고 싶은 사람을 위해 만든 제도 같구나. 모험가 길드니까 어울리기는 하네.'

알렌은 거기까지 생각하다가 문득 마카란 본부장이 「직책에는 책임도 따른다」라고 말했다는 것을 떠올렸다.

"혹시 『S랭크』 모험가가 되면 말이죠. 뭔가 귀찮은 규칙을 지켜야 할 의무도 생깁니까? 예를 들어서 매달 한 번씩 회의에 참석하라거나?"

'아이언 골렘 사냥을 해야 하니까 쓸데없는 회의나 행사에는 못

간다.’

다만 마카란 본부장은 고개를 옆으로 살짝 흔들었다.

“규칙이라고 할 만한 것은 전혀 없다네. 방금 전에도 말했으나 20년 전에 인증받은 인물도 지금은 아예 소식조차 모를 지경이니까. 알렌 군이야 가능하면 눈에 보이는 범위에 있어주기를 바라네만.”

“그럼 어떤 책임이 있는 겁니까?”

“글세. 부본부장과 동등한 권한을 가진 지위인 만큼 5대륙 동맹에서도 발언권이 주어지기는 하는데, 이러한 권한도 있음을 알아두는 것으로 충분하네. 또한 세상이 이런 꼴이니까 말이지, 이곳저곳을 다니다보면 마수로 인한 피해를 목격할 때가 있지 않겠나. 그때 목적지에서 마수 토벌에 협력해달라는 요청이 있거든 들어주길 바라네. 그 나라의 모험가 길드에서 지도를 맡아주거나 함께 전략을 강구하는 정도의 도움을 주면 뒷일은 자기들끼리 어떻게든 처리할 수 있을 테니 쭉 붙어서 해결까지 하라는 것도 아닐세.”

여기까지 말을 듣고서 알렌은 드디어 「S랭크 모험가」의 의미를 이해한 기분이었다.

‘오호. 상식의 범주를 넘어선 인물에게 상응하는 권리를 주고, 책임을 자각할 수 있도록 유도하고자 인증을 해주는 건가.’

귀족도 왕족도 국가도 신경 쓰지 않고 자신이 뜻하는 대로 행동하고 싶다는 충동을 가진 인물이 덜컥 압도적인 힘을 획득했을 때 마땅한 자각을 촉구하기 위한 제도일 테다.

타자의 집합, 즉, 세계가 가진 거대한 힘에 대항할 만한 여력이 없는 평범한 사람이야 원하는 대로 행동하기는 어렵다. 일반인보다 몇 배에서 몇십 배의 힘을 보유했더라도 역시 세계를 이기지는 못할 것이다. 이기기는커녕 세계가 오히려 어지간한 실력자의 힘을 거두어들이고자 들이닥칠 테지.

애당초 세간의 상식과 규율에 반하는 사고를 가진 인물이 아닌 한 내키는 대로 행동하고 싶다는 생각을 하진 않는다. 용사 헤르미오스, 가라라 제독 등 대국의 귀족과 군인이 아무리 강한 힘을 보유했더라도 S랭크로 인증되지 않는 것은 이러한 이유 때문이겠다.

하지만 만약 위의 두 인물에게도 필적하며 여느 사람보다 수백 배에서 수천 배에 달하는 힘을 손에 넣어버린 누군가가 세간의 상식과 규율에 충돌하는 사고방식을 갖게 된다면?

그런 비상식적인 존재에게 이 세상과 최소한의 관계성을 부여함으로써 최악의 사태를 회피해야만 한다.

따라서 어느 정도의 자유를 인정해준다. 한편 자유를 가지게 된 이유, 파격적인 힘에 왜 다른 사람들이 기대를 거는지 인식시킴으로써 책임을 자각하도록 유도하는 것이 「S랭크」라는 직책의 의미이다.

그럼 어째서 S급 던전을 공략하고 곧장 마카란 본부장이 이곳까지 찾아왔느냐는 의문도 풀어낼 수 있다.

알렌은 머지않아 바우키스 제국의 황제와 만날 예정이었다. 라타쉬 왕국, 로젠헤임에서도 그랬듯이 이후 타국에서 왕후 귀족과 만날 기회가 늘어날 것이다. 그러던 중 어느 권력자가 알렌의 힘을 구속하고자 하는 사태를 피하면서 국가 규모의 대립을 초래할 수 있는 일을 사전에 예방하고자 하는 수단으로써도 S랭크 모험가라는 직책은 도움이 된다.

　부본부장과 대등한 권리를 보유하고 있음을 상대가 제대로 이해했다면 「모험가 길드를 너희 나라에서 철수시키겠다」라는 통보를 듣지 않고자 억지 요구나 무례한 태도를 삼가할 것이다. 즉, 직책의 무게를 실어줌으로써 반대로 해당 나라의 모험가 길드가 진짜 사라지는 사태를 방지하는 억제력 또한 될 수 있다는 관점이었다.

　'S급 던전을 공략한 네 파티의 말석이라며 어중간한 취급을 받고 쓸데없이 말썽이 생기는 것보다는 낫나.'

　알렌이 드디어 본격적으로 손득을 따져보기 시작한 때였다.

　"왜 고민하니!!"

　세실이 알렌을 강한 말투로 다그쳤다.

　"응? 왜 그래, 세실."

　"난 내가 속한 파티의 리더가 S랭크 모험가라고 말할 수 있다면 훨씬 기분이 좋을 거야. 그러니까 어서 받아들이렴!!"

　한쪽 손을 허리에 대고 다른 한쪽 손은 알렌에게 손가락을 들이밀더니 거의 명령에 가까운 말을 늘어놓는다.

　"맞아요……. 맞는 말씀이셔요!"

　"응응. S랭크 모험가, 멋있어!!"

　세실의 말에 소피와 클레나가 맞장구를 쳤다.

　세 사람의 의견을 듣고서 드골라와 킬도 포르말도 고개를 끄덕거리고 있다.

　"……그렇군요. 동료들도 이렇게 말해주니, 나쁜 제안은 아니라는 생각이 듭니다."

　알렌은 S랭크 모험가의 직책을 받아들이기로 했다.

"옳지. ……카를로바 지부장, 알렌 군의 인증서를 가져다주게."

카를로바 선생이 허둥지둥 안쪽 방으로 들어가더니 금속 상자를 갖고 돌아왔다.

뚜껑이 열린 상태였는데, 안에는 금색으로 빛나는 모험가증이 들어 있다.

보아하니 미리 S랭크 모험가의 모험가증을 준비했었나 보다.

"본인, 모험가 길드 본부장 마카란은 오늘 이 자리에서 알렌 군을 S랭크 모험가로 인증한다. ……받아주게나."

마카란 본부장에게서 건네받은 모험가증에는 간단하게 「S」라고 쓰여 있었다.

"오오오!"

그 자리에 있던 전원이 박수쳤다.

동료들이 알렌을 둘러싸고 S랭크 모험가증을 뚫어져라 바라봤다.

"경사로군. 바로 축하 파티를 하자."

의자에 앉아있던 가라라 제독이 힘차게 일어나며 말했다.

"아니요, 전 딱히."

어차피 평소처럼 「부어라, 마셔라」가 전부 아니냐는 생각만 든다.

"어허, 섭섭한 소리 말거라. 와하하!"

가라라 제독은 웃음을 터뜨리며 굳센 힘으로 알렌의 어깨를 붙잡은 채 놓아주려고 하지 않는다.

이런 때 「S랭크 모험가」라는 직책은 별 쓸모가 없다며 알렌은 한숨을 쉴 따름이었다.

제15화 바우키스 제국의 궁전

알렌이 마카란 본부장으로부터 S랭크 모험가로 인증받은 날, 거점으로 돌아오니 바우키스 제국의 사절이 마중을 나와 있었다.

곧바로 알현 날까지 잡힌 일정을 확인했더니 이제부터 이동을 시작하면 제도에 도착하고 며칠 더 기다려야 한다는 설명이 이어졌다.

알렌은 한시라도 빨리 「군왕화」 스킬의 봉인을 풀고 싶었다. 제도로 이동하기 위한 시간도, 알현 날까지 왕성에서 지내야 하는 기간도 어떻게든 레벨 올리기에 쓰고 싶었다.

그래서 알렌은 사절에게는 곧장 제도로 향하겠다고 대답만 하고 비밀리에 모종의 작전을 세웠다.

어떤 작전이냐면, 사절과 함께 제도로 이동하는 동안에 새A 소환수의 특기와 각성 스킬을 활용해서 S급 던전을 왕래하는 것이었다.

마도선에 탄다, 제도에 진입한다, 알현 날까지 궁전의 객실에서 지낸다……. 이 같은 여행의 요소에서는 사절과 함께 행동하다가 사절의 눈을 피할 수 있는 곳으로 숨어서 S급 던전으로 이동하고, 아이언 골렘 사냥과 모험가 길드 방문, 거래를 진행하면 된다. 이렇게 하면 바우키스 제국 측에는 틀림없이 정식 절차에 따라 제도로 이동 중이라는 인식을 줄 수 있다.

전이를 위한 포인트만 설정하면 대국의 왕성이든 어느 곳이든 자유롭게 이동이 가능하다는 것을 예상하지는 못할 테니까.

함께 제도로 여행하게 된 헤르미오스에게 작전을 이야기한 뒤 협력을 요청했다. 알렌 군답다며 헤르미오스는 쓴웃음을 지었으나 여행 중 알렌 파티의 행동이 발각되지 않도록 사절을 이리저리 유도해줬다.

그렇게 제도에 도착하고 또 10일이 지난 뒤 드디어 바우키스 제국의 황제 푸푼 3세와 알현하는 날을 맞이했다.

'말은 며칠이라더니 결국 10일이나 걸렸네. 왔다 갔다 작전을 감행하길 잘했군.'

알렌 파티는 S급 던전의 모험가 길드에서 전날 아이언 사냥으로 획득한 아이템과 마석 거래를 마친 참이었다.

"슬슬 시간이 됐다고 하네. 이쪽으로 와."

헤르미오스에게 동행시켰던 새G 소환수가 알렌에게 말을 공유해 준다.

"아~ 네. 바로 가겠습니다."

알렌 파티는 새A 소환수의 각성 스킬 「귀소 본능」을 써서 모험가 길드의 S급 던전 지부로부터 바우키스 제국 제도에 있는 궁전의 안쪽, 헤르미오스 파티가 기다리고 있는 방으로 전이했다.

그 방은 상당히 널찍했으며, 마흔 명에 가까운 사람이 있었다. 헤르미오스와 파티원들 이외에 가라라 제독과 골렘술사들, 아울러 제우 수왕자와 10영수가 긴 탁자 앞쪽에 쭉 앉아 있었다.

방의 입구와 가까운 곳에 모험가 길드의 바우키스 제국 총괄 부장과 부부장도 보인다. S랭크 모험가가 된 알렌이 처음으로 5대륙 동맹의 맹주를 알현한다는 소식을 듣고 모험가 길드 측 대표자로서 동행했다.

"오, 왔냐."

처음에 말을 걸어오는 사람은 가라라 제독이었다.

알렌이 자주 보았던 삼각 모자를 눌러쓴 무뢰한 같은 복장이 아닌 제독의 군복 차림으로 확 달라진 모습이었다. 군복의 가슴 부분에는 이제껏 세운 전공을 증명해주는 훈장이 여럿 장식되어 있다.

저 술꾼도 황제와 알현하는 자리에서는 예의를 지키는가 보다.

가라라 제독과 함께 골렘술사 드워프들도 있었다. 제독과 비슷하게 군복을 입었는데, 저런 차림의 파티원들에게 둘러싸인 모습을 보면 가라라 제독의 군인 신분이 새삼스럽게 실감된다.

"가라라 제독님은 제독 느낌이 굉장하네요. 전혀 평소의 모습으로 보이지는 않습니다."

"엉? 시끄럽다."

알렌의 야유해도 가라라 제독은 흘러 넘겼다.

"수왕자 전하, 아직 수왕 폐하께서는 답장을 안 보내주셨습니까?"

10영수와 함께 있는 제우 수왕자에게도 말을 걸었다. 이 사람도 왕족답게 여유롭고 기품이 있는 차림이었으며, 수인답게 자신의 털과 색조가 잘 대비되도록 차려입었는지 하얀빛을 기조로 하는 배색이다. 수왕가의 복식은 이런 형식이냐고 생각했다.

"아니, 얼마 전 일단 돌아오라는 분부를 받았다. 이것도 알렌 공 덕분이군."

제우 수왕자의 입장에서는 몇 년 만의 귀국이다. 이제까지 험상궂은 표정이 많았던 것 같은데, 귀국 이야기를 꺼내고 있는 지금은 상

당히 분위기가 온화하다. 오랜만에 아내와 만날 생각에 많이 기쁜
가 보다.

"아뇨, 아뇨. 수왕자 전하 본인의 힘이죠. 10영수를 동원한 것으
로 뭔가 말씀은 있으셨나요?"

"하하하. 그 부분은 수왕 폐하께서 나중에 천천히 이야기를 듣겠
다 하시더군. 손이 올라오지는 않기를 기도할 뿐이다."

"아이고, 큰일이네요."

물론 절반쯤 농담으로 하는 말이겠으나 수왕은 상당히 급한 성격
이라는 말은 들었다.

"어떤가, 좋은 기회인데 알렌 공도 함께 수왕국에 갈 텐가?"

"예? 괜찮겠습니까?"

수인과 인간 사이에는 역사적으로 깊은 갈등이 있다. 가령 온 세
상에서 영웅으로 인정해주는 용사 헤르미오스조차 수왕국에 방문할
기회는 좀처럼 없다는 말을 들었다.

"물론이지. 1000년 전 우리의 선조 사이에서 있었던 불상사를 억
지로 잊고자 하는 것은 옳지 않다. 그러나 S급 던전에서 그러하였
듯이 우리는 함께 같은 방향을 바라보며 함께 나아갈 수 있을 터이
다. 앞으로는 그런 시대를 맞이하는 것이 옳겠지."

S급 던전 공략은 알렌 파티와 헤르미오스 파티의 협력이 아니었
다면 완수할 수 없었다.

제우 수왕자는 오래도록 증오를 품어왔던 어리석음을 버리지 않
는다면 불가능한 목표가 있음을 이번 던전 공략에서 절실히 깨달았
다고 말했다.

"그렇군요. 일단 메르르의 전직을 마친 다음에 다시 정식으로 찾아뵙고자 합니다."

"그런가. 기다리겠다."

머지않아 전직 던전의 운영이 개시된다. 그럼 화황금 골렘을 조작하기 위해서라도 메르르는 가장 먼저 전직시키고 싶다.

'강화랑 연결되는 정보가 뭐든 손에 들어올지도 모르니까 수왕가에 전해지는 수왕화의 비밀을 풀어낸다면 엑스트라 모드에 더 가까워질지도 모르잖아.'

"여러분, 오래 기다리셨습니다. 이제부터 황제 폐하를 알현하러 가시겠습니다."

드워프들의 안내를 받아서 한 층 더 위로 향한다.

긴 복도의 저편에는 거대한 금으로 만든 문이 있었다. 적색과 청색 보석을 박아 놓았고 좌우 대칭의 문양이 그려져 있다.

안내자 드워프들 중 한 명이 문의 양쪽 벽에 부착된 마도구를 향하여 알렌과 일행들이 도착했음을 알리고 답을 기다리는 동안에 이곳에서 대기해달라고 한다.

'이 문짝 하나로 마석 몇 개와 교환할 수 있을까.'

멍하니 딴생각을 하던 중.

"이제부터 바우키스 제국의 황제, 푸푼 3세 폐하께서 알현을 허락하시고자 한다!"

조금 전 마도구에서 갑자기 큰 목소리가 들려온다. 음량 조절이 잘못됐는지 목소리가 통로까지 울려 퍼졌다. 이러다가 자칫 난청이 생기겠다.

그렇게 문이 열리고, 복도까지 눈부신 빛이 쏟아졌다.

알렌과 일행들이 문 너머에서 본 것은 바닥을 온통 금으로 바른 알현장이었다. 입구부터 좌우에 한 줄씩 늘어선 드워프 귀족들이 알렌과 일행들이 나아갈 길을 만들어주고 있다. 그리고 귀족들의 줄이 끝나는 지점으로부터 더 앞쪽에 바닥과 마찬가지로 순금을 발라서 만든 옥좌가 있고, 마흔을 넘은 통통한 아저씨가 앉은 채 흥미진진한 표정으로 알렌과 일행들을 멀리서 바라보고 있다.

"아르바할 수왕국에서 제우 수왕자 전하와 10영수의 전사들. 기암트 제국에서 헤르미오스 경과 『세이크리드』. 로젠헤임에서 소피아로네 왕녀 전하, 참모 알렌 공과 『폐인 게이머』. 그리고 바우키스 제국의 해군, 가라라 제독과 『스팅어』. 이상의 네 파티가 황제 폐하의 어전에 나설 것이오. 일동, 전진하십시오."

안내 담당자 드워프가 입구에서 알현장을 향해 고하기를 기다렸다가 알렌과 일행들은 금문을 지나 입장했다.

미리 지시받았던 대로 네 파티의 각각 리더가 선두에 서서 줄줄이 걸어간다. 천장에 부착된 등불 마도구에서 내리비치는 빛이 황금 바닥에 반사되는지라 마치 태양의 위를 걸어가는 듯한 느낌이다.

"황제 폐하께서는 제국민이 열심히 땀 흘려 벌어들인 돈을 이런 데 쓰는구나."

알렌의 뒤쪽에서 킬이 불쑥 중얼거렸다.

"들리겠다."

킬을 나무랐으나 알렌도 사실은 완전히 동감이라고 생각했다.

S급 던전에서 수많은 드워프가 돈을 벌어들이고자 기를 쓰는 모

습을 봐왔다. 그렇게 던전에서 번 돈의 일부를 세금으로 납부하고 있다. 또한 제국의 백성이 아니더라도 S급 던전 1계층에서 장사를 하는 사람들은 납세의 의무를 수행해야 한다.

그 세금이 어느 정도의 비율인지는 알지 못하나 이처럼 휘황찬란한 알현장을 만들거나 유지하는 데 쓰인다는 것은 도무지 납득하기 어렵다.

이윽고 알렌과 일행들의 걸음이 미리 안내를 받았던 대로 바닥에 박힌 보석이 만들어주는 선에 닿아서 멈춘다. 어디까지 나아가면 되는지 분명하게 표시해주니 편하다고 생각했다.

가라라 제독, 헤르미오스, 제우 수왕자에 뒤이어 알렌도 제자리에서 한쪽 무릎을 꿇는다. 뒤쪽에서는 각각 파티의 인원들이 같은 자세를 취했다.

“먼저 S급 던전을 공략한 영웅들에게 황제 폐하께서 치하의 말씀이 있겠소!!”

알렌의 왼쪽 정면에 선 드워프가 알현장 전체에 울려 퍼지는 큰 목소리로 말했다. 차림새로 짐작하건대 아마도 재상이라든가 비슷한 지위에 있는 귀족인 듯싶다. 마도구를 쓴 기색도 없었는데 이토록 큰 목소리를 낸다는 것이 조금 감탄스럽다.

알렌과 일행들이 얼굴을 들어 올리자 황제가 옥좌에 앉은 채 입을 열었다.

“모두 잘 와주었다. 짐이 바우키스 제국의 황제, 푸푼 3세이다.”

가라라 제독을 비롯하여 군인과 모험가 드워프를 다수 봐왔던 알렌의 눈에는 황제가 단지 칠칠맞지 못한 용모의 통통한 아저씨로 보인다.

'이런 게 5대륙 동맹의 맹주 중 한 자리를 차지하는 바우키스 제국의 황제인가. 철없이 자란 아저씨 같다는 말은 들었는데 생긴 것도 마찬가지군.'

그 철없는 아저씨가 숨을 내뱉더니 가라라 제독의 이름을 불렀다.

"가라라 제독이여. 희생을 아랑곳 않고 S급 던전 공략을 완수하였지. 칭찬받아 마땅하다."

"……감사드립니다."

가라라 제독은 무릎 꿇은 채 공손히 대답했을지라도 소중한 동료를 잃어버렸던 비극이 짤막하게 희생 한 마디로 치부됐다는 것에 강하게 분노하고 있다.

그런 태도를 알아본 것일까, 혹은 평소부터 제독이 황제를 별로 달갑게 생각하지 않음을 알기 때문일까, 쭉 늘어선 대신들이 안도의 숨을 내쉬는 소리가 알렌의 귀에 들려왔다.

'가라라 제독이 황제한테 부정적이라는 것을 아는데도 이 자리에 데려다 놓았군. 이렇게까지 해서 바우키스 제국은 자국의 영웅이 가장 큰 활약을 펼쳤다고 선전하고 싶은 거야.'

"어서 이것저것 들려주게. 디그라그니 님께서 손수 만드신 던전에는 어떠한 명소가 있는가? 어떠한 아이템을 입수할 수 있는가?"

황제가 가라라 제독에게 질문을 시작했다. 그러나 질문의 내용이 S급 던전 관광 안내와 입수 아이템의 시장 가격에 집중되는지라 가라라 제독은 단적으로 대답하면서도 점점 스트레스가 쌓이고 있는 모습이다.

얼마 뒤 대화가 끝난 시점에서 이번에는 가라라 제독이 황제에게 먼저 말을 걸었다.

"황제 폐하. 제 경험담은 다시 일정을 조정하여 삼가 보고드리도록 하겠습니다. 지금은 저와 함께 S급 던전에 도전한 영웅들에게 부디 치하의 말씀을 먼저 들려주십사 청하고 싶습니다."

"음? 으음. 그렇군……. 용사 헤르미오스여. 잘 지냈는가?"

황제는 고개를 끄덕이더니 이번에는 헤르미오스에게 말을 건넸다.

"예."

"가라라 제독과 협력하여 훌륭히 S급 던전을 공략했지. 칭찬을 받아 마땅하다!"

헤르미오스는 무릎 꿇은 채 정중하게 인사를 올리며 흠잡을 데 없이 예를 갖췄다.

"황제 폐하께 몸소 칭찬의 말씀을 들려주시니 분에 넘치는 영광입니다."

"오냐!"

생글거리며 미소를 지은 황제는 헤르미오스와 거의 잡담처럼 대화 나누기 시작했다.

알렌은 그 말소리를 흘려들으며 바우키스 제국과 푸푼 3세에 대해 들었던 정보를 떠올린다.

바우키스 제국은 선선대 황제가 바우키스 대륙에 있었던 여러 나라를 병합하고자 획책했으며, 그 계획을 이어받은 선대 황제에 의해 하나의 거대한 제국으로써 체계를 갖출 수 있었다. 요컨대 현 바우키스 제국의 황제는 다수의 국가를 하나로 휘어잡을 때 필요했을 노력도 알지 못하고, 또한 자신이 즉위하기 이전부터 이미 해상에 건설되었던 마왕군을 막기 위한 방어선의 존재 덕분에 침공을 받은 경험도 없다. 아마도 긴장감을 거의 느끼지 않고 성장했을 것이다.

그렇다고 해서 바우키스 제국의 황제에게 혐오감을 갖지는 않는다. 마냥 편안한 환경에서 자라남으로써 암군이 되는 인물이 있기도 하고, 같은 처지에서도 현명한 군주라고 불리게 되는 인물도 있는 법이다. 아무튼 어느 쪽이든 간에 기껏해야 사람 한 명의 역량으로 국가라는 거대한 힘을 다루며 통치하는 것은 고난이다.

'역시 나한테 왕가라든가 귀족은 잘 맞지 않아. 얼마 전 S랭크 모험가라는 직책을 받아들여서 모험가 길드와 더 깊은 관계를 구축한 것은 정답인가.'

이윽고 헤르미오스가 말을 끝내자 황제는 또 다음 상대를 찾아서 제우 수왕자의 이름을 불렀다.

"제우 수왕자. 설마 S급 던전 공략에 힘을 빌려주었을 뿐 아니라 수왕국의 최정예 10영수를 부를 줄이야. 짐은 깜짝 놀랐소!"

"예. 황제 폐하."

황제는 태연하게 제우 수왕자에게 말을 건넸고 제우 수왕자도 정중하게 답은 했으나 두 사람의 대화가 시작됐던 순간부터 알현장의 전원이 적잖이 긴장감을 느끼고 있는 모습이었다.

그 이유는 제우 수왕자가 10영수 전원을 동반했기 때문이다.

황제가 지적했듯이 10영수는 수왕국 최강의 전사들이며 웬만해서는 국외로 나가지 않는다.

드물게 국외로 나가더라도 가령 5대륙 동맹의 회의장에서도 전원이 함께 모이는 경우는 단 한 번도 없었다.

게다가 수인들은 아르바할 수왕국 바깥에서는 무법자까지는 아닐지라도 사납고 거친 인상을 주는 경우가 많은 듯하다. 알렌은 늑대 수인 우르로부터 오래도록 박해받은 역사를 가진 수인들이 직접 거칠고 사납다는 이미지를 퍼뜨림으로써 타 종족을 견제하고자 한 것이라는 말을 들었다.

그런 수인들의 왕자와 수왕국이 자랑하는 최고의 전사들이 결집해서 황제에게 손을 뻗을 수 있는 거리에 위치한 상황이다. 바우키스 제국으로서도 황제의 안전을 첫 번째로 생각하며 알현의 식순 및 배치를 검토하고 만에 하나의 사태에 대비했을 것이다. 하지만 실제 대면을 한 상황에서 처음 목격한 수인들의 존재감에 압도당했을 테지.

만약 헤르미오스와 용사 파티가 상대였다면 이미 여러 번 알현이 이루어졌고 신뢰 관계를 구축했으니 설령 기암트 제국이 모은 최강의 파티여도 이렇게까지 긴장은 하지 않았을 것이다.

그런데 황제 푸푼 3세만큼은 그런 긴장감과 인연이 없는 듯하다.

"어떤가, 수왕자도 이대로 며칠간 이 궁전에서 머물러주겠는가? 짐은 수왕국의 이야기도 듣고 싶다네. 무술 대회는 정말 굉장할 테지?"

소년과 같은 눈빛으로 제우 수왕자에게 말을 건넨다.

"수왕 폐하께 귀환 명령을 받은 형편이온지라 출발 전까지 잠시나마 괜찮으시다면 기꺼이 이 멋진 궁전에서 머무를 수 있는 호사를 누리고 싶습니다."

제우 수왕자는 당당하게 답했다.

황제는 만족스럽게 고개를 끄덕이고 제우 수왕자의 옆에서 기다리고 있는 알렌을 바라봤다.

"마지막 차례가 되어 미안하구나. 로젠헤임의 알렌이었던가. 얼굴을 들거라."

"네."

"?!"

알렌이 담담하게 대답한 뒤 얼굴을 들어 올리자 이제까지와는 다른 긴장감이 바우키스 제국의 귀족과 대신들 사이에서 생겨났다.

알렌은 특별이 눈에 힘을 주지도 않고 똑바로 황제 푸푼 3세와 시선을 맞춘다.

그 모습을 보고 주위의 귀족과 대신들이 작은 목소리로 이야기하기 시작했다.

"아, 아직 어린아이가 아닌가?"

"아니, 이미 성년은 맞이했다고 말을 들었다."

"정말 S랭크 모험가가 맞나?"

"모험가 길드의 발표는 귀공도 확인했잖나."

제우 수왕자와 10영수를 마주할 때는 전전긍긍하며 쥐 죽은 듯이 조용했었는데 지금 알렌과 마주할 때는 반대로 의문을 주체하지 못하고 웅성웅성 떠들고 있다.

알렌은 많은 시선이 자신에게 모여들었다는 것, 이렇듯 작은 소란의 원인이 되었다는 것 때문에 마음속으로 한숨을 쉰다.

'마카란 본부장, 수완이 참 좋네. 이 정도가 적당한 건가?'

알렌이 S랭크 모험가 인증받은 당일부터 마도구를 매개로 전 세계의 모험가 길드에 알렌의 정보가 공유됐다.

이것은 부본부장과 동등한 권한이 부여되며 모든 총괄 부장과 지부장을 지도할 수 있는 권한을 가진 S급 모험가가 열다섯 살짜리 청년이라는 사실에 대한 조처다. 미리 분명하게 사실을 통지함으로써 기본적으로 독자적인 재량을 갖고 운영되는 각국의 지부와 불필요한 말썽이 발생하는 상황을 막기 위함이었다.

당연히 모험가 길드가 지부를 설치한 각각의 나라를 대상으로도 똑같은 정보 공유가 이루어졌다.

또한 마도구를 쓴 전체 통지로 정보가 공유되었다는 것은 각국을 거세게 뒤흔들었다. 이러한 전체 통지는 마왕군과의 개전을 알리는 것 같은 큰 사태가 아니면 동원되지 않는다. 모험가 길드에서도 최근에 쓰인 사례는 중앙 대륙에 S랭크 마수가 나타났을 때뿐이었다.

게다가 통지문의 내용이 각국의 대신들을 놀라게 했다.

첫 문장은 아래와 같이 시작된다.

『S급 던전을 공략했고, 모험가 길드에 막대한 공헌을 한 알렌을 S랭크 모험가로 인증한다.』

아울러 다음 문장은.

『S랭크 모험가는 명백한 공적과 그것을 입증하는 실력에 의해 인증된다.』

『본인의 전투 능력은 중견 국가의 총 전력을 능가한다.』

『소속 파티의 전력은 대국의 총 전력에 필적한다.』

이렇게 이어졌으며.

『만약 S랭크 모험가와 모종의 형태로 분쟁이 발생했을 경우에 모험가 길드는 일절 관여하지 않는다.』

마무리 문장은 위와 같았다.

설령 알렌과 다툼이 발생하더라도 모험가 길드는 쌍방에 협력하지 않는다는 의미다. 무시무시한 것은 모험가 길드의 협력이 알렌에게는 굳이 필요하지 않다는 점이겠다.

'그 통지 덕분에 알현이 며칠이나 연기됐지만.'

통지가 이루어지고 다음 날, 알렌의 출신국인 라타쉬 왕국으로 마도구와 왕도에 체류 중이던 외무관을 통해서 각국의 문의가 쇄도했다고 한다. 알렌은 대체 누구인가, 어째서 이런 실력자를 숨겨 놓았는가, 이후 라타쉬 왕국은 알렌에게 어떻게 대응할 계획인가 등등.

왕국은 이 같은 사태에 대해 알렌은 로젠헤임의 참모이며 이미 라타쉬 왕국 소속도 아니라고 회답했다는 것을 그란젤 자작으로부터 들었다. 실제로 알렌 본인은 귀족도 아니고 일개 모험가이다.

그러나 왕국의 회답이 타국의 의문, 의심을 더욱 강하게 자극했나 보다. 특히 5대륙 동맹의 가맹국에서는 함께 협력하여 마왕군과 싸우자는 동맹의 정신을 위배하는 처사가 아니냐며 비난이 쏟아졌고, 국왕이 이전부터 5대륙 동맹에 비협력적이었다는 소문도 겹쳐서 전세계로부터 차가운 반응이 쏟아지는 중이다. 지난 며칠간 온 왕국이 모든 행사를 취소한 뒤 대응에 쫓기고 있는 형편이라고 한다.

게다가 이번 통지로 더욱 당황한 곳이 바우키스 제국이었다. 친서를 보내 알렌에게 알현 약속까지 이미 해버렸는데 그때는 아직 「로젠헤임의 관계자」라는 몇몇 정보밖에 없었기 때문이다.

곧장 그란벨 자작과 알렌의 관계를 포착하고 온갖 외교 특권을 활용해서 라타쉬 왕국의 왕성을 방문한 뒤 질문을 쏟아냈다고 한다.

동시에 국교를 맺은 로젠헤임에도 문의했는데 이쪽에서는 경악할 만한 내용의 회답이 돌아왔다.

『우리나라의 참모 「알렌」에 대한 모험가 길드의 S랭크 모험가 인증은 지체됐다는 것이 솔직한 감상이다.

또한 통지문의 내용은 알렌의 실력을 과소평가하고 있다고 판단되기 때문에 현재 모험가 길드에 내용의 정정을 요청하고 있는 중이다. 로젠헤임은 알렌과 함께한다.』

이렇듯 터무니없는 남자가 지금 실제로 눈앞에 나타남으로써 귀족과 대신은 불안과 의문을 미처 숨기지 못한다. 온화한 성품과 마왕군과 싸우며 전 세계에 잘 알려져 있는 헤르미오스와 같은 인물과 달리 알렌은 이제껏 전혀 이름이 알려지지 않았다.

이대로 대화를 진행해도 괜찮은 건가. 느닷없이 덮쳐들지는 않을까.

'다들 겁먹은 이유는 바스크인가 하는 S랭크 모험가가 상당히 거친 성격이었기 때문인가? 진짜 다 「수라왕」 탓이구나.'

20년 전에 S랭크 모험가가 된 「수라왕」 바스크는 마수로부터 수많은 사람을 구해왔지만, 5대륙 동맹과 군대를 거느린 귀족에게 휘둘리는 것을 싫어해서 어딘가로 사라져버렸다고 한다.

이 같은 사례에서 5대륙 동맹의 맹주국은 특히 S랭크 모험가를 경계할 것이라고 판단한 모험가 길드에서는 바우키스 제국 총괄부의 부장과 부부장이 알현에 동행하고자 나섰다.

S급 던전이 제국 내부에 있는 바우키스 제국은 필연적으로 길드가 얻는 수수료 수입도 많아지며, 길드에서 납부하는 세금도 절대

무시할 수 없다. 한편 모험가 길드 측도 S급 던전을 중심으로 바우키스 제국 안에서 얻는 수입을 허투루 취급할 수 없다. 그런 의미에서는 알렌이 폭주하지 않도록, 혹은 만에 하나의 사태가 발생했을 때 신속히 대처하기 위하여 지켜볼 필요가 있었다.

다만 이 조치도 바우키스 제국에 불안감을 느끼게 되는 요인이 되었나 보다.

"정숙하게. 황제 폐하의 어전이잖은가."

재상이 큰 목소리로 나무란다.

웅성거리던 소리가 싹 사라지고 다시 조용해졌을 때, 황제가 새삼 알렌에게 말을 건넸다.

"알렌, 그대는 『시작의 소환사』라고 불리고 있다지?"

"예. 그렇습니다."

「시작의 소환사」는 예전에 학원에서 헤르미오스와 대결했을 때 내세운 이름이었다. 이번에 바스크의 「수라왕」처럼 S랭크 모험가의 관례로써 「이명」을 붙이자는 말을 들었을 때 마카란 본부장에게 전달했었다.

"소환수라는 개체를 사역한다던가. 짐은 꼭 한번 구경하고 싶군."

"원하시는 대로."

알렌은 고개를 끄덕이고 잠시 생각한 뒤에 비둘기처럼 생긴 새F 소환수를 소환했다.

새F 소환수가 알렌의 손을 벗어나서 알현장의 천장을 천천히 선회한다.

쭉 늘어서 있는 대신과 귀족들은 알렌이 대체 무엇을 하는 것이냐며 누군가는 놀라고, 누군가는 불안해하며 가만히 지켜보고 있다. 다만 황제는 얼굴을 활짝 펴면서 흥미진진한 눈빛으로 위를 올려다 봤다.

"훌륭하구나!! 더욱 가까이 보내다오! 오오!!"

새F 소환수를 황제의 어깨에 앉힌다. 귀족과 대신들이 숨을 죽이며 무슨 일이 생기면 언제든 뛰쳐나가고자 준비하고 있는 와중에 통통한 황제는 옥좌 위에서 다리를 휙휙 흔들며 기쁨을 표시할 뿐이다.

"그 새는 제가 살았던 고향에서는 평화의 상징이었습니다. 황제 폐하를 비롯하여 바우키스 제국의 여러분과 모쪼록 평화로운 관계를 쌓아 나가고 싶은 마음으로 불러낸 녀석입니다."

'비둘기가 평화의 상징이라는 것은 전세 때 이야기지만.'

"오오, 그런가, 그런가!"

푸푼 3세는 어깨에 올라탄 새F 소환수를 보고 기뻐하며 고개를 끄덕거리고 있다.

"알현의 기회를 허락해주셔서 감사드립니다. 사실은 제가 언제나 폐하께 직접 감사의 말씀을 올리고 싶은 마음이 있었습니다."

"음? 짐에게 감사의 말을? 뭔가?"

황제가 고개를 갸웃거린다. 재상도 귀족들도 무슨 소리냐는 표정을 짓고 있었다.

"저희 파티에 있는 메르르라는 인물은 바우키스 제국 출신입니다만, 저희와는 유학을 온 라타쉬 왕국 학원에서 만났습니다. 그리고 지금은 함께 S급 던전에서 활동 중이며, 또한 앞으로도 함께 모험을 할 수 있기를 바라는 소중한 동료가 되었지요. 이것은 오로지 메르르가 라타쉬 왕국의 학원에서 유학할 수 있도록 허락해주신 황제 폐하의 은혜입니다.”

바우키스 제국은 우수한 재능을 가진 인재를 타국에 유학시키고 있다. 물론 유학을 간 곳에서 열심히 공부하며 타국에 있는 훗날의 인재들과 교류를 쌓고 장래의 국교에서 유익한 관계를 구축하는 것도 목적이다.

하지만 패권주의적인 정책을 펴는 기암트 제국에 유학을 보냈다가는 메르르가 뜻밖의 안 좋은 방법으로 포섭을 당할 가능성도 있다는 판단을 해서 소국인 라타쉬 왕국을 유학 장소로 선택했다고 생각하고 있다. 실제로 타국의 우수한 인재를 기암트 제국으로 유학 보내는 사례는 별로 많지 않은 듯하다.

“오오, 그런가, 그런가! 아주 훌륭한 미담이로구나.”

깊숙이 머리 숙이는 알렌과 마주하며 어깨에 새F 소환수를 태우고 기분 좋아진 황제가 고개를 끄덕거렸다.

“으음?! 이, 이래서는 안 되거늘!!”

황제의 대답보다 조금 늦게 재상이 당황한 표정을 짓는다.

알렌은 방금 메르르를 「앞으로도 함께 모험을 할 수 있기를 바라는 소중한 동료」라고 말했다.

즉, 「앞으로도 알렌은 메르르를 동료로 동행시키고 싶다」라는 의미이다.

아래를 향한 채 음흉한 표정을 짓는 알렌의 뒤편에서 세실이 「또 시작됐네」라며 한숨을 쉰다.

재상은 당황하며 황제에게 고개 돌렸다. 황제는 상황을 파악하지 못하고 웃으며 알렌을 보고 있다만, 황제의 다음 발언에 따라서는 메르르라는 귀중한 인재를 국가를 초월하여 자유롭게 활동하는 S랭크 모험가의 동료로 맥없이 내줘야 할 수도 있겠다.

"과연 S랭크 모험가는 예의를 갖출 상대가 누구인지 잘 알고 있구나!"

"물론입니다. 이곳에 있는 다른 누구도 아닌 폐하십니다."

"자, 잠시만, 황제 폐하……."

재상이 두 사람의 대화에 끼어들려고 한다.

메르르의 소속을 따지자는 것보다 지금 분위기가 뭔가 위태롭다. 이대로 알렌에게 계속 대화를 허락하면 어떤 발언이 나올지 알 수 없었다.

'인마, 방해하지 마라.'

당사자 알렌이 다음 수를 놓으려고 했을 때였다.

"실례합니다!!"

사관의 차림을 한 드워프가 땀에 흠뻑 젖은 채 알현장으로 들어왔다. 사관이면 라타쉬 왕국 등에서는 하급 기사에 해당된다.

"으음?! 이런 때에 무슨 짓이냐!! 이, 이곳이 어디인지 모르는 게냐!!"

눈앞의 위기에 대응하고자 열심히 머리를 굴리고 있는 참이었는데 갑자기 방해꾼이 나타난지라 재상은 분노로 부들거리며 질책했다.

"대, 대단히 죄송합니다. 화급한 사태가……."

"음? 뭐지? 말해보거라."

황제는 재상과 달리 사관에게 무슨 용건이냐고 물었다.

“네, 네엣. 에르마르 교국에서 구난 신호가 왔습니다. 교국의 수
도 테오메니아가 불타고 있다고……."

사관의 말을 듣고자 쥐 죽은 듯이 조용해졌던 알현장이 다음 순간
에는 일제히 시끌벅적해졌다.

지금, 새로운 싸움이 시작되고자 하고 있었다.

특별 수록 에피소드 ① 제우 수왕자의 신부

알렌이 S급 던전에 도전하기 몇 년이나 이전의 사건.

그날, 호화로운 가마 한 채가 좌우에 정장을 갖춰서 입은 수인 기사들에게 호위받으며 아르바할 수왕국 왕도의 남문 앞으로 천천히 이동하고 있었다.

왕도 남문은 교역로와 연결되어 있다. 보통은 해가 떠오르는 동시에 열리고 수많은 상인과 여행자가 드나드는지라 무척 떠들썩한 곳이지만, 그날만큼은 문을 꽉 닫아 놓았고 주변도 쥐 죽은 듯이 조용했다.

물론 이 같은 상황은 지금 다가오고 있는 가마를 맞이하기 위함이었다.

지난 3년간 아르바할 수왕국과 브라이센 수왕국의 관계는 오로지 악화일로에 있었다. 그렇다 해도 전쟁으로 치닫는 것은 양국 모두 바라는 바가 아니었고.

따라서 두 나라의 수왕은 관계 개선을 위한 방책으로써 혼인 관계를 맺기로 결정 내렸다.

얼마 뒤 가마와 호위 기사의 대열이 남문에 다다랐고, 문을 향하여 오른편 대열의 가장 앞쪽에 서서 걸어왔던 수인이 큰 목소리로 외쳤다.

"브라이센 수왕국으로부터 레나 수왕녀께서 도착하셨소. 문을 열어주시오!!"

그 목소리가 사라지고 다시 주변이 온통 조용해졌다가.

쿠우우우우우웅.

이번에는 거대한 문이 천천히 열리기 시작했다.

남문의 안쪽에는 넓은 도로가 왕성을 향해 쭉 뻗어 나가고 있다. 평소에는 남문과 마찬가지로 수많은 사람들이 오가는 곳이지만, 오늘만큼은 평소보다 인파가 조금 많을지언정 모두 묵묵히 길의 양옆에 서서 이동하는 가마를 바라다보기만 했다.

가마는 기사들에게 호위받으며 천천히 문을 지나서 쥐 죽은 듯이 조용한 대로를 따라 왕성으로 나아갔다.

왕성 앞으로 다다르자 아르바할 수왕국의 근위 기사단과 함께 대기하고 있었던 군악대가 소리 높여서 환영의 곡을 연주했다.

곡이 끝나고 가마가 왕성 안으로 진입한다. 레나는 성 안의 정원까지 이동한 뒤 드디어 처음으로 가마에서 내렸다.

함께 동행한 호위 집단 중 선택받은 자국의 근위 기사들과 함께 아르바할 수왕국의 근위 기사들에게 안내받으며 왕성의 2층에 있는 옥좌의 방으로 향했다.

옥좌의 방에서는 무자 수왕과 수왕비, 시아 수왕녀, 그리고 제우가 대신, 귀족들과 함께 기다리고 있었다.

레나가 옥좌의 방에 들어서자 귀족들이 일제히 박수를 쳤다. 그 박수도 옥좌 앞까지 나아가자 시작되었을 때와 마찬가지로 일제히 멎었다.

사자 수인인 무자 수왕이 옥좌에 걸터앉은 채 두 팔을 가볍게 펼치며 환영의 뜻을 표시했다.

"짐이 수왕 무자이다. 레나 수왕녀, 먼 길을 오느라 고생이 많았을 테지. 잘 와주었다."

레나는 고귀하고 청초한 드레스의 좌우 옷자락을 붙잡아 제자리에서 무릎을 꿇어앉으며 인사 올렸다.

"예. 이렇게 저를 환대해주시니 뭐라 감사의 말씀을 올려야 할지 모르겠습니다. 아르바할 수왕국의 번영을 위하여 제우 수왕자님과 함께 기꺼이 걸어 나아가고자 합니다."

레나는 그렇게 말한 뒤 무릎 꿇은 채 얼굴을 들어 올렸다. 미소를 띤 저 여인이 늑대 수인이고 은색의 아름다운 털을 가지고 있다는 것이 옥좌의 왼편에 서 있던 제우의 눈에도 잘 보였다.

"그래! 제우에게는 아까울 만큼 갸륵하구나!! 안 그런가, 제우."

"네, 네에."

"이놈아. 정신 차리거라!"

무자 수왕의 질책도 제우의 귀에는 들리지 않는다.

그러나 이때, 줄곧 힐끔힐끔 주위로 바삐 시선을 보내고 있었던 레나가 분명하게 제우를 쳐다봤다.

"당신이…… 제우 님입니까?"

"그렇다. 한동안 왕래가 없었던 탓에 몰라봤을 테지. 이 녀석이 바로 그대의 남편이 될 사내다. 조금 물렁한 면도 있지만 아무튼 잘 부탁하마."

수왕의 말에 레나는 가볍게 고개를 끄덕였으나 제우에게 향했던 시선을 시아 수왕녀에게로 옮겼다가 다시 누군가를 찾는 것처럼 천천히 귀족들이 있는 방향으로 또 움직인다.

"……베크는 이 자리에 부르지 않았다."

무자 수왕이 말했다.

"그렇습니까."

레나는 여전히 미소를 띠고 무자 수왕을 빤히 바라보며 답했다.

"제우를 위해 준비해준 아름다운 드레스를 굳이 더럽힐 필요는 없다 생각해서 말이지."

수왕이 의기양양하게 히죽히죽 웃으며 말을 꺼내자 레나의 얼굴에서 천천히 미소가 사라졌다.

"……."

"앗?! 무슨 말씀을 하시는 겁니까, 수왕 폐하!!"

제우는 영문을 알지 못하고 수왕에게 물었으나 수왕은 레나로부터 시선을 떼지 않고 히죽히죽 웃을 뿐, 대답하지 않았다.

"수왕 폐하는, 제 생각을 이미 짐작하고 계셨군요."

"옳다. 아무튼 이제 어떡할 생각이더냐? 레나 수왕녀여."

수왕이 그렇게 말하자 레나는 갑자기 머리를 깊숙이 푹 수그렸다.

"왜, 왜 그러는가? 긴 여행에 지친 것인가?"

어찌 된 노릇인지 알지 못하는 제우가 신부를 염려하며 한 발짝 앞으로 내디딘 그때였다.

"그렇다면! 무자여! 네놈이라도!!"

레나는 홱 얼굴을 들어 올리고 유연하고 긴 다리로 옥좌의 바닥을 박찼다.

드레스의 치맛자락을 펄럭이며 야차와 같은 표정으로 송곳니를 드러내고 숨겨 들여온 단검을 겨누더니 옥좌를 향해 달음박질친다.

"아? 레나?"

제우가 한 발짝 내디딘 자세에서 굳어버린 동안에 레나는 디딤발을 힘차게 내뻗었다가 곧장 기세를 실어 수왕의 가슴을 노리고 달려들었다.

하지만.

"흥."

수왕은 옥좌에 깊이 걸터앉은 자세는 변함없이 한쪽 손만을 뻗어서 레나의 손과 단검을 함께 붙잡았다.

"앗?!"

"그대의 아버지에게 성격이 강한 여아이니 주의하라는 말은 들었다만 기대가 어긋나는구나. 기습은 더 철저하게 기회를 노려서 하란 말이다!!"

수왕은 그렇게 말한 뒤 단검을 막은 손을 휘둘러서 레나를 10미터 이상 높이 던져버렸다.

레나의 몸이 공중을 회전하며 날았다가 바닥으로 떨어져 굴러가는 모습을 제우는 멍하니 바라보고 있었다.

그러나 레나가 바닥에 나가떨어지고 일어서지 못하자.

"레나!!"

한 차례 외치고 이번에야말로 신부의 곁으로 급히 달라갔다.

그동안 뒤늦게 사태를 깨달은 귀족과 대신들이 웅성거리기 시작했다.

한편 브라이센 수왕국의 근위 기사들은 이미 아르바할 수왕국의 근위 기사들과 대치하며 무기를 뽑아 들고서 저마다 검에 손을 얹은 자세로 움직이지 못하고 있는 상태였다.

"폐하, 어떻게 하시겠습니까? 브라이센 수왕국의 수왕녀가 이런 태도를 취한다면 이번 혼례도 어쩔 수 없이 중지하는 것이……."

아르바할 수왕국의 재상이 수왕에게 이후의 대응 방향을 물었다.

"수왕 무술 대회에서 발생한 일이었다지만, 베크가 브라이센 수왕국의 수왕을 죽게 만들었던 것은 틀림없는 사실이지. 그렇다면 이 여아가 원수를 갚고자 나선 것 또한 당연한 행동이다. 다만 베크가 호락호락 당해줄 녀석도 아니니 이대로 더 많은 원한이 쌓이는 것을 막고자 이 여아와 제우의 혼인을 추진했던 것이다."

이 같은 사정을 알면서도 끝내 행동에 나섰다면 다소의 소란은 눈감아주고 마음이 풀릴 때까지 놓아둘 생각이었다고 한다.

아르바할 수왕국과 브라이센 수왕국의 관계 악화는 3년 전 수왕 무술 대회에서 베크 수왕태자가 당시 수왕이었던 레나의 오빠를 죽인 것이 이유였다. 두 왕국의 상층부끼리는 어쩔 수 없는 사고였다고 서로 납득했으나 레나를 비롯하여 특히 브라이센 수왕국의 국민들이 납득하지 못했던 것이다.

레나는 아무래도 기절한 듯 제우가 안아 들었음에도 품속에서 축 늘어져 있다.

그 모습을 보고 있었던 수왕비가 걱정하는 목소리로 무자 수왕에게 말을 건넸다.

"괜찮으시겠어요? 저 아이가 이번에는 혹시 제우를 공격한다면……."

"무슨 소린가. 자네도 식을 올렸던 날 밤에 짐을 기습하지 않았던가."

"하지만…… 그건 상대가 당신이었으니까요……."

수왕비도 역시 아르바할 수왕국의 바깥에서 시집을 온 인물이었다. 다수의 수왕국이 서로 힘겨루기를 하고 있는 가르레시아 대륙 최대의 수왕국, 아르바할 수왕국에 원한을 갖고 온 자국의 자객으로서 무자 수왕이 잠들었을 때 은밀히 목에 검을 찔러 넣었던 것이다.

그때는 몹시 아팠다고 수왕은 목을 문지르며 말한다.

"아버님, 그 말씀이 사실입니까?"

제우의 여동생이며 아직 어린 시아 수왕녀가 질문했다.

"그렇다. 타국의 수왕가에 시집간다면 그 정도 각오를 갖고 임해야 할 것이다."

"네. 아버님!"

시아 수왕녀는 힘차게 대답한 뒤 제자리에서 칼날을 찔러 넣는 동작을 했다.

그 모습을 보고 수왕은.

"목을 찔러도 안 죽을 가능성이 있으니까 말이지, 심장을 노리도록 해라."

만면에 미소를 띠고 말한다.

"못살아! 여보, 시아한테 뭘 가르치는 거예요!!"

"음? 앗, 으허억?!"

수왕비의 드롭킥을 얻어맞은 무자 수왕은 레나와 마찬가지로 요란하게 날아가다가 옥좌의 방에 큰 소리를 울리며 나가떨어지고 말았다.

몇 시간 뒤.

눈을 뜬 레나가 처음으로 본 것은 걱정이 가득한 제우 수왕자의 얼굴이었다.

"오오, 깨어났는가."

제우가 안도하며 소리 높였다. 레나를 눕힌 침대의 곁에 아무도 없이 혼자서 앉아 있었다.

"제우인가……."

레나는 한숨을 쉬고 주변을 둘러봤다.

창문이 있는 평범한 방이었다. 감옥에 수감되지도 않았을뿐더러 몸이 구속되지도 않았다는 것을 깨달았다.

"걱정하지 마라. 수왕 폐하는 이번 소동으로 너를 문책하지는 않겠다고 하셨다."

그렇게 말한 제우의 손에 자신의 단검이 들려 있었다. 칼집에 꽂힌 채 온전한 상태이다.

"흥. 적의 자비로 목숨을 부지하게 될 줄이야……."

레나는 가증스럽다는 듯이 내뱉었다.

3년 전 아르바할 수왕국에서 개최된 수왕 무술 대회 중 레나의 오빠는 베크 수왕태자와 싸웠다.

레나 이외에 오빠를 응원하는 자는 거의 없었다. 반대로 관전자 대부분이 베크 수왕태자의 이름을 외쳤다.

상대를 응원하는 함성이 온몸으로 쏟아지는 와중에 레나의 오빠는 필사적으로 싸웠으나 결국은 피투성이가 되어 투기대 위에서 숨을 거뒀다.

그때부터 레나는 아르바할 수왕가에 복수할 것을 꿈꿔왔다.

"……레나, 그런 소리는 하지 말거라."

"네놈이 무엇을 아는가. 대국에서 태어나 마냥 편안하게 자라온 어리광쟁이 주제에."

레나는 제우를 노려봤다. 눈에서는 눈물이 뚝뚝 떨어졌다.

제우가 무자 수왕이나 베크 수왕태자와 비교하면 기질이 나약하다는 소문은 레나의 귀에도 들어왔다.

가르레시아 대륙의 패자인 아르바할 수왕국과 비교했을 때 병력도 국력도 뒤처지는 소국 브라이센 수왕국에서 태어난 레나로서는 생각할 수 없는 일이었다.

과거에 기암트 제국의 인간들에게 학대를 당한 수인의 후예라면 싸우지 않는 한 아무것도 얻을 수 없다는 것을 누구나 다 알고 있다. 그런데도 아버지나 형의 뒤에 숨어서 나약한 삶을 용납받고 있는 것이라고 생각하니 속이 뒤집히는 심정이었다.

"……."

게다가 이렇듯 자신의 분노에 찬 시선과 마주하면서도 제우는 숨을 죽인 채 묵묵히 말이 없는지라 더욱 밉살스러웠다.

"이제 되었다. 그 물건을 내놔라. 그것은 오빠가 나에게 남긴 물건이다."

애당초 살아 돌아갈 생각은 없었다. 베크 수왕태자를, 혹은 무자 수왕을 동귀어진이라도 해서 기필코 죽일 작정이었다. 만에 하나 살아서 상대를 처단했더라도 성 바깥으로 탈출하는 것은 불가능하리라고 각오를 했다.

더구나 오빠의 원수도 갚지 못했으니 이 이상 살아갈 의미는 없다.

"기꺼이 나의 손으로 책임을 지겠다."

"어찌…… 살아 버티면 좋은 일이 하나라도 더 있을 터인데……."

제우가 말을 마치기도 전에 레나는 이빨을 드러내며 소리 질렀다.

"그딴 소리는 수왕이라도 된 다음에 지껄여라!"

"……그런가. 내가 수왕이 되면 어쩌겠나?"

제우가 불쑥 말했다.

"……네놈이, 말이냐?"

"그렇다. 내가 수왕이 되면 그대는 살아주는 건가."

"무슨 헛소리를. 네놈 따위가 어떻게 수왕이 될 수 있겠나. 그 남자가 있지 않은가."

레나는 오빠의 원수이기에 베크 수왕태자가 어떤 인물인지를 철저히 조사했고, 실력의 수준도 잘 파악하고 있었다.

베크 수왕태자는 태어났을 때부터 우수했고 최연소로 수왕태자가 됐다.

게다가 국민의 기대에 부응하여 수왕 무술 대회에 출전하고 우승까지 했다.

한편 제우라는 인물은 어떠한가. 좋게 말하면 상냥한 성격이지만, 기질이 나약하며 형처럼 수왕 무술 대회에서 우승을 한 경력도 없다.

그런 남자가 무엇을 할 수 있느냐고 거듭 쏘아붙이고자 했다.

하지만.

"나는 반드시 수왕이 될 테다."

제우는 힘주어 말한 뒤 가만히 레나의 눈을 바라봤다.

그 순간 레나는 제우의 눈 안에서 무엇인가를 본 듯한 기분이 들었다.

"이 단검은 그대의 오빠분께서 남긴 물건이라고 했지. 그렇다면 나는 수왕이 될 것이라고 이 단검에 맹세하마. 혹여나 내가 맹세를 이루지 못하리라 생각 들거든 이 단검으로 나를 찌르도록 해라."

제우는 담담하게 말한 뒤 단검을 레나의 손에 쥐여줬다.

"어, 어째서, 이렇게까지."

레나는 당황하면서도 반사적으로 오빠의 유품을 돌려받고자 제우의 손을 마주 쥐었다.

"그대가 아름답기 때문이다."

제우가 시선을 피하지 않고 말했다.

"뭐?!"

레나는 말문이 막혔으나 제우의 눈에서 방금 전과 마찬가지로 무엇인가를 다시 본 듯한 기분이 들었고, 다음 순간에는 맹세의 단검을 쥔 손을 자신의 가슴으로 끌어당기고 있었다.

"나는 수왕이 된다. 그때는 아름다운 수왕비가 나의 곁에 있어주기를 바란다."

그렇게 말한 제우의 눈에서 세 번째로 필사적인 각오를 발견하고 레나는 진심으로 우스워졌다.

이렇게까지 죽기 살기로 다른 사람을 배려한단 말인가. 기가 막히고 어처구니가 없다.

"……하하하, 재미있군."

그렇게 말했을 때 레나는 진심으로 웃고 있었다.

3년 전부터 오늘까지 얼굴로는 웃어도 진심으로 웃어본 적이 없었다.

이렇듯 어처구니가 없는 필사의 각오로 자신을 웃게 해주는 제우와 함께라면 조금 더 살아봐도 괜찮겠다는 생각을 했다.

"나를 위해서 살아주겠나?"

"……좋다, 제우 수왕자. 지금 한 맹세는 반드시 지켜야 할 것이다."

이렇게 레나는 제우의 비가 되었다.

* * *

그리고 몇 년이 지났다.

레나와 제우는 비록 아이는 아직 가지지 못했을지라도 부부다운 관계를 거듭해왔다.

그러던 어느 날, 제우가 관리들과 회의를 하던 시간에 레나가 들이닥쳤다.

"제우여!! 약속과 다르지 않은가!!"

레나는 문을 부술 기세로 걷어차서 열고 뛰어 들어오자마자 제우를 자리에서 일으키더니 다리를 후려 바닥으로 쓰러뜨렸다.

"음?! 허? 끄악!!"

갑작스러운 상황에 놀란 제우의 등에 올라타서 두 다리를 안아 쥔 레나는 새우 꺾기를 선사했다.

"레나! 무슨 일인가?! 이런 행동을 하기 전에 제대로 설명을 해라……. 레나!!"

바닥과 안면을 꽉 맞대고 등골이 꺾이고 있는 상태에서 제우가 필사적으로 설득을 시도한다.

"저, 저희는 이만."

"그러게나 말이오. 회의는 내일 다시……."

결혼한 이후 쭉 제우가 레나에게 잡혀 산다는 것은 왕성에서는 아무도 모르는 사람이 없다.

괜히 휘말리지 않고자 관리들이 방에서 나가자 제우와 레나 두 사람만 남았다.

"어찌 시치미를 떼는가! 벌써 맹세를 잊어버렸나!!"

레나의 말에 제우는 잠시나마 고민했었다만.

"그래, 시아를 말하는 건가. 어쩔 수 없는 일이다. 수왕 폐하께서 직접 분부를 내린 사안이니까……."

바로 얼마 전 무자 수왕이 시아에게 사신교 교주 토벌의 명령을 내렸다.

문제는 이것이 단순한 토벌 명령이 아닌 수왕태자 이외의 왕족이 왕위를 계승하기 위한 시련이었다는 점이다. 제우보다도 먼저 시아가 시련을 받아 움직인다는 사실이 알려지면 레나가 격노하리라는 것은 불을 보듯 훤했다.

따라서 제우는 필사적으로 숨기고자 했으나 결국 소식이 전해져 버렸나 보다.

"어쩔 수 없다는 게 무슨 망발이지! 잠자코 기다리기만 할 텐가. 어째서 직접 시련을 내놓으라고 말하지 않는 것인가. 시련을 극복하면 수왕이 될 수 있잖은가!!"

레나는 더욱 힘을 주었다.

“윽, 아프군. 정말로 아프다만?!”

“어서 수왕 폐하를 만나러 가라!”

레나가 소리를 지른다. 제우는 자신의 등골이 울리는 소리를 들은 기분이었다.

“아, 알겠다! 수왕 폐하께 시련을 받아 오겠다!”

제우가 그렇게 말하자 레나는 곧장 기술을 중단하고 제우를 일으켜 세웠다.

“그래, 당장 가도록 해라!”

“음? 지금 곧바로…… 아, 알겠다. 당장 가겠다!!”

「내일, 나중에」라고 말하려고 했는데 레나가 송곳니를 훤히 드러내며 노려보는지라 제우는 허둥지둥 방에서 뛰쳐나갔다.

다만 제우는 이후로 한나절이 지나도록 레나의 앞에 다시 나타나지 않았다. 저녁 식사 자리에도 모습을 보이지 않았기에 하는 수 없이 레나는 혼자 잠자리에 들었다.

얼마나 오래 잠들었을까, 어둠 속에서 인기척을 느끼고 레나는 눈을 떴다.

그리고 자신을 바라보고 있던 제우와 시선이 마주쳤다.

“조금 늦었네.”

그렇게 말하며 레나는 언젠가 지금과 비슷한 일이 있었다는 생각을 했다.

“수왕께 시련을 받아왔다.”

제우는 조용하게 말했다.

"지, 진짜? 잘됐어. 해냈구나!!"

레나는 침대 위에서 몸을 일으키고 제우를 끌어안고자 했다.

하지만 어둠 속에서도 은연중에 느껴질 만큼 제우의 분위기가 이상했던지라 움직이다가 말고 중간에 멈춰버리고 말았다.

"그런 이유로 잠시 자리를 비우게 됐다."

"잠깐만, 말이 좀 이상한데. 무슨 시련을 받았길래? 서, 설마……."

제우가 받은 시련이 몹시 황당무계한 내용이라는 것은 레나도 대강 짐작할 수 있었다.

다만 곧이어 제우가 입 밖에 꺼내는 말은 레나의 예상을 훨씬 더 뛰어넘었다.

"……S급 던전 공략이다."

"뭐?! 잠깐!! S급 던전을 어떻게, 불가능해!"

S급 던전이 아르바할 수왕국 건국보다 수천 년 이전부터 존재한 전인미답의 던전이라는 사실은 레나도 알고 있었다. 아르바할 수왕국뿐 아니라 가르레시아 대륙에 사는 수많은 수인이 S급 던전으로 갔다가 돌아오지 못했다. 왕족도 예외는 아닌지라 장래 유망한 수왕자가 몇 명이나 S급 던전에 도전했다가 끝내 목숨을 잃어버렸다.

어떤 영웅도 성공할 수 없었던 S급 던전 공략을 목표로 하라는 것은 사형 선고보다도 더 두려운 명령이라고 레나는 생각한다.

"하지만 그것이 내가 받은 시련이다."

"말이 안 되잖아! 내가 수왕 폐하께 따지겠어!"

레나는 버럭 외치고 침대에서 내려섰다.

자신에게 했던 맹세를 완수하고자 제우가 필사적임은 잘 안다만,

그 결과 목숨을 잃어버린다면 결국 맹세는 이루어지지 못하는 것과
마찬가지 아닌가.

제우의 간절한 마음을 잘 아는 만큼 이러한 사태를 초래한 것은
자기 자신이라며 레나는 반성했다.

다만 침실에서 나가려고 하는 레나를 제우가 문 앞에서 막았다.

"수왕 폐하와 맺은 약속은 절대적이다. 나는 시련을 달성해야 한다."

"하, 하지만, 당신한테는…… 무리야!"

"내가 누구인 줄 알고서 하는 말인가!!"

어두운 방에 제우의 목소리가 울려 퍼졌다.

레나는 단지 멍하니 서 있었다. 자신에게 제우가 이렇게 큰 목소
리로 외친 것은 처음인지도 모르겠다.

"제우……?"

"나는 수왕이 될 사내다. 또한 그대를 아름다운 수왕비로 만들 것
이다. 분명 맹세하지 않았던가."

이렇게 제우는 레나를 수왕비로 만들어주기 위하여 S급 던전에
도전할 것을 결의했다.

특별 수록 에피소드 ② 페롬스가 시작한 이야기

이것은 페롬스가 시작한 이야기에서 하나의 장이 끝을 맞이한 과정이다.

알렌 파티가 최하층 보스에게 도전하고자 하던 무렵에 페롬스는 자신이 세운 「핵과금 상회」를 운영하며 다른 한편으로 드디어 열심히 다닌 상업 학교를 졸업할 시기에 접어든 참이었다.

그날 페롬스는 라타쉬 왕국의 왕성에 있는 어느 방에서 기암트 제국의 외교관과 거래를 진행 중이었다.

기암트 제국의 외교관은 마르만이라는 이름의 기암트 제국에서도 손꼽히는 대상인이자 「부동산왕」이라고 불리는 인물과 동행했다.

반면에 페롬스는 통상 대신, 그리고 페롬스가 사모하는 피오나의 아버지이자 라타쉬 왕국 곳곳에 다수의 고급 숙소를 보유하고 있는 대상인 체스터를 동행시켰다.

관리가 커다란 탁자를 중간에 두고 서로 마주하는 두 상인의 사이를 오가고, 저마다 두 장의 계약서에 서명을 마치자 페롬스의 바로 맞은편에 앉아 있었던 기암트 제국의 외교관이 가느다랗게 안도의 숨을 내쉬었다.

"과연 라타쉬 왕국이 자랑하는 『핵과금 상회』입니다. 멋진 수완을 견식시켜주셔서 감사드립니다. 만약 페롬스 님께서 우리나라의 백성이었다면 황제 폐하께 직접 칭찬의 말씀을 들을 수 있었을지도 모릅니다."

"화, 황제 폐하께 직접 말씀을 듣다니요. 저 같은 애송이는 감히 상상조차……."

이번에 「핵과금 상회」는 기암트 제국과 두 건의 거래 계약을 체결시켰다.

한 건은 무기와 방어구의 무역이다.

작년 여름이 끝날 무렵에 로젠헤임의 필라멜 장로로부터 무기, 방어구의 생산량이 급증한지라 예정을 앞당겨서 거래를 시작하고 싶다는 연락이 왔다.

이것은 불의 신 프레이야의 신기를 마왕군에게 빼앗긴 사건 이후로 예상되는 마왕군의 5대륙 재침공에 대비하는 움직임이었다. 로젠헤임을 습격했던 마왕군 중 벌레 계통의 마수 시체로부터 채집한 외골격과 이빨은 현 상황에서 채굴과 가공이 수월하지 못한 미스릴보다 손쉽게 다룰 수 있고, 비록 미스릴에는 미치지 못하나 어느 정도는 품질이 높은 무기와 방어구를 생산할 수 있다.

그 무기와 방어구의 생산량이 올라간 것은 반가운 소식이었다. 다만 미스릴 장비가 일정 수 확보되어 있고 로젠헤임에서 들어오는 무기와 방어구가 넉넉하게 있는 라타쉬 왕국 내에서 더 이상의 수요가 발생하지는 않는다.

그렇게 되어 「핵과금 상회」가 중개해서 주된 수출처인 기암트 제국에 판매해야 할 터이나 거래량을 갑작스레 늘리거나 거래를 서두르고자 하면 상대에게 약점을 잡혀 헐값에 후려치기를 당할 우려가 있다.

어떡할지 고민을 하던 중 기암트 제국의 외교관으로부터 가능한 한 빨리 대량의 무기와 방어구를 구입하고 싶다는 연락이 온 것은 우연이 겹친 행운이었다.

다만 페롬스는 이 뜻밖의 행운을 더욱 상인답게 이용하고자 했다.

변동하는 물품의 가치와 현재 상황, 거래 상대의 수요 규모, 예산을 알아낼 수 있는 엑스트라 스킬 「천칭」을 썼다.

로젠헤임과는 평소보다 대량의 무기, 방어구를 한 번에 거래하게 됐으니 저번보다 할인된 가격으로 구입할 수 있도록 교섭했다.

기암트 제국과는 급히 거래를 진행하기 위한 추가 수수료를 포함해서 저번보다 인상한 가격으로 판매할 수 있도록 교섭했다.

결과적으로 「핵과금 상회」는 충분한 이익을 거둘 수 있었지만, 이 때 페롬스는 금전적 수입을 대신하여 기암트 제국에 다른 한 건의 거래를 제안했다.

"체스터 씨, 혹시 계약서에 잘못된 부분이 있는지 확인해주시겠습니까?"

페롬스는 두 장의 계약서 중 무기, 방어구 판매가 아닌 쪽을 옆자리의 체스터에게 건넸다.

"그, 그래. 오? 오오오오……!!"

계약서를 쭉 훑어본 체스터가 중간부터 감동하며 소리 내더니 눈물까지 펑펑 흘렸다.

그 모습을 보고 페롬스는 희망한 내용대로 계약서가 작성되었음을 확신했다.

“……저희의 요청을 반영해주셔서 진심으로 감사드립니다.”

페롬스는 마르만에게 감사의 말을 전한다.

“아닐세. 잘 아시다시피 우리나라의 제도는 재개발을 예정 중이지 않소. 귀측에서 희망했던 구획이 마침 희망하신 가격과 비슷하게 매물로 나왔을 뿐이오. 그나저나 덕택에 재개발 계획도 가닥이 잡히는 것 같구려. 이러면 나도 황제 폐하께 빚을 지웠다고 말할 수 있겠군.”

마르만은 만족스러운 표정으로 말을 받았다.

페롬스는 기암트 제국과 협의하여 급한 거래에 따른 가격 인상을 없애는 대신에 제도에다가 체스터가 경영하는 숙소의 지점을 내면 안 되겠냐고 제안했다.

그때 사업 계획과 함께 몇몇 후보지의 희망 가격을 제시했었는데, 그중에 미리 정보를 수집해놨던 제도의 재개발 예정 지구 토지와 엑스트라 스킬 「천칭」으로 알아낸 토지의 희망 가격을 넣어두었던 것이다.

이 요청에 반응했던 제국은 페롬스의 노림수대로 재개발 계획의 일환으로써 체스터의 숙소 건설을 허락해주고 이렇듯 토지 매매가 진행되었기에 「부동산왕」 마르만이 직접 움직였다.

이제 「기암트 제국 제도의 1등급 지구에서 최고급 숙소를 경영한다」라는 체스터의 오랜 꿈이 이루어졌고, 마르만도 자신이 움직임으로써 재개발 계획과 사업자의 희망이 거듭 어긋났었던 토지의 용처를 잘 선정했으니 드디어 재개발을 본격적으로 추진할 수 있게 되었다. 즉, 황제의 뜻을 직접 나서서 성취한 모양새가 만들어졌고,

쌍방이 모두 만족할 만한 거래가 된 것이다.

"많이 아쉬우나 이만 가보도록 하겠습니다. 페롬스 님, 오늘은 좋은 거래에 감사드립니다."

외교관이 정중하게 말한 뒤 부동산왕 마르만과 함께 자리에서 일어났다. 페롬스, 체스터, 통상 대신도 자리에서 일어난 뒤 머리 숙이고 회의실에서 나가는 두 사람을 배웅했다.

기암트 제국의 두 사람이 떠나갔을 때 통상 대신에게도 인사를 한다.

통상 대신에게는 국가 간 무역과 관련된 회의였기에 형식상 입회를 요청했을 뿐이나 이런 부분에서 실례를 저지르면 안 된다.

왕성에서 나온 뒤 체스터가 준비한 마차에 올라타서 그가 경영하는 고급 숙소로 향했다.

"으허허."

마차 안에서는 체스터가 품에 안아 든 계약서에 뺨을 비빌 기세로 기뻐하고 있다.

한편 페롬스는 이제 와서 자신이 성립시킨 계약의 거대함에 부들거리고 있다.

다만 이것은 성공의 전율이라며 자기 자신을 타이른다.

"이제는 제가 약속을 지켰다고 생각해도 괜찮겠습니까?"

페롬스는 용기를 내서 체스터에게 물었다.

지금 언급한 것은 자신이 상업 학교에 들어가기 전 체스터와 맺은 약속이다.

자신이 상인으로서 장래성을 증명하고 체스터의 딸과 어울리는 상대라고 판단될 경우에는 페롬스와 피오나의 교제를 인정해달라는 것이다.

이 약속을 이루기 위해 페롬스는 그동안 상업 학교에 다니면서 「핵과금 상회」를 발전시키고자 애써왔다.

페롬스의 말을 듣고서 체스터는 깜짝 놀랐으나 곧 페롬스를 똑바로 바라보더니 만면에 미소를 띠고 이렇게 말했다.

"무, 물론이지! 역시 내가 점찍었던 사내다. 어느덧 이렇게나 큰 사람이 되었군!!"

대답을 듣고 페롬스도 만면에 미소를 띠었다.

"아닙니다. 전부 체스터 씨의 도움을 받은 덕분입니다."

"무슨 소린가, 페롬스 군. 이제 나의 상회는 자네의 상회에 속한 계열사이지 않은가. 지나친 겸양은 필요하지 않네."

"가, 감사합니다! 아무쪼록 앞으로도 잘 부탁드리겠습니다!!"

꾸벅꾸벅 머리 숙이기를 반복하는 페롬스를 싱글벙글하며 지켜보고 있던 체스터가.

"맞아, 지금 피오나가 왕도에 와 있다네. 이참에 인사라도 하는 게 어떤가."

이렇게 말했다.

"예? 정말입니까?!"

페롬스는 「피오나」의 이름을 들었을 뿐인데 표정이 확 밝아졌다.

"물론이네."

이윽고 체스터가 경영하는 고급 숙소에 도착하고 두 사람은 최상층의 지배인 전용 객실로 향했다.

체스터가 피오나를 불러오는 동안에 페롬스는 고용인이 따라준 차를 앞쪽에 두고서 기다리고 있었다.

"……처음 만났던 게 언제였더라. 열 살 무렵이었던가."

페롬스는 차를 마시며 피오나와 관련된 추억을 다시 상기했다.

처음 만났던 것은 페롬스가 열 살이 되었던 해다. 클레나 마을의 촌장인 아버지를 따라 그란벨에 있는 체스터의 고급 숙소에서 열렸던 신년 행사에 참가했을 때 대면했다.

아버지를 따라 체스터에게 인사를 하러 갔다가 체스터와 함께 있었던 피오나와 마주쳤더랬다.

너무나 어여쁜 소녀였기에 인사도 제대로 하지 못했다. 완전히 한눈에 반해버렸다.

다음 날이 되어도, 또 다음 날이 되어도, 1주일이 지나도 페롬스는 오직 피오나만을 생각하고 있었다.

결국 1개월 후 페롬스는 혼자 체스터를 만나러 갔다.

체스터가 작은 개척촌 촌장의 아들에 불과했던 자신을 위해 굳이 시간을 내준 것도 기뻤지만, 피오나와 교제를 허락해달라고 부탁했음에도 농담이냐며 웃어넘기거나 무관심하게 내치지 않고 「상업 학교를 졸업하기 전까지 훌륭한 상인이 되어 보인다면 피오나와의 교제를 인정해주마」라며 비록 조건을 달았으나 진지하게 약속해준 것도 기뻤다.

무엇보다 상대는 라타쉬 왕국에서도 첫째가는 대상인 체스터였다. 설령 상대가 아이여도 약속을 어길 인물은 아니었다. 어린 나이였음에도 알 수 있었다.

따라서 죽기 살기로 노력했다. 상업 학교에도 진학했고, 공부하면서 「핵과금 상회」를 설립했다.

경영이 어려워지면 방식을 바꾸거나 이것저것 새로운 활로를 고민하는 등 애쓰면서 조금씩 규모를 확장시켰다. 최종적으로는 개척촌에서 알고 지냈던 알렌에게 협력을 요청하여 로젠헤임과의 무역에도 관여하기에 이르렀다.

죽기 살기로 힘껏 달려왔던 나날을 새삼 돌이켜보던 중.

똑똑.

문을 두드리는 소리가 났다.

현실 세계로 다시 끌려와서 당황한 페롬스는.

"네, 네에."

긴장하면서도 대답을 했다.

"오래 기다렸군, 페롬스. 피오나를 데려왔다네."

체스터가 피오나를 데리고 왔다. 손에는 아직 계약서가 쥐여져 있다. 아무래도 곧장 피오나가 있는 곳으로 가서 어딘가 다른 곳에 들르지 않고 돌아와준 것 같았다.

하지만 그때 페롬스는 체스터의 마음을 헤아릴 만한 여유가 없었다.

쭉 동경했고 사모해왔던 피오나가 눈앞에 있다.

"피, 피오나…… 양."

페롬스는 용기를 쥐어짜서 피오나의 아름다운 얼굴을 똑바로 바라봤다.

얼굴을 마주하는 것은 몇 년 만이었다만, 마지막으로 만났을 때보다 더욱 아름다워졌다는 생각이 든다.

하지만.

“예? 이, 이게 어떻게 된 일인가요?”

페롬스가 쭉 동경했던 아름다운 얼굴이 순식간에 의문으로 가득 차올랐다.

지금 상황이 대체 무엇이냐고 묻는 듯 아버지 체스터를 쳐다본다.

“저번에도 이야기를 하지 않았더냐. 페롬스다. 『핵과금 상회』를 경영하는.”

“네, 그 말씀은 알겠는데요…….”

“예전부터 이 친구는 너와 꼭 교제하고 싶다고 말을 했었지. 나도 이번에 그 뜻을 허락하고자…….”

“네?! 자, 잠깐만요, 아버님. 느닷없이 무슨 말씀을 하시는 거죠?”

피오나가 갑자기 소리치는지라 페롬스는 위화감을 느꼈다.

“예? 설마, 체스터씨, 피오나 양에게는 아직 아무것도…….”

피오나의 방금 태도로 짐작하건대 아무래도 교제에 대해서는 아무런 말도 못 들었나 보다.

“무슨 소리인가. 훌륭한 상인이라는 것은 제대로 설명했다네. 안 그런가, 피오나.”

“그러니까, 그건 알고 있는데 말이죠…….”

말을 흐리는 피오나에게 체스터는 손에 들고 있었던 계약서를 보여준다.

“보거라. 기암트 제국에 지점을 낼 수 있게 되었다. 너도 내가 얼마나 애써서 이 왕도에 숙소를 건설했는지는 알고 있잖느냐. 페롬스는 정말이지 뛰어난 능력을 가진…….”

체스터는 피오나에게 오늘 겪었던 사건을 자세히 들려주고자 했으나 피오나는 명백하게 당황한 모습이다.

아니, 그뿐 아니라 피오나는 점점 언짢은 기색을 드러내고 있다.

그 변화가 피오나에게 쭉 시선을 빼앗겼던 페롬스의 눈에는 어쩔 수 없이 들어와버린다.

페롬스는 도저히 가만있을 수 없어서 두 사람의 사이에 끼어들려고 했다.

"저, 저기. 체스터 씨. 피오나 양의 이야기도……."

"아, 아니, 하지만……. 그렇다. 이게 전부가 아니다. 통상 대신에게 허가증도 받아서 자유롭게 왕성에 출입할 수 있다. 게다가……."

해줄 이야기가 더 많다는 듯이 체스터는 페롬스의 장사 수완을 늘어놓았지만, 본인도 혼란에 빠진 탓인지 묵묵히 고개 숙이는 피오나의 두 어깨가 부들부들 떨리기 시작했다는 것을 알아차리지 못한다.

그러다가 마침내 때가 왔다.

"아버님!"

갑자기 피오나가 소리 질렀다.

체스터와 페롬스는 동시에 피오나를 바라봤다.

"몇 번이나 몇 번이나 몇 번이나 말씀드렸는데요! 저는 강한 남자가 아니면 싫단 말이에요!!"

방 안에 쩌렁쩌렁 울리는 큰 목소리로 이렇게 외치더니 피오나는 몸을 돌려서 무시무시한 기세로 뛰쳐나가버렸다.

"자, 잠깐?! 피오나, 네가 무슨 짓을 하는지 알고 있는 게냐!!"

죽기 살기로 도망치는 피오나를 쫓아서 계약서를 꽉 쥔 체스터가 역시 방에서 뛰쳐나간다.

"아버님, 따라오지 마세요!!"

피오나의 목소리가 바깥쪽 복도에서 점점 멀어지는 것을 들으며 페롬스는 온몸의 쭉 빠지고 있음을 느꼈다.

털썩.

융단에 무릎을 꿇고 말았다. 어떻게든 수습을 하고 싶었으나 어떻게 하면 되는지 알 수 없다.

"끝났다……."

무심코 입 밖에 나왔던 말로써 새삼 자신이 피오나에게 차였다는 것을 페롬스는 분명하게 깨달았다.

이렇게 페롬스가 시작한 이야기에서 하나의 장이 끝을 맞이했다.

다만 이것이 한편으로는 새로운 장이 시작되었다는 의미였음을 페롬스는 아직 알지 못했다.

특별 수록 에피소드 ③ 준동하는 마왕군

　알렌 파티가 S급 던전 공략에 매진하는 동안에 마왕군도 활동을 계속하고 있었다.

　아직 한 번도 5대륙 동맹군의 침공을 받은 전례가 없는 마왕군의 본부이자 마왕 본인이 거주하는 성, 「마왕성」은 벽도 기둥도 새하얗고 바닥에는 하얀 대리석을 가득 깔아 놓았기에 문자 그대로 백아의 궁전이다.

　그 중심에는 층계를 터놓은 것 같다는 착각이 들 만큼 높은 천장으로부터 내려오는 계단 이외에는 아무것도 없이 넓기만 한 공간이 있는데, 지금 그곳에 이형의 마수와 마신들이 모여 있었다.

　몸이 수십 미터나 되는 거구부터 인간의 몇 배쯤 되는 크기까지 생김새와 형태는 가지각색이지만, 하나같이 알렌 파티가 로젠헤임에서 싸웠던 마수들과는 압도적으로 차이가 나는 강자의 분위기를 내뿜고 있었다.

　그도 그럴 것이 지금 이곳에 있는 마수는 전부 S랭크, 또한 마신들은 마왕군의 중추에 위치하는 부류들이다.

　그들은 서로에게 말을 건네거나 정보 교환을 하는 등 떠들고 있었다만, 계단에서 몇몇 마신들이 내려오자 기다리고 있었다는 듯이 그곳으로 의식을 집중했다.

계단을 내려온 마신들은 마왕군 전군을 지휘하는 최고 간부이자 상위 마신들이었다.

선두에 선 자는 근육질의 남성 상위 마신이고, 뒤쪽에는 광대 차림의 마왕군 참모 큐벨도 있다.

그들은 방금 전까지 위층에서 최근 수행한 대규모 작전이었던 「신계 공략」에 대하여 결과의 총평을 함께 이야기하다가 왔다. 당연히 회의 내용에서는 공적을 세운 인물들에 대한 평가 및 수여할 포상도 쭉 언급됐다.

이곳에 모인 마수와 마신들은 그 결과의 보고를 듣고 싶어서 이제껏 기다리고 있었던 것이다.

『정숙하라!』

근육질 남성 마신이 계단의 중간쯤에서 멈춰 서더니 큰 목소리로 외쳤다.

『나는 마왕군 총사령관 오르도이다! 이제부터 지난 신계 공략에서 공적을 세운 인물들에 대하여 포상 의식을 거행하겠다!!』

오르도의 발언에 많은 마신들, 마수들이 눈을 빛냈다.

그중에 성별은 다를지언정 무척이나 닮은 용모의 쌍둥이 마신이 있었다.

『우리를 말하는 거야, 라몬 누나..』

『그러게, 하몬. 프레이야한테 신기를 빼앗은 게 바로 우리잖아. 아마도 틀림없이 가장 큰 포상을 받을 수 있을 거야!』

둘 이외에도 많은 마수, 마신이 나도 나도 외치며 떠들어 댔다. 마왕군은 전공을 세워 공헌한 자에게는 엄정하게 평가를 해서 포상을 내려주는 조직이기 때문이었다.

『정숙하라!』

또다시 총사령관 오르도가 큰 목소리로 외쳤다.

『이번 작전에서는 많은 희생이 발생했다. 그만큼 치열한 결과가 나왔다는 점을 감안하여 마왕님께서도 각별한 포상을 준비해주셨다. ……시라, 앞으로 나와라!!』

『네.』

등에 칠흑색 날개가 달린 여성 마신이 계단 앞으로 걸어 나와서 한쪽 무릎을 꿇고 머리 숙였다.

『시라. 네가 마법신 이실리스를 기만하고「신계의 열쇠」를 손에 넣음으로써 이번에 신계 침략을 감행할 수 있었다. 또한 실제 침공 과정에서 보였던 진로 확보의 수완도 몹시 훌륭했도다!!』

『예. 큐벨 님의 조언 덕분이었습니다.』

시라의 말에 큐벨이 만족스럽게 고개를 끄덕인다.

『응응. 시라 군은 잘 알고 있구나.』

이 말을 듣고서 오르도는 잠시 뒤쪽을 돌아보고 눈을 부라렸다만, 큐벨은 히죽히죽 웃으며 어깨만 으쓱이고 넘기는지라 다시 앞을 향한 뒤 시라를 내려다봤다.

『네 활약에 마왕님께서는 대단히 기뻐하셨다. 따라서 너를 상위 마신으로 승격시키며, 또한「마천」의 지위를 주겠다고 말씀하셨다!』

『오오오오오오오오오오오오오오오오오오오오오오오!!』

이곳에 모인 마수와 마수들이 환성을 터뜨린다.

「마천」은 마왕 직속의 친위대의 소속임을 뜻한다. 이 지위에 오르는 인물은 상응하는 실력을 보유했다는 것을 공적으로써 인정받아야 할 필요가 있었다.

마왕군도 인간과 엘프, 드워프, 수인의 군대와 마찬가지로 목적에 따라서 여러 부대와 단체로 구성되어 있다.

【마왕군의 구성】

·「신계 공략군」은 신계를 공략하기 위하여 상위 마신 등 마왕군의 정예로 구성되어 있다.

·「지상 섬멸군」은 지상의 인간 세계를 섬멸하기 위하여 마신과 S랭크 마수에게 지휘를 받는 대규모 마수 무리로 구성되어 있다.

·「암흑세계 조사단」은 암흑세계의 조사 및 마수의 강화, 연구를 위하여 마족 연구원으로 구성되어 있다. 또한 지상의 각국에 대한 정보 수집이며 내부 공작, 교란 등의 책모도 이 조사단이 수행한다.

그리고 이러한 전군을 총괄하여 지휘하는 오르도가 맡은 「총사령관」, 전략을 입안하는 큐벨이 맡은 「참모」, 비슷하게 「마천」도 군대의 구성을 뛰어넘는 직책으로써 존재한다. 그 때문에 대부분이 각 부대의 장군을 겸임하고 있다.

『시라여. 네가 마천 중 여섯 번째이다. 이후 마왕님께서는 우리를 「6대 마천」으로 부르겠다고 말씀하셨다!! 자, 마왕님을 배알하고 직접 포상을 받도록 해라!!』

「6대 마천」의 수장도 겸임하고 있는 총사령관 오르도가 그렇게 선언하자 시라는 일어서서 수많은 마신, 마수의 시선을 받으며 마왕이 있는 위층을 향해 계단을 올라가기 시작했다.

계단에 서 있던 상위 마신들이 시라를 위하여 길을 터준다. 시라는 중간에 멈춰 서서 정중하게 예의를 갖춘 뒤 다시 계단을 올랐다.

이윽고 오르도의 앞에 다다른 뒤 가볍게 인사를 하고 또다시 몇 계단을 올랐을 때.

『잘됐구나, 시라! 예아아아아아!!』

이번에는 큐벨이 잔뜩 신나서 몸을 내밀더니 하이파이브를 시도했다.

하지만.

『감사합니다. 큐벨 님.』

시라는 얌전하게 웃는 얼굴로 가볍게 인사한 뒤 다시 위를 향하여 계단을 올라갔다. 큐벨의 손은 상대를 잃어버리고 말았다.

이윽고 시라가 위층에 올라 사라지자 오르도가 다시 목소리를 높였다.

『포상은 더 많이 남아있도다!』

공적을 세운 마신, 마수의 이름이 호명되고 마왕이 정한 포상을 통지해준다.

신들을 상대로 용감하게 싸워서 전공을 세운 마수는 마신이 되고, 천사를 포로로 잡은 마신은 그 천사를 노예로 하사받는 등 많은 공적이 치하를 받는 가운데 도통 자신들의 이름이 불리지 않는지라 더는 못 참고 나서는 자가 있었다.

『총사령관 오르도 님, 어째서 저희의 이름은 불리지 않는 겁니까?』

하몬의 목소리가 주위에 울려 퍼졌다.

오르도는 일순간 입꼬리를 끌어 올렸으나 곧 평정을 가장했다.

『누구를 어떤 순서로 호명하는지도 마왕님께서 직접 결정을 내리신 사안이다. 설마 불복하겠다는 건가?』

오르도가 갑자기 목소리를 확 낮춰 말하자 라몬과 하몬 남매는 부들부들 떨었다.

『대, 대단히 죄송합니다. 그러나, 저희는 프레이야로부터 직접 신기를 빼앗았잖습니까.』

누나 라몬이 떨면서 힘겹게 말하자 오르도는 잠시 입을 꾹 다물고 있었다만.

『흐음……. 그러고 보니 마왕님께서 「조사단이 마조 상위 마신의 연구에 성공했다, 마신을 둘 정도 찾고 있다」라고 말씀하셨지.』

지금 막 떠올린 것처럼 의뭉을 떠는 말투로 말했다.

『오오! 총사령관님, 우리도 상위 마신이 될 수 있는 것인가!!』

몇백만 마리나 되는 마수들과 그 수만 배의 1만큼 적은 마신들을 거느리고 있는 마왕군에서도 상위 마신은 극소수밖에 없다. 시라와 마찬가지로 자신과 누나도 드디어 상위 마신이 될 수 있느냐며 하몬은 기뻐하는 눈치다.

『그렇다. 조사단에 말을 해놓았다. 남매가 함께 연구실에 가보도록 해라.』

『감사합니다.』

라몬도 새삼 감사의 말을 전한 뒤 남동생과 함께 조용히 기뻐했다.

『자, 포상은 이상이다. 다음은 지상의 전황에 대해서도 알리도록 한다!』

오르도가 다시 목소리를 높이고 신계 공략과 같은 시기에 이루어졌던 지상 3대륙 침공의 결과를 쭉 언급했다.

1천만 마리에 달하는 군세를 투입했음에도 불구하고 거의 아무런 성과를 거두지 못했다는 설명에 마수와 마수들이 아연실색한다.

『어휴~ 용사 헤르미오스 이외에도 알렌인가 하는 녀석이 나타나서 말이야. 내 작전이 거의 먹히지를 않더라고~.』

큐벨이 익살맞은 움직임과 장난스러운 어투로 말을 이었다.

『……마왕님께서는 하다못해 로젠헤임이라도 멸망시키고 싶었다고 말씀하시더군. 로젠헤임에 레젤을 보내자고 한 것은 분명히 네 녀석이었지, 큐벨이여.』

오르도는 로젠헤임 침공이 실패로 끝난 것은 본래는 다크 엘프였던 레젤이 과거에 자신들을 멸망시켰던 엘프에게 원한을 풀고자 딴 짓을 한 탓이며 그런 사실을 알면서도 큐벨이 레젤을 로젠헤임 공략에 투입했다는 것을 은연중에 질책하고 있다.

그러나 오르도의 비난과 마수, 마신들의 노려보는 듯한 시선을 받으면서도 큐벨을 태연자약한 모습이다.

『하지만 신기를 손에 넣었으니까 만족했다는 말씀도 하셨지!』

큐벨은 예능인처럼 과장스럽게 반응하며 말했다.

『……확실히 신기를 손에 넣는 것이 최우선 사항이었다.』

『그래그래. 지금 연구소에서 신기를 열심히 조정하고 있잖아. 그게 끝나면 너희가 또 열심히 일해줘야 되거든! 다음 작전에서도 분명 재미있는 사건이 많이 일어날 거야!』

『오오오오오오오오오오오오오오오오오오오오!!』

큐벨이 말을 꺼내자 이곳에 모여 있었던 마수 및 마신들이 환성을 터뜨렸다.

특히 신나서 반응한 것은 이번 작전에 참가하지 못하고 공적을 세운 자들이 포상을 받는 장면을 가만히 바라보기만 했던 부류들이었다.

그들은 다음에야말로 꼭 작전에 참가하고 싶다며 적극 나섰다.

하지만.

『이봐, 큐벨!』

두 자루의 대검을 등에 짊어지고 상반신이 알몸인 덩치 큰 인간형의 인물이 외쳤다. 근육이 약동하는 몸 곳곳에서 귀금속 장식품이 눈에 띈다.

『어라, 바스크 군도 참가하고 싶어?』

『당연하잖나. 너, 재미있는 전쟁이 벌어진다며 나를 꼬드기더니 결국은 지상군 후방에서 대기만 하다가 끝나버리지 않았나. 마음껏 날뛰게 해주겠다고 늘어놨던 말은 다 거짓이었나?』

인간과 똑 닮은 모습을 지닌 바스크라고 불린 인물은 마왕군 참모 큐벨에게도, 큐벨과 함께 계단에 있는 마왕군 최고 간부에게도, 자신의 주위에서 꿈틀거리고 있는 무수히 많은 마수와 마신들에게도 전혀 위축되는 기색이 없다.

『흠흠. 뭐, 어쩌다 보니.』

계단 위에서 경쾌하게 스텝을 밟으며 고개를 끄덕거리고 뭔가 생각을 하는 모습인 큐벨에게 오르도가 고개 돌려서 끼어들고자 한다.

『이봐……. 뭘 마음대로 정하려는 거냐.』

그러자 큐벨이 뚝 움직임을 멈추고 오르도를 빤히 쳐다봤다.

『나를 마왕군의 참모로 임명한 분은 마왕님이시지?』

『······.』

큐벨의 가면 안쪽 눈동자로부터 빨려 들어가버릴 듯 짙은 어둠을 본 기분이 들어서 오르도는 입을 다물었다.

『좋아, 바스크 군한테도 뭔가 재미있는 작전을 준비해줄게!』

『이히히! 기대되는군!! 아니, 「도」를 붙였군? 나 말고도 다른 마신이 참가하는 건가?』

『맞아, 다음에는 절대 실패할 수 없어서 말야. 충분한 전력을 준비해서 임할 거야. 수라왕 바스크 군도 제대로 일해주기를 바랄게.』

『맡겨줘라. 오랜만에 날뛸 수 있겠군. 강한 녀석과 싸우고 싶구나아.』

그렇게 말한 뒤 「수라왕」이라는 이명을 가진 남자, 바스크는 사납게 히죽 웃음 지었다.

특별 수록 에피소드 ④ 메르르가 돌아갈 곳

알렌 파티는 S급 던전 공략 이후에도 쭉 아이언 골렘 사냥에 매진했다.

바우키스 제국 황제와 알현을 하게 된지라 제도로 향하는 여행 도중에도 같이 황제를 알현할 예정이었던 헤르미오스 파티와 함께 마도선에 타서 이동하고 있는 것으로 꾸미고, 실제로는 새A 소환수의 각성 스킬「귀소 본능」을 활용해서 S급 던전으로 전이했었다.

그것은 알렌 파티가 제도에 도착하고 나서도 쭉 이어졌고, 황제를 알현하는 당일까지 각각 배정받은 방에 있는 듯 행세하며 사실은 S급 던전에서 시간을 보냈다.

그날, 메르르의 부모가 제도의 궁전으로 초대되었다.

메르르가 이 사실을 안 것은 S급 던전에 있던 때였지만, 알렌에게 소식을 전해 듣고는 가능한 한 빨리 궁전으로 데려다주면 좋겠다고 부탁했다.

듣자 하니까 라타쉬 왕국의 학원에서 유학을 했던 때부터 지금까지 부모와 차분하게 이야기를 나눌 틈이 좀처럼 없었던지라 이번 기회에 어떻게든 꼭 하고 싶은 이야기가 있다고 한다.

알렌은 흔쾌히 고개를 끄덕거리고 곧장 바우키스 제국 궁전에 있는 자신들을 위해서 마련된 호화로운 객실로 전이했다.

"고마워, 이야기가 끝나면 합류할게."

어머니, 아버지와 이야기를 나누고 나서 이 객실에 대기시킨 영혼A 소환수에게 말을 걸기로 했다.

"아니면 내일 천천히 마중 나와도 괜찮아. 오랜만에 만나는 부모님이니까 여유롭게 많이 이야기 나눠."

알렌은 가족끼리 오붓하게 하룻밤을 보내도 괜찮다고 말한 뒤 S급 던전으로 돌아갔다.

메르르가 객실에서 나오자 복도에 서서 대기하고 있었던 담당 안내인이 곧장 반응하며 말을 걸어왔다.

"아, 메르르 님. 외출하시렵니까?"

"응, 부모님이 궁전에 와 계시다고 소식을 들었거든. 만나러 갈 거야."

"그렇습니까. 궁전은 무척 넓으니 안내해드리겠습니다."

"으, 응. 고마워."

안내인의 정중한 말투와 아마도 메르르가 나올 때까지 하루종일 복도에서 대기한 것 같았기에 미안함을 느끼며 메르르는 부모가 있는 곳까지 안내받아 이동했다.

호화로운 융단이 깔린 통로를 이리저리 나아가다가 다른 층에 있는 객실로 도착했다. 방 앞에는 메르르를 안내해준 사람과 마찬가지로 시종이 몇 명 대기하고 있었다.

그중 한 사람이 문을 열어준다.

"편안한 시간 보내십시오. 차와 과자를 바로 들여가겠습니다."

메르르를 안내해준 담당자가 그렇게 말한 뒤 인사를 했다.

"고마워."

메르르는 답례의 말을 전하며 자신을 안내해준 사람이 다른 담당자들에게 시선을 보내는 것을 놓치지 않았다. 아마 다과를 준비하도록 눈짓으로 지시했는지 원래 객실의 앞에서 대기 중이었던 다른 안내인들이 조용히 다른 곳으로 움직이기 시작했다.

전인미답의 S급 던전을 공략하니 이토록 정중하게 대응을 해주냐는 생각을 하며 메르르는 객실로 들어갔다.

곧바로 눈에 들어온 장면은 온몸이 비치는 큰 거울 앞에서 드레스를 시착하고 있는 어머니 카나나의 모습이었다.

바로 옆에는 몸종과 재봉 장인과 그리고 보석상으로 짐작되는 깔끔한 복장의 남성까지 대기 중이었고, 드레스를 몇 벌이나 걸어둔 이동식 옷걸이며 근처의 탁자에는 보석 장식품이 든 보관함이 놓여 있었다. 얼핏 봐도 반지와 목걸이, 귀걸이 따위가 잔뜩 진열되어 있다.

"과연 영웅 메르르 님의 어머님이십니다. 무엇을 입으셔도 잘 어울리는군요."

재봉 장인이 드레스의 옷깃을 조정하며 거울 안 카나나에게 말했다.

"그, 그런가요. 하지만 괜찮을까요. 이런 훌륭한 드레스를 제가 빌려 입어도……."

"물론입니다. 오늘 밤 만찬회에는 영웅 메르르 님과 부모님을 뵙고 싶다며 바우키스 제국 전토에서 많은 분들이 참석하실 테니까요."

아무래도 어머니, 아버지는 만찬회 참석을 위해 궁전으로 불려 온 듯싶다. 평민 출신에 게다가 현재도 별로 유복하지 않은 어머니, 아버지를 위하여 제국이 재봉 장인과 보석상을 부르고 만찬회에 어울리는 복장을 갖출 수 있도록 조처했을 테지.

한편 메르르는 행사 준비는커녕 자신이 어머니, 아버지와 함께 곧 만찬회에 참석한다는 사실조차 전혀 알지 못했다.

"게다가 이곳에 있는 드레스도 보석 장식품도 모두 제국에서 어머님께 선물하는 물건입니다."

"예? 거짓말이죠? 이렇게 귀한 물건을 전부 주신다니요……."

지난 삶을 떠올리면 평생 일해도 못 사는 값비싼 드레스와 보석 장식품을 준다는 말에 카나나는 바짝 굳어버린다.

"무슨 말씀이십니까. 지금 당신은 영웅을 낳은 어머님이시죠. 마땅히 이 같은 치장을 해야 할 신분이십니다."

가만히 상황을 지켜보면서 어떻게 할까 메르르가 고민하던 중에.

"오, 메르르 아니냐. 돌아온 건가?"

아버지 네네크가 막 나타난 메르르를 발견하고 말을 걸어왔다.

네네크는 보석 장식품이 진열되어 있는 곳과는 다른 탁자의 앞쪽에 앉은 채 이쪽은 궁전의 관리로 짐작되는 드워프와 함께 펼쳐놓은 양피지 앞에서 이야기를 나누고 있던 것 같았다.

"응."

메르르가 객실로 발을 들이자.

"이 정도면 괜찮겠군요. 고생 많으셨습니다."

카나나를 시중들던 재봉 장인이 작업을 마무리하고 몸종들, 또한 보석상과 함께 물러났다.

"그러면 남은 대화는 나중에 다시 이어서 하십시다."

네네크와 이야기하던 관리도 짤막하게 말을 남긴 뒤 자리에서 일어나 방 바깥으로 나간다.

그들과 교대하듯이 차와 과자를 담은 은쟁반을 들고 다른 시종이 들어와서 재빨리 세 가족의 몫만큼 컵에 차를 따라주고 말없이 객실에서 나갔다.

갑자기 조용해진 객실에 남은 메르르, 네네크, 카나나, 세 사람은 어떻게 해야 좋을지 알 수 없어서 각각 자리에서 서로 얼굴을 마주 바라봤다.

“뭔가 엄청난 일이 벌어졌구나. 메르르, 카나나, 이리 와서 앉자.”

네네크가 말하자 메르르와 카나나가 탁자 앞으로 와서 앉았다.

“이쪽은 쭉 이런 분위기였어?”

메르르는 어머니, 아버지에게 물었다.

“맞단다. 계속 이런 식이야. 여기까지 와야했던 날에도 아침에 집 근처로 엄청난 마도 마차가 갑자기 나타났었거든?”

카나나는 호들갑스럽게 몸짓, 손짓을 하며 마도 마차가 나타났던 상황을 설명했다.

“네가 명예 남작이 되었을 때도 어지간했는데 이번에는 훨씬 더 대단하더구나. S급 던전이라는 데가 그렇게 굉장한 곳이라는 건가?”

메르르의 부모는 재능을 보유하지 못해서 S급 던전과는 인연이 없는 삶을 살았다.

“응, 맞아. 친구들이랑 같이 노력해서 간신히 공략할 수 있었어.”

메르르는 그렇게 말하며 목에 걸어둔 마도반을 봤다. 메르르와 골렘술사가 골렘을 강림시키는 데 쓰는 마도반에는 골렘의 강림과 강화에 필요한 석판을 끼우기 위한 홈이 만들어져 있다.

보통은 한쪽 면에만 있지만, 이 마도반만큼은 홈이 양면에 있다.

알렌이 메르르를 위해 구입해준 마도반이며 게다가 S급 던전의 초회 공략 보수를 써서 양면에 석판을 끼울 수 있도록 개량해줬다.

메르르에게는 골렘술사로 활약하기 위해 반드시 갖춰야 할 아이템이었고, 그뿐 아니라 동료들과 S급 던전을 공략했던 증거이자 소중한 추억이었다.

"응? 이건 뭐야?"

메르르는 탁자에 놓인 몇 장의 양피지를 들여다본다. 방금 전까지 네네크가 관리와 이야기를 나누던 때 보고 있었던 서류 같았다.

"아, 이건 말이다. 궁전의 사람들이 우리 집을 개축해주겠다고 말을 하더구나. 개축이 아니라 거의 신축이기는 한데."

그렇게 이야기를 시작한 네네크의 말을 들어보자니 영웅의 부모를 변방 마을의 초라한 집에서 살게 놔두는 것은 말도 안 된다며, 또한 현재의 상황을 방치하는 것은 제국의 위신과 관련되는 문제라고 생각한 제국이 처음에는 어머니와 아버지에게 제도로 이사할 것을 제안했다고 한다.

"굉장해!!"

메르르는 아버지의 말에 감동했다.

S급 던전 공략은 동료들과 함께 쟁취한 공적이며 메르르 한 사람의 성과가 아니다.

그럼에도 불구하고 자신의 부모가 제국으로부터 이토록 좋은 대우를 받는다는 것은 도무지 예상할 수 없었기에 최하층 보스를 쓰러뜨리고자 노력하기를 정말 잘했다는 생각이 든다.

다만 이어지는 네네크의 발언은 메르르를 더한 감동에 휩싸이게 했다.

"아, 하지만 우리는 지금 집에서 떠날 생각은 없다고 말했단다. 왜냐하면 우리 집에서 나와 네 엄마가 덜컥 떠나면 메르르한테 돌아갈 곳이 없어져버리잖냐."

"아빠……."

메르르는 아버지가 한 「돌아갈 곳」이라는 말에 눈물이 나올 것 같았다.

지금 당장에라도 어머니, 아버지와 함께 고향의 집으로 돌아가고 싶다는 생각이 솟구쳤다.

"그러니까 이번에는 개축을 해준다고 말을 꺼내더구나. 뭐가 뭔지 알 수가 없어서 일단 얘기만 들어보기로 한 거다."

본래보다 몇 배는 큰 집의 도면을 가져와서 보여주더라는 네네크의 이야기를 들으며 메르르는 페페크를 떠올리고 있었다.

페페크는 가라라 제독의 파티에 있던 골렘술사였다. 라타쉬 왕국의 학원에서 바우키스 제국으로 돌아오고 곧장 가라라 제독의 아래에서 골렘술사로서 훈련을 받던 시기에 페페크가 메르르를 맡아서 지도해줬다.

그뿐 아니라 장래에 대해서 이것저것 했던 고민을 어머니, 아버지에게 어떻게 설명하면 납득해줄지 페페크와 상담한 적도 있었다.

그때 메르르의 속마음을 들었던 페페크는.

『메르르가 말로 표현하지 않아도 부모님은 언젠가 분명 알아차려주실 테니까 자기 마음을 말하든 말하지 않든 마지막에는 메르르가 원하는 대로 하는 게 가장 좋아.』

이렇게 말해줬다.

페페크는 그 후에 가라라 제독과 함께 S급 던전에 도전했다가 최하층 보스와의 전투 중 목숨을 잃어버렸다.

페페크가 남겨준 말은 마도반과 비슷할 만큼 메르르에게 소중한 기억이었다.

"메르르, 왜 그러니?"

이름을 불려 카나나를 바라봤더니 어머니가 메르르의 얼굴을 빤히 바라보고 있었다.

페페크가 했던 말은 진짜였다고 메르르는 생각했다.

"우리한테 뭔가 하고 싶은 말이 있구나."

어머니의 말에 메르르는 결의를 담아 고개를 끄덕거렸다.

"나는, 지금, 친구들과 함께 세상을 어지럽히는 나쁜 녀석들과 싸우고 있어. S급 던전을 공략한 것도 세상을 지키기 위해서야."

"메르르, 무슨 소리냐. 너, 너는 설마……."

"여보, 이게 무슨 말이에요?"

자신보다 먼저 딸이 하려는 말을 이해한 듯한 네네크에게 카나나가 물었다.

"그런가……. 너는 가라라 제독님과 함께 람차카 방어 기지에 있다는 말을 했었지. 그때 싸웠던 상대였나!"

바우키스 제국은 라타쉬 왕국처럼 마왕에 대한 정보를 엄격하게 통제하지는 않는다. 게다가 병사인 네네크는 5대륙 동맹 체결의 이유이자 제국을 위협하는 적이 「망각된 대륙」으로부터 세상을 멸망시키고자 쳐들어오는 악당들이라는 이야기를 들어서 알고 있었다.

자신의 딸이 그러한 상대와 싸우고 있었다.

네네크는 손에 든 양피지로 시선을 떨어뜨리고 잠깐 생각에 잠겼다만.

"메르르, 우리가 너무 들뜨고 말았구나. 메르르가 위험을 무릅써야 한다면 이따위 것은 필요하지 않다!"

양피지를 집어 들더니 다른 서류와 겹쳐서 둘둘 말아버렸다.

그러자 카나나도 고개를 끄덕거린다.

"메르르가 힘든 일을 떠안고 있었던 거야! 그래, 나도 필요 없어!"

보석을 곳곳에 박은 호화로운 목걸이를 풀어서 탁자에 올려놓았다.

메르르는 깜짝 놀라며 어머니와 아버지를 본다. 메르르를 마주 바라보는 두 사람의 눈빛은 몹시 진지했으며 딸을 위해서라면 설령 상대가 누구더라도 잠자코 넘어가지는 않겠다는 강한 의지가 타오르고 있었다.

메르르는 이때 뒤늦게 깨닫는다.

아무래도 어머니와 아버지는 집 개축 제안이며 만찬회를 위한 의상과 보석 따위는 앞으로도 메르르를 위험한 임무에 투입하기 위해 제국이 준비한 대가라고 생각하는 듯싶다.

"아, 아니야. 내 이야기를 들어줘. 나는 내 의지로 나쁜 녀석들을 물리치고 싶은 거야!!"

메르르는 당황했으나 그럼에도 어떻게든 어머니와 아버지가 납득할 수 있도록 간절하게 설득을 시도했다.

적은 무수히 많은 마수를 거느린 강대한 마신의 군세이며 목적은 이 세상을 멸망시키는 것이니 일반적인 전쟁과는 다르다. 실제로 마왕군에게 침공을 받아 멸망당할뻔 했던 나라도 있다.

5대륙 동맹은 그런 상대로부터 세상을 지키고자 애쓰고 있으나 동맹만의 힘으로는 수비는 가능해도 적을 쓰러뜨리지는 못하는 형편이다.

하지만 자신과 동료들은 나쁜 녀석들을 직접 쓰러뜨리고 세계의 멸망을 저지하기 위해서 싸우고 있으며, 이 같은 활동의 결과를 제국이 국가의 위신을 위해 이용하고 있을 뿐이다.

메르르가 더듬더듬하면서도 어떻게든 자신들에게 이해를 시키고자 말하고 있다는 것을 네네크와 카나나는 절실히 알 수 있었다. 따라서 두 사람은「그것도 우리를 위해서가 아니냐」라는 말을 꾹 참았다.

"같이 성년식을 치렀던 그 친구들과의 만남이 메르르를 큰사람으로 만들어줬구나……."

네네크는 개척촌에서 개최됐던 성년식의 기억을 떠올리고 있었다.

"그러게요. 정말 잘 자랐어요. 그렇게 작았던 아이가……."

카나나는 메르르의 머리를 쓰담쓰담해준다.

"에잇! 왜 갑자기 어린아이 취급을 하는 거야!!"

메르르가 뾰로통하게 말한 뒤 뺨을 볼록거리자 네네크가 웃음을 터뜨렸다.

"그러게나 말이다. 메르르는 이미 어른이 되었지. 당신도 품에서 놓아둘 때가 되었소."

"맞아요……. 아쉽지만요."

말과 다르게 카나나도 만족하는 눈치다.

"좋아, 새집은 어떻게 지을지 내가 골라줄게. 왜냐하면 내가 돌아갈 장소니까. 어디 보자, 이게 괜찮지 않아?”

네네크가 치워버리고자 했던 양피지를 다시 펼치고 메르르는 부모의 얼굴을 바라본다.

“역시 그런가. 나도 이게 괜찮다고 생각했다.”

“무슨 소리예요. 이 집이 배치를 봐도 살기 편하죠.”

기뻐하며 말을 주고받는 모습을 바라보면서 어머니와 아버지, 오빠들을 위해서라도 마왕과 싸우겠다고 메르르는 가슴에 닿은 마도반에 굳게 다짐했다.

헬 모드 6권을 애독해주신 독자님들께 감사드립니다.

저번 5권부터 이어서 S급 던전 공략 편은 무사히 완결됐습니다.

던전 공략의 묘미인 레이드 보스 토벌을 위한 여러 파티가 만나고, 그리고 모여서 힘을 합치는 부분부터 써 나가고 싶었습니다.

5권 정도는 아니지만, 이번에도 네 개의 외전을 새로 써서 추가했습니다.

특별 수록 에피소드에서는 제우 수왕자가 던전 공략을 목표로 하게 된 이유에 대하여 쓸 수 있었지요. 제우 수왕자다운 공략 목표가 아니었을까 생각합니다.

마찬가지로 마왕군의 거점, 마왕성에 대한 이야기도 처음으로 쓰기 시작했습니다.

마왕은 6권의 추가 에피소드에서는 등장하지 않았습니다만, 근육 불끈불끈 총사령관은 어떠셨을까요?

그리고 특별 수록 에피소드에서 종종 얼굴을 비추는 상인 페롬스가 누구냐는 부분도 언급하고자 합니다.

페롬스의 1권의 「감정 의식」에서 첫 등장한 촌장의 아들인지라 이 친구도 제법 오래된 캐릭터에 속합니다.

이번 외전에서는 피오나라고 불린 여성에게 성대하게 차이고 말았습니다만, 페롬스의 이후 활약도 기대해주십시오.

본편의 이야기를 다시 하자면 S급 던전 편의 마지막에 불온한 분위기로 끝이 났었죠.

전인미답의 던전을 공략한 알렌 파티의 새로운 모험을 기대해주십시오.

자, 하무오의 추억 이야기를 하겠습니다.

이번에는 발매 시기가 더위가 남은 9월이라는 이유도 있어 호러를 선택했사오니 마지막까지 읽을지는 자기 책임으로 부탁드리겠습니다. 밤에 화장실을 못 가게 될지도 모릅니다.

저번에는 본가가 단독 주택이고, 집 안에서 햄스터를 몰래 키웠다는 이야기를 했습니다.

그때가 대강 중학생쯤 된 무렵이었지요.

고등학교 시절은 별로 할 이야기가 없습니다만, 상당히 먼 시내의 고등학교에 다녔습니다.

특별히 쓸 만한 추억이 없는지라 생략하겠습니다만, 플레이했던 비디오 게임은 플레이 스테이션이었던 것으로 기억합니다.

고등학생이 되자 게임의 폭이 많이 넓어지더군요. RPG 장르에 이것저것 손을 댔습니다.

여러 게임을 플레이했던 하무오는 대학생이 되었습니다.

덤덤하게 쓰긴 했는데 고등학생 때 게임만 하고 공부를 안 했던 탓에 1년 재수해서 간신히 지방의 대학에 합격했습니다.

대학 생활을 위해 혼자서 살기 시작했던 하무오는 그때 처음으로 온라인 게임이라는 것을 접하고 말았습니다.

인터넷을 설치했던 것도 같은 시기였을까요.

그 당시는 코피를 뿜을 만큼 기막힌 폐급 설정으로 파고들기 요소밖에 없는 온라인 게임이 주류였던 시대였습니다.

몇백 시간을 소비하는 것이 당연했고, 하무오는 어느 하나의 게임을 접하고 철저하게 열중하고

게임의 튜토리얼을 수행하고, 도시에서 나가고, 적을 쓰러뜨리고, 레벨 업을 해서 장비도 천천히 맞춰 나갔죠.

노점을 열어서 개인 간의 거래로 아이템을 판매할 수 있다는 것이 무척이나 기뻤습니다.

회복 담당을 파티에 모집하겠다고 플레이어가 모이는 광장에서 2시간 소리쳤던 적도 있었습니다.

레이드 보스 파티에 참가하는 것도 레벨이며 직업 등 엄격한 조건이 있어 굉장히 어려웠습니다.

플레이어 킬러와 같은 훼방꾼이 있었던 것도 지금 와서는 좋은 추억입니다.

지금 지면에 다 적을 수 없을 만큼 큰 감동이 그때는 있었습니다.

그런 게임에서 죽기 살기로 성장해 가던 도중에 문득 깨달은 사실이 있었지요.

놀랍게도 대학 수업에 하나도 출석하지 않아 중퇴를 해야 할 처지

가 되었던 겁니다(눈물).

무엇인가를 얻기 위해서는 무엇인가를 잃어야 함을 알았습니다.

대학에 진학해서 취직 활동을 하고 사회인이 되는 레일로부터 벗어나버렸습니다.

이후 하무오의 인생은 어떻게 되었는가. 슬슬 글자 수는 채워졌군요. 이어지는 이야기는 다음 권에서 쓰도록 하죠.

마지막으로 매번 부탁드리고 있는 듯합니다만, 만화판 헬 모드도 아무쪼록 많은 응원을 부탁드리겠습니다.

소설판에서는 미처 다 쓰지 못했던 전투 묘사, 동료들의 표정과 주고받기를 텟타 선생님이 멋지게 그려주시고 계십니다.

만화 4권은 2022년 8월 10일에 발매되니 부디 찾아봐주십시오.

본 작품에는 더 많은 이야기가 남아있습니다. 계속해서 애독해주시면 기쁠 것입니다. 그러면 이만.

이번 작품도
감사했습니다.

헬 모드 6
~파고들기 좋아하는 게이머는 폐급 설정 이세계에서 무쌍한다~

초판 1쇄 발행 2026년 1월 20일

지은이_ Hamuo
일러스트_ Mo
옮긴이_ 김성래

발행인_ 최원영
본부장_ 장혜경
편집장_ 김승신
편집진행_ 권세라 · 최혁수 · 김경민 · 최정민
편집디자인_ 양우연
국제업무_ 박진해 · 조은지 · 박지현
관리 · 영업_ 김민원 · 조은걸

펴낸곳_ (주)디앤씨미디어
등록_ 2002년 4월 25일 제20-260호
주소_ 서울시 구로구 디지털로 32길 30, 코오롱디지털타워빌란트 1301-1308호
전화_ 02-333-2513(대표)
팩시밀리_ 02-333-2514
이메일_ lnovellove@naver.com
ㄴ노벨 공식 카페_ http://cafe.naver.com/lnovel11

Hell mode ~yarikomizukino gamerwa haisetteino isekaide musosuru~ Vol.6
By Hamuo, Mo
ⓒ 2022 by Hamuo, Mo
First published in Japan in 2022 by EARTH STAR Entertainment Co.,Ltd
Korean translation rights arranged with EARTH STAR Entertainment Co.,Ltd
through Shinwon Agency Co., Ltd.

ISBN 979-11-278-8580-9 04830
ISBN 979-11-278-6500-9 (세트)

값 11,000원

*잘못된 책은 구매처에 문의하십시오.

©Umikaze Minamino, Laruha 2022
KADOKAWA CORPORATION

마술사 쿠논은 보인다 1~3권

미나미노 우미카제 지음 | Laruha 일러스트 | 박춘상 옮김

눈이 보이지 않는 소년 쿠논의 목표는 물 마술로 새로운 눈을 만드는 것이다.

마술을 배운 지 불과 5개월 만에 교사의 실력을 뛰어넘은 쿠논은

역사상 최초의 도전에 임하면서 그 재능을 더욱 꽃피운다!

마력으로 주변 색깔을 감지하거나, 물 마술을 응용하여 손난로나 파스를 개발하거나,

초급 마술만으로 고양이를 재현하거나—.

그 기술과 상상력은 왕궁 마술사조차 혀를 내두를 정도였다.

마술 실력을 높이 평가받은 쿠논은 최고의 실력을 지닌 마기사의 제자가 되는데?!

호기심으로 세계를 개척해나가는 천재 소년의 발명 판타지!

© 2023 by Nabeshiki, Kawaguchi
EARTH STAR Entertainment Co.,Ltd

나는 모든 것을 【패리】한다 1~7권

나베시키 지음 | 카와구치 일러스트 | 김성래 옮김

재능 없는 소년.
그렇게 불리며 양성소를 떠났던 남자 노르는
홀로 한결같이 방어 기술 【패리】의 수행에 열중하며 살았다.
그러던 어느 날, 마물에게 습격당한 왕녀를 구하게 되며
운명의 톱니바퀴는 뜻밖의 방향으로 돌기 시작한다.
밑바닥 랭크의 모험가임에도 불구하고 왕녀의 교육자로 발탁되었는데……
본인이 지닌 공전절후의 능력을 아직껏 노르 혼자만이 알지 못한다…….

무자각의 최강은 위기에 빠진 왕국을 구원할 수 있는가?

©Harajun, fixro2n 2024 / KADOKAWA CORPORATION

황금의 경험치 1~5권

하라준 지음 | fixro2n 일러스트 | 김장준 옮김

주인공 레아가 정신력 능력치를 올리고 얻은
히든 스킬『사역』.
그것은 권속이 된 캐릭터가 획득한 경험치를
자신에게 집약하는 어처구니없는 스킬이었다.
레이드 보스급 몬스터마저 다채로운 정신 마법으로 굴복시키며
줄줄이 권속을 늘려나간 레아는 끝없이 불어나는 경험치로
자신과 부하를 강화!
자신만의 최강 군단을 만든 끝에
결국 이 세계에서「특정 재해 생물」로 판정받는데……?

모처럼 마왕이 됐으니까 멸망시켜 볼까, 인류를!

블레이드&바스타드 1~5권

카규 쿠모 지음 | so-bin 일러스트 | 김성래 옮김

아무도 공략한 적 없는 《미궁》(던전) 깊은 곳에서 발견된

존재하지 않아야 하는 모험가의 시체—.

소생했지만 기억을 잃어버린 남자 이알마스는 단독으로(솔로) 《미궁》에 진입해서

모험가의 시체를 회수하는 나날을 보내고 있었다.

《소생》(카도르토)이 성공하든 실패해서 재가 되든 개의치 않고

대가를 요구하는 모습을 멸시하면서도 실력은 인정해주는 모험가들.

이처럼 재투성이로 살아가는 이알마스의 일상은

괴멸된 모험가 파티의 유일한 생존자,

「잔반」(가비지)이라고 불리는 소녀 검사와의 만남을 계기로 변화를 맞이한다!

카규 쿠모와 so-bin이 선보이는 다크 판타지, 등장!!

라이트노벨의 새로운 빛! L북스의 신간은 매월 20일에 발매됩니다. http://cafe.naver.com/lnovel11

©Takemachi, Tomari 2023
KADOKAWA CORPORATION

스파이 교실 1~11권, 단편집 1~4권

타케마치 지음 | 토마리 일러스트 | 송재희 옮김

아지랑이 팰리스 공동생활 규칙.
하나, 일곱 명이 협력하여 생활할 것.
하나, 외출 시에는 진심으로 놀 것.
하나, **온갖 수단으로 나를 쓰러뜨릴 것.**

—각국이 스파이로 그림자 전쟁을 벌이는 세계.
임무 성공률 100%, 그러나 성격에 난점이 있는 뛰어난 스파이, 클라우스는
사망률 90%를 넘는 「불가능 임무」 전문 기관 「등불」을 창설한다.
하지만 선출된 멤버는 실전 경험이 없는 소녀 일곱 명.
독살, 함정, 미인계— 임무를 달성하기 위해 소녀들에게 남은 유일한 수단은
클라우스를 속여 이기는 것이다!

1대7 스파이 심리전! 통쾌한 스파이 판타지!!

고블린 슬레이어 외전: 이어 원 1~3권

카규 쿠모 지음 | 아다치 신고 일러스트 | 칸나츠키 노보루 캐릭터 원안 | 박경용 옮김

누나가 누나가 아니게 된지 사흘이 지났다. 그래서 그는 움직이기로 했다.
고블린의 습격으로 가장 사랑하는 누나와 마을을 잃은 소년이 있었다.
5년 뒤, 변경 도시의 모험가 길드를 찾아온 소년은 모험가가 된다.
그리고 5년 전, 돌아갈 마을을 잃은 소녀는 과거의 소꿉친구와 만났다.
최하급 클래스, 백자 등급이 된 소년은 장비를 갖추고,
오로지 혼자서 고블린이 둥지를 튼 동굴로 간다—.
이것은, 그가 고블린 슬레이어라고 불리게 되는 이야기.

대인기 다크 판타지 「고블린 슬레이어」의 전일담.
카규 쿠모 × 아다치 신고가 선사하는 외전 「이어 원」 스타트!